Das Buch

August 1939: Obwohl Adolf Hitler der Weltöffentlichkeit versichert, Deutschland wolle die Probleme mit Polen friedlich lösen, laufen die deutschen U-Boote bereits Mitte August zu einem sogenannten Planspiel auf Angriffspositionen rund um England aus. Darunter ist auch *U-E 2*, der Prototyp des künftigen großen Atlantikbootes IV-C. Am 3. September 1939 wird durch die Kriegserklärung Englands und Frankreichs aus dem Planspiel blutiger Ernst. Prisenordnung und widersprüchliche Befehle setzen den U-Boot-Kommandanten enge Grenzen. Hinzu kommt, daß sich die mitgeführten Torpedos als unzuverlässig erweisen. *U-E 2* stößt dabei auf ein scheinbar harmloses Museumsschiff, das sich jedoch als raffinierte britische U-Boot-Falle entpuppt. Die Briten fischen die deutschen Seeleute auf und sperren sie als Kriegsgefangene unter Deck. Der Krieg scheint für die Deutschen vorbei zu sein, doch dann werden die Karten neu gemischt …

Der Autor

Erik Maasch wurde zur Marine eingezogen, absolvierte mit Erfolg die Marineschule Flensburg-Mürwik, nahm als Seeoffizier auf verschiedenen Kriegsschauplätzen am Zweiten Weltkrieg teil und ist als Kapitän auf großer Fahrt auf deutschen Kauffahrteischiffen zugelassen. Er wurde bekannt als Autor zahlreicher heiterer Romane (z. B. *Los, gieß die Palmen, Dahlien pflanzt man nicht im März, Schattenspiele auf Rezept*) und des nicht minder erfolgreichen Kriminalromans *Schleuderspur*.

In unserem Hause sind von Erik Maasch bereits erschienen:

Auf Sehrohrtiefe vor Rockall Island
Duell mit dem nassen Tod
Im Fadenkreuz von U 112: English Harbour
Letzte Chance: U 112
Tauchklar im Atlantik
U 112 auf Feindfahrt mit geheimer Order
U 115: Jagd unter der Polarsonne
U 115: Operation Eisbär
U-Boote vor Tobruk

Erik Maasch

Die U-Boot-Falle

Roman

Ullstein

Besuchen Sie uns im Internet:
www.ullstein-taschenbuch.de

Umwelthinweis:
Dieses Buch wurde auf chlor- und säurefreiem Papier gedruckt.

Ullstein Verlag
Ullstein ist ein Verlag der Ullstein Buchverlage GmbH.
Originalausgabe
2. Auflage 2004

Umschlaggestaltung: Hansbernd Lindemann Grafikdesign, Berlin
Titelabbildung: Silvia Christoph
Gesetzt aus der Times, Linotype
Satz: KompetenzCenter, Mönchengladbach
Druck und Bindearbeiten: Ebner & Spiegel, Ulm
Printed in Germany
ISBN 3-548-25773-9

Kapitänleutnant Ulrich Richter, der Kommandant, warf einen Blick auf Seekarte und Kompaß. »Frage Tiefe!«

»Vierzig Meter, Herr Kaleu!« antwortete der LI, Oberleutnant Ing. Otto Peters, wie aus der Pistole geschossen. »Beide Maschinen machen Umdrehungen für sieben Knoten!«

»Danke, LI! Klar zum Auftauchen! Brückenwache in die Zentrale! Auftauchen!« Der Alte drehte sich zu mir herum. »Übernehmen Sie bitte, Herr Thomsen! Bringen Sie uns rein!«

Ich nickte. Preßluft drückte das Wasser aus den Tauchzellen. Aufmerksam verfolgte ich die Tiefenanzeige. Obwohl ich nach den drei Wochen auf See das Boot inzwischen mit all seinen Eigenschaften kannte, beeindruckte es mich noch immer, wie sanft sich *U-E2* aus der Tiefe löste und nach oben schwebte.

»Turmluk kommt frei!« meldete der Tiefenrudergänger Möller. »Boot ist aufgetaucht, Herr Oberleutnant!«

»Auf Diesel umkuppeln! Boot durchlüften! Brückenwache auf Station!« Blitzschnell enterte ich mit der Brückenwache nach oben, während die Entlüfter aufheulten.

Unseren Augen bot sich ein ungewöhnliches Bild. Etwa zwei Seemeilen voraus schien Helgoland für einige wenige Augenblicke schwerelos wie eine Fata Morgana in dem zitternden Sonnenglast dieses herrlich warmen und klaren Augusttages über der kaum bewegten See zu schweben. Ein Trugbild, gewiß, aber nach drei Wochen auf See, mehr unter als über Wasser durch alle möglichen Manöver gehetzt, war das ein so faszinierender Anblick, daß er mich meine Aufgaben als Erster Wachoffizier (I WO) fast vergessen ließ. Dabei verlangte gerade jetzt das Einlaufmanöver meine volle Aufmerksamkeit.

Wir erhöhten die Fahrstufe und nahmen Kurs auf den Marinehafen. Segelboote kreuzten vor der Küste, schlüpften waghalsig zwischen den Helgoländer Fährkuttern hindurch, die zwischen dem zivilen Hafen und den auf Reede um ihre Anker schwoienden Ausflugsdampfern aus Hamburg, Bremen und anderen Küstenorten hin und her tuckerten, um die Ausflügler für einige unbeschwerte Stunden an Land zu schaufeln. Fröhliches Gelächter und Musikfetzen klangen zu uns herüber.

Ein aufgetauchtes U-Boot erregt immer die allgemeine Neugier, noch dazu ein so großes wie *U-E2*. Das wollten sich alle aus der Nähe ansehen, um in den Kneipen an Land mitreden zu können. So überraschte es uns nicht, daß sofort einige Segler Kurs auf uns nahmen. Warnend heulte unser Nebelhorn jedesmal auf, wenn uns das eine oder andere Boot zu nahe kam oder uns gar unbekümmert vor den Bug schor.

Der Alte kam aus dem Turmluk gekrochen und sah zu den vorbeigleitenden Booten hinüber. »Helgoland, nicht schlecht, was? Ich hatte schon befürchtet, man werde uns sofort zur Berichterstattung nach Schlicktown beordern, Herr Thomsen.«

Schlicktown, das war Wilhelmshaven, der Sitz der 2. U-Flottille Saltzwedel, der wir für die Dauer der Erprobungszeit unterstellt worden waren. Unser *U-E 2* war nämlich ein Prototyp des geplanten Atlantikbootes, mit dem die aufstrebende U-Bootwaffe nach der Aufkündigung des britisch-deutschen Flottenabkommens ausgerüstet werden sollte und das wir in den vergangenen drei Wochen unter kriegsmäßigen Bedingungen auf Herz und Nieren geprüft hatten.

»Mir ist Helgoland auch bedeutend lieber, Herr Kaleu«, erwiderte ich lächelnd. »Hoffentlich gönnt man uns hier ’n paar Hafentage. Ich hab’ die Insel nämlich noch aus meiner Fähnrichszeit in angenehmster Erinnerung.«

»Nicht nur Sie, Herr Thomsen! Anlehnungsbedürftige Urlauberinnen, jede Menge Sekt und Hummer satt, was?« Er grinste und deutete auf die winkenden Menschen in den Booten. »Sieht ganz so aus, als habe sich das nicht geändert.«

»Gott sei Dank!« Ich fuhr mir mit der Zungenspitze genüßlich über die Lippen. »Gegen Hummer und Sekt hätte ich nichts einzuwenden, und was die Urlauberinnen anbelangt noch we ...«

Ich brach ab, weil auf der Signalstation eine Klappbuchs aufblitzte. »Meinen die uns, Signalmaat?«

»Jawohl, Herr Oberleutnant! Anweisung vom Hafenkommandanten: An Liegeplatz drei festmachen.«

»Danke, Mendel! Bestätigen Sie!« Wir glitten zwischen den Molenköpfen hindurch, die den Hafen schützten. »Beide Maschinen stop! Ruder Backbord zehn! Leinenkommando an Deck! Klar zum Anlegen! Boot geht mit Steuerbordseite an die Pier!«

Alle Aufmerksamkeit im Kriegshafen richtete sich auf uns, während das Boot an die Pier schor. Daran hatten wir uns inzwischen gewöhnt. Nur allzu deutlich wich *U-E2* in Größe und Form von den im Hafen liegenden »Einbäumen« ab, wie wir die kleinen U-Boote nannten, die man Deutschland bisher zugestanden hatte.

Ich nahm die Fahrt gänzlich aus dem Boot. Wurfleinen flogen zum Kai. Hilfreiche Hände holten daran die vordere und die achtere Spring hinüber und warfen sie über die Poller. Die derberen Festmacher folgten. Das Vibrieren der Gräting unter unseren Füßen erstarb, als die Diesel verstummten.

Ich drehte mich zum Alten herum und salutierte. »Das wär's ja dann wohl, Herr Kaleu!«

»Danke, I WO! Wir werden offensichtlich schon erwartet. Bin gespannt, was man mit uns vor hat. Oberbootsmann, lassen Sie 'ne Stelling ausbringen und Hafenposten aufziehen.«

Von den Zuschauern auf der Pier hob sich deutlich ein Matrose mit der Armbinde LÄUFER auf der Dienstuniform ab. Die schwarze Depeschenmappe unter seinem Arm beseitigte jeden Zweifel. Sein Besuch galt eindeutig uns.

Kaum war die Stelling ausgebracht und vom Smadding inspiziert worden, bat der Läufer den Bootsmaat der Wache, an Bord kommen zu dürfen.

»Ein reitender Bote zu Fuß«, flachste ich, obwohl mir bei seinem Anblick auf einmal gar nicht mehr wohl war. »Hoffentlich kein Sendbote Hiobs, Herr Kaleu.«

Meine Besorgnis war nicht unbegründet. Die Zeichen standen auf Sturm. Polen hatte im März die Teilmobilmachung seiner Streitkräfte angeordnet, weil Adolf Hitler die Rückgabe Danzigs und den Bau einer exterritorialen Auto- und Eisenbahnlinie durch den sogenannten polnischen Korridor nach Ostpreußen forderte. Der Führer beteuerte zwar immer wieder seine friedlichen Absichten, aber die Untertöne in Presse und Rundfunk waren zunehmend aggressiver geworden.

Der Alte schüttelte den Kopf. »Ich weiß, woran Sie denken, Herr Thomsen. Aber es wird wegen Danzig keinen Krieg geben, da bin ich ganz sicher. Bisher hat der Führer doch immer alles erreicht, was er erreichen wollte. Warum sollte es ausgerechnet diesmal anders sein?«

»Ihr Wort in Gottes Ohr, Herr Kaleu! Bisher hat es ja auch keine Garantieerklärungen Englands und Frankreichs für die Staaten oder Landesteile gegeben, die später dem Reich angeschlossen worden sind. Das ist diesmal anders, und das bereitet mir die größten Sorgen.«

»Mir auch!« sagte der LI, der inzwischen mit dem II WO, Leutnant zur See Willi Kruse, auf die Brücke gekommen war. »Man sollte die Entschlossenheit der Polen nicht unterschätzen. Wir Marienburger kennen sie besser, wir haben sie ja direkt vor der Haustür. Darum halte ich die Berichte über Repressalien gegenüber den Volksdeutschen in Polen auch nicht für reine Zweckpropaganda, um die Weltmeinung gegen die Polen aufzubringen, Herr Kaleu.«

Richter winkte ab. »Aber, aber – warum denn so pessimistisch, meine Herren? Sehen Sie lieber rüber auf das fröhliche Leben und Treiben auf Helgoland! Da läßt sich niemand durch die Nachrichten seinen schönen Sommerurlaub vermiesen. Warten wir doch einfach ab.«

Der Läufer brachte zu unserer Erleichterung tatsächlich keine Hiobsbotschaft, sondern lediglich den als »Einladung« verbrämten Befehl für uns Offiziere und die Deckoffiziere, sich am nächsten Vormittag in der Offiziersmesse des Stützpunktes zur Berichterstattung einzufinden. Keine Zwölf- oder Acht-Stunden-Bereitschaft, stattdessen für die wachfreie Mannschaft Landgang bis 24 Uhr und für Offiziere und Deckoffiziere bis zum Wecken.

»Gott sei Dank!« sagte ich erleichtert zum LI, genannt Ole, und kramte meine Berichtbögen zusammen. »Also vielleicht doch 'n paar Tage Hafenliegezeit!«

»Wir sind offensichtlich die beiden einzigen Idioten, die sich wegen der politischen Lage den Kopf heiß machen, Arne«, brummte er. »Trotzdem – ich trau' dem Frieden nicht.«

Wir duzten uns, denn wir waren Crew-Kameraden. Wir hatten in der Rekrutenkompanie Freundschaft geschlossen, uns dann jedoch aus den Augen verloren, weil ich die seemännische, er aber die technische Laufbahn gewählt hatte. Als wir uns hier auf *U-E 2* wiedersahen, war die Freude natürlich groß.

Ich wußte, warum er sich jetzt Sorgen machte. Er stammte aus dem westpreußischen Marienburg, und seine Schwester hatte einen deutschen Gutsbesitzer in der Nähe von Neustadt geheiratet, das durch den Vertrag von Versailles zu Polen geschlagen worden war und seitdem Wejherowo hieß. Eine bildhübsche junge Frau, auf die ich selbst ein Auge geworfen hatte, als sie ihren Bruder während unserer Rekrutenzeit besuchte. Sie saß jetzt mitten in dem Hexenkessel, in dem die Wogen der Emotionen hochschlugen.

»Du mußt nicht gleich das Schlimmste befürchten, Ole! Hast du mir nicht selbst erzählt, daß die Kaschuben dort ein gutes Verhältnis zu den Deutschen haben? Komm, laß uns einen draufmachen, damit du auf andere Gedanken kommst!«

Über sein Gesicht glitt ein schiefes Lächeln. »Ein guter Gedanke, Arne! Und wohin?«

»Na, wohin wohl? – Zu *Käpt'n Bruuns* selbstverständlich!«

Bi Käpt'n Bruuns, das war das beste, aber auch teuerste Restaurant der Insel. Auf einem Vorsprung des Kliffs zwischen Ober- und Unterland gelegen, hatte man von seiner Terrasse einen wundervollen Blick auf den Hafen und weit hinaus auf die Deutsche Bucht. Längst waren die Ausflugsdampfer ankerauf gegangen und dampften mit langen Rauchfahnen ihren Heimathäfen auf dem Festland entgegen. Aber noch immer kreuzten zahlreiche Segelboote vor der Küste, die Segel vom goldenen Abendlicht rosarot angehaucht.

Wir waren spät dran, denn wir hatten uns durch eine Besprechung wegen unserer Berichte für den nächsten Tag ganz schön vertrödelt. So war es kein Wunder, daß es an diesem außergewöhnlich warmen Augustabend auf der Terrasse keinen einzigen freien Platz mehr gab. Selbst in dem mit allerlei maritimem Beiwerk ausstaffierten Restaurant sahen wir uns vergeblich nach einem freien Tisch um.

Einer der Ober trat zu uns und deutete eine Verbeugung an. »Guten Abend, meine Herren! Haben Sie reservieren lassen? Nein? Das tut mir leid. Dann kann ich Sie nur an einem Tisch plazieren, an dem noch Plätze frei sind, wenn Ihnen das recht ist.«

Ich grinste. »Das ist uns durchaus recht, wenn's der Tisch dort am Fenster ist, an dem die beiden Damen gerade Platz nehmen.«

Es waren zwei ausgemacht hübsche Frauen, beide etwa in unserem Alter. Die eine blond und genau der Typ, auf den ich flog, die andere dunkel. Frauen, die auf den Pfennig offenbar nicht zu sehen brauchten, denn ihre sportlich schicke Kleidung und ihr Schmuck verrieten Geschmack und waren teuer.

Er lächelte zurück. »Verstehe, Herr Oberleutnant. Das ginge, denn die Damen haben nur 'nen Tisch für zwei Personen bestellt. Wenn Sie mir bitte folgen wollen?«

In der Hoffnung auf ein entsprechendes Trinkgeld stelzte er gewichtig vor uns her.

Ole verpaßte mir einen sanften Rippenstoß und kniff ein Auge zu. »Du bist ganz schön raffiniert! Aber nicht übel, die beiden. Da verzichte ich gern auf einen Terrassenplatz.«

»Abwarten!« flüsterte ich zurück. »Die wollten zwar nur einen Platz für zwei Personen haben, aber vielleicht haben die was gegen die Marine?«

Sie hatten jedoch nichts gegen die Marine, im Gegenteil. Die Blonde blitzte mich übermütig aus ihren smaragdgrünen Augen an, als ich die Damen bat, an ihrem Tisch Platz nehmen zu dürfen.

»Es hätte mich auch gewundert, wenn Ihnen die beiden freien Plätze hier am Tisch entgangen wären, Herr Oberleutnant. Bitte, wenn Sie sich durch uns nicht abschrecken lassen ...« Sie stockte und musterte mich nachdenklich. »Ich könnte schwören, daß Sie mir schon irgendwo begegnet sind. Kann das sein?«

Ich zog bedauernd die Schultern hoch. »Hier auf Helgoland jedenfalls ganz sicher nicht. Wir sind erst heute mittag eingelaufen. Außerdem würde ich es mir nie verzeihen, wenn ich so eine reizende Begegnung vergessen ...«

»Eingelaufen! Das ist es!« unterbrach sie mich triumphierend. »Ich habe mich nicht geirrt! Sie haben auf dem Turm dieses U-Bootes gestanden, stimmt's?«

»Es stimmt. Und Sie haben vermutlich in einem der Segelboote gesessen, die wir mit unserem Nebelhorn aus dem Weg scheuchen mußten – oder?«

»Genau! Aber wollen Sie nun nicht endlich Platz nehmen? Dem Ober schlafen ja inzwischen die Arme ein, wenn er die Speisekarten nicht endlich los wird. Außerdem haben wir einen Mordskohldampf.«

Die beiden jungen Frauen waren nicht auf den Mund gefallen, Ole und ich aber auch nicht. Das Eis war ohnehin schon gebrochen, und so setzte, nachdem wir bestellt hatten und uns der Ober einen Aperitif gebracht hatte, sofort eine lebhafte Unterhaltung ein.

»Zwei U-Boot-Offiziere, die laufen einem nicht jeden Tag über den Weg. Wie lebt sich das eigentlich auf so einem U-Boot?« eröffnete die kecke Blonde das Frage- und Antwortspiel. »Ich stell' mir das furchtbar vor. Das ist doch die reinste Ölsardinenbüchse, ein Eisensarg.«

»Ach Gott, so schlimm ist's nun auch wieder nicht. Es ist wohl ein bißchen eng, aber man gewöhnt sich mit der Zeit daran«, untertrieb Ole.

Doch das genügte den beiden natürlich nicht. Sie fragten und fragten, und wir beantworteten ihre neugierigen Fragen, bis wir zwischen Krabbensuppe und Hauptgericht den Spieß umdrehten.

»Mich hat ein wenig gewundert«, sagte ich, »daß Sie sich mit den Dienstgraden der Marine so genau auskennen. Ist das nicht ein bißchen ungewöhnlich?«

»Überhaupt nicht!« widersprach die dunkle Friederike. »Jedenfalls nicht bei Hamburger Deerns, und das sind wir beide.«

»Und Sie kommen Ihrem Tonfall nach doch ebenfalls *ut Hamborg, nöch*?« hakte die blonde Anke schmunzelnd nach. »Da ist so'n bißchen *Missingsch* mit drin.«

Ich lachte. »Getroffen! *Ut Altona*! Und nun ist's wohl an der Zeit, daß wir uns Ihnen vorstellen. Der hier ist Otto Peters, und ich heiße Arne Thomsen.«

»Angenehm. Das hier ist meine Freundin Friederike Eikel, und ich bin Anke Weber.« Sie wartete, bis der Ober die Hummer serviert und Wein eingeschenkt hatte. »Sie heißen wie einer meiner Chefs, Herr Peters. Ist das nicht ein drolliger Zufall?«

Ole lächelte. »Ich hoffe, er ist ein angenehmer Chef und macht dem Namen Ehre.«

»O ja! Ihm verdanke ich den Urlaub. Nutzen Sie man noch das schöne Wetter und machen Sie Urlaub, bevor die Lichter hier ausgehen, hat er gesagt. Und das machen wir jetzt.«

Mir blieb vor Überraschung der Bissen im Halse stecken. »Die Lichter hier ausgehen? Wie meint er denn das?«

»Na, glauben Sie denn, daß es diesmal auch wieder so ablaufen wird wie mit dem Sudetenland, der Tschechoslowakei, Österreich und dem Memelland? Ich glaube das nicht und mein Chef Peters schon gar nicht.«

»Sollten wir mit dem Politisieren nicht lieber warten, bis wir dem Hummer unsere Referenz erwiesen haben?« bremste Ole meine Antwort aus. »Ich finde ihn nämlich ganz ausgezeichnet und möchte mir nicht den Appetit verderben.«

»Ein wahres Wort!« pflichtete ihm Friederike bei. »Trinken wir lieber erst mal ’nen Schluck. Prost allerseits!«

Nach dem Dessert griff Ole den Faden wieder auf. »Ich glaube auch nicht daran, Fräulein Weber, denn ich bin Westpreuße und kenne die Polen. Aber warum Sie nicht?«

»Weil ich als Einkäuferin für die Firma *Textilimport Hasenklee und Peters Hamburg* bis vor zwei Tagen in England gewesen bin. Unsere britischen Geschäftsfreunde haben zwar meine Orders gewissenhaft notiert, ließen jedoch keinen Zweifel daran, daß sie an eine Realisierung nicht so recht glaubten. Die Tommies geben diesmal nicht nach, Herr Peters, und das bedeutet Krieg. Es sei denn, wir ließen Polen in Frieden. Aber glauben Sie das?«

Es war, als wehe plötzlich ein eiskalter Wind durch die offenen Fenster herein, und das ließ die ganze fröhliche Ungezwungenheit erfrieren. Ich griff nach meinem Wein und trank ihn mit einem Schluck aus. Er schmeckte auf einmal schal und fade.

»Und die Engländer sehen es tatsächlich auch so?« rang ich mir mühsam ab.

»Na sicher! Ich habe selbst gesehen, wie an die Bevölkerung Gasmasken und Instruktionen für das Verhalten bei Fliegeralarm verteilt worden sind. Ist das nicht schon Beweis genug?«

»Verdammt, Anke, du kannst einem aber auch alle Urlaubsfreude rauben!« Ihre Freundin verzog das Gesicht. »Nach dem schönen Essen schlägt einem das ja glatt auf den Magen! Jetzt brauche ich einen Schnaps, einen doppelten!«

»Den brauchen wir wohl alle – oder?« fragte ich und winkte den Ober herbei. »Und dann wechseln wir besser das Thema, sonst ist der ganze Abend futsch. Sagten Sie nicht, Sie wollten heute abend noch zum Tanzen gehen?«

»Na klar, schließlich machen wir Urlaub! Kennen Sie sich hier auf Helgoland aus?« Anke sah mich fragend an. »Im Yachthafen sagte man uns, im *Hilligenlei* sei immer was los.«

»Was denn, den Schuppen gibt's noch immer? Den finde ich selbst im Dunkeln. Im *Hilligenlei* war schon zu meiner Fähnrichszeit allerhand los.«

»Warum sitzen wir dann noch hier herum?«

Im *Hilligenlei* herrschte eine Bombenstimmung, und auch wir verstanden uns mit den beiden Frauen prächtig. Wir ließen kaum einen Tanz aus. Das ließ uns den Ernst der politischen Lage schnell vergessen. Wir amüsierten uns, bis die Polizeistunde die Türen des Tanzlokals zuschlug.

»So, und was nun?« fragte ich und hakte die leicht

schwankende Anke unter. »Was schlagen die Damen vor?«

»Ab zum Yachthafen!« antwortete sie. »Am liebsten würde ich jetzt meine Schuhe ausziehen, so brennen mir von der Tanzerei die Füße.«

»Zum Yachthafen? Um Himmels willen, was wollen Sie denn da zu so später Stunde? Oder sollte ich lieber zu so früher Stunde sagen?« fragte ich verblüfft. »Doch nicht etwa segeln?«

Sie lachte laut auf. »Nee, natürlich nicht! Ins Bett woll'n wir. Die nötige Bettschwere haben wir ja wohl.«

»Aha, Sie wohnen im Yachtclub! Wußte gar nicht, daß man dort wohnen kann.« Der ungewohnte Alkohol umnebelte meinen Kopf so, daß ich gar nicht auf die Idee kam, daß es ja noch eine andere Möglichkeit gab.

»Kann man auch nicht. Wir wollen auf mein Boot.« Sie blieb stehen und drehte mich zu sich herum. »Nun gucken Sie nicht so erstaunt. Wir sind von Hamburg hierher gesegelt und wohnen auf meinem Boot. Kapiert?«

»Mensch, das ist ja 'n Ding!« entfuhr es Ole bewundernd. »Zu zweit von Hamburg nach Helgoland gesegelt? Dann muß das ja 'n seetüchtiger Kahn sein.«

»Ist es auch. Was ist denn schon dabei?« Sie sah mich irritiert an, weil ich dazu schwieg und ihr nur schweigend in das hübsche Gesicht schaute, das im Mondschein noch reizvoller wirkte. »Ist was? Warum sehen Sie mich so an?«

»Das mache ich immer so, wenn ich mit einer hübschen Frau am Arm durch die Nacht wandere, die ich am liebsten küssen möchte«, spöttelte ich, obwohl letzteres der Wahrheit entsprach.

»Das ist wieder typisch Marine! Aber nichts da, mein Lieber!« Sie zog mich lachend weiter. »Erst den Frauen den Kopf verdrehen und dann verduften! Wir sind hier doch nicht auf der Reeperbahn.«

»Na, hör mal, Anke! Das war doch 'n Kompliment, wie's jede Frau gern hört!« protestierte Friederike. »Warum sagen Sie so was nicht mal zu mir, Herr Peters?«

»Weil ich nicht rede, sondern handle!« Ole zog sie an sich und küßte sie, bis ihr die Luft wegblieb. »Ist das nicht viel besser, Friederike?«

Wir brachten die beiden unter Gegicker und Gegacker hinunter zum Yachthafen und bis zu ihrem Boot. Es war ein prächtiger Seefahrtskreuzer, der selbst in dem diffusen Mondlicht einen imponierenden Eindruck machte. Da mußte man schon eine ganze Menge Segelerfahrung mitbringen, wenn man sich damit zu zweit auf die offene See hinauswagte.

»Donnerwetter, ist das ein Boot! Das würde ich mir gern mal näher ansehen.«

»Keine Chance! Bis hierher und nicht weiter! Unter Deck sieht es nämlich wie in einer Räuberhöhle aus.« Anke legte mir ihre Arme um den Hals. »Und das als Dankeschön für den wunderschönen Abend!«

Der Kuß, den sie mir gab, war kein Dankeschön, sondern eine Herausforderung, die ich gern annahm. Wir küßten uns, daß es uns beiden unter die Haut ging.

»Genug!« protestierte sie, nach Atem ringend. »Sonst gehen auch noch meine letzten guten Vorsätze flöten. Morgen ist auch noch 'n Tag! Oder geht ihr morgen schon wieder in See?«

»Wohl kaum. Wir wissen zwar nicht, was man mit uns vor hat, aber wie's aussieht, springen sicher ein paar Hafentage für uns heraus. Und wie lange bleibt ihr hier, Anke?«

»Bis morgen in einer Woche. Sehen wir uns morgen?«

»Am Nachmittag bestimmt.« Ich nahm sie in die Arme und küßte sie. »Und nun ab mit euch in die Kojen, damit wir morgen gemeinsam was unternehmen können.«

Am nächsten Morgen hatten Ole und ich alle Mühe, die Erinnerung an den fröhlichen Abend mit den flotten Mädchen aus unseren Gedanken zu verdrängen und uns auf unsere Berichte zu konzentrieren. Schuld daran war auch der warme Sommerwind. Der trug nicht nur den würzigen Geruch nach Tang, Algen und Salzwasser durch die weit geöffneten Fenster der Offiziersmesse des Stützpunktes zu uns herein, sondern auch die Stimmen und das Gelächter der Segler, die vor der Küste kreuzten. Außerdem warfen auf der Helgoländer Reede die ersten Ausflugsdampfer ihre Anker, um ihre lärmende Fracht an Land zu setzen.

Die leiernde Stimme Korvettenkapitän Seifferts war ganz und gar nicht dazu angetan, gegen diese laute Geräuschkulisse anzukommen, mochte er sich auch noch so wortreich lobend über unsere Berichte über die erfolgreich abgeschlossene Erprobung unseres Bootstyps auslassen.

»Ich kann Ihnen nur danken und versichern, daß ich alle Ihre Verbesserungsvorschläge in meinen Bericht an den BdU einarbeiten werde.« Er wandte sich an Ole. »Besonders Ihre Anregung, Herr Peters, im Hinblick auf die Reichweite dieses Bootstyps die Treibstoffkapazität zu erhöhen, wird höheren Ortes offene Ohren finden. Ganz gleich, wie die daraus hervorgehende Baureihe benannt werden wird – das E steht ja jetzt nur für die Erprobung –, der Typ VII wird *das* Hochseeboot sein, mit dem wir die Herrschaft über den Atlantik an uns reißen werden.«

Ole stieß mich unter dem Tisch mit dem Fuß an. *Siehste,* hieß das, *hab' ich's nicht gesagt, auch der rechnet mit einer kriegerischen Auseinandersetzung.*

»Eine Frage, Herr Kapitän«, meldete sich unser Kommandant zu Wort. »Steht schon fest, was nun mit uns geschieht, nachdem die Erprobungszeit abgelaufen ist?«

»Eine verständliche Frage, Herr Richter. Das wird geregelt, sobald ich meinen Bericht abgeliefert habe. Heute haben wir Freitag, da wird das frühestens am Montag oder Dienstag erfolgen. Bis dahin können Sie sich mit Ihrer Besatzung ein schönes Wochenende auf Helgoland machen.«

Er kniff lächelnd ein Auge zu. »Das wird Ihnen doch sicher nicht unangenehm sein – oder? Aber nageln Sie mich um Gottes willen nicht darauf fest. Ich weiß nicht, wie sich die politische Lage über das Wochenende entwickeln wird.«

Das konnte alles oder nichts bedeuten, deshalb hakte Richter sofort nach. »Heißt das, daß wir ...«

»Aber, Herr Richter! Bin ich ein Prophet?« unterbrach ihn Seiffert und warf einen Blick aus dem Fenster auf das Torpedoboot, das gerade die Molenköpfe passierte. »Wie ich sehe, läuft *T1* ein, um mich abzuholen.«

Er stand auf und ordnete seine Papiere. »Vertrauen wir auf das politische Geschick des Führers, meine Herren! Ich wünsche uns allen ein schönes Wochenende.«

Wir standen auf und nahmen militärische Haltung an, während er in Begleitung des Kommandanten schnellen Schrittes die Messe verließ.

»Das war mehr als deutlich«, meinte der II WO, »und es paßt zu dem, was ich gestern abend in der Messe gehört habe.«

»Und was haben Sie gehört?« fragten Ole und ich wie aus einem Mund.

»Die ›Einbäume‹ liegen in Sechs-Stunden-Bereitschaft. Genaues weiß man nicht, aber dafür kursieren jede Menge Gerüchte. Angeblich versuchen die Tommies, die Russen auf ihre Seite zu ziehen, um Polen vor uns zu schützen.«

Ole winkte ab. »Na, das ist aber ’ne sehr gewagte Hypothese. So was kann nur jemand aufgebracht haben, der das Verhältnis zwischen den Polen und Russen nicht kennt. Die hassen sich wie Hund und Katze.«

»Mag ja sein. Fest steht jedenfalls, daß die Offiziere und Deckoffiziere angeben müssen, wo sie zu erreichen sind, wenn sie an Land gehen. Viele Möglichkeiten gibt’s ja hier auf Helgoland nicht.«

Das war eine Nachricht, die uns die Sprache verschlug. Wenn das stimmte, dann sah es wirklich böse aus, und aus dem Spiel, das wir drei Wochen draußen auf See getrieben hatten, konnte ganz schnell bitterer Ernst werden.

Indessen kehrte der Kommandant in die Messe zurück. Mit einer Handbewegung forderte er uns auf, Platz zu nehmen.

»Sie haben gehört, wie der Kapitän die augenblickliche politische Situation beurteilt. Keiner weiß, was uns die nächste Woche bringt, meine Herren! Ich meine, nach unserem dreiwöchigen Seetörn haben wir uns alle dieses Wochenende auf Helgoland verdient! Oberbootsmann – normaler Hafenwachplan, Landgang wie üblich. Noch Fragen?«

Ich war – was Frauen anbelangte – weiß Gott kein unbeschriebenes Blatt mehr, hatte jedoch bisher die Verbindung fairerweise jedesmal wieder gelöst, wenn die jeweilige Liaison bei mir nicht unter die Haut ging. Welche Aussichten hatte denn ein Seeoffizier, in einem kurzen Landurlaub die Frau seiner Träume zu finden, um ein normales Liebes- oder gar Eheleben zu führen?

Jetzt erlebte ich zum ersten Mal, daß ich wie ein verliebter Primaner total verunsichert zu einer Verabredung schlich. Anke schien genau die Frau zu sein, nach der ich bisher vergeblich Ausschau gehalten hatte. Bei ihr stimmte einfach alles. Sie hatte alle Eigenschaften, die ich bei einer Frau suchte. Sie war nicht nur hübsch und ungemein sympathisch, sondern intelligent, selbstbewußt und energisch, soweit der Eindruck unseres ersten Abends nicht trog. Wir mochten einander, das war klar, sonst hätte sie mich eiskalt ablaufen gelassen. Aber wußte ich denn, welchen Wert sie unserer Begegnung tatsächlich beimaß?

Schön, wir hatten uns nach dem fröhlichen Tanzabend im *Hilligenlei* geküßt, aber was wollte das schon besagen? Alkohol war mit im Spiel gewesen, da sah am nächsten Tag mitunter alles ganz anders aus. Vielleicht erwies sich der Abend als Eintagsfliege und ich mich als derjenige, der sich falsche Hoffnungen machte?

Befangen trat ich Anke entgegen und erlebte zu meiner Überraschung, daß es ihr offensichtlich nicht anders erging.

Mit einem unsicheren Lächeln gab sie mir die Hand. »Habe ich mich gestern abend eigentlich sehr daneben benommen, Arne? Ich meine ...«

»Wie kommst du denn auf diese Idee? Überhaupt nicht! Wir waren fröhlich und ausgelassen, vielleicht auch noch ein bißchen laut und albern, aber sonst? Ich fand's herrlich. Und du?«

»Ich auch, aber das ist's ja gerade!« Sie scharrte verlegen mit ihren Bootsschuhen etwas Sand zusammen. »Ich hatte ganz schön einen in der Krone, und da tue ich mitunter Dinge, die ich nüchtern vielleicht nicht getan hätte.«

»Aber, Mädchen, wir waren doch alle ganz schön angeschossen!« Ich lächelte. »Du warst hinreißend, Anke. Wenn's nach mir ginge, würde ich am liebsten ...«

»Ich hab' ja nichts dagegen, wenn ihr gegenseitig euer Herz erleichtert«, fiel mir Friederike burschikos ins Wort. »Aber hatten wir nicht gestern abend beschlossen, heute gemeinsam zu segeln? Ich kann natürlich auch mit Ole allein lossegeln, wenn ihr noch 'ne Weile brau ...«

Anke lachte laut auf. »Das könnte dir so passen, was? Nichts da, meine Liebe! Wir segeln gemeinsam!«

Für mich wurde das Wochende mit Anke zum schönsten meines bisherigen Lebens. Auch wenn wir vier am Tage gemeinsam segelten und die Abende in irgendeinem der Lokale Helgolands ausklingen ließen, gingen Friederike und Ole danach ihre eigenen Wege. Anke und ich waren darüber nicht böse, denn wir kamen uns dadurch ungestört näher. Ich brauchte allerdings erst ein aufrüttelndes Erlebnis, bis mir klar wurde, daß ich mich in Anke bis über beide Ohren verknallt hatte.

Es war am Sonntag kurz vor Mitternacht, als in dem Lokal, in dem wir beim Wein saßen, plötzlich eine Marinestreife auftauchte, die Tische abklapperte und die Papiere der uniformierten Gäste kontrollierte.

Anke ergriff meine Hand. »Was hat denn das zu bedeuten? Warum müssen alle Marineangehörigen das Lokal verlassen?«

»Nicht alle, Anke«, widersprach ich. »Vielleicht 'ne Übung. Der Sommer ist nun mal Manöverzeit, da macht vielleicht irgend so ein Pott überraschend seeklar. Wir haben das ja auch gerade hinter uns.«

Das klang hoffentlich unverfänglich, obwohl ich zutiefst beunruhigt war. Die meisten beglichen nämlich nach der Kontrolle sofort ihre Rechnungen und strebten eilig hinaus. Die Streife trommelte also die Besatzungen ganz bestimmter Schiffe zusammen. War das die Mobilmachung, der Auftakt zum Krieg?

Der Streifenführer, ein Oberfähnrich, trat an unseren Tisch und salutierte. »Ich bitte um Entschuldigung, Herr Oberleutnant! Urlaubskontrolle! Darf ich um Ihre Papiere bitten?«

Ich reichte ihm mein Soldbuch über den Tisch. »Was ist los, Oberfähnrich? Eine Alarmübung?«

Er warf nur einen kurzen Blick hinein und gab es mir wieder zurück. »Vielen Dank, Herr Oberleutnant. Keine Alarmübung. Ein paar Boote machen seeklar. Kam wohl überraschend.«

Eine so pflaumenweiche Antwort, die bewies, daß er genau wußte, was wirklich anlag. Er salutierte und wandte sich den nächsten Tischen zu.

Auch hier das gleiche Spiel. Einige gingen nach der Kontrolle, andere blieben. Ich sah deren Gesichtern an, daß sie sich ebenfalls den Kopf über diese gezielte Aktion zerbrachen.

Anke atmete erleichtert auf. »Ich hatte schon befürchtet, du müßtest jetzt auch an Bord!«

»Ich auch, und ich bin froh, daß es nicht so ist.«

Eine Antwort, die ein zärtliches Lächeln auf ihr reizvolles Gesicht zauberte. »Meinetwegen?«

»Ist das nicht verständlich? Wäre doch schade, wenn der Abend so endete.«

Ihr Lächeln fiel zusammen. »Aha, das soll wohl ein Kompliment sein, was?« Sie sah auf ihre Uhr und gähnte. »Mitternacht, der Bettzipfel zieht. Wir sollten gehen.«

Ich hatte sie irgendwie enttäuscht, das ließ sie mich auf dem Weg zum Yachthafen fühlen, und auch der Abschied war ernüchternd kurz.

Grübelnd trat ich den Heimweg zum Stützpunkt an. Was hatte ich falsch gemacht? Immer wieder rief ich mir ihre Reaktion ins Gedächtnis zurück. Ich dachte an ihr zärtliches Lächeln, das plötzlich zusammenfiel. Mensch, das war's! Ich Idiot hatte keine Antenne für ihre Stimmung gehabt, die sie so hatte fragen lassen! Ich war ihr nicht gleichgültig, deshalb hatte sie eine andere Antwort von mir erwartet.

Abrupt blieb ich stehen. Mein Gott, was war ich doch für ein Trottel! Warum hatte ich diese Chance vertan und ihr nicht gestanden, daß ich für sie Gefühle empfand, die ich für andere Frauen bisher noch nie empfunden hatte? Daß ich sie liebte?

Ich machte kehrt, wollte zum Yachthafen zurück und lief Ole direkt in die Arme.

»Na, habt ihr einen schönen Abend gehabt?« fragte er nichtsahnend und zog mich mit zum Stützpunkt. »Hat deine Anke auch so 'n Pfeffer im Höschen wie meine Friederike?«

Ich quälte mir ein Lachen ab. »Dazu fehlen mir leider die Vergleichsmöglichkeiten.«

Er schlug mir kumpelhaft auf die Schulter und kicherte. »Das könnte dir so passen, was? Aber nichts da, Sportsfreund, das Berühren der Figüren mit den Pfoten ist verboten!«

Der nächste Morgen wartete mit einer bösen Überraschung auf. Noch ehe uns ein Funkspruch in Sechs-Stunden-Bereitschaft versetzte, ohne daß wir den Grund erfuhren, waren bereits alle anderen U-Boote mit dem

Morgengrauen in See gegangen. Bereitschaft, das war nur ein Aufschub, ihr folgte früher oder später unweigerlich das Seeklar.

»So ein Scheiß!« fluchte Ole leise vor sich hin. »Damit sind unsere Stunden auf Helgoland gezählt! Und Friederike und ich wollten heute abend ...«

Er verschluckte den Rest seiner Worte. Siedend heiß ging auch mir auf, was das nach der vertanen Chance für Anke und mich bedeutete. Jetzt war an Landgang erst wieder zu denken, wenn das Boot nach Ablauf der Frist klar zum Auslaufen war.

Kam der Befehl dazu noch vor Dienstschluß, dann hatten weder Ole noch ich eine Möglichkeit, die beiden zu erreichen und uns von ihnen zu verabschieden. Wir verschwanden spurlos von der Bildfläche und ließen zwei von der Marine enttäuschte Frauen auf Helgoland zurück. Das ging uns beiden gegen den Strich.

Doch der Tag meinte es gut mit uns. Mit jeder verstreichenden Stunde wanderte das Seeklar weiter in den Nachmittag hinein, so daß den Freiwächtern nach Dienstschluß ein auf sechs Stunden begrenzter Landgang gewährt werden konnte. Das galt auch für uns Offiziere, allerdings mit einem Haken.

»Es wäre mir lieber, wenn Sie die vollen sechs Stunden Landgang nicht ausnutzen wollten, meine Herren«, ließ der Alte bei der Besprechung am Nachmittag die Katze aus dem Sack. »Man kann schließlich nicht wissen. Bei den Einbäumen ist das Seeklar zwar nicht unerwartet, aber doch so kurzfristig gekommen, daß man die Besatzungen erst an Land zusammensuchen mußte.«

»Das war gestern abend also der Grund für die sogenannte Urlaubskontrolle, Herr Kaleu?« fragte ich. »Weiß man, wohin die ›Einbäume‹ beordert worden sind?«

»Zu Manövern in die Ostsee, so gehen jedenfalls die Gerüchte. So etwas könnte auch uns bevorstehen.«

»Also doch!« sagte Ole leise zu mir. »Zu Manövern in die Ostsee – wer's glaubt! Da kann man sich ja an fünf Fingern abzählen, wohin der Hase in Wirklichkeit läuft. Nichts wie los, Arne!«

Ole kam früher als ich von Bord. Zuviel war liegengeblieben, das angesichts des drohenden Seeklars von mir noch auf Vordermann gebracht werden mußte.

Endlich konnte ich mich aber doch auf den Weg zum Yachthafen machen. Ich erstand unterwegs noch eine Flasche Champagner, sozusagen als Trostpflaster.

Anke saß allein auf dem Kajütdach ihrer *Windsbraut* im sinkenden Sonnenlicht und sah nur flüchtig auf, als ich zu ihr an Deck sprang. »Ach, kommst du auch noch?«

Ich lachte, entschlossen, jetzt Nägel mit Köpfen zu machen. »Hui, das ist aber ein eisiger Empfang! Entschuldige, ich kam nicht früher weg. Oder bist du mir etwa noch wegen gestern abend böse? Dann möchte ich mich jetzt in aller Form bei dir entschuldigen.«

»Entschuldigen? Du brauchst dich für eine gerechte Strafe nicht zu entschuldigen.« Sie erschauerte, denn die Sonne verschwand hinter einer Wolkenbank, und sofort wurde der Wind spürbar kühler.

Ich starrte sie verblüfft an. »Eine gerechte Strafe? Um Himmels willen, wovon redest du? Wofür?«

»Wofür?« Sie sah mich mit einem wehen Lächeln an. »Ich hatte mir geschworen, von den Männern ein für allemal die Nase gestrichen voll zu haben. Aber dann läufst du mir über den Weg, und schon waren alle guten Vorsätze wieder im Eimer.«

Es dauerte eine ganze Weile, bis ich begriff. »Und da siehst du meine ungeschickte Antwort jetzt als eine Art von Bestrafung an?«

Sie nickte trübselig und fröstelte erneut. Ich zog sie zu mir empor und nahm sie in die Arme.

»Mensch, Anke, das war ja die schönste Liebeserklärung, die ich je gehört habe! Und nun Schluß mit dem Drumrumgerede! Auch meine guten Vorsätze sind nämlich flöten! Ich liebe dich, Mädchen, und zwar vom ersten Abend an! Hast du gehört? Ich liebe dich, wie ich noch keine Frau vor dir geliebt habe, und das ist kein Schmus!«

»Ehrlich? Das klingt ja ganz anders als gestern abend.« Ihre Miene taute auf. Sie strahlte mich an und machte sich dennoch lächelnd von mir frei. »Ich hab' kaum was an. Da willst du mich doch nicht etwa so vor all den Menschen hier abknutschen? Mir ist kalt, ich muß mir was anziehen. Ab in die Kajüte, Arne!«

Sie stieg vor mir in die Kajüte hinab. Noch ehe sie in ein Kleid schlüpfen konnte, zog ich sie an mich. »Wat mutt, dat mutt, Liebling!«

Wir küßten uns, bis wir alles um uns herum vergaßen und nur noch uns fühlten.

»Hmmm«, sagte ich und richtete mich in der Koje auf. »Du hattest von den Männern also ein für allemal die Nase gestrichen voll? Das klingt nicht wie 'n Kompliment. Warum?«

»Weil ich zutiefst enttäuscht worden bin, darum!« Sie zog sich wie eine Schnecke in ihr Haus zurück. »Ich glaube nicht, daß das jetzt der richtige Augenblick ist, darüber zu reden. Vielleicht morgen, Arne, wenn du dann noch da bist. Hattest du nicht 'ne Flasche Champagner dabei? Gläser hängen in dem Schapp in der Pantry.«

Ich warf die Decke zurück und stieg in meine Hose. Draußen hatte inzwischen die Dämmerung eingesetzt. Ich angelte die Flasche aus dem Cockpit.

»Befürchtest du nicht, daß Friederike und Ole uns in dieser recht eindeutigen Situation überraschen könnten?«

Sie sah auf ihre Uhr und kicherte. »Nein, befürchte ich nicht. Nicht vor zehn Uhr. Friederike und Ole hatten da gestern offenbar weniger Probleme als wir.«

»So, so!« Ich öffnete die Flasche und schenkte uns ein. »Wenn ich dich so ansehe, werde ich das Gefühl nicht los, daß wir gewaltigen Nachholbedarf haben.«

Sie lachte. »Alles zu seiner Zeit, mein Lieber. Erst den Champagner, dann das Vergnügen!«

Wir liebten uns auf eine leidenschaftliche, fast verzweifelte Weise, als könnten wir damit die Uhr anhalten. Doch die Zeit verrann unaufhaltsam wie feiner Sand zwischen den Fingern.

Als wir Friederike und Ole kurz nach zehn Uhr gickernd über den Steg heranpoltern hörten, stiegen wir an Deck. Tiefe Dunkelheit umfing uns, kein Stern funkelte am Himmel. Nur der spärliche Widerschein der Lichterkette am Rande des Hafenbeckens tanzte auf der schwarzen Wasserfläche im Takt der Dünung. An der Kimm flammte fern im Südwesten Wetterleuchten über die geschlossene Wolkendecke.

»Ist das nicht eine tolle Kulisse? Fehlt bloß noch Richard Wagners Musik aus dem *Fliegenden Holländer.*« Anke kuschelte sich in meinen Arm und hauchte mir einen zärtlichen Kuß auf die Wange. »Jetzt weiß ich, wie allen Seemannsbräuten auf der Welt zumute ist, wenn unwiderruflich die Abschiedsstunde schlägt.«

»Nicht unwiderruflich, Anke. Noch steht doch gar nicht fest, wann wir tatsächlich in See gehen. Und wenn, dann höchstens nach Schlicktown. Für einen langen Seetörn haben wir gar nicht genügend Proviant und Treiböl gebunkert.« In Gedanken fügte ich hinzu: »Von scharfer Munition und Torpedos gar nicht zu reden.«

»Wenigstens ein Trost, wenn auch ein schwacher.« Sie drängte ihren Körper gegen den meinen, so daß ihre Wärme selbst durch das dicke Marinetuch drang. »Seid ihr morgen früh nicht mehr im Hafen, segeln wir sofort nach Hamburg zurück. Du rufst mich an, ja? Nach Wilhelmshaven ist es ja nur ein Katzensprung.«

Ich deutete auf das Wetterleuchten an der Kimm. »Das sieht nicht gut aus. Mir wär' lieber, du bliebst im Hafen, bis die Gewitterfront durch ist. Ich möchte nicht ...«

»Nun sieh dir das an, Ole! Die beiden turteln noch immer!« spottete Friederike. »Muß Liebe schön sein.«

Sie sprang an Deck. »Was ist, nehmen wir noch 'nen Abschiedstrunk?«

»Ein andermal, Fritzi!« widersprach Ole. »Arne und ich sind schon jetzt spät dran. Uns brennt die Zeit auf den Nägeln. Wer weiß, was sich inzwischen ...«

»Mein Gott, nun sei doch nicht so pingelig! Vorhin hast du mir noch geschworen, daß du mich liebst, und jetzt reicht's nicht mal mehr zu einem Abschiedsschluck? – Männer!«

Ich lachte laut auf. »Komm, Anke, laß die beiden sich die Köpfe einschlagen! Bringst du mich noch ein Stück? Jetzt ist jede Sekunde kostbar!«

Ich half ihr auf den Steg und nahm sie bei der Hand. Lachend liefen wir über die dröhnenden Planken zum Kai. Dort bremste Anke unseren Lauf.

»Halt, Arne! Nimm mich noch einmal fest in die Arme und schwöre mir, daß du mich liebst und wieder zu mir zurückkehren wirst!«

»Ich schwöre es, und es ist mir ernst damit.« Ich küßte sie, bis uns Ole und Fritzi eingeholt hatten. »Und du, Anke?«

»Ich liebe dich und werde immer auf dich warten!« flüsterte sie mir ins Ohr. »Und nun genug, sonst muß ich heulen!«

Das war die Szene, die sich unauslöschlich in meine Erinnerung einbrannte.

Im Morgengrauen gingen wir bei auflaufendem Wasser nach Wilhelmshaven in See. Nach dem Gewitter in der Nacht brach ein trüber, regnerischer Tag an, der so recht zu meiner Stimmung paßte. Dunst lag über dem Wasser, als wir die Molenköpfe passierten und der Bug aufgischtend in die lange Dünung der Deutschen Bucht schnitt.

Immer wieder richtete ich mein starkes Fernglas auf den Yachthafen, fand den schnittigen Leib der *Windsbraut* inmitten der vielen Segelyachten, die an den Stegen im Rhythmus des Meeres dümpelten, und entdeckte auf ihrem Deck trotz der Regenflagen plötzlich zwei Gestalten, die uns mit weißen Tüchern einen Abschiedsgruß zuwinkten.

»Verrückt!« sagte ich leise und schüttelte den Kopf. »Sollten sich lieber ausschlafen nach diesen turbulenten Tagen.«

»Wer ist verrückt und sollte sich ausschlafen, I WO?« sagte der Alte, der unbemerkt neben mich getreten war und sein Glas ebenfalls auf den Yachthafen richtete. Er stieß einen anerkennenden Pfiff aus. »Die beiden Frauen dort? Alle Achtung, morgens um vier bei Regen ein Abschiedsgruß im Pyjama! Amors Pfeil muß ja tief sitzen!«

Ich lachte. »Sitzt er auch, Herr Kaleu, und nicht nur bei

den beiden Frauen! Für den LI und mich waren es fünf wundervolle Tage auf Helgoland.«

Sein Gesicht wurde ernst. »Davon werden Sie noch lange zehren müssen, Herr Thomsen. Haben Sie die letzten Nachrichten gehört? Es sieht nicht gut aus. Wenn nicht in letzter Minute noch Vernunft einkehrt, löst das Gezänk um Danzig und den Korridor in Kürze einen europäischen Krieg aus, und dann gnade uns Gott!«

Es gibt nur wenige Städte in Deutschland, die selbst bei strömendem Regen noch einen gewissen Charme ausstrahlen, Wilhelmshaven gehörte eindeutig nicht dazu. Häuser, Hafenanlagen und Schiffe schwammen im Dunst und wirkten auf mich, wie es der von der Marine schon zu Kaisers Zeiten geprägte Spitzname Schlicktown so zutreffend ausdrückte: grau in grau wie der Schlick, den die Ebbe im Jadebusen zweimal täglich freilegte.

Aber vermutlich war mein Urteil ungerecht, weil ich der Erinnerung an Anke nachhing, während wir uns in den Hafen hineintasteten und nach dem freien Liegeplatz suchten, den uns der Blinkspruch zugewiesen hatte. Noch immer glaubte ich die Wärme ihres nackten Körpers in meinen Armen zu spüren, und selbst der unablässig fallende Regen vermochte die Erinnerung an ihre heißen Küsse nicht von meinen Lippen zu waschen.

»Geht ja hier zu wie auf der Kieler Woche«, holte mich die Stimme des Alten aus meinen Träumen zurück, »nur daß es lauter Kriegsschiffe sind.«

Der II WO deutete zu einer auslaufenden Kampfgruppe aus Zerstörern und Kreuzern hinüber, die uns an Backbord in Kiellinie passierte, angeführt von einem Schweren Kreuzer, der in seinem Topp die Admiralsflagge führte.

»Da werden böse Erinnerungen an meine Kadettenzeit wach, Herr Kaleu. Die Korporäle auf dieser hochnäsigen Admiralsgaleere waren hundsgemeine Schinder, gegen deren ausgeklügelte Gemeinheiten selbst die Einfälle der Rekrutenkorporäle auf dem Dänholm verblaßten, und die waren schon ausgemacht niederträchtig gewesen.«

»Und das alles mit dem blöden Spruch: Noch tragt ihr die Wäsche hinten, ihr nachgemachten Menschen! Erst wenn ihr Kragen und Schlips vorne tragt, dürft ihr's Maul aufreißen. Bis dahin schleifen wir euch, bis euch das Wasser im Arsch kocht!« setzte ich hinzu. »Ich hab' mir immer gewünscht, einem dieser Schinder später mal zu begegnen.«

Der Kommandant nickte. »An diese Typen erinnert sich wohl jeder von uns. Der Dänholm, der berüchtigte Schleifstein der Ostsee für den Offiziersnachwuchs, und seine Korporäle haben mich damals auch daran zweifeln lassen, ob die Laufbahn des Marineoffiziers für mich wirklich die richtige sei.«

Aus einem der gerammelt vollen Hafenbecken blitzte durch den Regen eine Klappbuchs zu uns herüber, so schnell, daß ich nur einen Teil des Blinkspruchs mitbekam.

»Blinkspruch für uns, Herr Kaleu!« meldete der Signalmaat. »*U-E 2* hier festmachen! Kommandant umgehend zur Meldung beim Flottillenchef. Wiederhole ...«

»Bestätigen Sie, Mendel! Dann hat die Sucherei ja ein Ende. Auf denn, Herr Kruse, bringen Sie uns ran!«

Das war leichter gesagt als getan. Mit kleiner Fahrt steuerte der II WO unseren Liegeplatz an, jagte mit dem Nebelhorn die herumwuselnden Barkassen aus dem Weg und quetschte das Boot endlich zwischen einem

Pulk von U-Booten an die Pier. Es war ein buntes Gemisch, vornehmlich aber Boote vom Typ VII-B, vor denen ein lärmender Betrieb wie auf einem Jahrmarkt herrschte.

Versorgungsleitungen schlängelten sich zu den Booten, Transportkarren ratterten über das Kopfsteinpflaster, vollgepackt mit Kartons und Kisten voller Lebensmittel aller Art, die dann Hand über Hand und mit viel Geschrei im Bauch der Boote verschwanden. Jeder brüllte jedem etwas zu.

»Na, da steht uns ja einiges bevor«, meinte der Alte. »Sieht aus, als hätten die es alle wahnsinnig eilig. – Übernehmen Sie das Boot, Herr Thomsen, und veranlassen Sie, daß die Tanks gepeilt und die Vorratslasten gesichtet werden. Man kann schließlich nicht wissen, was beim Stab für uns herauskommt. Keiner verläßt das Boot.«

Damit machte er sich auf den Weg zum Flottillenchef.

Zwei Stunden später kam er mit einem Fähnrich zurück und rief Offiziere und Deckoffiziere zu einer Besprechung zusammen.

»Nehmen Sie bitte Platz, meine Herren. Das hier ist Fähnrich zur See Rudolf Graf Hardegg, der uns – frisch von der ULD – als Wachoffizierschüler zugewiesen worden ist.« Sein Ton ließ keinen Zweifel daran, daß ihm der Fähnrich regelrecht aufgezwungen worden war.

Der war ein fader blonder Typ, rank und schlank, aber irgendwie linkisch wirkend. Er wußte offenbar nicht so recht, wo er seine Hände lassen sollte, die schmal und feingliedrig aus den Ärmeln seiner aus feinstem Tuch maßgeschneiderten Uniform hervorschauten.

»Graf Hardegg?« brach Ole das Schweigen. »Verwandt mit dem Kapitän zur See Graf Hardegg, Fähnrich?«

»Jawohl, Herr Oberleutnant.« Seine Augen leuchteten. »Der Herr Kapitän ist mein Onkel.«

Ach du meine Güte, deshalb war der Alte so sauer. Ein Protektionskind, das trotz seines hochtrabenden Namens nicht so aussah, als habe es die Weisheit mit Löffeln gegessen. Das konnte ja heiter werden.

Der Alte grinste diabolisch. »Eine Verwandtschaft, die verpflichtet, Fähnrich. Oberleutnant Thomsen, unser I WO, wird Sie unter seine Fittiche nehmen und dafür sorgen, daß Ihnen die hier versammelten Herren die Praxis so hautnah wie möglich vermitteln. Einverstanden, Herr Thomsen?«

Ich nickte. »Wir setzen uns anschließend zusammen und sprechen das miteinander ab, Herr Kaleu. Vorab aber noch 'ne Frage: Wo bringen wir den Fähnrich unter, Oberbootsmann?«

Der zögerte. »Der Fähnrich ist Portepeeträger. Da kann ich ihn schlecht bei den Maaten unterbringen, obwohl da noch Platz ist. Kommt eigentlich nur noch das Deckoffizierslogis in Frage, Herr Oberleutnant.«

Wenn dieser maritime Graf auch nur einen Funken Verstand in seinem aristokratischen Schädel besaß, dann mußte ihm inzwischen aufgegangen sein, daß ihm hier – wie allen Fähnrichen – trotz der hochrangigen Verwandtschaft der Wind vierkant ins Gesicht blies und ihm keinerlei Schonzeit eingeräumt wurde.

»Gut, Oberbootsmann, dann wäre auch das abgehakt«, kam mir der Alte zuvor. »Gehen wir zur Tagesordnung über.«

Ole hatte die Tanks peilen lassen, und vom Smutje lag

auch schon die Liste unserer Vorräte vor. Ich reichte sie dem Kommandanten über den Tisch.

»Wie ich's nach drei Wochen Seetörn nicht anders erwartet habe«, meinte er, nachdem er die Unterlagen überflogen hatte. »Aber das hat Zeit. Wir sollen so schnell wie möglich seeklar machen, können jedoch erst morgen früh an die Werftpier verholen, um die Mängel beheben zu lassen, die während der Erprobung aufgetreten sind. Anschließend werden Wasser und Diesel bis an die Halskrause gebunkert und die Vorratslasten aufgefüllt.«

»Gibt es eine bestimmte Mengenvorgabe?« fragte der II WO, der für die Menage zuständig war.

»Stellen Sie mit dem Smut' den Bedarf für sechs Wochen auf, und lassen Sie den Fähnrich teilhaben, damit er mitkriegt, wie so etwas läuft. Was nicht in die Lasten geht, kommt in alle Räume und Gänge, wo noch ein freies Plätzchen ist!«

Der LI pfiff überrascht durch die Zähne. »Ein Marathon-Seetörn?«

»In etwa, meine Herren. Man wolle prüfen, wie lange unser Bootstyp voll ausgerüstet in See stehen kann, hieß die Begründung.« Richter zuckte die Schultern. »Kann sein, kann auch nicht sein. Jedenfalls gehen wir zuletzt an den Arsenalkai, geben die Übungstorpedos ab und übernehmen Gefechtsmunition und scharfe Torpedos.«

»Und nun darf sich jeder von uns dabei denken, was er will, nehme ich an, Herr Kaleu«, sagte ich lächelnd, obwohl mir jetzt gar nicht mehr danach war.

Er grinste zurück. »Genauso ist es! So ähnlich hat sich nämlich auch der Flottillenchef ausgedrückt, meine Herren.«

»Und wohin geht die Reise?« hakte ich nach.

»In den Atlantik. Weit genug ab von jeder Küste, um

die Pferde nicht scheu zu machen. Genaueres erfahren wir, wenn wir seeklar sind. Bis dahin totale Urlaubssperre und kein allgemeiner Landgang, klar?«

»Werden wir nun endlich auch diese blöde Bezeichnung los und bekommen eine normale taktische Nummer wie die anderen Boote?« wollte Kruse, unser II WO, wissen. »Man kommt sich ja hier wie 'n Exote vor.«

»Das habe ich auch zu fragen gewagt und prompt dafür 'nen Anpfiff kassiert. Das sei jetzt von absolut untergeordneter Bedeutung, man habe zur Zeit wichtigere Dinge im Kopf.«

In der Offiziersmesse des Stützpunktes brodelte die Gerüchteküche, angeheizt durch die Geheimniskrämerei des Flottillenstabs, der die seeklaren Boote angeblich mit versiegelter Order hinausschickte, und durch die Nachrichten über die provozierenden Kriegsvorbereitungen der Polen.

Zugleich mehrten sich die Berichte über Übergriffe auf die volksdeutsche Bevölkerung in den nach 1918 an Polen abgetretenen Gebieten. Jeder machte sich darauf seinen eigenen Vers. Alles zusammen war jedoch für die meisten Offiziere ein untrügliches Zeichen dafür, daß wir in einen Krieg hineinsteuerten.

»Unsinn!« widersprach ein junger Leutnant dieser These. »Beteuert der Führer nicht selbst angesichts dieser Provokationen immer wieder seinen unbeugsamen Friedenswillen?«

Ein Teil der Zuhörer, vornehmlich die jüngeren Offiziersjahrgänge, nickte zustimmend.

»Was soll er denn auch sonst sagen, ihr Ignoranten?« ereiferte sich Ole, der ein paar halbe Liter Bier hinter die Binde gekippt hatte. »Irgendwann läuft das Faß über, und dann haben wir den Kladderadatsch!«

»Na und?« sagte der Fähnrich Graf Hardegg mit einer wegwerfenden Handbewegung. »Mit den Polacken werden wir doch spielend fertig, Herr Oberleutnant!«

Ole sah ihn an, als zweifele er an dessen Verstand, aber aus der Gruppe jüngerer Offiziere und Fähnriche kam zustimmendes Gemurmel.

»Unbestritten! Aber was dann, wenn England und Frankreich den Polen zu Hilfe kommen? Dann sieht das ...«

»Komm, komm, Ole, spiel hier nicht Kassandra! Gott denkt, und der Führer lenkt!« unterbrach ich ihn, bevor er sich noch mehr vergaloppierte. »Wenn du schon hellseherische Fähigkeiten entwickelst, dann verrate mir lieber, wo unsere Mädchen jetzt stecken.«

Das laute Gelächter brachte ihn aus dem Konzept. Widerstandslos ließ er sich von mir aus der Diskussionsrunde ziehen. »Hast du 'nen Knall, Ole? Läßt dich von so ein paar jungen Spunden provozieren?«

»Ja ... aber das ist doch ...«

»Nichts aber! Denken kannst du, was du willst, mein Lieber, aber nicht alles laut in einem solchen Kreis aussprechen! Oder willst du dir die Laufbahn versauen?«

Das brachte ihn auf den Boden zurück. »Du meinst ...?«

»Ja, ich meine! Hast du nicht die Gesichter gesehen, die die bei deinen Worten gemacht haben? Komm mit, ich möchte telefonieren. Kann sein, daß die Mädchen schon in Hamburg sind, wenn sie wirklich so früh aufgebrochen sind wie wir. Es hat zwar gegossen, aber der Wind stand gut.«

Ich kam unerwartet schnell nach Hamburg durch. Es dauerte allerdings eine Weile, bis abgenommen wurde.

»Guten Abend, bei Weber«, meldete sich eine Frauenstimme und wartete. Sie wurde ungeduldig. »Ja, bitte?«

»Guten Abend! Mein Name ist Thomsen, Oberleutnant zur See Thomsen. Ich hätte gern Fräulein Anke Weber gesprochen.«

»Tut mir leid, Herr Oberleutnant, das gnädige Fräulein ist zur Zeit nicht im Hause. Ich weiß auch nicht, wann sie von ihrer Segeltour wieder zurück sein wird. Wollen Sie eine Nachricht hinterlassen?«

Das »gnädige Fräulein« überraschte mich so, daß ich einen Augenblick zögerte. Dabei hätte ich damit rechnen müssen. Anke wohnte in Blankenese, einer Gegend für betuchte Leute. Da hatte man eben nicht nur 'ne Yacht, sondern auch Hausangestellte.

Trotzdem fragte ich: »Mit wem spreche ich?«

»Ich bin Helga, das Hausmädchen. Kann ich etwas ...«

Eine Männerstimme im Hintergrund unterbrach sie. »Ein Anruf, Helga? Für wen?«

Ich konnte nicht hören, was sie sagte, weil sie die Sprechmuschel abdeckte. Dann hatte ich plötzlich die Männerstimme im Ohr.

»Guten Abend, ich bin Professor Weber. Tut mir leid, Herr Oberleutnant, meine Tochter ist noch nicht zu Hause. Sie hat mich vom Yachthafen in Wedel angerufen, wo unser Boot liegt. Kann ich ihr etwas bestellen? Sind Sie telefonisch zu erreichen?«

Das war die zweite Überraschung. Der Vater war ein Professor, das hatte Anke mit keinem Wort erwähnt; das sprach für sie. Dennoch – was wußte ich denn überhaupt von ihr und ihrer Familie?

»Nur über die Nummer der Offiziersmesse, Herr Professor. Aber ob das funktioniert?« Ich gab ihm die Nummer und meine gegenwärtige Adresse durch. »Ich würde mich sehr freuen, wenn sie es versuchte. Ansonsten schreibe ich ihr. Ich weiß nämlich nicht, ob wir nicht morgen schon wieder in See gehen.«

Er lachte kurz auf. »Wenn es so ist, wird meine Tochter alle Hebel in Bewegung setzen, um Sie zu sprechen oder gar zu sehen. Jedenfalls schließe ich es aus dem, was sie am Telefon über Sie sagte. Sie scheinen ihr ja gründlich den Kopf verdreht zu haben, und das freut mich für mein Mädchen.«

»Das hoffe ich, Herr Professor. Mir ergeht es schließlich nicht anders. Bitte, grüßen Sie Anke recht herzlich von mir. Ich wünsche Ihnen allen noch einen schönen Abend.«

»Danke gleichfalls. Ich werde ihr alles ausrichten.«

Vierundzwanzig Stunden später gingen wir mit der Abendflut in See. Selbst wenn Anke inzwischen alle Hebel in Bewegung gesetzt hatte, um mich wenigstens telefonisch zu erreichen, war sie mit Sicherheit gegen eine Wand gelaufen.

Ich hatte mit meinem Telefonat noch Glück gehabt. Eine Stunde später war der Stützpunkt plötzlich von der zivilen Welt abgeschnitten. Es gab einfach keine privaten Telefonate mehr nach außen, und auch von außen wurden private Telefonate nicht weitergeleitet, weil angeblich ein Kabelstrang bei Erdarbeiten zerstört worden war. Die Reparatur werde dauern …

Schön, dachte ich, *werde ich ihr also schreiben.* Ich kam überhaupt nicht auf den Gedanken, daß für die unterbrochenen Telefonverbindungen eine totale Nachrichtensperre verantwortlich sein könnte, von der dann selbstverständlich auch die Briefpost betroffen war.

Erst als wir im Rudel mit anderen U-Booten, aufgereiht in Kiellinie wie zur Flottenparade, den militärisch abgeschirmten Stützpunkt verließen, kamen mir Zweifel, und es war Ole, der sie weckte. Der hatte nämlich ebenfalls einen Brief auf den Weg gebracht.

»Vermutlich verläßt unsere Post erst den Stützpunkt, nachdem sie von der Zensur geöffnet und für unbedenklich befunden worden ist, Arne. Den Briefen ist das hinterher selbstverständlich nicht anzusehen. Irgend jemand hat jedenfalls so eine Bemerkung mitbekommen.«

»Mensch, Ole, fällst du auf solche Scheißhausparolen rein? Bis jetzt weiß doch keine Sau, ob das nicht wirklich 'n Kabelbruch ist!«

»Scheißhausparole? Hast du noch immer nicht begriffen, was jetzt wirklich läuft? Wir treffen Vorbereitungen, von denen man draußen nichts erfahren soll! Geheime Kommandosache, Junge! Da darf nichts durchsickern!«

Das war ein Argument, das mich nachdenklich stimmte. Es beschäftigte mich auch noch, bis wir weit genug von der Küste ab tiefes Wasser unter dem Kiel hatten. Das Rudel löste sich auf. Wir tauchten, um das Boot zu trimmen und auf seine volle Funktionsfähigkeit zu überprüfen.

Bei der Nachbesprechung legte der Kommandant endlich die Karten auf den Tisch. Er breitete ein maschinenbeschriebenes Blatt Papier vor sich aus. Schon an der Farbe konnte jeder von uns erkennen, daß es sich um eine *Geheime Kommandosache* handelte.

Seine Hand schlug auf das Blatt. »Irgend so ein Spaßvogel bei der Flottille ist auf die perverse Idee gekommen, die recht eindeutigen Anweisungen als Planspiel zu bezeichnen. Dabei sind die näheren Umstände alles andere als lustig und bestens geeignet, den Briten den Vorwand für eine Kriegserklärung zu liefern.«

»Ich bitte um Entschuldigung, aber Sie sprechen – mit Verlaub gesagt – in Rätseln, Herr Kaleu«, sagte ich. »Worum geht's denn überhaupt?«

»Um unsere Position in dem sogenannten Planspiel, Herr Thomsen. Wir sollen einen Aufklärungsstreifen im Planquadrat AN vier beziehen. Sie haben ja die Planquadratkarte vor sich liegen und können uns also sagen, wo das ist.«

Ein Blick genügte. »Ich werd' verrückt, das ist ja die britische Ostküste vom Pentland Firth bis Newcastle! Ein stark befahrenes Seegebiet, durch das zahlreiche Schifffahrtslinien führen. Wenn die Tommies davon Wind bekommen, dann ist wahrhaftig der Teufel ...«

»Eben, Herr Thomsen!« unterbrach er mich. »Deshalb unterliegt das Planspiel auch strengster Geheimhaltung. Jede Entdeckung durch Schiffe und Flugzeuge hätte fatale Folgen und ist durch rechtzeitiges Tauchen unbedingt auszuschließen. Darum auch absolute Funkstille.«

»Planspiel nennen die das?« meinte der II WO. »Das sieht doch eher nach 'ner geheimen Mobilmachung aus und riecht nach 'ner Blockade Großbritanniens.«

»Es kommt noch besser! Während des Planspiels sind Torpedoangriffe unter und über Wasser und der Einsatz der Artillerie in möglichst realistischer Weise zu simulieren, um die Kampfkraft und Einsatzbereitschaft der Besatzung auf einen absoluten Höchststand zu bringen und die Herren Wachoffiziere in der Angriffstaktik zu schulen.«

»Steht das tatsächlich so in diesem Einsatzbefehl, Herr Kaleu?« fragte ich ungläubig.

Er reichte mir das Blatt über den Tisch. »Bitte, lesen Sie selbst, Herr Thomsen.«

Ich überflog den Text, der in typischem Kommißdeutsch gehalten war. »Tatsächlich! Das ist ja ’n starkes Stück! Von welchem Sesselfurzer sind denn diese diskriminierenden Formulierungen fabriziert worden? Der tut ja so, als habe er lauter so grüne Wachoffizierschüler wie unseren Fähnrich vor sich!«

Der Alte grinste. »Sesselfurzer ist gut, das muß ich mir merken. Das Geschreibsel verdanken wir garantiert dem Schneider. Ein Verwaltungshengst, der nie als Wachoffizier gefahren ist und davon soviel Ahnung wie ’ne Kuh vom Eierlegen hat.«

»Hat der noch andere Dinger losgelassen?« fragte Ole vergnatzt. »Oder ist das alles?«

»Im Offiziersunterricht sind den Besatzungen noch einmal die Geheimhaltungsverpflichtungen deutlich zu machen, die sie im Falle einer Havarie oder gleichzusetzender Ereignisse unbedingt einzuhalten haben. Dabei ist besonders auf den Wortlaut der Vereinbarungen der Haager Konventionen einzugehen.«

Uns verschlug es einen Augenblick die Sprache. Der Verweis auf die Haager Konventionen sprach Bände, denn sie regelte unter anderem auch die Behandlung von Kriegsgefangenen und beschränkte deren Auskunftsverpflichtung.

»Das ist eindeutig, da erübrigt sich jedes Wort«, sagte ich und gab das Blatt zurück. »Bis wann sollen wir unsere Position eingenommen haben?«

»Bis zum neunzehnten August um null Uhr. Noch Fragen? – Gut! In zehn Minuten tauchen wir auf. Ab sofort ziehen Ausguck und Flakbedienung als Kriegswache auf. Vergattern Sie die Männer entspechend, Herr Kruse. Apropos Wachoffizierschüler – wie macht sich eigentlich unser Fähnrich?«

»Willig und stramm«, meinte der II WO. »Für unsere Verhältnisse an Bord sogar zu stramm. Als Korporal in der Rekrutenkompanie kann ich ihn mir gut vorstellen, aber als Offizier?«

»Was heißt denn das, Herr Kruse?«

»Brüllen kann er jedenfalls, und wie man Vorgesetzte richtig grüßt, weiß er auch. Davon habe ich mich überzeugen können.«

»Zu deutsch, er hat jemanden zusammengefaltet, ja? Wen?«

»Den Funkobergefreiten Siebert, den hat er gestern an Land zur Sau gemacht, weil der ihn angeblich nicht ordentlich gegrüßt hat. Ich hab' mich da nicht reingehängt, das hat schon der Smadding besorgt. Bei passender Gelegenheit werde ich ihm aber mal was über Menschenführung erzählen und was auf U-Booten wichtig und was unwichtig ist.«

»Tun Sie das, Herr Kruse. Ich danke Ihnen, meine Herren!«

In den beiden Tagen, die wir bis in unser Einsatzgebiet brauchten, bekamen wir reichlich Gelegenheit, unsere Männer auf den Ernstfall vorzubereiten; denn wir durchfuhren ein wahrlich verkehrsträchtiges Seegebiet. Sobald der Ausguck Mastspitzen oder Rauchfahnen an der Kimm ausmachte, verschwanden wir in die Tiefe und spielten unzählige Unterwasserangriffe auf die Fährschiffe, Frachter und Passagierdampfer durch, die unseren Kurs ahnungslos kreuzten.

Daneben jagte ein Übungsalarm nach dem anderen die Flakbedienung an ihre Feuerspritzen oder die Kanoniere an die 8,8-cm-Kanone. Selbst nachts holten uns Alarme aus den Kojen, um unbemerkt – wir fuhren ohne Positionslaternen – Überwasserangriffe auf beleuchtete Schiffe zu simulieren, die uns vor die Torpedorohre oder Geschützmündungen liefen.

»Besser können wir's doch gar nicht haben«, würgte der Alte unsere Einwände ab, als diese Schleiferei auch noch in unserem Aufklärungsstreifen anhielt. »Keine Sau ahnt, daß wir hier unser Unwesen treiben. Andernfalls hätten wir die Tommies längst mit Wasserbomben auf dem Hals. Übrigens Wasserbomben, meine Herren, auf die müssen wir uns vorbereiten.«

Und so kamen simulierte Wasserbombenangriffe und ihre möglichen Folgen hinzu. Das Boot war auf 100 Meter Tauchtiefe ausgelegt, bei einer Verfolgungsjagd mit Wasserbomben schützte uns das vermutlich nur wenig. Deshalb loteten wir nun auch noch das Tauchvermögen des Bootes aus, bis es in seinen Verbänden beängstigend knackte und stöhnte. Das war erstaunlicherweise erst bei 200 Meter Tiefe und mehr der Fall. Ansonsten hielt der Bootskörper dem enormen Wasserdruck stand, wenn auch anfangs ein paar Stopfbuchsen lecksprangen.

Der Wachtörn – vier Stunden Wache, vier Stunden Freiwache – wurde dadurch zwar nach wie vor ständig unterbrochen, aber er ging uns zugleich in Fleisch und Blut über.

Unter diesen Umständen verblaßten die glücklichen Tage mit Anke mehr und mehr zu einer schönen Erinnerung. Geblieben war mir außer den Erinnerungen nur noch ihr Foto, das mich jedesmal von der Innenseite der Tür anlächelte, wenn ich das winzige Schapp öffnete, in dem ich meine persönlichen Sachen verwahrte. Dann verfluchte ich jedesmal das Schicksal, das uns nur fünf Tage gegönnt hatte, denn es hatte mich diesmal voll erwischt. Mein letzter Urlaub lag über ein Jahr zurück, und ich hätte Anspruch auf 21 Tage gehabt. Angesichts der Kriegsgefahr hatte sich mein Anspruch jedoch in Luft aufgelöst.

Während einer meiner Wachen kam Ole zu mir auf die Brücke gekrabbelt, und das war ungewöhnlich.

»Hast du gehört, was unser Heimatsender eben gemeldet hat?« fragte er aufgeregt.

Ausguck und Flakbedienung spitzten die Ohren.

Ich lachte laut auf. »Wie sollte ich, du Witzbold! Zu einem Radio haben wir's hier oben noch nicht gebracht. Was hat er denn gemeldet?«

»Wir haben mit der Sowjetunion einen Nichtangriffspakt abgeschlossen! Weißt du, was das bedeutet?« Er starrte mir mit aufgerissenen Augen erwartungsvoll ins Gesicht.

Ich sah ihn ungläubig an. Diese Meldung bedeutete eine totale politische Kehrtwendung. Bisher hatte die Reichsregierung die Sowjetunion als ihren ideologischen Hauptfeind angesehen und deren kommunistische Anhänger in Deutschland mit allen Mitteln bekämpft. Wenn die Nachricht den Tatsachen entsprach, war der Nichtangriffspakt eine politische Sensation, die das Kräfteverhältnis in Europa grundlegend veränderte.

»Du glaubst mir nicht, was?« fragte Ole ungeduldig, weil ich schwieg. »Hab' ich's nicht gesagt? Polen und Russen hassen sich wie Hund und Katze. Jetzt stecken die Polen zwischen zwei Mühlsteinen, und die Tommies werden sich nach dieser diplomatischen Schlappe hüten, ihnen tatsächlich zu Hilfe zu kommen! Paß auf, in ein paar Tagen hört der ganze Spuk hier auf, und es geht heimwärts.«

»Du meinst ...«, sagte ich hoffnungsvoll. »Mensch, dann komme ich vielleicht endlich zu meinem Urlaub!«

Hoffnung keimte im ganzen Boot auf. Wir sahen uns alle schon auf dem Heimweg, während der deutsche Rundfunk seine sensationelle Meldung nicht nur ständig wiederholte, sondern sie durch Informationen über ein möglicherweise bevorstehendes Handelsabkommen ergänzte.

»Weizen- und Erdöllieferungen aus der Sowjetunion, meine Herren! Das wird die Tommies davon abhalten, uns auf die Füße zu treten, denn dann haben Sie keine Chance, uns wie im letzten Krieg auszuhungern!« frohlockte selbst der Kommandant. »Es gibt keinen Krieg! Die Polen werden letztendlich klein beigeben. Das haben bisher alle gemacht!«

Acht Tage später ließ eine Sondermeldung unsere Hoffnungen wie eine Seifenblase zerplatzen. Die Polen hätten mit Freischärlern deutsche Grenzorte und sogar den oberschlesischen Sender Gleiwitz angegriffen. Daraufhin habe das deutsche Linienschiff *Schleswig-Holstein* in den frühen Morgenstunden des 1. September das Feuer auf die polnische Westerplatte im Freistaat Danzig eröffnet. Zugleich hätten deutsche Truppen die Grenze überschritten, um den polnischen Provokationen ein Ende zu bereiten. Von jetzt an werde zurückgeschossen.

Wir sahen einander entgeistert an. Also doch Krieg mit Polen.

»Diese polnischen Idioten!« schimpfte Ole. »Jetzt haben sie den Salat!«

»Und wir den Krieg, den keiner von uns haben wollte!« fuhr der II WO mit Grabesstimme fort. »Wenn der Beistandspakt mit den Polen nicht bloß Makulatur ist, müssen die Tommies und die Froschfresser ihnen jetzt zu Hilfe kommen, sonst verlieren sie vor der Welt glatt das Gesicht.«

»Und wic sollen sie das anstellen?« fragte der Alte. »Indem sie uns den Krieg erklären? Das glaube ich nicht! Briten und Franzosen werden protestieren, mehr nicht.«

Die Ereignisse schienen ihm recht zu geben. Während die deutschen Truppen unaufhaltsam vordrangen und den völlig überrumpelten Polen schon am ersten Tag schwere Niederlagen bereiteten, protestierten die Franzosen und Briten lediglich.

»Habe ich es nicht gesagt?« kommentierte der Kommandant triumphierend die Meldungen. Das Radio lief jetzt ständig, sobald wir aufgetaucht fuhren. »Sie hören es doch selbst, meine Herren! Die Niederlage Polens ist nicht mehr aufzuhalten. Warum sollen die Tommies da noch für 'ne verlorene Sache kämpfen? Und die Franzosen sowieso nicht. Die erinnern sich nur zu gut an die Schlachten der letzten beiden Kriege, die sich auf ihrem Boden abgespielt haben.«

Niemand widersprach, denn das klang plausibel und ungemein beruhigend, weil es dem entsprach, was alle hofften. Ein unterschwelliges Unbehagen blieb dennoch.

Am dritten Kriegstag überlagerten plötzlich die Frühnachrichten der BBC den Deutschlandsender. Wir fielen aus allen Wolken, denn BBC berichtete, Briten und Franzosen hätten die Reichsregierung ultimativ aufgefordert, alle Kampfhandlungen umgehend einzustellen und die Truppen aus Polen zurückzuziehen. Andernfalls sei mit ihrem sofortigen Kriegseintritt zu rechnen.

Während wir noch die neue Lage diskutierten und hofften, der Führer werde nachgeben, folgte der nächste Paukenschlag. Wir fingen zwei Funksprüche des BdU an die Kommandanten aller in See stehenden U-Boote auf, die dem Rätselraten ein Ende setzten.

»Die Gefechtsbefehle für die U-Bootwaffe sind in Kraft getreten«, setzte uns der Kommandant in der Offiziersbesprechung von ihrem Inhalt in Kenntnis. »Beginn der Feindseligkeiten gegen England sofort! Es ist gemäß der Anordnung der Haager Konventionen zu verfahren.«

»Also kein Planspiel mehr, sondern blutiger Ernst«, stellte der II WO fest. »Dann sind wir die ersten, die das zu spüren bekommen.«

Der Kommandant nickte. »Ganz richtig! Darum werden wir noch weiter von der britischen Küste ablaufen, denn sobald das erste Schiff nach der Anordnung gestoppt worden ist, spricht sich das herum, und wir haben wenig später die Royal Air Force auf dem Hals.«

Meine erste Kriegswache unterschied sich nur in einem Punkt von den Wachen während des sogenannten Planspiels: Ausguck und Flakbedienung suchten noch gewissenhafter Himmel und Horizont ab, und das war nicht einfach. Nach Osten wurde die Sicht zunehmend schlechter. Eine bleigraue Wolkenwand kroch den Himmel empor, die Kimm verschwand mehr und mehr im Dunst. Kein Zweifel, dort braute sich ein Unwetter zusammen. Nach Westen hin war die Sicht noch klar, aber die schräg einfallenden Strahlen der Nachmittagssonne ließen die See wie einen Spiegel glänzen und gleißend flimmern.

Trotzdem war es ausgerechnet unser Moses, der jüngste Mann der Besatzung, der sich an diesem späten Nachmittag das Gläschen Schnaps verdiente, das der Alte für die erste Sichtmeldung des Krieges ausgelobt hatte.

»Mastspitzen in zwo-sechs-vier, Herr Oberleutnant!« meldete er aufgeregt.

Ich fuhr herum und richtete mein Glas auf den angegebenen Sektor. Tatsächlich, klar und deutlich hoben sie sich am Westhorizont ab und stiegen erstaunlich schnell über die Kimm. Bald folgte ihnen die Oberkante des Schornsteins und der Aufbauten.

Alarmiert durch die Sichtmeldung, kletterte der Kommandant hinter mir aus dem Turmluk. »Nur Mastspitzen oder mehr, Herr Thomsen?«

»Mehr, Herr Kaleu. Aufbauten und Schornstein, aber keine auffallende Rauchfahne darüber. Kommt ziemlich schnell über die Kimm. Also ein ganz modernes, schnelles Schiff, vermutlich eine der Fähren zwischen England und Skandinavien.«

Er blickte durch sein Glas. »Könnte stimmen. Jedenfalls kein Kriegsschiff! Hält es weiter Kurs, läuft es uns direkt vor den Bug.« Langsam drehte er sich um die eigene Achse und suchte dabei den übrigen Horizont ab. »Sieht nicht gut aus, was dort von Nordost heraufzieht, was? Könnte 'ne Kaltfront sein. Dann kann's ganz schön ...« Er stutzte. »Teufel, da ist ja noch 'n Pott im Anmarsch!«

Ich brauchte eine Weile, bis mein Glas die Konturen des Schiffes erfaßte, die sich schemenhaft unter dem bleigrauen Himmel im Dunst abzuzeichnen begannen.

»Verdammt, Hardegg, haben Sie Tomaten auf den Augen?« fuhr ich den Fähnrich an. »Wo bleibt Ihre Meldung? Soll der uns erst über den Haufen fahren?«

»Ich habe ihn ... Er war ...«, stotterte er.

»Menschenskinder, der Pott ist ja schon viel dichter dran als der andere! Der dreht glatt ab, wenn er uns entdeckt!« schnitt ihm der Alte das Wort ab. »Alle Mann auf Tauchstation! Alarmtauchen!«

Blitzschnell ließen wir uns in den Turm fallen und sausten an den Leiterholmen in die Tiefe. Als letzter knallte der Alte das Turmluk zu und kurbelte die Vorreiber vor.

»Turmluk ist dicht! Fluuuten! Auf Sehrohrtiefe einpendeln!«

Jetzt zahlten sich die unzähligen Übungen aus. Alles klappte wie am Schnürchen. Die lärmenden Diesel verstummten, kaum hörbar sprangen die E-Maschinen an. Gurgelnd schoß das Wasser in die aufgerissenen Tauchzellen. Ein Blick auf den Papenberg, die Anzeige für die Sehrohrtiefensteuerung, sanft pendelte das Boot auf die befohlene Tiefe ein.

»Sehrohrtiefe ist erreicht, Herr Kaleu!« kam die Meldung. »Beide Maschinen machen Kleine Fahrt, Kurs dreizwo-sieben!«

»Danke! Horchraum, was erzählen die Fische?«

»Schraubengeräusche aus zwo-sechs-sechs, weit entfernt, aber schnell näher kommend, Herr Kaleu! Außerdem Schraubengeräusche aus null-acht-sieben, klingen wie Kolbenmaschinen.«

»Kolbenmaschinen? Dann wollen wir doch mal sehen, was das für 'n Vogel ist.« Er fuhr das Sehrohr aus und drehte es auf die Horchpeilung ein. »Sieh an, ein Frachter älterer Bauart, geschätzt acht- bis zehntausend BRT. Der hat's aber eilig, der qualmt wie 'n Vulkan. Ein ganz schräger Vogel, denn der führt keine Flagge, und so was macht mich mißtrauisch.«

»Das heißt, wir müssen jetzt auftauchen und feststellen, ob's nicht etwa 'n Neutraler ist, ehe wir ihm 'n Ding vor den Latz knallen dürfen.« Ich tippte mir an die Stirn und schüttelte den Kopf. »Man kann das auch übertreiben. Diese ganze Anordnung ist doch 'n Witz und nicht einmal ein guter! Angriff erst, wenn sich die Besatzung in

Sicherheit gebracht hat! Der Aufenthalt in einem Rettungsboot gilt jedoch nicht als sicher! Also müssen wir sie in die Nähe der Küste schleppen oder ein anderes Schiff herbeirufen, das sie aufnimmt! Das muß man sich mal auf der Zunge zergehen lassen! Was hat die U-Bootwaffe denn dann noch für einen Überraschungseffekt?«

»Das ist ja noch nicht alles!« moserte der II WO. »Passagierdampfer dürfen überhaupt nicht angegriffen werden, selbst in gesicherten Geleitzügen nicht! Kann mir mal einer verraten, wodurch sich 'n Passagierdampfer von 'nem Truppentransporter unterscheidet? Nicht? Dann müssen wir wohl Hellseher sein?«

Der LI hieb in die gleiche Kerbe. »Und die Franzosen? Warum sollen wir die eigentlich schonen? Die haben uns doch ebenfalls den Krieg erklärt!«

»Kenn' ick, weeß ick, hab' ick ooch! Was soll also das Palaver?« fuhr der Alte dazwischen. Er ließ das Sehrohr in den Schacht gleiten. »Nehmen wir uns den anonymen Vogel mal zur Brust. Verfahren wird nach den Befehlen des BdU und der Prisenordnung, meine Herren. Reden können wir später über deren Sinn oder Unsinn. Brückenwache, Flak- und Geschützbedienung in den Turm! Klar zum Auftauchen!«

Er war verständlicherweise nervös. Aber letztlich waren wir das alle, nur wollte es keiner dem anderen zeigen oder gar eingestehen. Es war eine vollkommen neue Situation. Der wirkliche Krieg hatte eben andere Gesetze als ein sogenanntes Planspiel, in dem alles nur simuliert wurde.

»Horchraum, wie weit steht der Pott mit den Kolbenmaschinen noch von uns ab?«

»Etwa zweieinhalb Seemeilen, Herr Kaleu!«

»Auf geht's, Männer! Auftauchen! Fla-Waffen und die

Acht-acht laden und sichern! Man kann schließlich nicht wissen.«

Wir ließen den Frachter bis auf eineinhalb Seemeilen herankommen, ehe wir ihn anblinkten. Den entsprechenden englischen Text konnten unsere Signalgasten schon im Schlaf herbeten.

»Stoppen Sie sofort! Kein Gebrauch von Funktelegraphie! Ich wiederhole: Stoppen Sie sofort! Kein Gebrauch von Funktelegraphie!«

Der Frachter fuhr unbeeindruckt weiter. Weder auf der Außenbrücke noch an Deck ließ sich irgendwer blikken, der reinste Geisterkahn. Dabei zeichneten sich in unseren Gläsern hinter den Scheiben des Kartenhauses und der Brücke deutlich Köpfe ab.

»Die wollen es offenbar wissen«, brummte der Alte. »Obermaat Wörle, wecken Sie diesen *Fliegenden Holländer* auf! Feuer frei für einen Schuß vor den Bug, damit er uns zur Kenntnis nimmt!«

Wörle, der Geschützführer der 8,8-cm-Kanone, und seine Männer hatten den Pott längst im Visier. Der Schuß krachte. Keine zwanzig Meter vor dem Bug des Frachters stieg schäumend ein prächtiger Geisir auf. Den konnte niemand übersehen. Wörle ließ sofort nachladen.

»Wenn der jetzt noch weiter den blinden Klabautermann spielt, dann kann er was ...«

»Er funkt, Herr Kaleu!« schrie der BÜ. »*Coral Sea ... attacked by german submarine ... longitude ...*«

»Wörle, holen Sie seine Antennen runter! Feuer frei!« überschrie ihn der Alte. »Ist der lebensmüde?«

Der Schuß war ein Volltreffer. Er zerschlug den Signalmast knapp über dem Kartenhaus zu Kleinholz. Seine Trümmer, ein wüstes Knäuel aus Stengen, Stagen und

Signalleinen, krachten in die Steuerbordnock und machten sie unpassierbar. Zugleich prasselte ein fürchterlicher Granatsplitterregen auf die Brücke nieder und zerhackte die altertümliche Holzverkleidung.

»Bravo, Männer, ein Meisterschuß!« lobte der Alte. »Anordnung hin, Anordnung her – die nächste Granate verpassen wir ihm in Laderaum eins, wenn diese Idioten nicht zur Vernunft kommen! Signalmaat, blinken Sie ihn an: *Stop at once or you get a torpedo!*«

Der Frachter erwachte plötzlich zum Leben. Aus seinem Schornstein stieg eine riesige Qualmwolke zum Himmel, als sei der Maschinenraum getroffen worden. Männer stürzten an Deck zu den Davits und machten sich an den Rettungsbooten zu schaffen. An seinem Heck schäumte das Wasser hoch auf, als die Maschine rückwärts ging, um zu stoppen. Das Schiff verlor Fahrt und lief leicht aus dem Ruder, so daß es uns sein Heck zudrehte.

Coral Sea – Hongcong stand dort in kaum lesbaren Buchstaben. Lange Roststreifen liefen die Bordwand hinunter.

»Du lieber Himmel, ein vergammelter Trampdampfer aus Hongkong! Der ganze Kahn wird ja nur noch durch Rost und Farbe zusammengehalten, Herr Kaleu!«

»Vergammelt oder nicht, Herr Thomsen. Die ersten Pflaumen sind immer madig! Immerhin ein Brite, und der ist endlich aufgewacht!«

In der Backbordnock der Brücke erschien ein Mann mit einem Megaphon und schrie den Männern an den Davits mit drohenden Gebärden irgendwelche Befehle zu, denn die stoppten sofort das Zuwasserlassen der Boote.

Ich lachte. »Wenn das der Kapitän ist, dann geht dem jetzt der Arsch ganz schön auf Grundeis! Und für die

Fähre, die dort hinten angedampft kommt, dürfte das eine eindrucksvolle Demonstration und eine ernste Warnung sein, was ihr blüht, wenn sie nicht spurt.« Er fuhr herum. »Prima! Die kommt uns gerade recht! Signalmaat, blinken Sie die Fähre an: Sie befinden sich im Kriegsgebiet! Behalten Sie Ihren Kurs bei, und vermindern Sie Ihre Fahrt! Kein FT-Gebrauch! Wenn das Skandinavier sind, verstehen die auch diese deutschen Anweisungen.«

Sie verstanden sie offensichtlich, denn sie bestätigten den Blinkspruch und befolgten widerspruchslos unsere Anweisungen.

»Und nun zu dem Frachter! Bringen Sie uns dichter ran, I WO, damit wir dem Kapitän auf den Zahn fühlen können.«

Der Kapitän, ein Europäer zwischen fünfzig und sechzig Jahren, sah genauso vergammelt aus wie sein rostiges Schiff. Seine *deckhands*, durchweg Asiaten, die verängstigt über die Reling schauten, machten einen noch schmierigeren und verluschten Eindruck.

»Hoffentlich handelt man sich dort drüben nicht noch Läuse und Flöhe ein!« rief mir der II WO zu, der mit dem bis an die Zähne bewaffneten Prisenkommando an Deck zum Übersetzen bereitstand. »Die sehen ja wie verlauste Landstreicher aus!«

»*Send a boat to control your cargo!*« schrie der Alte durch die Flüstertüte hinüber, jede Form von Höflichkeit fortlassend.

An Bord der *Coral Sea* kam man seinem Befehl sofort nach, die Boote waren ja ohnehin schon halb ausgeschwenkt. In einem eleganten Bogen schor die Jolle längsseits. Sie war in einem unerwartet guten Zustand.

»Kein Wunder! Der kennt seinen klapprigen Seelenverkäufer und hat entsprechend vorgesorgt«, lästerte Obersteuermann Werda und erntete lautes Gelächter.

Während der II WO mit dem Prisenkommando übersetzte, blinkten wir die Fähre an, die inzwischen bis auf 800 Meter herangekommen war und stoppte. »*Your identification, please!*«

Die Antwort erfolgte postwendend. Es war die *Prince of Danmark* auf dem Weg von Newcastle nach Esbjerg mit über 200 Passagieren an Bord, überwiegend Skandinavier, die in England vom Kriegsausbruch überrascht worden waren.

Dicht gedrängt standen sie an Deck und verfolgten neugierig, was sich vor ihren Augen abspielte. Von einem deutschen U-Boot auf hoher See gestoppt zu werden, das war allein schon ein Abenteuer. Nun aber auch noch mitzuerleben, wie ein Frachter durch Beschuß gestoppt wurde, um auf Konterbande untersucht zu werden, das war *die* Sensation, mit der man zu Hause den Leuten einen kalten Schauer über den Rücken jagen konnte.

Auf sie wirkte unser Verhalten bestimmt so versiert, daß niemand von ihnen ahnte, wie schwer wir uns selbst erst in dieses kriegerische Geschäft hineinfinden mußten.

Auf dem Frachter blitzte die Klappbuchs auf. »Schiff ist britischer Nationalität, kommt aus Kalundborg, Ladung bestimmt für Newcastle, besteht hauptsächlich aus Elektrogeräten, daneben auch aus Konserven und dänischem Aquavit. Erbitte Anweisungen.«

»Schade um den Aquavit, was?« brummte der Kommandant und grinste. »Signalmaat, geben Sie rüber: Besatzung in die Boote und hinüber zur Fähre schicken, Sprengpatronen wie besprochen anbringen und zünden. Schiff schleunigst verlassen, ein paar Buddeln Aquavit mitbringen!«

Kaum war der Blinkspruch raus, setzte auf der *Coral Sea* eine undisziplinierte Flucht ein. Die Besatzung stürmte die beiden Boote, die noch in den Davits hingen. Die Männer fierten sie mit so irrsinniger Geschwindigkeit zu Wasser und pullten davon, als säße ihnen der Teufel im Nacken.

»Sauhaufen! Haben alle die Hosen gestrichen voll! Dabei gehen die Ladungen erst hoch, wenn auch unsere Leute weit genug von Bord sind«, kommentierte der Alte die kopflose Flucht. »Signalmaat, Blinkspruch an die Fähre: Ich muß den Frachter versenken. Bitte nehmen Sie die Schiffbrüchigen auf, und schlagen Sie einen weiten Bogen um das Schiff. Gute Weiterfahrt!«

Die Fähre bestätigte und brachte eine Jakobsleiter aus, zu der sich die beiden Boote ein regelrechtes Wettrennen lieferten.

»Da sind ja verdammt wenige Männer in den Booten«, sagte ich. »Soll mich nicht wundern, wenn die ihren Kapitän und seine Offiziere glatt an Bord zurückgelassen haben.«

Und tatsächlich, als das Prisenkommando das Schiff verließ, stiegen noch vier Männer zu ihm in die Jolle. Die Klappbuchs blitzte auf und blinkte die Fähre an: »Bitte warten! Habe den Kapitän des Frachters und seine Offiziere an Bord!«

Der II WO setzte sie an der Jakobsleiter ab und nahm Kurs auf uns. Sofort nahm die Dänenfähre Fahrt auf. Sie verabschiedete sich von uns mit einem langen Ton aus ihrem Nebelhorn und dippte dabei ihre Flagge, den Danebrog. Eine freundliche Geste, wie sie international üblich war. Wir antworteten auf die gleiche Weise.

Auch ihre Passagiere winkten uns fröhlich einen Abschiedsgruß zu, so daß man glatt vergessen konnte, daß wir uns im Kriegsgebiet befanden. Der Krieg brachte sich jedoch allen schon wenig später wieder in Erinnerung.

Im Innern des Trampdampfers gingen die Sprengladungen hoch und rissen seinen Schiffsboden auf. Wasser schoß in sein Inneres, überflutete die Laderäume, ergoß sich in den Heizraum und stürzte sich mit mächtigem Schwall auf das Feuer unter den Dampfkesseln. Damit war sein Ende besiegelt, wie es für Dampfer mit Kohlefeuerung typisch war.

Innerhalb von Sekundenbruchteilen verwandelten die glühenden Kohlen das eindringende Meerwasser in Dampf. Eingeschlossen in dem engen Feuerraum, entwikkelte er einen so enormen Überdruck, daß er mit einer gewaltigen Explosion die gesamte Feuerung zerriß und die unter Druck stehenden Kessel bersten ließ.

Mit einem ohrenbetäubenden Donnern stieg eine riesige Dampfsäule aus dem Innern der *Coral Sea* empor. Für uns und die Fähre ein atemberaubender Anblick, als sich das Deck wie der Deckel einer Ölsardinenbüchse aufwölbte und die Aufbauten wie Kinderspielzeug in die Luft geschleudert wurden.

Es war ein alter Pott, der normalerweise längst auf den Schiffsfriedhof gehört hätte. Dennoch erfaßte mich in diesem Augenblick ein Gefühl von Bedauern, als sich seine Reste auf die Seite legten und Blasen aufwerfend über den Achtersteven in die Tiefe glitten, bis nur noch der verwehende Dampfpilz an die Tragödie erinnerte, die sich hier ereignet hatte.

Der Untergang unseres ersten Opfers in diesem Krieg bildete natürlich das Gesprächsthema des Abends. Bei uns Offizieren wurde es allerdings schon bald von der Diskussion über Sinn und Widersinn der Funksprüche des BdU in den Hintergrund gedrängt. Einer davon stieß uns besonders auf.

»Was soll das denn heißen? ›Frankreich betrachtet sich ab siebzehn Uhr mit Deutschland im Krieg befindlich. Eigene Feindhandlungen auch bei Vorgehen gegen Handelsdampfer zunächst nur in Abwehr‹«, ereiferte sich Ole. »Erst diese widersinnige Prisenordnung und nun das! Ja, haben die uns denn nun den Krieg erklärt oder haben sie nicht?«

Der Kommandant sah vom Kriegstagebuch auf, in dem er die Versenkung der *Coral Sea* festhielt. »Woher soll ich das denn wissen, Herr Peters? Bin ich Moses? Ich rätsele ja selbst noch immer daran herum, welcher Idiot die Vereinbarungen über die Prisenordnung der Haager Konventionen in dieser Form für Deutschland unterschrieben hat. Von der U-Bootwaffe muß der ganz seltsame Vorstellungen gehabt haben.«

»Wir haben Glück gehabt, daß unser Opfer den genauen Standort nicht mehr funken konnte. Den werden die Tommies jedoch ohne jeden Zweifel spätestens durch die Jungs auf der Fähre und aus den dänischen Zeitungen erfahren«, warf ich ein. »Dann haben wir hier schon bald ihre U-Bootjäger und Flugzeuge auf dem Hals.«

Der Alte nickte zustimmend. »Das fürchte ich auch. Wir werden vorbeugen, meine Herren. Ab sofort steigen wir nachts und bei schlechter Sicht alle halbe Stunde für 'ne Horchrunde auf die E-Maschinen um, damit uns niemand an die Wäsche kann. Veranlassen Sie das, bitte! Ansonsten verfahren wir nach unseren Befehlen. Ich danke Ihnen, meine Herren.«

Wir verzogen uns.

Im Offiziersraum sagte Ole leise zu mir: »Teufel, das war aber 'n eleganter Rausschmiß.«

»Ja und? Was hast du denn erwartet?«

Es war eine lausige Nacht. Ich hatte Hundewache, die unbeliebteste Wache von 0 Uhr bis vier Uhr früh, weil man als Freiwächter davor kaum zum Schlafen kam und danach noch weniger. Durch den üblichen Alarm bei Beginn der Morgendämmerung wurde man wieder erbarmungslos aus der Koje gejagt.

Hinzu kam das schaurige Wetter, das sich schon am Nachmittag von Nordosten angekündigt hatte. Es goß in Strömen. Der Wind hatte ständig zugenommen und der langen Atlantikdünung inzwischen hohe Wellenberge mit Schaumkronen aufgesetzt. Jedesmal, wenn der Bug tief in die aufgewühlte See schnitt, schlugen tonnenschwere Brecher über das Vorschiff, umbrandeten mit ihren Wassermassen den schwankenden Turm und überschütteten die Brückenwache zusätzlich zum Regen mit einem Schwall eiskalten Wassers und fliegendem Gischt, ehe sie sich achtern verliefen.

Gegen diese Güsse hatte das Ölzeug nur symbolischen Charakter. Getragen vom steifen Wind, drang das Wasser unter die Kleidung und floß bis in die Seestiefel hinunter. Hob man zwischen diesen Güssen den Kopf über das Schanzkleid, stachen die Regentropfen wie Stecknadeln auf der Haut. Wir trieften vor Nässe, und mit ihr kam die Kälte, die mit der Zeit bis in die Knochen drang.

Beidem konnte man nicht entgehen, mochte man auch noch sooft hinter dem Schanzkleid in Deckung gehen. Etwas bekam man immer ab, denn das Boot tanzte in der rauhen See unter der Wucht der Brecher wie ein schlecht zugerittenes Pferd. Für die eingefahrenen Männer der Brückenwache und der Flak das geringere Problem, die hatten »Seebeine« und mithin einen stabilen Magen.

Anders unser Wachoffizierschüler, der fütterte so ausdauernd und lautstark die Fische, daß seine ekelerregenden Eruptionen selbst das Heulen des Windes und das Donnern der Brecher übertönten. Längst riß ihm der Wind bestimmt nur noch Schleim und bittere Galle vom Mund, wenn sich sein Magen wieder und wieder gegen das Schwanken des Turmes auflehnte. Im Prinzip konnte er einem leid tun, aber er hatte an Bord keine Freunde, nicht unter seinen Vorgesetzten und noch weniger bei der Mannschaft. Die hatte er sich durch seine Art gründlich verscherzt. Gnadenlos gönnte man ihm diese seemännische Blamage und geizte nicht mit den sogenannten guten Ratschlägen.

»Sie müssen einfach ein Stück Speck an einem Bindfaden so lange schlucken und immer wieder hochziehen, bis sich Ihr Magen beruhigt«, hatte ihm der Smadding irgendwann hämisch grinsend als Therapie empfohlen, mit der er angeblich selbst diesem Übel abgeholfen hatte. »Sie werden sehen, das hilft garantiert!«

Allein der Gedanke an diese unappetitliche Prozedur löste bei dem Fähnrich schon einen neuen Anfall und bei den Zuhörern brüllendes Gelächter aus.

Auf der wild schwankenden nächtlichen Brücke bekam er jetzt den rüden Ratschlag, der so alt wie die Seefahrt war: »Passen Sie ja auf, Herr Fähnrich! Wenn der kleine schwarze Ring nach oben kommt, den schlucken Sie um Gottes willen schnell wieder runter! Das ist das Arschloch. Wenn das über Bord flutscht, haben Sie den ganzen Scheiß in der Hose!«

Wir hätten vor diesem Unwetter wegtauchen können, denn die Sicht war gleich Null. Doch daran war nicht mehr zu denken. Funkobermaat Krummholz hatte Schraubengeräusche aufgefangen, die sich von Osten schnell näherten.

»Der Stärke nach muß es ein größerer Pott sein«,

meinte der Alte, den die Meldung auf die Brücke getrieben hatte. »Krummholz tippt auf einen Passagierdampfer.«

Blitzschnell suchten wir hinter dem Schanzkleid Schutz, weil ein Brecher über das Vorschiff donnerte und gegen den Turm toste, daß sein Spritzwasser über die Brücke hinwegfegte.

»Ein Passagierdampfer auf Westkurs?« sagte ich ungläubig. »Ist das nicht 'n bißchen unwahrscheinlich?«

»Und wenn's ein Brite ist, der noch schnell nach Hause will?« Wir machten gemeinsam eine Verbeugung, um dem nächsten Guß zu entgehen. »Ein Flugzeugträger wäre mir allerdings lieber.«

»Meldung vom Horchraum, Herr Kaleu!« tönte die Stimme des BÜ durch die Dunkelheit. »Schraubengeräusche in null-acht-zwo nähern sich mit konstanter Geschwindigkeit, Entfernung etwa acht Seemeilen.«

»Da kommt Ihr Flugzeugträger, Herr Kaleu!« spottete ich. »Und das auch noch in einem so idealen Schußwinkel!«

»Stimmt! Bloß schade, daß man bei diesem Scheißwetter nichts sieht.« Er ließ das Fernglas sinken, mit dem er in die angegebene Richtung gespäht hatte. »Trotzdem – vorbereitet sein ist alles! Geben Sie Alarm, Herr Thomsen! Torpedozielgerät auf die Brücke! Rohr eins bis vier klar zum Überwasserangriff!«

Während unter Deck die Angriffsvorbereitungen liefen, suchten wir zwischen den Güssen mit unseren Gläsern vergeblich die stockdunkle See nach dem nahenden Pott ab. Aus dem Turmluk wurde mir das Zielgerät gereicht. Ich setzte es in seine Halterung und schüttelte zweifelnd den Kopf.

»Ich glaub' nicht, daß das was bringt. Sie werden 'nen Vierer-Fächer auf Sicht schießen müssen, Herr Kaleu.«

»Wir werden sehen! Horchmaat, frage Entfernung!«

»Etwa sechs Seemeilen, Herr Kaleu! Peilt null-sieben-zwo!« meldete der BÜ. »Kurs und Geschwindigkeit konstant, läuft etwa zwozehn Knoten. Rohr eins bis vier sind klar!«

»Na ja, immerhin etwas!« Ich gab die recht vagen Werte in das Zielgerät ein und handelte mir dabei erneut ein paar kräftige Duschen ein. »Noch immer nichts zu sehen?«

»Nee, duster wie im Sack. Obersteuermann, frage Gegnerkurs!«

»Zwo-vier-sieben!« kam es wie aus der Pistole geschossen. »Hält auf Edinburgh zu.«

Durch die Regenflagen glaubte ich plötzlich, so etwas wie ein rotes Positionslicht ausmachen zu können, darüber eine weiße Dampferlaterne. Doch schon verschwand die geisterhafte Erscheinung wieder im Regendunst.

»Dieser Scheißregen!« fluchte der Alte und wischte die Linsen seines Glases trocken. »Könnte schwören, daß da was gewesen ist! Reißt ja die Augen auf, Leute! Der Pott ...«

»Schiff in null-vier-zwo in Sicht!« schrie Signalmaat Mendel. »Fährt hell erleuchtet! Typ noch nicht auszumachen!«

Aus dem Regen schälten sich mit einmal die Positionslichter eines großen hell erleuchteten Schiffes. Selbst die uns zugekehrte Backbordseite war von Außenscheinwerfern angestrahlt. Deutlich hoben sich in meinem Glas weiße Buchstaben von der Bordwand ab.

»*Norge Ferries Bergen*«, las der Alte laut ab. »Schade,

kein Flugzeugträger. Wußte gar nicht, daß es diese Linie überhaupt gibt.«

Durch den Regen tönte laute Musik zu uns herüber, während uns das Schiff in etwa 300 Meter Entfernung ahnungslos passierte.

»Komisch, Musik noch um diese Zeit?« fuhr der Alte hoch. »Am Ende ist das gar kein Norweger, sondern nur Tarnung? BÜ, fragen Sie nach der Uhrzeit!«

Wenig später kam die Antwort. Sie war typisch für Obersteuermann Werda, der liebte solche präzisen Angaben. »Greenwich-Mean-Time zwo Uhr, drei Uhr deutscher Zeit, Herr Kaleu!«

Ich hatte zwar keine Ahnung, wie es um das Nachtleben an Bord von Fährschiffen bestellt war, aber ein bißchen seltsam kam mir die Tanzmusik um diese Zeit auch vor. Doch warum sollte ich mir darüber den Kopf zerbrechen? Es war ein Passagierschiff, das wir sowieso nicht stoppen oder angreifen durften, selbst wenn es ein Tommy war. Wir sahen ihm hinterher, bis seine Hecklaterne vom Regendunst geschluckt wurde.

»Nicht besonders gemütlich hier oben, was? Bin naß bis auf die Haut!« Der Alte schüttelte sich. »Alarm beendet! Alle Mann auf Tauchstation!«

Während meiner Vormittagswache besserte sich das Wetter, der Regen hörte auf. Der Himmel bekam immer mehr blaue Löcher, denn der Wind riß die Wolkendecke auseinander und ließ endlich auch die Sonne hindurch. Er schralte und drehte auf Nord. Nur die See gab sich nach wie vor ruppig, die brauchte eben ihre Zeit.

Der Kommandant kam auf die Brücke. »Na, wie sieht's aus, Herr Thomsen?«

»Typisches Rückfrontwetter mit phantastischer Sicht,

aber verdammt frisch, seit die Kaltfront durch ist. Nach dieser lausigen Nacht richtig angenehm.« Er reckte und streckte sich und rieb sich das müde Gesicht. »Der Smut' hat mir eben den Verbrauchsnachweis gebracht. Unsere Vorräte lichten sich.«

Ich nickte, denn von den Rohrleitungen und Kabelsträngen im Boot waren die Dauerwürste und Speckseiten längst verschwunden, die der Smutje aus Platzmangel in der Vorratslast dort aufgehängt hatte. »Nach achtzehn Seetagen kein Wunder.«

Der Alte grinste. »Hätten wir die Vorratslast der *Coral Sea* wohl doch noch 'n bißchen erleichtern sollen, bevor wir sie zu den Fischen geschickt haben, was?«

»Zumindest um Kartoffeln, Frischfleisch und frisches Gemüse, denn damit wird's bei uns jetzt bestimmt eng. Aber vermutlich hatten die bloß Reis und Klippfisch an Bord oder was bei diesen Asiaten sonst noch auf dem Speiseplan steht. Dafür dürften jedoch unsere Leute nicht viel übrig haben.«

»Die werden sowieso maulen und mosern, wenn wir in Kürze auf Konserven, Klöße, Kartoffelpüree und Nudeln umstei ...«

»Flugzeug in zwo-zwo-vier!« unterbrach ihn Maat Hansen. »Sieht wie ein Bomber aus! Belege! Drei Flugzeuge in zwo-zwo-vier, dicht über der Wasseroberfläche!«

Noch ehe ich die gesichteten Flugzeuge mit dem Fernglas aufgefaßt hatte, löste ich Alarm aus. Im Boot jagte das Klingeln die Männer auf ihre Gefechtsstationen.

Der Kommandant hatte das Ziel bereits im Glas. »Da sind sie! Tatsächlich drei Wellingtons! Gott sei Dank noch weit genug ab und so tief, daß sie uns noch nicht sehen können. Trotzdem – wir wollen nichts riskieren. Auf Tauchstation! Alarmtauchen!«

Die Diesel und die Entlüfter verstummten. Vorgeflutet neigte sich der Bug schon nach unten. Blitzschnell verschwanden die Männer im Turmluk und rutschten die Leiterwangen hinunter. Wer jetzt unten nicht schleunigst zur Seite sprang, bekam den nächsten glatt auf den Kopf. Als ich hinunter in die Zentrale sauste, verrammelte der Alte oben das Turmluk.

»Turmluk ist dicht! Fluuten!«

Das Boot kippte über den Bug regelrecht ab und gewann schnell an Tiefe.

»Zwanzig Meter gehen durch!« meldete Ole. »Boot fällt schnell weiter. Maschinen machen Umdrehungen für sieben Knoten.«

»Danke, Herr Peters! Auf fünfzig Meter einpendeln!« übernahm der Alte das Kommando. Er wischte sich die Handflächen an den Hosenbeinen ab, als wären sie naß. »Drei Bomber. Sah nach U-Bootjagd aus. Kamen dicht über der Wasseroberfläche genau in der richtigen Höhe zum Wasserbombenwurf angeprescht.«

Flugzeugwasserbomben, ein unbekannter Faktor für uns. In fünfzig Meter Tiefe brauche man sie nicht unbedingt zu fürchten, so genau seien sie vom Flugzeug nicht zu plazieren, hatten die Fachleute auf den Lehrgängen behauptet. Hoffentlich stimmte es. Wir lauschten trotzdem nach oben.

»Wenn das uns gilt, dann müßte es gleich bullern«, sagte ich.

»Oder ein anderer hat schon vor uns seine Visitenkarte abgegeben, Herr Thomsen«, gab der II WO seinen Senf dazu. »Wir sind schließlich nicht die einzigen hier draußen.«

»Kann alles sein, kann auch nicht sein. Wenn's wirklich uns gilt, dann reagieren die Tommies jedenfalls verdammt schnell, meine Herren«, meinte der Kommandant. »Frage Tiefe.«

»Neunundvierzig Meter gehen durch!« Sanft pendelte das Boot ein. »Fünfzig Meter liegen an.«

Quälend langsam verstrich die Zeit. Sekunden summierten sich zu Minuten. Nichts geschah. Ein Trick vielleicht? Kreisten sie jetzt oben, um uns zu einer Unvorsichtigkeit zu verleiten?

Der Alte sah auf die Uhr. »Egal, was sich jetzt dort oben abspielt – in zwanzig Minuten Wachwechsel. Machen wir erst mal Backen und Banken, Männer, dann sehen wir weiter!«

Unser nächstes potentielles Opfer platzte uns genau in dieses Mittagessen rein. Es kam gemächlich aus Osten angetuckert und stand noch weitab.

»Läuft etwa acht Knoten!« meldete der Mann am Horchgerät.

Der Alte schob seinen halb geleerten Suppenteller zurück. »Wenn's stimmt, haben wir ja noch Zeit. Aber trotzdem – auf Sehrohrtiefe anblasen! Ich bin neugierig.«

Lautlos schwebte das Boot nach oben. Der Kommandant fuhr den Spargel aus und riskierte einen vorsichtigen Rundblick; noch immer spukten die drei Bomber in unseren Köpfen.

»Nichts«, hörten wir ihn erleichtert sagen. »Etwas höher rauf, LI! Ich sehe nur seine Masten. Recht so, danke! Verflucht, das ist ja wieder bloß so 'n müder Zosse! Ein Frachter, liegt ziemlich tief im Wasser.« Er klappte die Griffe an, ließ das Periskop in den Schacht gleiten und kam zu seinem Suppenteller an die Back zurück. »Man soll ja nicht undankbar sein. Kleinvieh macht schließlich auch Mist. Aber so 'n richtiger dicker Brocken wäre mir lieber.«

Er hielt mir seinen Teller hin. »Der braucht tatsächlich noch 'ne ganze Weile. Geben Sie mir bitte 'n heißen Nachschlag, I WO? Ich mach' mir nichts aus kalter Suppe.«

Wir ließen den müden Zossen, wie der Alte den Pott nannte, so dicht herankommen, bis uns das Stampfen seiner Maschine laut in den Ohren dröhnte. Noch ein kontrollierender Blick durchs Sehrohr, dann war es soweit.

Der Alte griente. »Na denn, jagen wir diesem Methusalem der Meere mal 'nen ordentlichen Schreck ein! Brükkenwache und Geschützbedienungen in den Turm. Boot bleibt klar zum Alarmtauchen, man kann schließlich nie wissen. Auftauchen!«

Kaum kam das Turmluk frei, stürmten wir nach oben. Im Nu waren die Fla-Waffen und die 8,8-cm-Kanone besetzt. Schußbereit schwenkten sie auf unser Opfer ein. Allein das mußte auf die Brückenwache des Frachters schon einschüchternd wirken. Den Rest besorgte der unmißverständliche englische Text, den der Signalmaat hinüber blinkte.

»Stoppen Sie sofort! Kein Gebrauch von FT! Ich wiederhole: Stoppen Sie sofort! Kein Gebrauch von FT!«

Drüben auf der Brücke erschien eine gestikulierende Gestalt, begleitet von einem Mann, der sich an den Signalleinen des Mastes zu schaffen machte. Eine weiße Flagge mit einem blauen Kreuz stieg langsam am Mast empor und wehte aus. Zugleich stoppte das Schiff.

»Ein Finne, Herr Kaleu!« meldete der Signalmaat.

»Mensch, Mendel, das sehe ich doch selber! Bringen

Sie uns dichter ran, Herr Thomsen!« Der Alte griff zur Flüstertüte. »Die scheinen ja ganz zugänglich zu sein. Prisenkommando an Deck!«

Ich brachte das Boot bis auf zweihundert Meter an den Frachter heran. Es war ein altes Schiff, aber nicht ein so verlotterter Kahn wie die *Coral Sea*. Der Mann auf der Brücke, offenbar der Kapitän, trug eine saubere blaue Uniform, und auch die Besatzung, die sich neugierig an der Reling versammelte, machte den denkbar besten Eindruck. Zu meiner größten Überraschung befanden sich sogar zwei junge, hübsche Frauen darunter.

»*What's your destination, please?*« rief der Alte hinüber.

»*Dublin harbour, Republik of Ireland, Sir!*«

»Könnte stimmen oder auch nicht. Vertrauen ist gut, Kontrolle ist besser«, brummte der Kommandant und hob wieder die Flüstertüte. »*Please, send a boat to control your cargo, Captain!*«

Die Finnen reagierten sofort. Sie brachten eine Motorjolle zu Wasser, die unser Prisenkommando abholte. Diesmal fuhr auch der Fähnrich mit hinüber, auch das gehörte schließlich zu seiner Ausbildung. Alles verlief schnell und reibungslos.

»Haben Sie inzwischen herausgefunden, wie der Finne heißt, Herr Thomsen?«

»*Kekkonen Baaken* – Helsinki, Herr Kaleu. Aber fragen Sie mich bloß nicht, was das heißt.«

Hinter mir wurde so sorglos gequatscht, als gebe es keine britischen Flugzeuge oder Kriegsschiffe. Ich fuhr herum. »Sind Sie wahnsinnig geworden? Kümmern Sie sich gefälligst um Ihren Ausguck, sonst würge ich Ihnen ein Ding rein, daß Sie hinterher nicht mehr wissen, ob Sie Männchen oder Weibchen sind!«

»Ach nee, schon wieder der Weber und der Schulte!« stellte Obersteuermann Werda fest. »Die beiden brauchen mal ’nen Denkzettel, Herr Oberleutnant. Drohen hilft bei denen nicht mehr.«

»Den können die beiden haben! Wachvergehen im Fronteinsatz«, mischte sich der Alte mit grimmiger Miene ein. »Stellen Sie die beiden zum Rapport, Herr Thomsen!«

Das hatte ich eigentlich nicht gewollt, bisher waren mir die beiden nämlich noch nie aufgefallen. Nach Werdas Bemerkung sah das jedoch ganz anders aus. Der war ein besonnener Mann und kein blindwütiger Kommißhengst, der die Leute wegen Kleinigkeiten drangsalierte.

»Blinkspruch vom Frachter, Herr Kaleu!« brach der Signalmaat das bedrückende Schweigen. »*Kekkonen Baaken* kommt aus Helsinki, Ladung besteht aus Papierrollen für den Zeitungsdruck, bestimmt für Paper Company Dublin, Ladepapiere kontrolliert und in Ordnung befunden.«

»Antworten Sie: Bitten Sie den Kapitän, nicht zu funken. Wünschen Sie ihm gute Weiterfahrt. Auftrag beendet.«

Durch das Fernglas verfolgte ich, wie sich der II WO von dem finnischen Kapitän verabschiedete und mit seinen Männern in die Jolle stieg, die sofort ablegte. Mein Blick glitt weiter zu den beiden jungen Frauen an der Reling.

Tadelnd schüttelte ich den Kopf. »Soll man’s glauben, die haben nicht nur Frauen an Bord, sondern juckeln mit denen auch noch sorglos im Kriegsgebiet herum. Reichlich leichtsinnig.«

Der Kommandant winkte leichthin ab. »Warum auch nicht? Die haben Helsinki bestimmt lange vor der britischen und französischen Kriegserklärung verlassen. Leichtsinnig ist nur, daß sie ohne Flagge gefahren sind. Das kann ins Auge gehen.«

Das Prisenkommando stieg zu uns über und verschwand unter Deck, während die finnische Jolle zurückjagte und wieder eingesetzt wurde.

»Das wär's ja dann wohl. Obersteuermann, geben Sie einen langen Ton mit dem Nebelhorn!« befahl der Alte. »Und Sie, Mendel, dippen dabei die Flagge! Höflichkeit regiert die Welt.«

Das sah auch der finnische Kapitän so. Er machte Dampf auf und antwortete auf die gleiche Weise.

Wir blickten dem Finnen hinterher, der mit einer meilenweit sichtbaren Rauchfahne der Westkimm entgegendampfte. Wir selbst zögerten. Sollten wir tauchen, um unsere weiteren Absichten zu verschleiern, bis er außer Sichtweite war? Oder weiter mit kleinster Fahrt nach Osten laufen, ehe wir auf einen anderen Kurs gingen? Wir entschlossen uns für letzteres.

»BÜ, Anweisung an den Funkraum, die sollen die internationale Welle weiter überwachen, ob der Finne funkt! – Und dann bitten Sie den II WO auf die Brücke.«

Der Kommandant dachte wirklich an alles, und das imponierte mir. Ich wäre auf die Funküberwachung nie gekommen.

Der II WO kam aus dem Turmluk gekrochen und baute Männchen, wie wir die militärische Ehrenbezeigung respektlos nannten.

»Steh'n S' kommod, Herr Kamerad!« imitierte der Alte gut gelaunt den Flottillenarzt und tippte lässig an seinen Mützenschirm. »Nun erzählen Sie mal! Sie haben sich doch sicher mit dem Kapitän unterhalten. Die dürfen ja die britischen Nachrichten hören, wir nicht. Gibt's was Neues vom Krieg?«

»Und ob! Die haben gerade BBC gehört, als ich die Papiere prüfte und unsere Leute das Schiff durchstöberten. Da habe ich natürlich die Ohren aufgesperrt. Die Tommies meldeten die Torpedierung eines Passagierdampfers, der *Athenia*, durch ein deutsches U-Boot. Sie nannten es voller Empörung einen barbarischen Akt und eine unentschuldbare Verletzung der Haager Konventionen. Angeblich ist der Pott am gestrigen Abend ohne Warnung torpediert worden. Von den über tausendvierhundert Menschen an Bord sollen hundertzwölf ertrunken sein, darunter allein achtundzwanzig Amerikaner.«

Einen Augenblick verschlug es uns die Sprache, doch dann meldete sich das Mißtrauen.

»Trotz der eindeutigen Befehle ohne Warnung torpediert?« Der Alte schüttelte den Kopf. »Das glaube ich nicht! Klingt verdammt nach Feindpropaganda!«

»Für mich auch! Das hatten wir doch schon mal!« winkte Ole ab. »Im letzten Krieg war es die *Lusitania*, die mit Amerikanern drauf torpediert wurde. Worauf zur Freude unserer Gegner die USA prompt gegen uns in den Krieg eintraten. Und diesmal sollen auch wieder Amerikaner die Opfer sein? Mensch, da klickert's bei mir doch im Hinterkopf!«

»Bei mir auch!« versicherte der II WO. »Zumal BBC hinterher behauptete, die *Coral Sea* sei von einem deutschen U-Boot ausgeplündert worden, bevor es sie versenkt hat.«

»Zwölf Flaschen Aquavit, das nennen die ausgeplündert?« Ole lachte laut auf. »Da sieht man mal, was von diesen Meldungen zu halten ist!«

»Trotzdem möchte ich jetzt nicht in der Haut dieses unbekannten Kameraden stecken«, meinte der Kommandant. »Einmal in die Welt gesetzt, sind solche Propagandalügen nicht so leicht zu widerlegen.«

»Muß es denn 'ne Lüge sein? Vielleicht ist die *Athenia* abgeblendet gefahren und hat Zickzackkurse gesteuert?« gab ich zu bedenken, obwohl ich selbst nicht so recht daran glaubte. »Dann hat der unbekannte Kommandant den Pott für 'nen Truppentransporter gehalten und durfte ohne Warnung schießen.«

»Kann natürlich auch sein«, gab Richter zu. »Dann bleibt's trotzdem 'ne Lüge, was die daraus gemacht haben.«

Zwei Flugzeuge kreuzten an der Kimm auf, die die See im Tiefflug abkämmten. Waren es Tommies auf U-Bootjagd? Oder deutsche Bomber auf der Suche nach britischen Kriegsschiffen? Wir machten gar nicht erst den Versuch, sie zu identifizieren, denn ein Irrtum konnte für uns tödliche Folgen haben. Wir tauchten vorsichtshalber sofort weg.

Der Alte rief uns in seinem Kämmerchen zu einer Besprechung zusammen. Er strich einen Funkspruch des BdU auf der Back glatt. »Eben eingegangen, meine Herren. ›Auf Anordnung des Führers zunächst keine Feindhandlungen gegen Passagierdampfer, auch wenn im Geleit.‹ An der *Athenia*-Sache scheint also doch was dran zu sein. Oder sehen Sie das anders?«

»Was soll man daran anders sehen?« fragte ich. »Die britischen Behauptungen haben im Führerhauptquartier Staub aufgewirbelt, und der BdU hat passen müssen, weil er wegen der angeordneten Funkstille nicht weiß, wer das Karnickel gewesen ist.«

»Das kommt dabei heraus, wenn man Boote mit Befehlen in den Krieg schickt, die nicht Fisch und nicht Fleisch sind«, spießte Ole das eigentliche Problem erneut auf. »Im Grunde genommen ist das doch nur ’ne Wiederholung, diesmal allerdings mit dem ausdrücklichen Hinweis auf den Führer. Das ist neu, aber besser werden die Befehle dadurch auch nicht!«

»Richtig!« hakte der II WO nach. »Wenn ich mit dem Enterkommando von Bord gehe, krampft sich jedesmal mein Magen zusammen. Nicht weil ich Angst vor der Besatzung der Prise hätte, sondern weil unsere Befehle so verworren sind. Franzosen dürfen wir nicht, Passagierdampfer auch nicht, und alle anderen müssen wir kontrollieren. Daß wir uns damit der Entdeckung und Vernichtung durch Flugzeuge aussetzen, daran denkt offenbar überhaupt keiner. Das ist doch kein Krieg, das ist ein ausgemachtes Affentheater.«

»Du meine Güte, das haben wir doch alles schon einmal durchgekaut, Herr Kruse«, begehrte der Alte auf. »Schluß dieser Debatte! Wir haben diese Befehle auszuführen, basta! Oder sieht einer der Herren ’ne Möglichkeit, diese Zwickmühle zu umgehen?«

»Die gibt es, Herr Kaleu!« schaltete ich mich ein. »Indem wir uns vor Scapa Flow auf die Lauer legen. Dort läuft uns am ehesten ein Kriegsschiff vor die Flinte, auf das wir unbesorgt ballern können. Die U-Boottätigkeit zwingt die Tommies zu Gegenmaßnahmen.«

Er ließ sich meinen Vorschlag durch den Kopf gehen. »Kein schlechter Gedanke. Die werden die Flottenbasis der Home Fleet zwar scharf bewachen, aber irgendwann kommt der eine oder andere Pott doch heraus! Vielleicht sogar mein Flugzeugträger.«

Ich grinste. »Na, das wär’ doch was!«

In der Morgendämmerung lief uns ein Frachter vor die Flinte. Ein Küstenmotorschiff, das nach Süden steuerte und offenbar aus Dundee kam. Es führte sogar eine Flagge im Topp hinter dem Schornstein. Die war allerdings so verrußt, daß uns ihre Farben verborgen blieben. Selbst wenn es ein Brite war, war der Kahn eigentlich viel zu klein, um deswegen einen Torpedo zu opfern.

»Egal«, sagte der Alte, den der Alarm auf die Brücke getrieben hatte. »Morgenstund' hat Gold im Mund . . .«

». . . und Blei im Arsch!« unterbrach ihn respektlos der Signalmaat und erntete lautes Gelächter, in das sogar der Alte gut gelaunt einstimmte. »Soll ich ihm unser Morgengebet rüberblinken, Herr Kaleu?«

»Warum fragen Sie da noch lange, Sie Witzbold? Nischt wie raus damit, aber 'n bißchen flott, wenn ich bitten darf!«

Mendel klapperte sein Morgengebet blitzschnell herunter. Keine Reaktion. Er wiederholte den Anruf. Wieder nichts, das KüMo tuckerte unbeeindruckt weiter.

»Soll man's für möglich halten? Der spielt mitten im Krieg ›Blinde Kuh‹?« spöttelte Richter. »Na dann, Wörle, machen Sie die Blinden sehend! Ein Schuß vor den Bug zur Aufmunterung!«

Der Schuß zauberte eine unübersehbare Fontäne vor den Bug des KüMos. Auf der Brücke erwachte plötzlich das Leben. Zwei Männer erschienen auf ihrer Backbordnock und drohten faustschüttelnd zu uns herüber. Der Pott verlor kaum Fahrt.

»Das sind ja ein paar reizende Zeitgenossen! Signalmaat, geben Sie rüber: *Stop at once! Don't use wireless telegraphy or you will be torpedoed!*«

Das wirkte. Das Kielwasser brodelte auf, der Kahn verlor Fahrt. Auf Deck erwachte ebenfalls das Leben. Vier

Männer kamen aus den Aufbauten und starrten zu uns herüber.

Der Alte ließ das Fernglas sinken. »Signalmaat, fordern Sie ihn auf, ein Boot rüberzuschicken, damit wir ihn kontrollieren können. Den Spruch kennen Sie ja. Der Fähnrich mit dem Prisenkommando an Deck!«

Der Signalgast mußte die Aufforderung mehrmals wiederholen, ehe drüben eine Klappbuchs aufblitzte.

»Er bestätigt, Herr Kaleu, fragt aber an: *Who are you?*«

»Gar nich um kümmern! Wiederholen Sie: *Send a boat to control your cargo!*«

Mendel wiederholte den Blinkspruch mehrere Male. Drüben rührte sich nichts.

»Der spielt mit uns! Der Kerl will Zeit gewinnen!« sagte ich beunruhigt. »Irgend etwas ist faul, Herr Kaleu! Erwartet der Hilfe?«

Der Alte reagierte sofort. »Auf E-Maschinen umkuppeln! Klar zum Alarmtauchen! Horchraum, was erzählen die Fische?«

»Schraubengeräusche aus drei-fünf-vier, schnell näher kommend!«

Ich fuhr herum, sah jedoch nichts. Morgendunst lag über dem Wasser und beschränkte die Sichtweite auf etwa acht Seemeilen. War es ein Kriegsschiff, dann konnte es sich ungesehen nähern, und wir hatten es in Kürze auf dem Hals.

Auch der Alte wurde nervös. »Verflucht, das ist ein Brite, und der hat gefunkt, bevor wir ihn gestoppt haben! Signalmaat, blinken Sie ihn an: *Leave your ship at once and keep clear of it, because it gets a torpedo five minutes after warning!* Wörle, unterstreichen Sie die Aufforderung mit einem Schuß über die Brücke hinweg. Und dann alle Mann auf Tauchstation! Rohr eins und zwo klar zum Überwasserschuß!«

»Er funkt, Herr Kaleu!« schrie der BÜ.

»Ist mir völlig wurscht! Dem verpasse ich jetzt Flügel! Ich hab' die Kerle gewarnt!«

Der Blinkspruch mochte kein korrektes Englisch sein, aber den verstanden sie, außerdem ließ der Schuß keinen Zweifel an dem Ernst unserer Drohung aufkommen. Drüben rannte die Besatzung nach achtern und ließ das Rettungsboot zu Wasser. Auch bei uns leerten sich Deck und Turmplattform blitzschnell.

»*Scilly Rover* – ein Brite! Hab' ich's nicht gesagt, Herr Thomsen?«

»Mich beunruhigt dieser verfluchte Dunst, Herr Kaleu! Horchraum, frage Abstand zum Horchkontakt in drei-fünf-vier! Objekt identifizierbar?«

»Rohr eins und zwo sind klar!« kam die Meldung aus dem Turm. »Abstand etwa zehn bis zwölf Seemeilen, Horchkontakt peilt nach wie vor drei-fünf-vier, klingt nach Torpedoboot!«

»Das wird eng, Herr Kaleu!« Ich versuchte mit Hilfe meines Glases vergeblich, den Dunst zu durchdringen. »Noch immer nichts zu sehen!«

»Macht nichts, brauchen wir uns um die Besatzung nicht zu kümmern! Wenn deren Boot weit genug ab ist, schieße ich auf Sicht, und dann ab in den Keller! Rohr eins – Achtung!«

Die Drohung hatte gewirkt. Die KüMo-Besatzung pullte eiligst von ihrem Schiff weg. Aus dem wabernden Dunst ertönte plötzlich das für schnelle Kriegsschiffe typische Jaulen eines Nebelhorns. Mastgestänge und die schnittigen Konturen einer Fregatte oder Korvette begannen sich abzuzeichnen.

»Rohr eins – los!«

Durch das Boot ging ein kaum merklicher Ruck, der Torpedo zischte aus dem Rohr. Sekundenlang war seine Spur vor dem Bug zu erkennen.

»Alarmtauchen!«

Das Boot kippte über den Bug ab. Wir ließen uns in das Turmluk fallen.

»Turmluk ist dicht! Fluuuten! Beide Maschinen Äußerste Kraft voraus! Tiefenruder voll unten! Alle Mann voraus! Ruder hart Steuerbord!«

Die Besatzung tobte nach vorn in den Bugraum, damit wir noch schneller Tiefe gewannen. Bloß weg von unserem Tauchpunkt, bevor der andere Brite heran war. Das Boot sackte regelrecht durch.

Eine gewaltige Detonation holte uns ein, donnerte so laut durch die Tiefe, als sei der Torpedo unmittelbar neben uns hochgegangen. Unser erster Torpedotreffer! Jubel brandete durch das Boot, verstummte, als uns die Druckwellen erreichten und harmlos durchschaukelten.

»Wo bleiben die Meldungen?«

»Ruder liegt hart Steuerbord, Boot dreht über null-drei-zwo nach Ost!« – »Boot gewinnt schnell Tiefe. Vierzig Meter gehen durch, Boot fällt weiter. Tiefenruder sind voll unten! Beide Maschinen laufen Äußerste Kraft voraus!«

»Danke!« quittierte der Alte die Meldungen. »Komm auf Ruder! Neuer Kurs null-acht-null! Alle Mann auf Gefechtsstation! Frage Tiefe! Was geht durch?«

»Fünfundfünfzig Meter gehen durch!«

»Tiefenruder auf Null! Auf sechzig Meter einpendeln! Auf Schleichfahrt umkuppeln! Absolute Ruhe im Boot!«

Wir lauschten nach oben. Zum ersten Mal in meiner Seeoffizierslaufbahn hörte ich ein torpediertes Schiff sterben. Das Gurgeln des eindringenden Wassers und das Blubbern der entweichenden Luft wurde alsbald von dem Krachen und Stöhnen abgelöst, mit dem die Schotten brachen und die Spanten nachgaben. Dann auf einmal nichts mehr.

Ein anderes Geräusch trat an ihre Stelle, das hochtourige Mahlen der Schrauben eines Kriegsschiffs, wie wir es von unseren Tauchübungen kannten. Diesmal klang es jedoch ganz anders in unseren Ohren, gefährlicher und bedrohlich wie ein wütender Hornissenschwarm.

Der Alte machte dem LI ein Zeichen mit der Faust, den Daumen nach unten. Mehr Tiefe hieß das. Lautlos sackte das Boot ab. Ich blickte auf die Tiefenanzeige. Siebzig Meter gingen durch, dann achtzig. Wieder ein Zeichen des Kommandanten. Das Boot pendelte auf fünfundachtzig Meter ein.

Über uns verstummte das Mahlen. Auch das kannten wir. Sie horchten, versuchten unseren Standort zu lokalisieren. Jetzt bloß kein Geräusch! Selbst die Lenzpumpe schwieg. Dafür übertrug das Wasser über uns ein Rollen, als würden schwere Fässer hin und her bewegt.

»Wasserbomben!« flüsterte mir der Alte ins Ohr. »Sie machen Wabos einsatzbereit.«

Erneut ein Zeichen zum LI, den Daumen nach unten. Das Boot gewann mehr Tiefe. Auf hundertzwanzig Meter pendelten wir ein und schlichen auf Samtpfötchen weiter von dem lauernden Briten weg.

Plötzlich griff ein unheimliches, eigenartig nachhallendes und schwer zu beschreibendes Geräusch nach uns, glitt über uns hinweg und kehrte zurück, um uns festzuhalten. Wir sahen uns erschrocken an. Was war das?

Schrauben sprangen an, sägten auf uns zu. Jäh zuckten wir unter einem gewaltigen Donnerschlag zusammen. Mit Wasserbomben brach die Hölle über uns herein.

Lage auf Lage detonierte, kam wie ein schweres Gewitter näher und näher. Ihre Druckwellen schüttelten uns immer stärker durch, bis sie das Boot packten und wie ein Kinderspielzeug in einem wilden Tanz herumwirbelten. Ich wurde gegen die Turmleiter geschleudert, daß meine Rippen krachten. Dennoch griff ich geistesgegenwärtig zu und klammerte mich fest. Und das war mein Glück.

Eine ohrenbetäubende Explosion warf das Boot mit einer mächtigen Druckwelle zur Seite, schmetterte es in eine so extreme Schlagseite, daß es fast kenterte. Das Licht fiel aus. Irgendwo zersprang Glas, barsten Rohre, rauschte Wasser, schepperte Metall. Was nicht niet- und nagelfest war, flog durch die Zentrale. Schmerzensschreie ertönten.

Die nächste Druckwelle bog den Bootskörper so durch, daß er in allen Verbänden stöhnte und ächzte, brachte ihn jedoch wieder auf ebenen Kiel.

»Schotten dicht! Verschlußzustand herstellen!« überschrie die Stimme des Alten zwischen zwei Wasserbombenserien den Höllenlärm. »Ruder hart Backbord! Beide Maschinen dreimal AK voraus!«

Vorreiber trieben das Kugelschott zu, riegelten die Zentrale vom übrigen Boot ab. Schon schlugen die nächsten Detonationen auf uns ein, übertönten das Mahlen der über uns hinwegjagenden Schrauben, als neue Wabos die See aufwühlten. Spürbar drückten sie den Bug noch stärker nach Backbord. Weitere folgten. Mit jedem Wurf lagen sie jedoch weiter ab.

Jetzt ging mir auf, was der Alte bezweckte. Er wollte mit aller Kraft aus diesem Bombenteppich herausscheren, solange die Explosionen unser Maschinengeräusch übertönten und so für das gegnerische Horchgerät nicht aufnehmbar machten.

»Wo bleibt das Licht, verdammt noch mal?« fluchte er. »Ruder komm auf!«

Noch eine Detonationswelle, dann verstummte das Geballer. Der Kommandant reagierte sofort. »Maschinen stopp! Schleichfahrt, Herr Peters! Sobald es wieder losgeht, sofort dreimal AK voraus, klar?«

Handleuchten flammten auf. Der Zentralemaat fummelte an den Sicherungen herum. Endlich ging das Licht wieder an und brannte voll.

Daß wir den Ernstfall immer und immer wieder durchgespielt hatten, zahlte sich jetzt aus. Der erste Schock war vorüber.

Auf einmal war alles gar nicht mehr so schlimm. Nur für unseren Fähnrich nicht. Der hockte bleich und völlig verängstigt in einer Ecke und schlotterte am ganzen Leibe.

Mein Gott, Angst hatten wir doch alle. Entweder vorher, meist aber erst hinterher, wenn einem klar wurde, wie dicht die Sense an einem vorbei gesaust war. Das war völlig normal. Nur ein Idiot würde behaupten, er kenne keine Angst. Keiner von uns hatte bisher solche Bombardements erlebt, und man hakte sie trotzdem irgendwie ab. Bei dem Fähnrich war das jedoch ganz anders. Der war mit den Nerven vollkommen fertig.

Den Gesichtern der Männer in der Zentrale war anzusehen, was sie dachten. Ein Weichling, ein Muttersöhnchen, und so etwas machen sie zum Offizier! Fehlte bloß noch, daß der anfing zu heulen und nach seiner Mutter zu schreien. Das ging mir gegen den Strich. Da half nur eine Roßkur.

»Verflucht noch einmal, Fähnrich! Hocken Sie nicht herum, und starren Sie keine Löcher in die Luft! Wir haben uns alle noch nicht daran gewöhnt und tun trotzdem unsere Pflicht! Hoch mit Ihnen, aber dalli! Ich will wissen, wie es in den Abteilungen aussieht. Welche Schäden, welche Verletzungen! Machen Sie sich auf die Socken, bevor der Rummel oben wieder losgeht!«

Das wirkte. Graf Hardegg, Hart-Ei, wie ihn die Mannschaft spöttisch nannte, rappelte sich auf und versuchte sogar so etwas wie eine militärische Haltung anzunehmen.

»Jawohl, Herr Oberleutnant, Schäden und Verletzungen feststellen und melden.«

»Nun los, Mann!« setzte das Alte noch eins drauf. »Nehmen Sie sich an uns ein Beispiel!«

Während er durch das Mannloch nach voraus verschwand, lauschten wir besorgt nach oben. Was kam jetzt?

Deutlich konnten wir hören, wie der Tommy auf dem Teller drehte. Setzte er zu einem neuen Angriff an? Das Gegenteil trat ein, seine Schraubengeräusche verstummten plötzlich. Er horchte, versuchte, uns mit seinem Horchgerät aufzustöbern. Sicher suchte er auch das Wasser nach Wrackteilen, aufsteigendem Öl oder entweichenden Luftblasen ab, die ihm unser Ende signalisierten.

Egal. Als wachhabender Offizier mußte ich mir schleunigst einen Überblick über die Schäden verschaffen und konnte nicht warten, bis das Nervenbündel zurückkehrte. »Schadensmeldungen an Zentrale! Nehmen Sie die bitte auf, Herr Kruse, bevor der Zauber da oben wieder losgeht!«

Aber es ging nicht los. Der Brite lag gestoppt und belauerte uns. Der Kommandant machte dem LI wieder ein Zeichen mit der Faust, Daumen nach unten. Aufmerksam verfolgte er an der Tiefenanzeige, wie das Boot noch tiefer hinabglitt. Bei hundertachtzig Metern ließ er das Boot einpendeln.

»Verschlußzustand aufheben, Herr Thomsen«, flüsterte er mir zu, als könnten die uns oben hören.

Ich nickte und gab den Befehl leise weiter.

Der II WO näherte sich mit seiner Liste, denn die Schadensmeldungen liefen schnell ein. »Keine Schäden, die nicht mit Bordmitteln zu beseitigen wären. Boot ist absolut tauchklar.«

Wir sahen einander überrascht an. Nach solch einem Bombenteppich keine gravierenden Schäden?

»Haben wir uns durch die Stärke der Detonationen so täuschen lassen?« flüsterte ich ungläubig. »Dann sind ja die Bomben gar nicht so dicht neben, über und unter uns krepiert!«

Der Kommandant grinste. »Kein Grund also, sich beim nächsten Angriff gleich wieder in die Hose zu machen. Erfahrung ist eben alles!«

Oben blieb es seltsamerweise noch immer ruhig. Auch dieses komische Geräusch kam nicht wieder, das dem Angriff vorangegangen war. Gehörte es zu dem Unterwasserortungsgerät, von dem in den Lehrgängen gemutmaßt worden war? Von dem deutsche Agenten berichtet hatten, die Navy sei damit ausgerüstet, das aber noch niemand von uns vorher je gehört oder gar gesehen hatte?

Dann war das eine böse Sache, auf die wir nicht vorbereitet waren. Aber warum setzten sie es jetzt nicht ein, um uns wiederzufinden? Funktionierte es nur bis zu einer bestimmten Wassertiefe? Oder spielten auch die Entfernung und der Ortungswinkel eine Rolle? Rätsel über Rätsel!

Die anlaufen den Schrauben des Tommies rissen mich aus meinen Gedanken. Er nahm ganz langsam Fahrt auf und tuckerte durch die Gegend. Vermutlich suchte er jetzt wütend die Tiefe nach uns ab.

Der Alte nahm dem BÜ die Kopfhörer mit dem Kehlkopfmikrophon ab, stülpte sie sich über die Ohren und bog gleich eine der Ohrmuscheln ab, damit ich mithören konnte. »Horchraum, was macht der Tommy?«

»Er zieht in eins-acht-null Suchschleifen, Entfernung nimmt dabei eindeutig zu, Herr Kaleu.«

Der Alte grinste mich triumphierend an. »Der zerbricht sich den Kopf, wo wir abgeblieben sind!«

Eine Detonation zerriß plötzlich die Stille und ließ uns zusammenfahren. Eine lahme Druckwelle holte uns ein, sie entlockte uns jedoch nur ein müdes Lächeln. Erinnerungen an die Lehrgänge wurden wach. Schreckbomben hatte man diese einzeln geworfenen Dinger genannt. Sie sollten das Opfer aufschrecken und zu unüberlegten Handlungen verleiten. Man hatte uns geraten, uns in einem solchen Fall auf den Grund zu legen und scheues Kaninchen zu spielen, bis der Gegner aufgab.

Bei den Übungen hatte das auch geklappt. Deshalb trat ich an den Kartentisch und kontrollierte die Tiefenangaben in der Seekarte.

Der Kommandant sah mich fragend an.

Ich schüttelte den Kopf. »Zu tief, Herr Kaleu.«

»Also schleichen wir weiter. Irgendwann wird der Tommy schon aufgeben!«

Er gab jedoch nicht auf, im Gegenteil. Er stoppte zwar einmal kurz seine Umherkurverei, vermutlich um die Besatzung der *Scilly Rover* an Bord zu nehmen. Aber dann furchte er wieder in immer größeren Schleifen suchend durch die See, hoffend, eine seiner zahlreich geworfenen Schreckbomben werde doch irgendwann Erfolg haben.

Je mehr jedoch die Zeit fortschritt, desto geringer wurde seine Gefährlichkeit, weil die Entfernung zwischen ihm und uns immer mehr wuchs. Wir nutzten die Zeit, um unsere Schäden zu beseitigen.

Beim Mittagswachwechsel hatten wir ihn noch immer im Horchgerät, allerdings hatte er die Suche längst aufgegeben und schwamm trödelnd auf Westkurs davon. Aber gerade das erregte das Mißtrauen des Kommandanten.

»Zwei Dinge sind's, die mich stutzig machen«, äußerte er beim Mittagessen. »Erstens die unverständlich lange erfolglose Suche, es waren immerhin über fünf Stunden, und zweitens sein zögerliches Davondampfen. Der Kerl hat ein As im Ärmel.«

»Ein As?« fragte der II WO verständnislos. »Und warum hat er 's nicht ausgespielt?«

»Weil er auf einen Fehler unsererseits gewartet hat. Der war nicht mehr allein, hat wahrscheinlich die Air Force alarmiert, denn ein zweites Schiff hätten wir gehört. Sein Pech war, daß wir spurlos verschwunden blieben. Kein Rundblick durchs Sehrohr, nichts. Und deshalb trödelt er jetzt, hofft, daß wir uns irgendwie zeigen. Auftauchen oder auch nur den Spargel rausstecken, dann haben die Flieger und somit auch er uns.«

»Also schwirren dort oben noch so ein paar Mistbienen herum«, stellte Ole zwischen zwei Happen lakonisch fest. »Und nun?«

»Ich weiß nicht, Herr Kaleu«, widersprach ich. »Der Krieg ist gerade zwei Tage alt. Der Tommy ist ein Anfänger und wie wir ohne praktische Kriegserfahrung. Woher soll er die auch haben? Oder hat einer von uns schon mal scharfe Wasserbomben auf den Kopf gekriegt oder dieses britische Ortungsgerät im Einsatz gehört?«

»Zugegeben, Herr Thomsen. Aber welche Schlüsse ziehen Sie daraus?«

»Der wollte den Erfolg erzwingen, deshalb hat er so verbissen gesucht und zieht nun reichlich bedeppert ab.«

Der Alte wiegte zweifelnd den Kopf hin und her. »Kann sein, aber alles hat seine zwei Seiten. Wir werden verduften, ohne aufzutauchen oder den Spargel rauszustecken. Dann können die lange die See absuchen. Außerdem gehen wir dichter unter Land, da wird uns keiner vermuten. Obersteuermann, neuer Kurs zwo-neun-sieben!«

Während der Freiwache nahm ich mir Obersteuermann Werda vor, denn Weber und Schulte standen ja noch zum Rapport an. Ich wollte es hinter mich bringen, solange wir auf die Küste zuliefen und noch keine Kundschaft im Laden hatten.

»Nun los, Obersteuermann, was hat's mit den beiden auf sich? Sie sagten, Drohungen nutzten nichts, die brauchten einen Denkzettel. Warum?«

»Es ist eine ganze Kette von Kleinigkeiten, aber einmal läuft auch das größte Faß über. Die beiden kommen von der Minensuche, wo wohl alles ein bißchen laxer gehandhabt wird und durchgeht.« Er holte eine Liste aus der Tasche. »Urlaubsüberschreitungen, Herumgealbere mit Mädchen als Hafenposten vor Gewehr, Nutten im Logis des Wohnschiffs, Schlägereien an Land, Alkohol als Wachgänger, renitentes Verhalten bei Reinschiff und ... und ... und.«

Er reichte mir die Liste über den Tisch. Mir gingen die

Augen über. Fein säuberlich waren darin die sogenannten Kleinigkeiten aufgeführt, zusammengestellt von den Maaten und Deckoffizieren.

»Mensch, Werda, Kleinigkeiten – sicher. Aber das ist ja 'n stattliches Sündenregister. Warum wissen wir Offiziere nichts davon?«

»Weil es die Maate und Deckoffiziere bisher immer gleich unter der Hand geregelt haben. Außerdem war das im Frieden, da hat man bei guten Seeleuten schon mal ein Auge zugedrückt.« Er grinste. »Schließlich hat doch jeder von uns selber schon mal über den Zappen gewichst oder 'nen Bolzen gedreht, ohne gleich zum Rapport stehen zu müssen, Herr Oberleutnant.«

Ich nickte und lächelte zurück, weil ich mich noch lebhaft an meine eigene Rekruten- und Seekadettenzeit erinnerte. »Stimmt, Werda, aber jetzt haben wir Krieg. Da kann sich so eine lasche Dienstauffassung für uns alle leicht zu einer Katastrophe auswachsen. Was schlagen Sie vor?«

»Drei Tage verschärften Arrest, abzusitzen, sobald wir Heimaturlaub bekommen, und eine entsprechende Eintragung ins Führungsbuch, die verhindert, daß die beiden irgendwann zu Maaten aufsteigen können.«

»Hmmm, wir werden sehen, was der Kommandant dazu sagt.«

Eine Stunde später standen die beiden vor dem Kommandanten zum Rapport. Sie waren ansonsten tatsächlich gute Seeleute, und es wäre für sie vermutlich glimpflicher abgelaufen, als es der Obersteuermann vorgeschlagen hatte. Sie erwiesen sich jedoch als uneinsichtig und versuchten, ihr Wachvergehen beim Ausguck zu bagatellisieren. Eine grenzenlose Dummheit, denn das brachte den Alten in Rage und mich nicht minder.

»Matrosenobergefreiter Weber und Matrosenobergefreiter Schulte, ich bestrafe Sie hiermit wegen Wachvergehens als Ausguck auf Feindfahrt jeweils mit drei Tagen verschärftem Arrest, abzusitzen während Ihres Heimaturlaubes im Arrestlokal der Flottille. Daß sich dadurch Ihr Heimaturlaub entsprechend vermindert, ist beabsichtigt. Der Straftenor mit Begründung geht voll in Ihr Führungsbuch ein. Abtreten!«

Nach einem sorgfältigen Rundblick durch das Periskop tauchten wir auf der Höhe von Dundee auf. Im milden Nachmittagslicht zeichnete sich an Backbord die schottische Küste gerade noch als dünner Strich an der Kimm ab. Ansonsten waren die kabbelige See und der weite Himmel wie leergefegt.

Die Entscheidung des Kommandanten schien sich also als richtig zu erweisen. Hier vermutete uns offensichtlich wirklich niemand. Es war dennoch ein seltsames Gefühl, so dicht vor der feindlichen Küste zu kreuzen und auf Beute zu lauern, ohne sofort von Kriegsschiffen oder Flugzeugen attackiert zu werden. Doch das konnte sich schnell ändern, wenn unsere Wachsamkeit auch nur einen Augenblick nachließ.

»Haltet ja die Augen offen!« ermahnte ich die Brükkenwache. »Lieber einen falschen Alarm zu viel als einen echten zu wenig!«

»Keine Sorge, Herr Oberleutnant!« sagte Obersteuermann Werda lächelnd. »Uns allen sitzt ja noch der erste Wasserbombenangriff unseres Lebens in den Knochen. Ich bin sicher ...«

»Segel in null-vier-vier, Herr Oberleutnant!« unterbrach ihn der Moses. »Sieht aus wie 'n Zweimaster!«

»Segel?« fragte ich ungläubig und richtete das Glas in

die angegebene Richtung. »Ist das nicht ein bißchen unwahrscheinlich? Mensch, tatsächlich, ein Segler!«

Ich versuchte, die Bewegungen des Turmes auszugleichen, denn das Segel tanzte in meinem Glas unruhig auf und ab. Zugleich stellte ich die Schärfe nach. Deutlich hoben sich plötzlich zwei weiße Dreiecke vor der Kimm ab. Großsegel und Besan eines zweimastigen Sportbootes, einer Hochseeyacht, die unter vollem Zeug – sie hatte, wie sich jetzt zeigte, auch Fock, Klüver und Flieger gesetzt – hoch am Wind herangerauscht kam. Ein Anblick, der jedes Seglerherz höher schlagen ließ und bei mir zugleich Erinnerungen wachrief.

Erinnerungen an die fröhlichen und unvergeßlichen Stunden mit Anke und ihrer *Windsbraut,* denn auf große Entfernung glich dieser Hochseesegler ihrer Yacht wie ein Ei dem anderen. Die *Windsbraut* war ebenfalls ein Zweimaster, eine Ketsch, die aber unter vollem Zeug wegen der großen Segelfläche von zwei Personen allein nicht zu händeln war. Deshalb hatten die beiden Mädchen sie auch nur mit Großsegel und Fock gesegelt, bis Ole und ich an Bord gekommen waren.

Ich hatte auf einmal nur noch Augen für dieses prachtvolle Boot. Mein Gott, was würde ich dafür geben, wenn Anke und Fritzi jetzt dort in der auf uns zu kreuzenden Yacht säßen!

»Kommt ziemlich schnell auf, Herr Oberleutnant«, riß mich Werda jäh aus meinen Gedankenspielen. »Scheint ein Brite zu sein. Lassen wir ihn laufen?«

»Aber sicher!« Ich machte dem BÜ ein Zeichen. »Meldung an den Kommandanten: Hochseeyacht an Steuerbord voraus in Sicht. Herr Oberleutnant Peters bitte auf die Brücke.«

Ich war sicher, daß Ole beim Anblick der Yacht die

gleichen Gedanken durch den Kopf schießen würden, denn auch Fritzi und ihn hatte es in Helgoland ganz schön erwischt, wie mir Anke anvertraut hatte.

»Eine Hochseeyacht jetzt noch hier draußen?« fragte der Alte ungläubig, während er aus dem Turmluk kletterte. »Da hat sich wohl jemand von euch an unserem Rumvorrat vergriffen, was?«

Ich lachte. »Nee, Herr Kaleu, ich hab' meinen Augen zuerst auch nicht getraut. Die scheint irgendwo vom Kriegsausbruch überrascht worden zu sein und will jetzt schnell nach Hause. Sie ist noch so weit ab und liegt so tief, daß die uns bestimmt noch nicht ausgemacht haben.«

Ich reichte ihm mein Glas und deutete nach Steuerbord voraus.

»Tatsächlich, 'ne Hochseeyacht unter vollem Zeug! Und was für eine! Was für ein prächtiger Anblick!«

Ole kam aus dem Turmluk gekrabbelt und sah mich fragend an. »Irgendwelche Probleme?«

Ich nahm ihn bei den Schultern und drehte ihn nach Steuerbord herum. »Keine Probleme, Ole, aber schau mal dorthin. Erinnert dich das an etwas?«

Er riß die Augen überrascht auf. »Ich werd' verrückt, 'ne Hochseeyacht! Das ist ja wie vor Helgoland! Was treibt die denn jetzt noch hier draußen? Haben die noch nichts vom Krieg gehört? Das ist 'n Anblick, was? Wie unsere beiden Mädchen mit der *Windsbraut*. Da juckt es mich direkt, mitzusegeln. Is natürlich Quatsch. Die da würden sich schön bedanken.«

»Ich weiß zwar nicht, was zwischen Ihnen im Augenblick abgehandelt wird«, mischte sich der Alte ein, »aber ich glaube, wir sollten verschwinden, bevor die uns entdecken, Herr Thomsen.«

Ich nickte. »Auf Tauchstation! Klar zum Tauchen!«

Noch ein Blick auf die mit schäumender Bugwelle herankreuzende Yacht, dann ließ auch ich mich in den Turm fallen.

Fasziniert verfolgten wir durch das Sehrohr, wie die Yacht näher und näher kam. Es war eine hervorragend eingespielte Besatzung, bei der jeder Handgriff saß und die gar nicht ahnte, daß sie mit ihrem Kurs auf Dundee einem deutschen U-Boot direkt vor die Rohre lief. Sie ging immer erst im letzten Augenblick über Stag, um keinen Millimeter zu verschenken.

Der Alte grinste. »Schade, die hätte ich gern als Prise genommen und ...«

»... und am liebsten persönlich nach Hamburg oder Bremen eingebracht, was?« fiel ihm Ole ins Wort. »Da hätten Sie den I WO und mich sofort als begeisterte Mitsegler gehabt.«

»Das hab' ich mir beinah' gedacht!« Der Kommandant warf erneut einen Blick durchs Sehrohr. »Tatsächlich ein Tommy, jedenfalls führt er achtern den Union Jack. Ganz schön keß, was?«

Die britische Yacht passierte uns so dicht, daß man sogar die Gesichter der Besatzung erkennen konnte. Es waren vier Frauen und vier Männer, die die Schoten der Yacht bedienten. Es war auch keine Ketsch, wie wir jetzt sahen, sondern eine Yawl, bei der der Besanmast anders stand.

»Phantastisch!« begeisterte sich der Kommandant. »Und die verstehen ihr Handwerk!«

»Schraubengeräusche aus drei-fünf-null!« erinnerte uns der Ruf des Horchmaats an unser kriegerisches Geschäft. »Keine Turbinen, klingt nach Motorschiff.«

»Also kein Kriegsschiff«, stellte der Alte erleichtert

fest und drehte das Periskop in die angegebene Peilung. »Hui, diesmal kein KüMo, sondern ein richtig dicker Pott!«

»Wird ja auch langsam mal Zeit«, murmelte ich und sah dem Obersteuermann über die Schulter, der die Horchpeilung als Strahl zu unserem Standort in die Karte eintrug. »Horchraum, laufend melden, wie die Schraubengeräusche peilen!«

Und der Alte setzte hinzu: »Frage Geschwindigkeit!«

»Peilung jetzt drei-vier-fünf, Abstand etwa zwo-zehn Seemeilen, läuft etwa zehn Knoten!«

Blitzschnell rechnete Werda die Schiffspeilung in Kompaßpeilungen um und trug den Gegnerkurs in die Karte ein. Er sah zu mir auf. »Kommt genau im richtigen Winkel auf, Herr Oberleutnant, wenn's stimmt.«

Es stimmte, wie die nächsten Peilungen ergaben, und er hatte ein anderes Ziel als die Yacht, die auf die ferne Küste zuhielt. Er lief auch schneller, als der Horchmaat geschätzt hatte. In knapp einer Stunde konnten wir ihn vor den Rohren haben, wenn er seinen Kurs beibehielt.

Er behielt den Kurs bei und rechnete offenbar überhaupt nicht mit uns. Anfangs hielten wir ihn für einen Tanker, weil er verhältnismäßig tief im Wasser zu liegen schien. Doch das Abendlicht täuschte. Es war ein ganz moderner Frachter, wie die Form und Anordnung seiner Ladebäume verriet, und hatte gut und gern seine 10000 Bruttoregistertonnen. Es konnten auch mehr sein, denn so firm im Schätzen waren wir alle noch nicht.

»Rohr eins bis vier klar zum Überwasserschuß! Wenn's ein Tommy ist, dann tut's nämlich unsere Acht-acht nicht mehr. Dauert zu lange, bis der Pott absäuft«, meinte der

Alte. »Dennoch, Geschützbedienungen und Brückenwache in den Turm! Herr Kruse, halten Sie für alle Fälle schon Ihr Prisenkommando bereit!«

Die Schraubengeräusche des Frachters klangen inzwischen so laut in unseren Ohren, als dampfe er bereits genau über uns hinweg.

»Rohr eins bis vier sind klar!« kam die Meldung aus dem Bugtorpedoraum.

»Dann woll'n wir mal! Auf Sehrohrtiefe anblasen!« Noch ein vorsichtiger Rundblick. Der Himmel war frei von Flugzeugen. »Auftauchen!«

Das Boot schwebte nach oben. »Turmluk kommt frei! Boot ist aufgetaucht!«

Wir enterten blitzschnell auf. Alles lief ab wie bei der *Coral Sea.* Der Frachter nahm uns überhaupt nicht zur Kenntnis, er dampfte unbekümmert weiter, obwohl wir nicht zu übersehen waren.

»Er führt keine Flagge, und das ist verdächtig!« Der Kommandant rieb sich in Vorfreude schon die Hände. »Wörle, setzen Sie ihm einen Lebenswecker vor den Bug, damit er weiß, was die Glocke geschlagen hat! Und dann werden wir ihm höflich unsere Wünsche vortragen, wie's sich unter Gentlemen gehört!«

Der Schuß hatte eine unerwartete Wirkung. Zum einen flog der desinteressiert neben dem Geschütz stehende Fähnrich, der sich mit dessen Führung eigentlich vertraut machen sollte, durch den Rückstoß im hohen Bogen in den Bach, zum anderen stieg, von unsichtbarer Hand gehißt, am Signalmast des Frachters eine überdimensionale blau-weiß-rote Flagge empor. Er stoppte, ohne daß sich jemand auf der Brücke sehen ließ. Dafür stürzten aus den Aufbauten mehrere Männer an Deck und schauten voller Angst zu uns herüber.

»Du mei lieb's Herrgöttle, das ist ja mal ganz was Neues!« spottete der Alte. »Nicht nur 'n Holländer, sondern auch noch ein vollautomatisch fliegender. Oder sehen Sie da jemand auf der Brücke?« Unsere Antwort wartete er jedoch nicht ab. »Mendel, blinken Sie ihn an! *Don't use wireless telegraphy or you get a torpedo at once!*«

Was der Schuß nicht bewirkt hatte, das schaffte jetzt der Blinkspruch: Auf der Brücke erschien ein Mann in Kapitänsuniform und ein zweiter mit einer Klappbuchs, der uns sofort anblinkte.

»Warum beschießen Sie uns?« las ich mit und war überrascht, denn der Text war deutsch. »Ich protestiere! Dies ist ein niederländisches Schiff, und mein Land ist neutral! Sie verstoßen damit gegen internationales Recht!«

»Der spinnt, dieser Käsekopp! Antworten Sie, Mendel: Sie befinden sich im Kriegsgebiet und sind ohne Flagge gefahren. Was erwarten Sie dann? Schicken Sie sofort ein Boot, damit wir Ihre Angaben überprüfen können! Ich muß meine Pflicht tun! Und keine weiteren Fisimatenten, bitte! Unsere Zeit ist knapp!«

Das wirkte. Während drüben ein Boot ausgesetzt wurde und zu uns herüberschor, formierte sich an Deck unser Prisenkommando. Zwei der Männer zogen den Fähnrich unter hämischem Gelächter und höhnischen Bemerkungen aus dem Wasser.

»So eine Flasche!« murmelte der Signalgast in seinen sprießenden Bart. »Keine Ahnung von der Seefahrt, aber davon viel!«

Das war genau das, was alle über den belämmert an Deck stehenden Fähnrich dachten.

»Hardegg, begeben Sie sich gefälligst wieder auf Ihre Gefechtsstation!« schnauzte ich ihn von oben an. »Oder brauchen Sie erst noch 'ne Einladung?«

»Vermutlich!« sagte der Alte und beugte sich über den Turmrand. »Internationales Recht oder nicht – lassen Sie sich nicht auf lange Diskussionen ein, Herr Kruse. Uns interessiert nur, was er geladen hat, woher er kommt und wohin er will, klar?«

»Worauf Sie sich verlassen können, Herr Kaleu! Der beißt bei mir glatt auf Granit!« Der II WO rückte seine Pistole zurecht und grinste. »Und bist du nicht willig, gebrauch' ich Gewalt! Auf geht's, Männer!«

Es sei kein Brite, sondern tatsächlich ein Niederländer, berichtete der II WO, als das Prisenkommando zurückkehrte. Er käme aus Buenos Aires und habe argentinisches Rindfleisch für Rotterdam geladen. Also ein einwandfreier Fall.

»Warum hat der Kerl sich dann so angestellt?« fragte der Alte. »Mendel, blinken Sie rüber: Tut mir leid, Sie belästigt zu haben. Wünsche gute Weiterfahrt! Und dann einen langen Ton mit dem Nebelhorn, Herr Thomsen, und Sie, Obersteuermann, dippen dabei unsere Flagge! Höflich geht die Welt zugrunde.«

Für den Niederländer galt aber diese einfache Höflichkeit nicht. Er nahm eiligst Fahrt auf und dampfte grußlos davon.

»So ein Schofel! Hat keinen Anstand, der Kerl!«

»Der mag uns nicht, Herr Kaleu. Das hat er mir hämisch grinsend ins Gesicht gesagt«, sagte der II WO. »Er habe für die Deutschen schon im allgemeinen nicht viel übrig, aber für die Nazis, die sich ein europäisches Land nach dem anderen einverleibten, überhaupt nichts.«

Der Alte sah uns der Reihe nach nachdenklich an. »Ich fürchte, der ist in Europa nicht der einzige, der so denkt.«

»Soll mich wundern, wenn der uns nicht noch hinterher 'nen Bonbon ans Hemd zu kleben versucht, sobald er sich in Sicherheit dünkt.« Ich blickte dem mit voller Kraft davonstrebenden Schiff hinterher. »Und wenn er bloß funkt.«

Und das tat er tatsächlich. Außer Reichweite unserer Waffen und uneinholbar für uns, setzte er einen Funkspruch ab, daß er von einem Nazi-U-Boot gestoppt und kontrolliert worden sei. Dazu folgte die genaue Angabe der geographischen Länge und Breite.

»So ein hinterhältiger Hund! Faselt von Neutralität und internationalem Recht und liefert dann den Tommies einen präzisen Standort!« stellte der Alte ärgerlich fest. »Da werden wir wohl in Kürze Besuch kriegen. Nischt wie weg hier! Neuer Kurs null-neun-null! Beide Maschinen ›Volle Kraft voraus‹! Horchrunde alle fünfzehn Minuten!«

Zwei Stunden später meldete sich der Besuch mit dem letzten Abendlicht im Horchgerät an. Er kam nicht allein, sondern brachte noch drei Kumpane mit, deren hochtourige Schraubengeräusche nicht die geringste Begeisterung bei uns auslösten. Noch lagen zwar zwischen ihnen und uns mehr als zwanzig Seemeilen, doch für einen Zerstörer, der es leicht auf über fünfunddreißig Knoten bringen konnte, war das ein Klacks. Dagegen sahen wir mit unseren schlappen siebzehn Knoten verdammt blaß aus. Dennoch waren wir zuversichtlich.

»Leicht bewölkter Himmel und Neumond, da ist es bald so dunkel, daß man die eigene Hand nicht vor Augen sehen kann«, prophezeite optimistisch der II WO bei Wachwechsel. »Die schütteln wir doch leicht ab! Die müßten ja Röntgenaugen haben, wenn sie uns trotzdem ausmachten.«

Keiner widersprach. Warum auch? Nur ein dämlicher Zufall konnte sie auf unsere Spur bringen. Doch dann brauchten wir bloß wegzutauchen und einen oder mehrere Haken zu schlagen, und schon waren wir sie los. Unsere Batterien waren voll aufgeladen, da konnten wir lange genug unter Wasser bleiben.

Trotzdem behielten unsere Horcher sie wachsam im Ohr, und das war unser Glück. Irgend etwas stimmte nämlich in unserer Rechnung nicht. Es war zwar inzwischen stockdunkel geworden, aber unsere Jäger holten stetig auf, und – was noch schlimmer war – sie machten auch jede unserer Kursänderungen mit, als zögen wir sie an einem unsichtbaren Faden hinter uns her.

»Schraubengeräusche in eins-acht-vier kommen schnell auf!« meldete der Horcher. »Entfernung nur noch etwa sechs Seemeilen! Laufen zur Dwarslinie auf!«

Sechs Seemeilen? Und sie liefen zur Dwarslinie auf? Dann wollten sie uns unter Beschuß nehmen. Aber woher wußten die so genau, daß wir bald in ihre Schußweite gerieten?

Den Alten und mich hielt es nicht mehr unter Deck. Eilig enterten wir zum II WO auf die Brücke auf. Der starrte durch sein Nachtglas wie gebannt achteraus.

»Keine besonderen Vorkommnisse, Herr Kaleu!« meldete er. »Bis jetzt noch nichts zu sehen.«

Doch plötzlich blitzte Mündungsfeuer auf. Für Sekundenbruchteile ließ der Feuerschein der Abschüsse Back und Brücke der vier Schiffe schemenhaft aus der Dunkelheit auftauchen. Wir erstarrten, jeden Augenblick die Einschläge der Granaten erwartend. Die blieben jedoch aus. Dafür zerplatzten die Geschosse hoch über uns, überfluteten uns und die dunkle See mit gleißendem Licht.

»Leuchtgranaten!« schrie der Alte. »Alle Mann auf Tauchstation! Alarmtauchen!«

Im gleichen Augenblick setzte von den Schiffen der Beschuß ein. Blitzschnell ließen sich die Männer in den Turm fallen. Geschosse jaulten heran und schlugen detonierend hinter uns ein, hohe Wassersäulen aufwerfend.

Die nächste Lage heulte über uns hinweg und krepierte donnernd vor unserem Bug. Ein gewaltiger Schwall Spritzwasser ergoß sich über den Turm und stürzte in die Zentrale, als die Wassersäulen zusammenfielen. Durchnäßt bis auf die Haut, sauste ich die Leiter hinunter. Endlich knallte das Turmluk zu. Das Vorschiff schnitt unter, das Boot gewann Tiefe.

Verflucht, wir waren viel zu langsam! Die waren ja schon viel näher dran und schossen sich mit einer Gabel auf uns ein! Eine Lage hinter, eine Lage vor uns – da knallte die nächste Lage genau in die Mitte, und dort tauchten wir!

Ohrenbetäubend detonierten die Geschosse gefährlich nahe um uns herum, uns brutal durchschüttelnd. Im Boot blieb alles ruhig. Gott sei Dank, offenbar kein Treffer, sonst hätte uns sofort Geschrei alarmiert.

»Dreimal ›Äußerste Kraft voraus‹, LI!« schrie unser Kaleu. »Reißt die Tauchzellen weit auf! Wir müssen schneller runter, sonst verpassen sie uns Flü . . .!«

Schmetternde Explosionen wie schwere Faustschläge fetzten ihm die Worte vom Mund. Der Schiffskörper dröhnte und bäumte sich unter den Druckwellen auf.

»Beide Maschinen machen dreimal ›Äußerste Kraft‹! Tiefenruder sind voll unten, Tauchzellen sind weit aufgerissen!« Oles Stimme war nicht die geringste Aufregung anzumerken. »Dreißig Meter gehen durch, Boot fällt schnell weiter!«

Eine neue Lage krepierte bullernd über uns. Das klang schon ein bißchen weniger gefährlich, zumal das Boot noch immer weiter in die Tiefe strebte.

Fünfzig Meter gingen durch, bald siebzig. Weit über uns wühlten die detonierenden Geschosse noch immer die See auf. Der Alte ballte grinsend die Faust, den Daumen zuversichtlich nach oben. Dabei gab es für solchen Optimismus noch gar keinen Anlaß. »Dreimal ›Äußerste Kraft‹« hörte sich zwar gewaltig an, unter Wasser kamen jedoch kaum mehr als acht Knoten dabei heraus. Für unsere Verfolger war das leicht aufzuholen.

Plötzlich verstummten oben das Artilleriefeuer und das Mahlen der Zerstörerschrauben.

»Beide Maschinen stopp! Maschinen auf Schleichfahrt! Absolute Ruhe im Boot! Die horchen! Was geht durch?«

»Neunzig Meter, Herr Kaleu! Boot fällt weiter!«

»Tiefenruder auf null! Ruder Backbord zwanzig! Auf hundertzwanzig Meter einpendeln!«

»Ruder liegt Backbord zwanzig!« bestätigte der Rudergänger.

Wir beobachteten, wie die Kompaßscheibe langsam nach Norden auswanderte. Über uns blieb es noch immer ruhig.

»Ruder, komm auf! Neuer Kurs null-drei-null!«

Sanft pendelte das Boot auf hundertzwanzig Meter ein und schlich auf leisen Sohlen mit NNO-Kurs von unseren Verfolgern weg. Diesmal war auch ich optimistisch. Es mußte schon mit dem Teufel zugehen, wenn die oben unsere nur leise summenden E-Maschinen mit dem Horchgerät auffingen.

Schweigend verfolgte ich auf der Borduhr, wie der

Sekundenzeiger seine Runden drehte und Sekunden zu Minuten addierte, ohne daß oben etwas geschah.

»Die hoffen, daß wir leichtsinnig werden und mit der Fahrt 'raufgehen«, raunte mir der Alte ins Ohr. »Da können sie lange warten.«

Ich flüsterte zurück. »Das berühmte Katz- und Mausspiel. Mal sehen, wer länger die Nerven behält, die Katze oder die ...«

Wir schraken zusammen. Da war es plötzlich wieder, dieses widerliche Geräusch, unheimlich nachhallend und schwer zu beschreiben. Es streifte uns nur, glitt weiter, kehrte aber wenig später zurück. Ein seltsames Prasseln fuhr über unsere Außenhaut und ließ uns nicht mehr los. Ein Ortungsstrahl, kein Zweifel mehr. Prompt sprangen oben die Schrauben an.

»Achtung, Anlauf aus eins-acht-null!« schrie der Horchmaat. »Einer der Tommies löst sich aus der Linie und greift an!«

Das war nicht zu überhören. Die Schrauben kamen auf Touren und jagten auf uns zu. Mir kroch ein eisiger Schauer über den Rücken. Gleich ging es wieder los. Haltsuchend griff ich nach den Leiterholmen.

Beunruhigt lauschte der Alte nach achtern. »Ab in die Tiefe! Herr Peters, sowie es kracht, volle Pulle voraus, was die Maschinen hergeben!«

Eine gewaltige Detonation holte uns donnernd von achtern ein, in der stillen Tiefe ohrenbetäubend vom Wasser verstärkt. Diesmal war es keine Schreckbombe. In unserem Kielwasser explodierte die erste Wasserbombenreihe. Noch verhältnismäßig weit ab, aber nicht minder gefährlich klingend.

Ehe uns die Druckwellen erreichten, ging schon die nächste Reihe hoch. Unsere E-Maschinen sprangen an und trieben das Boot mit Höchstfahrt vom Ortungspunkt weg und hinab in die Tiefe. Ich blickte in besorgte Gesichter, in denen nur eine Frage stand: Reichte es?

Der Ortungsstrahl ließ uns nicht mehr los, obwohl wir ihm mit äußerster Kraft hakenschlagend zu entkommen versuchten. Er folgte uns und leitete den Tommy mit unglaublicher Präzision hinter uns her.

Die Würfe kamen näher und näher, wurden zu einem Wasserbombenteppich, der die See aufwühlte und uns zum wehrlosen Spielball der Druckwellen machte. Doch diesmal waren wir darauf vorbereitet. Da flog keiner mehr durch das Boot, und es klirrte und schepperte auch nichts, mochten sie uns noch so beuteln.

Dennoch kroch die Angst durch alle Abteilungen. Man konnte sie förmlich riechen, als der Brite uns überlief und das Bombardement seinen Höhepunkt erreichte. Das Boot dröhnte unter den fürchterlichen Detonationsschlägen wie eine riesige Glocke, die die schmerzgepeinigten Ohren fast taub machten und uns bei jedem Schlag zusammenzucken ließen.

Dennoch fiel mir mit einmal etwas auf. Die Bomben fabrizierten zwar einen Höllenlärm und gewaltige Druckwellen, aber irgend etwas war anders als am Vormittag. Aber was?

Trotz der ohrenbetäubenden Detonationen klickerte es plötzlich bei mir. Mensch, die waren ja alle viel zu flach eingestellt! Sie detonierten alle über und nicht neben und unter uns. Warum? Lieferte das Ortungsgerät doch nicht so präzise Tiefenwerte? Oder klappte bloß die Kommunikation zwischen dem Ortungsgerät und der Mannschaft auf dem Achterdeck nicht?

Tiefenwerte! Mein Blick ging zum Tiefenmesser, weil eine Erinnerung durch meinen dröhnenden Schädel schoß. Am Vormittag hatte uns der Tommy bei hundertachtzig Meter Tiefe aus seiner Ortung verloren. Funktioniert das Ding am Ende tatsächlich nur bis zu einer gewissen Tiefe, dann mußte sich das bald zeigen; denn hundertsiebzig Meter gingen durch, und das Boot fiel noch weiter.

Plötzlich verstummten über uns die Detonationen. Das Gehör funktionierte zögernd wieder. Die Schrauben des Tommies heulten auf.

»Gegner dreht auf dem Teller!« kam es aus dem Horcherschapp. »Achtung! Neuer Anlauf! Belege! Gegner stoppt!«

Der Ortungsstrahl tastete nach uns, erfaßte uns stotternd und stoppelte mit immer größeren Unterbrechungen über uns hinweg. Dann verstummte er gänzlich. Wir sahen uns überrascht an.

»Wie am Vormittag, Herr Kaleu«, flüsterte ich. »Ist es die Tiefe oder können die uns nur bis zu einem bestimmten Winkel orten? Auf jeden Fall haben die Schwierigkeiten mit der Ortung, wenn wir nur tief genug sind.«

Er nickte. »Sieht ganz so aus. Frage Tiefe!«

»Zwohundert Meter, Herr Kaleu!« antwortete Ole. »Boot fällt weiter!«

»Stopp! Auf zwohundertzehn Meter einpendeln!«

Über uns blieb es ruhig. Wir krochen in Schleichfahrt kontinuierlich von dem Punkt weg, an dem uns die Ortung des Tommies verloren hatte. Offenbar waren wir hier unten auch vor seinem Horchgerät sicher, denn sonst hätte er uns längst mit neuen Bomben eingedeckt.

»Was meinst du, sucht er jetzt mit Scheinwerfern das Wasser nach Öl oder Wrackteilen ab?« fragte Ole leise.

»Vermutlich.« Ich lächelte. »Möchte nicht wissen, wie die fluchen, wenn sie nichts finden.«

Der II WO grinste. »Und sie werden grübeln, wie wir zuerst ihrem Feuerüberfall und dann auch noch ihrem fürchterlichen Bombenteppich unbeschädigt entgehen konnten!«

»Bloß nicht beschreien!« warnte der Alte. »Wer weiß, was die noch für technische Überraschungen an Bord haben, um uns aufzustöbern.«

Das war's, was auch ich im stillen fürchtete. Erst gab uns die Verfolgung Rätsel auf, die wir trotz der Dunkelheit und aller Kurswechsel nicht abzuschütteln vermocht hatten, und dann kam der Beschuß, der sofort deckend lag. Folglich mußten sie über ein neuartiges technisches System verfügen, mit dem sie uns selbst bei völliger Dunkelheit verfolgen und zielgenau beschießen konnten. Dazu kam auch noch die andere üble Überraschung, dieses Ortungsgerät, mit dem sie uns aufgestöbert hatten. Kein Wunder, daß uns gar nicht mehr wohl in unserer Haut war.

Doch noch immer rührte sich unser Verfolger nicht. Er ließ die Zeit verstreichen, obwohl damit unsere Chancen wuchsen, ihm zu entkommen. Oder wollte er uns in Sicherheit wiegen, um dann vernichtend zuzuschlagen?

Obersteuermann Werda tippte mich an und deutete auf einen Zettel mit Berechnungen. »Der Flutstrom steht gegen ihn, Herr Oberleutnant. Er treibt nach Süden, während wir hier unten ...«

Er verstummte, weil es oben plötzlich lebendig wurde. Schrauben sprangen an, doch sie klangen anders als vorher und kamen aus einer anderen Richtung, wie mir schien.

»Die drei anderen Verfolger schwärmen achtern aus, Herr Kaleu!« meldete der Horcher und bestätigte damit meine Wahrnehmung. »Steuern Suchschleifen.«

Auch über uns blieb es nicht mehr still. Der Tommy nahm Fahrt auf und zog mit aufheulenden Schrauben über uns hinweg. Unwillkürlich zogen wir die Köpfe ein, die Nerven zum Zerreißen gespannt. Schlug er jetzt zu?

Dumpfe Abschüsse wummerten in der Ferne, klangen nach dem Bombardement harmlos in unseren Ohren, bis Wasserbombenexplosionen durch die Stille röhrten.

»Kein Grund, sich in die Hose zu machen, Leute! Die Tommies suchen uns«, dämpfte der Alte das allgemeine Erschrecken. »Sie katapultieren Schreckbomben in ihr Kielwasser. Na und? Als ob ihnen das was bringt! Doch nicht bei uns, was?«

Mit einem schiefen Lächeln entspannten sich die Gesichter. Aus dem Hinterkopf ließ sich die Sorge jedoch nicht vertreiben, sie könnten uns bei ihrer Umherkurverei mit diesen Mistdingern irgendwann doch eins aufs Dach geben. Da genügte unabhängig von der Tiefe schon eine Bombe, die nur fünfundzwanzig Meter entfernt von uns detonierte, um enorme Schäden zu verursachen. Bei zehn Meter Entfernung gab es für uns keine Rettung mehr, und schon gar nicht in dieser Tiefe.

Eine Sorge, die auch ich teilte, wie ich mir heimlich eingestand. Sie trieb mir den Angstschweiß auf die Stirn.

Sie hielten uns die ganze Nacht auf Trab. Offensichtlich kannten sie sich mit den Unterwassergeschwindigkeiten deutscher U-Boote genau aus. Immer, wenn wir glaubten, sie endlich abgeschüttelt zu haben, dehnten sie ihre Suchschleifen weiter aus, und ihre Schraubengeräusche und lästigen Schreckbomben belehrten uns eines Besseren.

Einen Vorteil hatte diese nächtliche Jagd allerdings doch für uns. Wir fanden heraus, daß nur einer unserer Verfolger dieses Ortungsgerät besaß. Die anderen, deren

Schrauben auch anders klangen, verfügten offensichtlich nur über Horchgeräte, mit denen sie uns bei Schleichfahrt kaum und in zweihundertzehn Meter Tiefe überhaupt nicht orten konnten.

»Da habt ihr's«, sagte Ole, der das Verhalten der Tommies zu analysieren versuchte, und demonstrierte uns seine Meinung an einer Skizze. »Das Ding funktioniert anscheinend wie ein Echolot, nur daß es horizontal und vertikal schwenkbar ist. Je tiefer wir sind, desto größer wird der Ortungswinkel zwischen Gerät und Objekt, klar? Also müssen sie dichter an uns ran, ehe das Ding auf uns anspricht. Is doch eigentlich auch logisch.«

»Klingt logisch. Aber warum stottert das Ding dann oder bleibt ganz weg, Ole? Hast du dafür auch so 'ne schöne Erklärung parat?«

Er sah mich überlegen lächelnd von der Seite an. »Du hast im Chemieunterricht in der Schule gepennt, was? Das Meer verdunstet an seiner Oberfläche ständig Salzwasser. Was bleibt dann zurück? Naaa?«

»Salz natürlich, Herr Lehrer!«

»Und wo bleibt das Salz? Es reichert das Wasser an. Das bekommt dadurch eine höhere Konzentration, wird schwerer und sinkt ab, bis es in der Tiefe so dichte Salzwasserschichten bildet, daß die den Ortungsstrahl wie feste Körper reflektieren. Darum!«

Ich hatte dem Chemieunterricht nicht viel abgewinnen können, deshalb konnte ich ihn nicht widerlegen. Dennoch bezweifelte ich, daß sein Beispiel auch für das Meer galt.

Dem Alten erging es ähnlich. »Mmmm, ich zweifle ja nicht an Ihrem technischen Sachverstand, Herr Peters, es klingt ja auch alles recht logisch. Aber ist das nicht ein bißchen weit hergeholt? Wenn's wirklich so simpel wäre –

warum ist dann bei uns noch keiner darauf gekommen?«

»Es gibt immer jemand, der an irgend etwas zuerst herumtüftelt, Herr Kaleu. Diesmal sind's offenbar die Tommies, die uns zuvorgekommen sind, sonst wüßten wir davon. Die müssen auch schon in der Funkmeßtechnik weiter als wir sein, sonst hätten sie uns in der Nacht nicht so zielstrebig verfolgen und beschießen können.«

»Da ist was dran, LI. Bloß, wie hilft uns das weiter?«

»Indem wir uns darauf einstellen, wenn wir auftauchen, und auftauchen müssen wir irgendwann. Nicht wegen der Batterien, die sind noch lange nicht ausgenuckelt. Das Problem ist die Atemluft, in der das ausgeatmete Kohlendioxyd ständig zunimmt, auch wenn wir Sauerstoff zugeben. Wir müssen das Boot durchlüften, dazu müssen wir sie uns vom Halse schaffen.«

»Vom Halse schaffen? Das versuchen wir doch die ganze Zeit. Oder meinen Sie, wir sollten sie torpedieren?« Die Skepsis war nicht zu überhören. »Daran habe ich auch schon gedacht, aber das ist bei vier Verfolgern leichter gedacht als getan.«

»Irgendwann geben die doch von ganz alleine auf, Herr Kaleu«, meinte der II WO optimistisch.

»Ihr Wort in Gottes Ohr, Herr Kruse. Hoffentlich hört er's.«

Am Morgen, als die Vormittagswache aufzog, bekamen wir entfernte Schraubengeräusche ins Horchgerät, die keinem unserer Verfolger zugeordnet werden konnten. Inzwischen war es nämlich unseren Horchern gelungen, sie an Hand ihrer verschieden klingenden Schrauben voneinander zu unterscheiden.

»Keine Kriegsschiffe, Herr Kaleu«, versicherte Funkobermaat Krummholz, dem die Horcher unterstanden. »Die gehören zu mehreren Frachtern, die ohne Geleitschutz von Norden aufkommen.«

»Wie viele Frachter?«

»Können wir aus dem Wust noch nicht heraushören. Das können wir erst, wenn sie dichter dran sind. Aber ...«, er horchte überrascht auf, »hört sich an, als ob ...«

»Drei der Verfolger laufen ab, Herr Kaleu!« unterbrach ihn der Mann am Horchgerät. »Nehmen Kurs auf die Schraubengeräusche in drei-fünf-fünf! Erhöhen die Fahrt!«

Jetzt hörten wir es auch. Sie liefen mit Höchstfahrt ab, denn ihre Schraubengeräusche verloren sich schnell in der Ferne.

»Ohne Geleitschutz, Krummholz?« vergewisserte sich der Alte. »Kein Wunder, wenn die drei jetzt Fracksausen haben. Für jedes deutsche U-Boot sind doch 'n paar Frachter ohne Geleitschutz ein gefundenes Fressen! Drei sind wir also los. Besser können wir's doch gar nicht haben. Was macht der vierte, Horchraum?«

»Zieht mit Kleiner Fahrt noch immer seine Suchkreise. Es ist der mit dem Ortungsgerät, Herr Kaleu.«

»So, so, der mit dem Ortungsgerät.« Der Alte kaute nachdenklich auf seiner Unterlippe herum. »Das bringt mich auf eine Idee. Frage Entfernung?«

»Etwa zwei Seemeilen!«

»Sie sind unser technischer Fachmann, Herr Peters. Wie weit wird sein Ortungsgerät reichen? Weiter als zwei Seemeilen?«

Ole Peters zuckte die Schultern und verzog das Gesicht zu einem schiefen Grinsen. »Nichts Genaues weiß man nicht. Müßte man einfach mal herauszufinden versuchen.«

»Genau mein Gedanke! Versuch macht klug. Wir wissen ja ohnehin kaum etwas über dieses Scheißgerät. Blasen wir also ganz vorsichtig bis auf Sehrohrtiefe an, Herr Peters. Erfaßt er uns, geht's sofort wieder ab in den Keller, klar?«

Und ob das klar war! Vorsichtig gab Ole Preßluft auf die Tauchtanks, die Angst vor den Wasserbomben saß ja auch ihm in den Knochen. Lautlos löste sich das Boot aus der Tiefe.

Gespannt beobachteten wir die Tiefenanzeige. Meter um Meter schwebten wir nach oben. Nichts geschah. Kein Ortungsstrahl erfaßte uns, keine Schreckbombe fiel, nur das gleichbleibende Mahlen der Schrauben im Horchgerät erinnerte an die Gefahr, die oben auf uns lauerte. Ereignislos verstrich die Zeit.

»Reicht offenbar doch nicht so weit«, flüsterte mir der Alte hoffnungsvoll zu. »Oder die pennen – was ich nicht glaube. Was meinen Sie?«

Ich blickte auf die Tiefenanzeige und schüttelte den Kopf. »Die schlafen nicht, die suchen. Fünfzig Meter, da ist der Winkel so flach, daß sie uns orten müßten, wenn die Theorie des LI stimmt. Also hat das Ding anscheinend eine geringere Reichweite, als er angenommen hat.«

Er nickte zustimmend. »Auf Sehrohrtiefe einpendeln. Möchte doch mal sehen, was das für 'n Kahn ist, der uns da so zäh am Hacken klebt. Aufpassen, daß der Turm nicht durch die Oberfläche bricht!«

»Boot ist auf Sehrohrtiefe!« – »Schraubengeräusche in drei-null-null!« – »Maschinen machen Umdrehungen für vier Knoten!« kamen die Meldungen.

Richter fuhr vorsichtig den Spargel aus und drehte ihn in die angegebene Peilung. »Ein Zerstörer neuesten Typs ... wie auf dem Präsentierteller ... Ruder Backbord zwanzig! So schön bekommen wir den nie wieder vor die Flinte.«

Langsam drehte das Boot nach Backbord. Der Kommandant führte das Sehrohr nach und behielt den Tommy im Auge. »Komm auf, Ruder! Recht so! Wir werden uns diesen Quälgeist jetzt vom Halse schaffen, meine Herren! Auf Gefechtsstationen!«

Die Freiwächter eilten auf ihre Stationen. Vorsichtig tasteten wir uns näher an den ahnungslosen Briten heran, jeden Augenblick gewärtig, von seinem Ortungsgerät erfaßt zu werden. Von Richter dirigiert, folgte unser Bug seinen Bewegungen.

»Achtung! Rohr eins bis vier klar zum Unterwasserangriff!«

Noch immer kein Ortungsstrahl. Die Spannung im Boot stieg. Kamen wir tatsächlich bis auf Torpedoschußweite heran, ohne daß der uns ortete?

»Rohr eins bis vier sind klar!«

Mit bewässerten Rohren und geöffneten Mündungsklappen schlichen wir näher und näher. Mit ruhiger Stimme korrigierte der Alte seine Entfernungsangaben. Auf den Gesichtern der Männer zeichnete sich deutlich die nervliche Anspannung ab. Auch in mir wuchs sie ins schier Unerträgliche. Gleich mußte …

»Rohr eins und zwo … Achtung! Rohr eins und zwo … los!«

Ein Ruck ging durch das Boot. Ich drückte auf die Stoppuhr. Der LI fing das Boot ab, damit das Sehrohr nicht höher aus dem Wasser kam.

»Torpedos sind los!« meldete der Bugraum, obwohl jeder von uns den leichten Ruck gespürt hatte.

Die zwei Torpedos rasten mit ihrer tödlichen Fracht auf den Tommy zu. Ein Zweier-Fächer, um sicher zu gehen. Der Zeiger der Stoppuhr fraß die Sekunden. Nur noch ein paar …

Ein Ortungsstrahl glitt über uns hinweg, dröhnte wie ein Paukenschlag in unseren Ohren und ging im selben Augenblick in der donnernden Explosion der beiden detonierenden Torpedos unter. Ich drückte die Stoppuhr.

Jubel brandete auf. Ole schlug mir auf die Schulter. »Treffer! Den sind wir endlich los!«

Ich jubelte nicht mit, denn ich starrte verblüfft auf die Stoppuhr, die eine Laufzeit der Torpedos anzeigte, die nicht stimmen konnte. Sollte sich der Alte so verschätzt haben? Aber egal, Hauptsache die …

»Alarmtauchen!« schrie der Alte in den Jubel hinein. Seine Stimme überschlug sich. »Alle Mann voraus! Tiefenruder voll unten! Dreimal AK voraus, LI! Egal, ob die uns jetzt hören! Ruder hart Steuerbord!«

Die hörten uns nicht nur, die packten uns auch mit ihrem Ortungsstrahl, und der hielt uns unerbittlich fest, obwohl wir mit äußerstem Maschinenschub aus unserem Schußwinkel schoren und mit einer extremen Vorlage in die rettende Tiefe flüchteten. Die Zerstörerschrauben heulten auf. Unglauben zeichnete sich auf den Gesichtern ab. Zwei detonierende Torpedos, und der schwamm noch?

»Anlauf aus zwo-null-null!« schrie der Horcher. »Schnell näher kommend!«

»Ruder, komm auf! Recht so!« befahl der Alte, als wir den Angreifer genau achteraus hatten und damit seinem Ortungsstrahl und seinen Wasserbomben nur eine schmale Silhouette boten. »Was geht durch?«

»Siebzig Meter gehen durch! Boot fällt schnell weiter!«

»So ein verfluchter Mist!« schimpfte der Alte und lauschte nach achtern. »Was haben die uns für Scheißtorpedos mitgegeben! Beides Frühdetonierer, und das bei den hochgelobten Magnetköpfen, die angeblich besser als die mit Aufschlagzündung sind!«

Wutschnaubend furchte der Tommy hinter uns her. Wir hatten versucht, ihn zu torpedieren; das sollten wir ihm büßen. Schon ging es hinter uns los. Die ersten Wasserbomben detonierten in unserem Kielwasser. Der Tommy hatte hinzugelernt, er ging auf Nummer Sicher und warf die Bomben tiefengestaffelt.

Bombenreihe auf Bombenreihe klatschten mit dumpfen Abschüssen in den Bach, wühlte die See auf und kam näher und näher. Das Boot stieß immer weiter in die rettende Tiefe, so daß uns zwar die Druckwellen einholten, aber die detonierenden Sprengladungen noch nicht direkt gefährdeten. Aber das war nur eine Frage der Zeit, dann hatte uns der Tommy eingeholt.

Unsere Augen saugten sich an der Tiefenanzeige fest. Hundert Meter gingen durch. Bei hundertzwanzig dröhnten die Explosionen so laut in unseren Ohren, daß uns die Trommelfelle zu platzen drohten. Verflucht, es reichte nicht! Ihre Druckwellen packten das Boot von achtern mit solcher Gewalt, als wollten sie es in einen Kopfstand zwingen.

Alles flog durcheinander. Ich glitt auf den Flurplatten aus und wurde mit dem Rücken gegen das Querschott geschleudert, daß mir vor Schmerz die Luft wegblieb. Schon schlug die nächste Druckwelle zu und katapultierte das Achterschiff in die Tiefe.

Verzweifelt suchte ich nach einem Halt, erwischte eine der Rohrleitungen und klammerte mich fest.

»Ruder hart Backbord!« durchdrang die Stimme des

Alten den Höllenlärm. »Raus aus dem Explosionsfeld!«

Zu spät! Oben saß ein Mann am Ortungsgerät, der uns nicht aus seinen Klauen ließ. Der Strahl hielt uns fest und folgte unserem Hakenschlag. Prompt schwenkte der Zerstörer auf unseren Kurs ein und ließ uns nicht aus seiner Wurfbahn.

Über uns brach ein Weltuntergang herein. Über, neben und unter uns gingen die Bomben hoch, schlugen mit ihren Druckwellen erbarmungslos auf unseren Bootskörper ein, auf den ohnehin schon eine über hundertvierzig Meter hohe Wassersäule drückte. Ein Wasserdruck, für den das Boot gar nicht konstruiert war, und wir sanken noch immer weiter in die Tiefe!

Die militärische Ordnung ging in einem Chaos unter. Angst vor dem nahen Ende lähmte mein ganzes Denken und Handeln. Ich hing an meiner Rohrleitung, hin und her geschleudert und unfähig, einen festen Stand zu finden oder unter diesen fürchterlichen Schlägen auch nur einen klaren Gedanken zu fassen.

Längst war das Licht ausgefallen. Schmerzensschreie, Schadensmeldungen und Kommandos gingen in dem Höllenlärm der Detonationen unter. Doch dann wanderte der Bombenteppich über uns hinweg, ließ einen völlig demoralisierten Haufen Menschen in einem angeschlagenen Eisensarg hinter sich zurück.

Endlich verstummten die Detonationen und ebbten die Druckwellen ab. Das Boot kam zur Ruhe. Nur zögernd setzte wieder normales Denken ein. Ich schüttelte mich wie ein nasser Hund, als könnte ich dadurch die Angst loswerden. Mein Gott, wir lebten noch!

Ich war sicher, daß ich nicht der einzige war, der heimlich diesen Stoßseufzer ausstieß. Der Tommy ließ uns jedoch keine Zeit, lange darüber froh zu sein. Wie uns seine Schraubengeräusche verrieten, drehte er schon zu einem neuen Anlauf ein, um uns den Todesstoß zu verpassen.

»Licht!« schrie Ole und holte mich damit wieder zu meinen Pflichten zurück. »Boot fällt noch immer! Beide Maschinen sind gestoppt!"

Ich riß eine Handleuchte aus ihrer Halterung und ließ ihren Strahl durch die Zentrale wandern. Betäubt rappelten sich die Männer an ihren Stationen auf. Lärm aus dem Vor- und Achterschiff drang an mein Ohr, besonders laut aus dem Maschinenraum. Mein Lichtstrahl suchte den Kommandanten und fand ihn nicht. Ich mußte handeln.

»Was ist da im Achterschiff los, LI?« Ein Kloß in meiner Kehle machte mir das Sprechen schwer. »Schadensmeldungen an Zentrale! Übernehmen Sie das bitte, Herr Kruse! Wo ist der Kommandant?«

»Hier, Herr Thomsen«, ertönte seine Stimme aus der Ecke neben dem Kartentisch. »Hilft mir mal einer aus diesem verdammten Eck hier raus?«

Das Licht flackerte kurz, dann brannte es voll. Werda beugte sich bereits über ihn und half ihm auf die Beine.

»Vorsicht, Obersteuermann, mein Arm hat was abgekriegt! – Übernehmen Sie, Herr Thomsen! Mir brummt der Schädel wie eine Baßgeige. Das geht bestimmt oben gleich wieder los.«

Der linke Arm des Alten stand unnatürlich verdreht vom Körper ab. Das sah nach einem Bruch aus. Auf der Stirn hatte er eine Platzwunde, aus der ihm das Blut über das Gesicht lief.

»Oberbootsmann, kümmern Sie sich um den Kommandanten!« übernahm ich das Kommando. »Frage Tiefe! Horchraum, was macht der Tommy?«

»Hundertsiebzig Meter gehen durch, Herr Oberleutnant.«

»Stopp Tiefe! Auf hundertachtzig einpendeln! Horchraum, wo bleibt die Meldung?«

»Gegner liegt gestoppt in drei-fünf-null! Keinerlei Bordgeräusche.«

»Und auch kein Ortungsstrahl mehr!« setzte Ole triumphierend hinzu. »Hab' ich's nicht gesagt? Wir sind für die zu tief! Die haben uns verloren und horchen jetzt, um uns wieder aufzustöbern.«

Erst in diesem Augenblick fiel es auch mir auf. Jetzt bloß raus aus dem Angriffskurs, bevor der Kerl da oben anfing, auf gut Glück Wasserbomben zu werfen.

»Absolute Ruhe im Boot! Schleichfahrt, LI!« Ich schaute auf den Kompaß und rechnete die Schiffspeilung um. »Neuer Kurs zwo-neun-neun! Vorsicht mit dem Werkzeug bei den Reparaturen!«

Die Reparaturen – das war der Knackpunkt. Da gab es eine ganze Menge zu tun, wie ich aus der Liste des Zentralemaats ersah, die mir der II WO hinhielt. Trotzdem waren wir noch einmal mit einem blauen Auge davongekommen, keine Schäden, die das Boot funktionsunfähig gemacht hätten. Aber wehe, wenn auch nur ein Schraubenschlüssel auf die Flurplatten knallte! Das Wasser übertrug das Geräusch in das Horchgerät des Tommies wie einen Paukenschlag.

Auch die Verletzungen hielten sich in Grenzen: Prellungen, Platzwunden und Stauchungen. Am übelsten hatte es offenbar den Kommandanten getroffen. Ich war jedoch sicher, daß unser Sanitäter auch damit fertig wurde.

»Neuer Kurs zwo-neun-neun liegt an!« meldete der Rudergänger leise.

Wir lauschten nach oben und verfolgten den Zeiger der Borduhr. Die Minuten verrannen, und damit gewannen wir immer mehr Raum. Nichts geschah. Plötzlich ein Grummeln.

»Der Tommy nimmt Fahrt auf, Herr Oberleutnant! Schleicht auf seinem alten Kurs zurück!« kam es aus dem Horchraum.

Ich grinste dem II WO in das gespannte Gesicht. »Hab' ich's mir doch gedacht! Erst mal versuchen, wieder 'nen Kontakt zu bekommen, und dann drauf! Würde ich auch so machen.«

»Mensch, Herr Thomsen, malen Sie bloß nicht den Deibel an die Wand! Mir geht schon jetzt der Arsch auf Grund ...«

Ein dumpfer Abschuß ließ ihn verstummen und den Kopf einziehen. Sekundenbruchteile verstrichen, dann eine ohrenbetäubende Detonation in unserem Kielwasser. Wir alle zuckten zusammen.

»Er ist ratlos, weiß nicht, wo wir abgeblieben sind«, flüsterte ich und tippte mir an die Stirn. »Als ob wir auf seine Schreckbomben noch hereinfallen würden.«

»Schraubengeräusche wandern nach achtern aus, Herr Oberleutnant.«

»Dabei wird's hoffentlich bleiben, Krummholz. Und hoffentlich auch bei bloßen Schreckbomben.«

Eine erneute Detonation, wieder ohrenbetäubend, aber eben nur eine weitere Schreckbombe. Diesmal ohne den dumpfen Abschuß vorher und mit einer anderen Tiefeneinstellung.

Ich sah Ole an. »Jetzt wechselt er vom Werfer auf einen der Abrolltische.«

Er nickte. »Aber immer noch zu nahe, um mit unserer Fahrtstufe raufzugehen.«

»Bloß das nicht! Jetzt helfen nur gute Nerven! Das ist unsere einzige Chance, um ihm zu entkommen. Hoffentlich behält er seinen Kurs bei und zieht nicht wieder Suchschleifen.«

»Mich wundert, daß der auf dem Kurs, auf dem er jetzt zurückschleicht, nicht sofort 'nen neuen Angriff gestartet hat«, sagte der II WO kopfschüttelnd. »Statt dessen versucht er sein Glück jetzt mit Schreckbomben. Hat der nicht mehr genügend Wabos an Bord?«

»Kann sein, ich kenne mich damit nicht so genau aus.« Überrascht horchte ich auf, denn neben den Wabo-Detonationen übertrug das Wasser aus weiter Ferne ein dumpfes Grollen. »Was ist das denn? Ist da noch einer von uns am Werke?«

»Detonationen in zwo-sieben-null, vermischt mit Schraubengeräuschen!« meldete der Horcher. »Torpedos oder Schreckbomben, Herr Oberleutnant. Entfernung über fünfzehn Seemeilen.«

Dem Grollen folgte eine Kette von Explosionen, typisch für einen Wabo-Angriff. »Was für Schraubengeräusche?«

»Von Frachtern, überdeckt von Wabo-Explosionen.«

Die Frachter! Über unsere eigenen Sorgen hatten wir sie vollkommen vergessen. Ein anderes deutsches U-Boot mußte auf sie zum Schuß gekommen sein und wurde jetzt gejagt. Aber das war kein einzelner Tommy, der dem U-Boot im Nacken saß. Dort warfen mehrere Verfolger gleichzeitig Wasserbomben, wie aus dem gewaltigen Grollen zu schließen war.

»Wahrscheinlich die Brüder, die von uns abgelaufen sind«, brummte der II WO in seinen Stoppelbart. »Die jagen das U-Boot jetzt gemeinsam in Dwarslinie, damit es ihnen nicht etwa entwischt.«

»… und blockieren mit dieser übereifrigen Bomberei und ihren Schraubengeräuschen ihre eigenen Horchgeräte«, setzte ich hinzu. »Das kann dem unbekannten Kommandanten nur recht sein.«

Achteraus schwollen die Schraubengeräusche unseres Verfolgers plötzlich lautstark an. Er machte Fahrt auf und brauste mit Höchstfahrt davon, Kurs auf die Wabo-Detonationen.

»Zu spät!« triumphierte der II WO. »Wenn der dort mit seinem Ortungsgerät eintrudelt, hat unser unbekannter Kamerad hoffentlich längst die Kurve gekratzt.«

»Aber für uns haut der genau rechtzeitig ab!« meinte Ole. »Wir müssen schleunigst auftauchen, um das Boot durchzulüften.«

»Immer langsam mit den jungen Pferden!« widersprach ich energisch. »Erst wenn die Luft oben wirklich rein ist, nicht früher. So viel Zeit werden wir doch wohl noch haben – oder?«

Der Oberbootsmann kam durch das Mannloch in die Zentrale gejumpt. »Der Kommandant möchte Sie sprechen, bevor ich ihm 'ne schmerzstillende Spritze verpasse, Herr Oberleutnant.«

»Teufel, das klingt ja zum Fürchten, Nummer Eins!« Ich machte dem II WO ein Zeichen, das Kommando zu übernehmen. »Was ist los?«

»Die Platzwunde ist harmlos, auch der Brummschädel gibt sich bald wieder. Sorgen macht mir der linke Arm. Auf die Brücke klettern kann er damit vorläufig ganz sicher nicht. Aber sehen Sie lieber selbst, Herr Oberleutnant.«

Kapitänleutnant Richter saß auf seiner Koje. Ein weißer Verband verbarg seine Stirn, der linke Arm war fest an seinen Oberkörper bandagiert. Er grinste, als er mein erschrockenes Gesicht sah.

»Gebrochen, Herr Kaleu?«

Er schüttelte den Kopf. »Sieht schlimmer aus, als es ist. Eine habituelle Luxation. Sagt Ihnen nichts, was? Eine bei bestimmten Bewegungen wiederkehrende Verrenkung im Schulterbereich, ein Andenken an einen Sturz im Ski-Urlaub im Allgäu. Bringt sich immer wieder einmal in Erinnerung. Eine lästige Malaise, die ich längst schon hätte beseitigen lassen müssen.«

»Und jetzt? Damit können Sie doch unmöglich ...«

»Eben!« unterbrach er mich. »Ich falle ein paar Tage auf der Brücke aus. Darum sollten wir uns das Kommando über das Boot teilen. Ich denke, vier Tage werden genügen, bis ich wieder auf dem Damm bin.«

»Na, na, Herr Kaleu, das ist aber reichlich optimistisch!« widersprach der Smadding. »Da bin ich ganz anderer Meinung.«

»Dürfen Sie ja auch, Nummer Eins. Vergessen Sie nicht, ich kenne mich damit bereits länger aus. Verpassen Sie mir jetzt die verdammte Spritze, und schon sieht die Welt morgen ganz anders aus.«

»Muß ja 'n richtiges Wundermittel sein, Oberbootsmann. Haben wir denn so was an Bord?«

Der Alte lachte auf. »Nee, Herr Thomsen, das stammt von mir, habe ich für solche Fälle immer im Gepäck. Schicken Sie mir bitte das Logbuch rein, damit ich 'nen Eintrag über den Kommandowechsel machen kann, wie wir ihn handhaben werden.«

Wir tauchten erst auf, als das Gewummer in der Ferne längst verstummt war und sich auch die Schraubengeräusche in unserem Horchgerät verloren hatten.

Von einem steifen Nordwestwind angetrieben, war die See rauher geworden. Wir stampften mit zwölf Knoten gegen die anlaufende See an. Obwohl jedesmal ein Gischtschauer über die Brücke hinwegfegte, wenn der Bug in die Dünung hieb und die See über das Vorschiff wusch, genossen wir die herrlich frische Seeluft wie prikkelnden Sekt.

Über uns wölbte sich ein wolkenloser Himmel mit einer klaren, weiten Sicht, die jedem feindlichen Flugzeug oder Schiff die Chance nahm, uns zu überrumpeln. Trotzdem blieben wir wachsam und legten immer wieder Horchrunden ein. Schließlich verfügten die Tommies ebenfalls über U-Boote.

»Ein Wetter wie vor Helgoland, was? Richtiges Segelwetter«, meinte Ole, der aus dem Mief der Zentrale geflohen war. »Möchte mal wissen, was unsere beiden Mädchen jetzt machen.«

Helgoland und die beiden Mädchen, beides war unvergessen. In solchen Augenblicken dachte ich ebenfalls mit Sehnsucht an Anke, auch wenn alles schon Jahre zurückzuliegen schien.

Ich suchte die leere Kimm ab, bevor ich antwortete. »Die Frage hab' ich mir auch schon 'n paarmal gestellt. Auf die Antwort werden wir aber wohl noch drei Wochen warten müssen.«

Er sah mich zweifelnd an. »Ist das dein Ernst? Nach der Panne mit den Torpedos noch drei weitere Wochen auf See? Das macht doch gar keinen Sinn, Junge!«

»Du vergißt die *Scilly Rover*, Ole. Dieser Torpedo hat immerhin funktioniert. Vielleicht sind die übrigen auch keine Versager? Weiß man's denn?«

»Das ist ja 'n schöner Mist! Ich hab' gehofft, du könn ...«, er verstummte, denn im Turmluk tauchte der Kopf des

Funkers Siebert auf. »Ein Funkspruch des BdU, Herr Oberleutnant. Eben eingegangen. Der Kommandant hat ihn schon entschlüsselt.«

»Geben Sie her, Siebert.« Ich überflog den Text und reichte das Blatt an Ole weiter. »Ist das nicht Wasser auf deine Mühle?«

»Lage gegen Frankreich noch immer nicht geklärt. Eigene Feindhandlungen auch bei Vorgehen gegen feindliche Handelsschiffe nur in Abwehr. Als französisch ausgemachte Handelsschiffe nicht anhalten. Zwischenfälle mit Frankreich unbedingt vermeiden«, las er leise, weil der Ausguck die Ohren spitzte. Er starrte mich entgeistert an. »Wirst du daraus noch schlau? In den Nachrichten haben sie eben gebracht, daß die Franzosen im Raum Saarlouis, Saarbrücken und Zweibrücken mit 'ner Offensive begonnen haben – und wir sollen die schonen?«

»Was zerbrichst du dir über diese Widersprüche den Kopf? Dafür kann's doch nur einen Grund geben: Die Führung hat mit der Kriegserklärung der Briten und Franzosen nicht gerechnet und versucht nun, Frankreich zum Einlenken zu bewegen.«

Wieder erschien Siebert wie der Kasper aus der Kiste im Turmluk und reichte mir zwei Funksprüche.

»Warten Sie, Siebert!« hielt ich ihn auf, als er nach unten verschwinden wollte. »Geben Sie diesen Funkspruch Obersteuermann Bischoff. Er soll die deutschen Minenfelder vor den britischen Häfen in die Karten eintragen, damit sie uns nicht irgendwann zum Verhängnis werden.«

Ole sah mich neugierig an. »Und der andere?«

»Den muß ich mit dem Kommandanten durchsprechen, wir haben ja gleich Wachwechsel. England hat die Blockade Deutschlands erklärt, was ja zu erwarten war.

Aber dieser Zusatz hier bereitet mir echt Sorgen: ›Es ist damit zu rechnen, daß britische Handelsschiffe bewaffnet sind und sich damit der Untersuchung widersetzen werden.‹«

»Mensch, das sind ja herrliche Aussichten!«

Die neue Wache kam aus dem Turmluk geklettert. Der II WO, meine Ablösung, warf einen Blick auf die See und sagte ahnungslos: »Finde ich auch phantastisch, Herr Peters.«

»Überrascht Sie das, Herr Thomsen?« fragte der Alte verständnislos. »Mich nicht! Das haben sie doch im letzten Krieg auch gemacht.«

»Ich weiß, Herr Kaleu. Bewaffnete Handelsschiffe – und wir sollen nach der Prisenordnung der Haager Konventionen vorgehen! Wie verträgt sich denn das? Ehe wir überhaupt begriffen haben, wen wir da vor uns haben, knallen die uns schon ein paar vor den Latz, und wir bekommen Flügel!«

Richter faßte sich an seinen verbundenen Kopf und verzog schief lächelnd das Gesicht. »Entschuldigen Sie, Herr Thomsen, meine Birne scheint doch mehr abgekriegt zu haben. Daran habe ich gar nicht gedacht. Das ist richtig, aber ...«

»Und dann auch noch das hier!« Ich schob ihm den Funkspruch wegen der Franzosen über den Tisch. »Ich hab' gedacht, das sei inzwischen vom Tisch. Fehlt bloß noch, daß auch die Froschfresser bewaffnet sind!«

Richter stützte seinen Kopf auf und kaute an seiner Unterlippe. »Auch das ist doch nicht mehr neu. Sehen Sie 'ne Möglichkeit, aus diesem Dilemma herauszukommen?«

Ich grinste. »Sicher, aber die wird Ihnen und mir nicht passen. Wir spielen scheues Kaninchen, gehen jedem Handelsschiff tunlichst aus dem Weg und beschränken uns auf britische Kriegsschiffe, bis man diese unsinnigen Befehle aufhebt.«

Er nickte. »Sie haben recht, das paßt mir nicht. Den Schwanz einziehen? Nein. Also? Sie sehen so aus, als hätten Sie noch 'nen Vorschlag auf Lager.«

»Habe ich! Schluß mit dem Wischiwaschi, denn es geht um unser Überleben. Hart zuschlagen, sobald uns etwas nicht astrein erscheint, damit bei den anderen gar keine Zweifel über unsere Entschlossenheit aufkommen. Ist es 'n Franzose, hat er Pech gehabt, wir haben ihn für 'nen bewaffneten Tommy gehalten.« Ich ließ meine Worte wirken. »Später fragt sowieso keine Sau mehr danach, warum wir nicht lange gefackelt haben.«

»Alles richtig, aber es widerspricht unseren Befehlen«, sagte er zögernd. »Aus diesem Grunde widerstrebt mir diese ganz harte Methode, Herr Thomsen. Ein bißchen weniger Haubuff tut's auch.«

»Schön, rechnen wir trotzdem mit allem. An Deck und auf dem Turm sollten die Männer darum diese neuen Rettungswesten tragen. Die behindern ja nicht wie diese ollen dicken Kapokwesten. Könnte doch sein, daß sie es nicht mehr unter Deck schaffen, weil ihnen das Boot schnellstens unter dem Arsch wegtauchen muß, um einem plötzlichen Beschuß zu entgehen. Ersaufen will und soll keiner. Auf sie werden die Tommies ganz bestimmt nicht schießen.«

»Einverstanden«, sagte der Alte erleichtert. »Zeit ist's dann aber auch, uns der Tauchretter anzunehmen. Die letzte Übung damit liegt schon mehr als fünf Wochen zurück.«

Unbehelligt liefen wir den Rest des Tages und die ganze Nacht hindurch aufgetaucht nach Nordwesten. Am Abend hatten wir zwar zwei Wellingtons gesichtet, die vor dem vom letzten Sonnenlicht erhellten Westhimmel Patrouille flogen. Wir aber blieben für sie unsichtbar, weil uns schon die Schatten der herabsinkenden Nacht einhüllten.

Es war eine jener tiefschwarzen Nächte auf See, in der ein sternübersäter Himmel eine so majestätische Ruhe ausstrahlte, daß man sich mit der Natur ganz allein auf der Welt wähnte. Dieses Gefühl störten weder das Vibrieren der Gräting unter den Füßen im Takt der stampfenden Diesel noch der aufstiebende Gischt und die Bewegungen des Bootes, mit denen es unermüdlich die lange Dünung abritt.

Vergessen war in dieser Nacht der Krieg, auch wenn die Wachen wechselten, denn die See blieb leer. Das blieb so bis zum Morgengrauen, als ein neuer märchenhafter Tag über die Kimm stieg und mit ihm ein Schwarm unbekümmert vor der schottischen Küste im Moray Firth fischender Kutter.

Wir standen so weit von ihnen ab, daß sie uns nicht sehen konnten und wir sie auch nicht bemerkt hätten, wäre nicht das vielfältige Tuckern ihrer Glühkopfmotore in unser Horchgerät geraten. Das verriet uns, daß es dort für uns nichts zu holen gab.

»Zu klein«, tat Werda die Fischkutter ab, »lohnt ganz einfach nicht. Und dann zu viele. Schnappen wir uns einen von ihnen, machen die restlichen die ganze Küste rebellisch.«

»Schade«, meinte der Smutje, den die Motorgeräusche auf die Brücke gelockt hatten, »'ne Ladung Frischfisch wäre nicht übel gewesen. Schön paniert und gebraten – lecker!«

Ich sagte nichts dazu, sondern machte insgeheim drei Kreuze. So gern ich Fisch aß, aber Fischgestank in dem gerade halbwegs durchgelüfteten Boot fehlte uns gerade noch.

Der Obersteuermann verzog angewidert das Gesicht und hielt nicht hinter dem Berg. »Du meine Fresse, Bratfisch in unserer miefigen Ölsardinenbüchse? Sind Sie denn noch zu retten, Knobel? Hummer oder Krabben – ja! Aber Bratfisch, den können Sie sich glatt in den Arsch stecken!«

Die Männer des Ausgucks grinsten hämisch, während der Smutje beleidigt brubbelnd in das Turmluk stieg. »Arschlöcher! Immer ham se wat zu meckern! Nischt kann man ihnen recht machen!«

Das stimmte. Irgendwer hatte an seinem Speiseplan immer etwas auszusetzen, und das lag nach den vielen Seetagen nicht am Zusammenschrumpfen unserer Vorräte.

Der Matrosenobergefreite Knobel war gelernter Koch, ein sehr guter noch dazu, der selbst aus Konserven die schmackhaftesten Gerichte zu zaubern verstand. Aber in der beengten Eisenröhre hockte man einander so dicht auf der Pelle, daß man sich mit der Zahl der Seetage gegenseitig immer mehr auf den Wecker ging. Damit war die Meckerei vorprogrammiert.

Prompt war der Smut' der erste, an dem alle ihre üble Laune ausließen. Kritik am Essen war billig und fand in der angespannten Atmosphäre schnell ein paar Mitquengler, mochte sie auch noch so ungerecht sein.

Es paßte mir gar nicht, daß der Obersteuermann in diesen Chor einstimmte. Deshalb nahm ich ihn zur Seite und stauchte ihn leise zusammen.

»Sind Sie denn von allen guten Geistern verlassen,

Werda? Ich verdonnere die gröbsten Meckerer zum Kombüseschrubben, und Sie als Deckoffizier lassen so etwas vor versammelter Mannschaft los? Der Smut' hat doch in letzter Zeit schon genug auszustehen, deshalb will ich so was nicht noch einmal hören. Hab' ich mich deutlich genug ausgedrückt?«

»Jawohl, Herr Oberleutnant!«

Was hätte er auch sonst sagen sollen?

Wir legten uns vor Duncansby Head, der nördlichsten Spitze Schottlands, auf die Lauer, von wo sich der Pentland Firth nach Westen zieht und die Orkneys von der britischen Insel trennt. Zum einen ist der Pentland Firth – laut Segelhandbuch – eine von West nach Ost und umgekehrt viel befahrene Passage, die Schutz vor den Stürmen des offenen Atlantiks bietet, zum anderen liegt inmitten der Orkney-Inselgruppe Scapa Flow, der jedem Seemann bekannte Stützpunkt der Home Fleet.

»Müßte doch mit dem Teufel zugehen, wenn wir hier mit dieser dämlichen Prisenordnung noch einmal in Konflikt kämen!« versicherte uns der Alte bei der Besprechung unserer Pläne zuversichtlich. »Das hier ist eindeutig Kriegsgebiet, das die Neutralen meiden müssen. Wer hier durchfährt, ist Brite oder will einen britischen Hafen ansteuern. Oder sehen Sie das anders?«

»Im Prinzip nicht, Herr Kaleu«, wagte der II WO vorsichtigen Widerspruch. »Was aber, wenn einer die Abkürzung wählt, um von oder nach Irland zu kommen?«

»Solche Selbstmörder gibt's nicht!« entschied der Alte mit einem indignierten Unterton.

Es gab sie aber doch. Der erste war ein schwedischer Frachter, jedenfalls wies ihn die riesige auf die Bordwand gepönte Nationalflagge als solchen aus. Wir sahen keinen

Grund, daran zu zweifeln. Wie wir aus seinem Kurs schlossen, benutzte er die Abkürzung lediglich, um schneller aus diesem gefährlichen Seegebiet nach Hause zu kommen. Warum sollten wir also auftauchen? Unter Wasser verborgen, ließen wir ihn ohne Kontrolle passieren.

Der zweite, der den Pentland Firth von Ost nach West ansteuerte, war ein Däne mit einem überdimensionalen Danebrog auf der Bordwand. Da sah die Sache ganz anders aus, den stoppten wir.

Sein Kapitän, ein graubärtiger Bär mit einem fröhlichen Gesicht, hatte offenbar keine Konterbande an Bord und wollte die Kontrolle möglichst schnell hinter sich bringen. Er kam selbst mit seinen Papieren in einer Gig zu uns herüber. Wir waren darüber nicht böse.

»Ha, nu ßeh ich einmal ein tyske U-Boot aus näßte Nähe, hahaha!« Mit seinem wackelnden Gebiß sprach er ein lustig klingendes lispelndes Deutsch. »Gar niß so ßlimm, alles nette Leuten! Fehlt nur een Drink noch for Wellkomm, hahaha!«

Den bekam er. Einen Weinbrand, und nicht nur einen, weil aus dem Firth unser nächstes Opfer aufkam und sein gestoppter Frachter uns vor dessen Augen verbarg. Es war ein Hecktrawler, der in schneller Fahrt ahnungslos auf uns zuhielt.

An sich wäre ein irischer Whiskey für den Dänen angebrachter gewesen, denn er wollte mit seiner Holzladung nach Donegal in Irland. Der II WO reichte ihm die Papiere.

Mit einem sehnsuchtsvollen Blick auf die Flasche gab er das Glas zurück. »Ha, ßmekte vorßüglich! Vielen Dank, Käpt'n! Wünße Ihnen viel Glück und alleßeit genügend Wasser unter die Kiel! Natürliß werde iß niß funken.«

»Einen Moment noch, Herr Kapitän!« hielt ich ihn auf. »Wir haben noch eine Bitte. Dort kommt ein Hecktrawler auf, den wir kontrollieren müssen. Ist es ein Brite ...«

»Verßtehe, Käpt'n!« unterbrach er mich hastig. Er sah, wie die Männer eine Granate in die 8,8-Kanone schoben. »Verßtehe – müssen Ssie verßenken. Die Crew nehme iß an Bord, ja! Farewell!«

Er ließ abstoßen und trieb seinen Bootssteurer an, so schnell wie möglich einen größeren Abstand von unserem schußbereiten Geschütz zu gewinnen.

»Signalgast, sowie der Trawler hinter dem Dänen hervorkommt, blinken Sie ihn mit dem üblichen Text an.« Ich wandte mich zu Wörle. »Wir können uns hier kein langes Palaver leisten, Obermaat. Einen Schuß vor den Bug, wenn er nicht umgehend reagiert, klar? Sollte er funken, holen Sie sofort seine Antennen herunter.«

Wörle grinste. »Völlig klar, Herr Oberleutnant!«

Mit schäumender Bugwelle kam der Trawler hinter dem dänischen Frachter hervor. Von seiner Brücke sahen zwei Männer neugierig zu dem gestoppten Frachter hinüber. Ahnungslos liefen sie in unser Schußfeld hinein.

Unsere Klappbuchs ratterte los. Ich sah, wie die beiden Männer zusammenzuckten, als sie uns entdeckten.

»Wiederholen Sie, Signalgast! Eine Schrecksekunde gestehen wir ihnen noch zu. Wenn sie dann nicht stoppen, dann Feuer frei, Wörle!«

Doch sie stoppten, noch ehe der Signalgast den zweiten Blinkspruch zu Ende gebracht hatte.

»Fordern Sie ihn auf: *Your national colours, please!*«

Eine überflüssige Aufforderung, denn an seinem Signalmast stieg der Union Jack empor und entfaltete sich. Damit war alles klar.

»Mut hat er ja«, meinte der II WO anerkennend. »Aber vielleicht hält der uns für'n britisches U-Boot?«

»Glaube ich nicht, ist mir letztendlich auch egal. Signalgast, fordern Sie ihn auf: *Leave your ship at once, boarding the waiting danish freighter! Your ship will be gunned in a few minutes!*« Ich lachte auf. »Ich weiß nicht, ob das korrektes Englisch ist, Herr Kruse, aber verstehen werden sie's schon.«

Sie verstanden es, bemannten das Beiboot und ruderten zu dem Dänen hinüber, der eine Jakobsleiter ausgebracht hatte.

»Was machen wir jetzt mit dem Trawler?« grübelte der II WO. »Eine schöne Prise, scheint 'n ganz neues Schiff zu sein. Zum Versenken eigentlich zu schade, Herr Thomsen.«

»Sicher, aber was sollen wir sonst damit machen? Mit 'ner Prisenbesatzung nach Deutschland schicken? Ein verlockender Gedanke, denn Hecktrawler lassen sich ganz schnell als Vorpostenboote und Minensucher aufrüsten. Doch als Prise kommt der nie durch. Sobald die Fischer an Land sind, geht die Jagd auf uns hier los, und dabei kommt auch die Prise unter die Räder!«

Ich verfolgte, wie die Briten an Bord des Dänen gingen. Es waren zwölf Männer, die drohend ihre Fäuste gegen uns schwangen. Die Zahl überraschte mich, die war ungewöhnlich. Aber vielleicht verarbeiteten die einen Teil des Fanges schon an Bord und waren deshalb so zahlreich.

Der Frachter machte Fahrt auf. Sein Nebelhorn brüllte auf, grüßend dippte er die Flagge. Wir grüßten auf die gleiche Weise zurück.

»Los, Wörle, Feuer frei! Verpassen Sie dem Pott ein paar Löcher unter der Wasserlinie! Je schneller er absäuft, um so eher können wir uns unsichtbar machen!«

Während der dänische Frachter den Pentland Firth ansteuerte, nahm die Acht-acht unsere Prise unter Feuer. Schon die erste Granate durchschlug die Bordwand unterhalb der Wasserlinie und explodierte im Maschinenraum. Der Druck blies die Skylights und den Schornstein so hoch in die Luft, daß wir unwillkürlich die Köpfe einzogen, obwohl die Trümmer weit genug von uns entfernt in die aufschäumende See stürzten.

Das Ende des Trawlers kam schnell. Von den Granaten durchlöchert und von dem eindringenden Wasser zum Kentern gebracht, verschwand er von der Oberfläche, einen Luftblasen und Trümmer aufwerfenden Strudel hinterlassend.

»Jetzt nichts wie weg, Männer! Auf Tauchstation! Klar zum Tauchen!«

Das Geschütz schwenkte in seine Ruhestellung zurück. Schnell leerten sich Deck und Turm. Ich trieb den Lukendeckel über mir zu.

»Turmluk ist dicht! Fluuten!«

Wir folgten dem Wrack in die Tiefe und liefen nach Ostnordost ab, wo uns hoffentlich niemand vermutete.

In der Nacht schlug das Wetter um. Die Sterne verschwanden hinter einer dichten Wolkendecke. Zugleich drehte der Wind auf Südwest und nahm an Stärke zu. Am Ende der Hundewache öffnete der Himmel seine Schleusen. Der Regen setzte mit einer solchen Stärke ein, daß sich der II WO, der mich auf der Brücke ablöste, das Handtuch um seinen Hals laut fluchend noch enger in den Kragen seines triefenden Ölzeugs stopfte, obwohl das im Grund genommen nicht viel nutzte.

»Sie haben es gut!« räsonierte er. »Möchte mal wissen, warum das Scheißwetter immer dann einsetzt, wenn ich zur Brückenwache dran bin!«

Ich lachte. »Ich habe eben 'nen besonderen Draht zu Petrus, Herr Kruse. Jeder so, wie er's verdient!«

Nicht ums Verrecken hätte ich ihm verraten, daß ich von dem überraschenden Guß selber naß bis auf die Haut geworden war. Todmüde ließ ich mich in den Turm fallen, denn ich war in dieser Nacht noch nicht viel zum Schlafen gekommen. Zuerst hatten mich Schraubengeräusche aus dem Schlaf gerissen und in die Zentrale gejagt, die von einem Frachter stammten, der aus dem Firth gepöttert kam und mit Ostkurs an uns vorbeituckerte, und dann fing das Horchgerät erneut Schraubengeräusche auf, die aus dem Seegebiet vor den Orkneys aufstiegen und sich wenig später wieder zwischen den Inseln verloren. Danach lohnte es sich nicht mehr, in die Koje zu krauchen. Die Zeit reichte gerade noch zu einer Muck Kaffee. Dann trat ich meine ungeliebte Hundewache auf der Brücke an. Wir liefen wieder aufgetaucht, um die Batterien aufzuladen.

Jetzt hatte ich nur einen Gedanken: raus aus den nassen Klamotten, trocknes Zeug an und dann eine Mütze voll Schlaf genommen. Doch das blieb ein frommer Wunsch. Eine Stunde später holte mich der Alarm schon wieder aus der Koje.

»Verdammt, was ist denn jetzt schon wieder los?« Ich hörte das Wasser in den Tauchtanks gurgeln. »Kundschaft im Laden?«

Der II WO lachte. »Nee, wohl eher die Gewerbeaufsicht! Der freundliche Däne scheint die britischen Fischer an Land gesetzt zu haben, und jetzt ist vor dem Pentland Firth der Teufel los.«

Der Alte zwängte sich mühsam durch das Mannloch in die Zentrale. »Auf der internationalen Welle hat er jedenfalls nicht gefunkt, das hätten wir mitgehört. Krummholz meint, es sei 'ne Jagdgruppe aus drei, vier Einheiten, die von Scapa Flow in See gegangen ist, um nach uns zu suchen.«

»War ja zu erwarten.« Ich sah auf die Seekarte, in die die Horchpeilungen eingetragen waren. Sie führten von uns weg. »Da können wir ja von Glück sagen, daß wir nach Ostnordost abgelaufen sind.«

Der Alte nickte. »Wie es aussieht, vermuten sie uns noch immer vor dem Firth. Ich bin darüber nicht böse.«

Eine Detonation röhrte durch die Tiefe, genügend weit ab und für uns ungefährlich.

Der II WO grinste. »Schreckbomben, die alte Masche, dem Hause wohl bekannt. Frage Tiefe.«

»Dreißig Meter gehen durch. Beide Maschinen machen Umdrehungen für vier Knoten, Kurs null-siebenfünf!«

»Auf fünfunddreißig Meter einpendeln!« befahl der Alte. »Wie sieht's mit den Batterien aus, Herr Peters?«

»Kein Grund zur Sorge. Wenn wir haushalten, reicht's für achtzig Seemeilen bei vier Knoten, Herr Kaleu.«

»Klingt ungemein beruhigend.« Der Kommandant strich sich über die unrasierten Wangen. »Wenn's hell wird, werden sie Flugzeuge auf uns ansetzen, also bleiben wir erst mal unten. Alarm beendet.«

Am frühen Nachmittag suchte die Jagdgruppe noch immer nach uns. Wir standen inzwischen so weit von den Orkneys und dem Pentland Firth ab, daß wir einen Haken schlagen und wieder auf Westkurs gehen konnten. Außerdem entfernten sich die Detonationen der Schreckbomben überraschenderweise immer weiter in den Firth hinein.

»Anfänger wie wir. Keine praktische Erfahrung mit der U-Bootjagd«, behauptete der Alte mit dem Brustton der Überzeugung und tippte auf die Seekarte. »Wir müßten ja Idioten sein, wenn wir bei der geringen Tiefe dort hineinliefen!«

Ich trat zu ihm an den Kartentisch. »Auf die Idee, daß wir nach Norden ablaufen und in der Passage zwischen den Orkneys und den Shetlands auf Opfer lauern könnten, scheint bei denen noch keiner gekommen zu sein. Für Norweger ist doch dieser Durchschlupf viel günstiger, um in die Häfen an der Irischen See zu gelangen. Warum wechseln wir nicht einfach das Seegebiet?«

Der II WO verzog kritisch das Gesicht. »Na, ich weiß nicht. Wenn unsere Seestreitkräfte aus der Nordsee in den offenen Atlantik wollen, müssen sie die Passage zwischen Skandinavien und den Shetlands oder den Okneys und den Shetlands benutzen. Darum bin ich sicher, daß die Tommies die Passagen überwachen.«

Der Alte wehrte ab. »Möglich, Herr Kruse. Trotzdem ist es kein schlechter Vorschlag, hier zu verschwinden, auch wenn wir dadurch unser eigentliches Einsatzgebiet nach Norden ausdehnen. Schauen Sie sich mal um, ob oben die Luft rein ist, Herr Thomsen. Mit einem Arm haut das nicht hin.«

Ich nickte, denn für das Sehrohr brauchte man wirklich beide Hände. »Auf Sehrohrtiefe anblasen!«

Das Boot schwebte nach oben. Ich fuhr vorsichtig den Spargel aus und suchte mit einem Rundblick Himmel und See ab.

»Nichts, Herr Kaleu. Der Regen hat aufgehört, und der Himmel reißt auf. Aber die Sicht ist nicht doll, vielleicht fünf, sechs Seemeilen. Ich meine, wir können auftauchen.«

»Horchraum, was erzählen die Fische?«

»Nichts, Herr Kaleu! Auch keine Detonationen mehr.«

»Na also! Auftauchen! Horchrunde alle fünfzehn Minuten! Aber haltet mir auf der Brücke trotzdem die Augen offen!« Er schaute auf die Karte und den Kompaß. »Neuer Kurs drei-eins-fünf, und dann voll voraus!«

Das Boot schwebte nach oben. Ich wartete, bis es aufgetaucht war und der II WO mit der Brückenwache und den Männern der Flak die Turmplattform besetzt hatte.

»Wir haben da ein Problem, das wir irgendwie angehen müssen«, sagte ich zum Kommandanten, der am Kartentisch stand und die Eintragungen des Logbuchs durchsah. »Darum hätte ich das gern mal mit Ihnen unter vier Augen durchgesprochen.«

Überrascht blickte er auf. »Unter vier Augen? Klingt ja richtig geheimnisvoll. Gut, gehen wir in meine Kammer.«

In seiner Kammer ließ er sich auf die Backskiste fallen. »Nehmen Sie Platz, Herr Thomsen. Worum geht's denn?«

»Um den Fähnrich, Herr Kaleu. Ich habe mir von den Deckoffizieren berichten lassen, wie er sich bei ihnen bis jetzt gemacht hat. Das Urteil ist vernichtend, es deckt sich voll mit dem meinigen. Der Mann ist ein absoluter Versager.«

Der Alte nickte. »Das ist mir nicht verborgen geblieben.«

»Daß er mit der Seekrankheit und seiner Angst nicht fertig wird, ist schlimm, denn es macht ihn zum Gespött der ganzen Besatzung. Viel schlimmer ist jedoch, daß er dieses Manko und seine militärische, seemännische und navigatorische Inkompetenz durch Arroganz und unangebrachte Härte zu bemänteln versucht. Das bringt die Leute gegen ihn auf und untergräbt die Disziplin. Mir ist ein Rätsel, wie man so eine Niete zum Offiziersanwärter machen konnte.«

»Wundert Sie das?« Der Kommandant holte eine Handakte aus einem Fach und reichte sie mir über den Tisch. »Wenn man einen Onkel in der Seekriegsleitung hat, ist alles möglich. – Ich habe Ihnen und den beiden anderen Herren das hier bisher vorenthalten, um Sie nicht voreingenommen zu machen, wie es bei mir der Fall gewesen ist, als man ihn mir aufzwang.«

Die Handakte war die Kopie des Führungsbuches. Ich stolperte schon über des Fähnrichs Lebenslauf. »Ach du meine Güte, der ist zur Marine gegangen, um im nationalsozialistischen Geist die Tradition seiner Familie fortzusetzen, deren männliche Mitglieder – wie er besonders hervorhebt – Tirpitz beim Aufbau der deutschen Hochseeflotte zur Seite gestanden haben. Und HJ-Führer ist er auch gewesen.«

Über seine Rekrutenzeit fand sich ein Eintrag, er habe sich durch eine hervorragende militärische Haltung ausgezeichnet. Das war das übliche Wischiwaschi, wenn man über einen Soldaten nichts anderes zu sagen wußte. Auch die Beurteilungen seiner Seekadettenzeit waren sehr zurückhaltend formuliert. Trotzdem ließ sich herauslesen, daß seine Vorgesetzten keineswegs mit ihm zufrieden gewesen waren.

Die Marineschule Flensburg-Mürwik und die ULD legten ein noch beredteres Zeugnis ab. »Fähnrich erst im zweiten Anlauf geworden. Ich wußte gar nicht, daß das überhaupt möglich ist. Dazu die jämmerlichen Noten der

Seeoffiziershauptprüfung, während ihm die ULD wenigstens bescheinigt, daß er sich bemüht gezeigt habe. Lieber Himmel, alles nur mit Hängen und Würgen bestanden! Und so eine Pfeife meldet sich dann auch noch freiwillig zur U-Bootwaffe, wird genommen und nach der ULD zu uns als Wachoffizierschüler an Bord kommandiert!«

»Das waren genau meine Worte, Herr Thomsen, als ich diesen Schmarren hier gelesen hatte. Drehen Sie ihn durch den Wolf, hat mir der Flottillenchef geantwortet, keinerlei Rücksicht auf den Onkel in der Seekriegsleitung. Wenn's Krieg gibt, was ich nicht hoffe, können wir uns solche Offiziere erst recht nicht leisten.«

»Und was hilft uns das? Den Krieg haben wir ja jetzt. Diesen Hannepampel kann man ja nicht mal mit 'nem Prisenkommando auf 'ner Prise nach Hause schicken!«

»Ich werde ihn mir vornehmen, daß ihm Hören und Sehen vergeht. Obwohl – nutzen wird's auch nichts.«

Auf die Briten wirkte unsere Anwesenheit im Seegebiet vor Scapa Flow wie ein schmerzender Pfeil in ihrem Fleisch. Deshalb wimmelte es südlich von uns förmlich von leichten britischen Seestreitkräften, die die See auf der Suche nach dem »verdammten Nazi-U-Boot« unermüdlich abkämmten.

Wir bekamen sie allerdings immer nur dann in unser Horchgerät, wenn wir ihren Suchkursen vor den Orkneys bei unseren Kreuzschlägen zu nahe kamen. Sie konnten ja nicht ahnen, daß wir unsere Aktivitäten inzwischen weiter nach Norden verlegt hatten, um in einem Suchstreifen zwischen den Orkneys und den Shetlands auf leichtere Beute zu lauern. Sah man jedoch von den Pulks friedlich fischender Logger und den patrouillierenden Flugzeugen ab, dann rührte sich hier nichts. Sie zwangen uns lediglich, jedesmal schleunigst im Keller zu verschwinden, um der Entdeckung und Verfolgung zu entgehen.

Während auf dem Festland der Feldzug gegen Polen seinen siegreichen Fortgang nahm und sich die Tommies nach ihrem verlustreichen Luftangriff auf Kriegsschiffe in Wilhelmshaven die Wunden leckten, gammelten wir hier auf See in den Tag hinein, ohne daß sich ein Schiff zeigte, das anzugreifen sich lohnte.

»War wohl doch kein so guter Gedanke, hier oben unser Glück zu versuchen«, stichelte Ole beim Mittagessen, als wir wieder einmal vor Sumburgh Head, der südlichsten Spitze der Shetlands, auf Gegenkurs gingen. »Erst drei Wochen Erprobung auf See und jetzt vier dazu – da fangen die Männer an, von der Heimat zu träumen. Ich gebe unseren Dieselvorräten noch eine Woche, dann müssen wir nach Schlicktown zurück.«

»Und? Ist dir das unangenehm?« fragte ich zwischen zwei Happen. »Mir nicht! Diesmal sollten aber endlich ein paar Urlaubstage herausspringen, und auf die freue ich mich schon jetzt.«

»Dagegen hätte auch ich schon wegen meines Armes nichts, Herr Thomsen«, mischte sich der Alte in unser Gespräch, der seinen Arm noch immer in einer Schlinge trug, »obwohl es mir wegen der ungenutzten Torpedos unangenehm ist. Statt 'ner reichen Ernte unter den vom Kriegsausbruch überraschten Tommies und Neutralen haben wir ja nun wirklich nicht viel vorzuweisen.«

Ole grinste. »Dann sollten wir die Tommies doch ganz einfach mal per Funk bitten, uns ein paar fette Brocken vorbeizuschicken, Herr Kaleu. Vielleicht den Flugzeugträger, von dem Sie immer träumen?«

Der Alte lachte laut auf. »Witzbold! Aber schön wär's schon, wenn wirklich einer käme.«

Es war jedoch kein Flugzeugträger, der sich nach Wachwechsel in unserem Horchgerät anmeldete. Die Schraubengeräusche gehörten eindeutig zu einem Frachter, der von Westen aus dem Atlantik aufkam und die Shetlands rumpelnd ansteuerte. Wir verschwanden sofort unter Wasser.

»Und er fährt ohne Geleitschutz?« vergewisserte sich der Alte im Horcherschapp. »Sind Sie ganz sicher, Horchmaat?«

Wir konnten ihn mit dem Sehrohr noch nicht ausmachen, denn er stand zu weit ab. Außerdem war es in den vorangegangenen Tagen kühler geworden, und damit hatte sich die Sicht verschlechtert, weil eine Dunstschicht über dem Wasser lag.

»Ganz sicher, Herr Kaleu. Den müßten wir längst hören.« Der Horchmaat griente. »Es sei denn, der hätte Flügel.«

»Flugzeuge als Geleitschutz«, griff der Alte das Stichwort Flügel auf, »das ist natürlich auch drin, und der Gedanke freut mich gar nicht.«

»Obwohl unsere Handlungen dann nicht durch die Prisenordnung eingeengt werden, Herr Kaleu«, gab ich zu bedenken. »Den könnten wir ohne Gewissensbisse mit 'nem Torpedo zu den Fischen schicken.«

»Selbst um die Crew brauchten wir uns nicht zu kümmern«, setzte der II WO hinzu. »Bis Sumburgh Head käme die allemal.«

»Hört sich alles gut an, aber warten wir mal ab.« Der Alte sah auf die Fahrstufenanzeige. »Die Horcher meinen, er kommt ziemlich flott auf, obwohl er so komisch rumpelt. Da sollten vier Knoten eigentlich genügen, LI.«

Ole nahm die E-Maschinen entsprechend zurück. »Erstaunlich, erstaunlich! Wenn's stimmt, was Obersteuermann Bischoff nach unseren Peilungen errechnet hat, dann läuft der Pott gut seine zwölf Knoten mit 'ner Maschine, bei der die Wellenlager ausgeleiert wie ein ausgeschlagenes Kugellager sind. Hört sich ja abenteuerlich an. Würde ich nie wagen.«

»Und warum nicht?« wollte der II WO wissen.

»Weil ihm die Welle jeden Augenblick um die Ohren fliegen kann! Was glauben Sie, was da bei zwölf Knoten für Power hinter sitzt!«

Der II WO feixte. »Der Käpt'n hat vielleicht weniger Angst um seine Wellenlager als vor deutschen U-Booten.«

Das war natürlich möglich. Wir brachten das Boot in einen Winkel zu seinem Kurs, daß er uns genau vor die Rohre laufen mußte. Bald brauchten wir kein Horchgerät mehr. Das Wasser übertrug das Rumpeln so laut, als sei der Pott schon über uns.

Vorsichtig fuhr ich das Periskop aus, denn der Alte schonte seinen Arm nach Möglichkeit noch immer. »Da ist er! Sieht aus wie 'n Bananendampfer, schneeweiß mit schwarz-rot abgesetzten Aufbauten. Dürfte seine achttausend Tonnen haben. Führt keine Flagge und auch keine Außenbordmaling wie die Neutralen.«

»Also 'n Tommy!« stellte der Alte fest. »Keine Flugzeuge, Herr Thomsen?«

»Weder noch! Der vertraut auf seine Geschwindigkeit, nehme ich an. Abstand etwa eine Seemeile.«

»Na prima, erschrecken wir ihn mal! Ausguck und Geschützbedienungen in den Turm! Besonders auf Flugzeuge achten! Auftauchen, Herr Thomsen!«

Dem Kapitän des Frachters fuhr tatsächlich der Schreck in die Glieder, als unser Boot die Wasseroberfläche durchbrach und die Männer der 8,8-cm-Kanone wie die Affen über das nasse Deck turnten. Er reagierte auf unseren Blinkspruch sofort und ließ seine Maschine rückwärts laufen, um die Fahrt aus seinem Schiff zu nehmen. Ich schor mit dem Boot so dicht an ihn heran, daß er uns deckte, falls uns plötzlich Flugzeuge anfliegen sollten.

»*Show your national colours, please!*« schrie ich durch das Megaphon hinüber. »*Where are you coming from and what's your cargo destination?*«

An seinem Heck stieg die Trikolore empor und wehte wie im Triumph in der leichten Brise aus. Verdammt, ausgerechnet ein Franzose, den wir laufen lassen mußten! Seine Crew rechnete jedoch ganz offensichtlich nicht damit, denn die mannte die Davits und schwenkte zwei Boote aus.

»Caribbean Dream *from Jamaika coming!*« schrie eine Stimme von der Brücke. »*My cargo is rum, sugar and wine, bound for Lerwick, Monsieur!*«

Ich sah den II WO unschlüssig an. »Ein Franzose, der Konterbande nach England führt. Jeden Neutralen würde ich prompt zu den Fischen schicken, sobald die Crew von Bord ist. Was machen wir jetzt mit dem? Irgendwas stört mich an dem Pott, und ich weiß nicht, was.«

Noch während ich darüber grübelte, wie wir uns auf eine elegante Weise aus dieser Zwickmühle befreien konnten, stutzte der II WO plötzlich. »Aber ich! *Caribbean Dream* – ein englischer Name für ein französisches Schiff? Unmöglich bei dem ausgeprägten Nationalstolz der Franzosen! Das wäre doch glatt ein Sakrileg! Das ist ein Brite, der uns aufs Kreuz legen will!«

Mir fiel es wie Schuppen von den Augen. Na klar, es hatte sich herumgesprochen, daß wir die Franzosen schonten! So ein cleverer Halunke! Den Zahn würden wir ihm jedoch ziehen!

»*Send a boat to control your ship's manifest!*« rief ich hinüber und wies den BÜ an: »Prisenkommando an Deck!«

Doch noch bevor der erste Mann aus dem Turmluk kroch, schrie der Signalgast: »Fliegeralarm! Zwei Flugzeuge im Anflug aus zwo-acht-acht! Typ nicht identifizierbar!«

Ich fuhr herum. Zwei Flugzeuge dicht über dem Wasser. Keine Wellington-Bomber, einmotorige Jagdflugzeuge mit Zusatztanks an den Flügeln. Hatten sie uns entdeckt? Egal, zum Tauchen war es zu spät.

»Feuer frei zum Direktbeschuß! Alle anderen auf Tauchstation! Klar zum Alarmtauchen!«

Die Männer an der 8,8-cm-Kanone wechselten blitzschnell die Granate im Rohr aus. Schnell kamen die Flugzeuge näher, doch sie schossen nicht, wollten wohl bloß sehen, warum der Frachter gestoppt lag. Aber sahen sie uns wirklich nicht?

Verdammt, warum schoß der Wörle nicht? Doch der wußte, was er tat. Er ließ sie noch dichter herankommen. Als die 8,8 endlich losballerte, warfen die Geschosse mit Aufschlagzünder vor den Briten gewaltige Wassersäulen auf, gespickt mit fürchterlichen Granatsplittern. Sie flogen mitten in diesen Stahlhagel hinein.

»Schnellfeuer!« schrie Wörle. »Macht sie zur Sau! Versucht, sie direkt zu kriegen!«

Doch die Briten zogen hoch, um dem Beschuß zu entgehen. Sofort eröffnete unsere jämmerliche 2-cm-Flak das Feuer auf die ungeschützte Unterseite der vorderen Maschine. Der Feuerstrahl dieser Knatterbüchse fraß sich an ihrem linken Flügel fest und sägte ihn samt Zusatztank ab. Die Maschine torkelte auf den Frachter zu und rasierte einen Teil seines Kartenhausdecks samt Signalmast und Peilkompaß ab, ehe sie auf der Wasseroberfläche aufschlug. Sich mehrfach überschlagend, explodierte sie letztlich in einem gewaltigen Feuerball, ihre Trümmer nach allen Seiten über die aufschäumende See verstreuend.

Unser Jubel war verhalten, denn der zweite Brite strebte in einem weiten Bogen von uns weg, um dem Schicksal seines Kameraden zu entgehen. Das verschaffte uns Zeit zum Wegtauchen.

»Zielwechsel links!« schrie der Geschützführer der Flak zwar noch. »Holt den anderen auch!«

Aber ich funkte dazwischen: »Feuer einstellen! Kein Aufklaren der Gefechtsstationen! Alle Mann auf Tauchstation! Alarmtauchen!«

Im Nu verschwanden die Männer im Turmluk. Ein Blick noch auf den entfernt zum Angriff einkurvenden Briten, dann knallte ich das Luk zu.

»Fluuuten!«

Gurgelnd schoß das Wasser in die Tauchzellen. Über uns schloß sich schäumend die See.

»Hat der Kerl gefunkt?« dachte der II WO laut nach, während wir Tiefe gewannen. »Ist doch merkwürdig, daß die beiden Jäger so plötzlich zur Stelle waren.«

»Dann muß er 'ne besondere Frequenz benutzt haben, Herr Leutnant«, widersprach Obermaat Krummholz. »Aber das hätten wir auch mitbekommen.«

Über uns sprang die Maschine an. Rumpelnd nahm der Frachter Fahrt auf und ergriff die Flucht.

»Laßt ihn nur weit genug ab sein, dann verpassen wir diesem Pseudo-Franzosen 'nen Fangschuß!« stieg der Ärger in mir hoch, daß wir dem Tommy auf den Leim gegangen waren. »Ungestraft soll der nicht davonkommen!«

»Sachte, sachte, Herr Thomsen!« widersprach der Alte. »Ob's tatsächlich kein Franzose ist, wissen wir doch überhaupt nicht. Und die Flieger waren auch nicht auf uns vorbereitet, sonst hätten die beim Anflug sofort geschossen oder Bomben geworfen. Jetzt sieht die Sache allerdings anders aus. Lerwick ist nicht weit. Dort liegen bestimmt ein paar Einheiten, die sofort Jagd auf uns machen werden.«

»Dreißig Meter gehen durch!« brachte uns Ole in Erinnerung. »Boot fällt weiter.«

»Stopp Tiefe! Auf fünfunddreißig Meter einpendeln! Ruder hart Steuerbord! Neuer Kurs null-eins-null!« Der Alte grinste. »Ist wohl besser, wenn wir jetzt die Beine in die Hand nehmen, bevor wir Besuch bekommen. Beide Maschinen voll voraus!«

Der Frachter nutzte die Gunst der Stunde. Zickzack steuernd floh er nach Lerwick. Sein Kapitän befürchtete wohl, wir könnten ihm doch noch einen Torpedo verpassen. Aber dazu hätten wir einen Blick durchs Sehrohr riskieren müssen, und das unterließen wir lieber. Es hätte den Jäger möglicherweise auf unsere Spur gebracht, denn der kreiste bestimmt noch über unserem Tauchpunkt und wartete auf Verstärkung. Es war für uns jetzt viel wichtiger, schnell und spurlos zu verduften.

Seltsamerweise dauerte es fast zwei Stunden, bis wir Schraubengeräusche auffingen, und da lagen bereits vierzehn Seemeilen hinter uns. Es war ein ganzer Verband, der sich uns in schneller Fahrt näherte. Er kam jedoch nicht von Lerwick auf, sondern von den Orkneys.

»Mindestens vier Einheiten, Herr Kaleu!« meldete Krummholz, der selbst am Horchgerät saß. »Drei kleinere, den Geräuschen nach, und ein dicker Brocken.«

»Ein dicker Brocken? Doch nicht etwa der Flugzeugträger, auf den sich der Kommandant die ganze Zeit spitzt?« lästerte Ole.

Ringsum grinsten alle, denn damit zogen wir den Alten bei jeder Gelegenheit auf. Krummholz ging darauf jedoch nicht ein.

»Der Verband steuert Zickzackkurse, und da überdecken sich die Geräusche immer wieder, Herr Oberleutnant. Aber sicher ist, daß die drei kleineren Einheiten, vermutlich Zerstörer, für den dicken Brocken U-Bootsicherung fahren.«

»Hmmm, Zickzackkurse.« Ich trat an den Kartentisch, an dem Werda aus den Horchpeilungen den Generalkurs des Verbandes errechnete und in die Karte übertrug. »Na, wie sieht's aus, Obersteuermann?«

Er tippte auf die Karte. »Generalkurs null-drei-fünf, Herr Oberleutnant.«

»Generalkurs Nordnordost.« Meine Augen folgten der Linie auf der Karte, die zwischen den Shetlands und Norwegen hindurch in den offenen Atlantik wies. »Die meinen also gar nicht uns, wissen aber, daß es uns hier gibt.«

»Und überlassen es Flugzeugen, nach uns zu suchen«, setzte der Alte hinzu. »Wie weit steht der Verband noch ab, Krummholz?«

»Etwa sechs Seemeilen, Herr Kaleu!«

»Dann müßte man sie doch ...« Er zog den Arm aus der Schlinge und trat an das Sehrohr. »Auch wenn's weh tut, ansehen muß ich mir die Brüder mal. Auf Sehrohrtiefe anblasen!«

Das Boot schwebte nach oben. Er fuhr das Sehrohr aus und drehte es in die Peilung. »Geht ja mit dem Arm besser als erwartet! Ein Aufklärungsverband, ein Kreuzer der

Norfolk-Klasse und drei Zerstörer! Soll vermutlich zwischen den Shetlands und Norwegen deutsche Blockadebrecher abfangen.«

»Das sollten wir denen aber gründlich versalzen!«

»Und ob, Herr Thomsen! Auf Gefechtsstation! Rohr eins bis fünf klar zum Unterwasserangriff! Obersteuermann, bringen Sie uns auf einen konvergierenden Kurs!«

Die Freiwache stürzte auf ihre Stationen. Ich jumpte durch das Mannloch, um im Bugraum beim Klarmachen der Torpedorohre dabei zu sein. Soweit das möglich war, hatten nämlich unsere Torpedomixer nach der Panne mit den Frühzündern alle Torpedos noch einmal gründlich überprüft, aber die Fehlerquelle nicht gefunden. Darum rätselten wir noch immer über die Ursache herum. Hatten wir Fehler beim Armieren der Rohre gemacht? Oder umgab die Schiffe der Royal Navy ein so starkes Magnetfeld, daß die Torpedos vorzeitig detonierten? Dann waren uns die Briten wieder ein ganzes Stück voraus.

Torpedoobermaat Fischer, der Fachmann, las die Gedanken von meinem Gesicht ab. Oft genug hatten wir das ja durchgekaut.

Er schüttelte den Kopf. »Det liegt nich an uns, Herr Oberleutnant, und ooch nich an 'nem starken Magnetfeld bei den Tommies! Et jibt dafür 'nen janz einfachen Jrund: Die Dinger sind nich ausjebrütet, und det is janz jroßer Mist!«

»Das werden wir ja gleich sehen, Fischer. Wir müssen's ganz einfach noch mal probieren. Sind die Rohre klar?«

Die Männer an den Rohren eins bis vier zeigten klar. Fischer gab die Meldung an die Zentrale weiter.

»Na denn – haut rin, Männer, wenn's soweit ist!«

In der Zentrale herrschte gespannte Erwartung. Der Alte schien seinen lädierten Arm vollkommen vergessen zu haben, denn er hing noch immer am Sehrohr und verfolgte die Kurswechsel des Verbandes.

Ich trat zu Werda an den Kartentisch.

»Zick und zack alle zehn Minuten, Herr Oberleutnant«, sagte er und zeigte auf den Kurs des Verbandes. »Kann man glatt die Uhr nach stellen.«

»Sieht wunderschön exakt wie zur Flottenparade aus, ist aber 'ne ausgemachte Dummheit«, meinte der Alte. »Damit liefern sie sich doch jedem lauernden U-Boot ans Messer.«

Er starrte angespannt in die Optik und dirigierte das Boot in Schußposition. »Auch wenn sie so einen Zahn drauf haben, rettet sie das nicht. Beim nächsten Zack sind sie dran. Rohr eins bis vier – Achtung!«

»Noch zwei Minuten bis zum nächsten Kurswechsel, wenn sie dieses Schema beibehalten, Herr Kaleu!« meldete Werda.

Ich sah auf die Uhr und zählte still die Minuten mit. Zugleich gab mir das britische Ortungsgerät erneut Rätsel auf. Längst hätte uns sein Strahl erfassen müssen, so nahe waren wir einander inzwischen gekommen. Doch er blieb aus. Warum? Nutzte das Gerät nichts, wenn die Tommies hohe Geschwindigkeiten liefen? Fast sah es so aus.

»Wie im Bilderbuch!« rief der Alte, denn die Zeit war um. »Rohr eins – Achtung! Der ist für den vorderen Zerstörer! Rohr eins – los!«

»Torpedo ist los!« kam die Meldung Fischers.

Ich drückte auf die Stoppuhr.

»Und jetzt der Kreuzer! Rohr zwo und drei – Achtung! Rohr zwo und drei – los!«

»Torpedos sind los!«

»Und der jetzt für den zweiten Zerstörer! Rohr vier – Achtung! Rohr vier – los!«

Die Torpedos liefen und mit ihnen meine Uhr. Wir drehten ab und gingen auf Gegenkurs, um auf den dritten Zerstörer mit Rohr fünf zum Schuß zu kommen. Ich starrte auf die Stoppuhr, deren Zeiger eilig seine Runden drehte, und wartete auf die Detonationen. Mit mir warteten alle in der Zentrale.

Die Zeit verrann. Die Gesichter wurden immer länger, Enttäuschung breitete sich auf ihnen aus. Längst hätte der erste Torpedo detonieren müssen, jetzt auch die beiden für den Kreuzer, und die taten es ebenfalls nicht!

»Verdammte Tat!« schrie Richter und schlug voller Wut und Enttäuschung mit dem gesunden Arm gegen den Sehrohrschaft. »Warum detonieren diese Mistdinger ...«

Wumm! Eine Detonation übertönte seine Worte. Kein Jubel kam auf, alle schwiegen betreten. Ein Torpedo von vieren! Am Ende war der auch bloß wieder ein Frühdetonierer. Und die anderen, was war mit denen?

»Verband stoppt!« meldete Krummholz. »Belege! Er geht auf Gegenkurs und ...«

»Mensch, das sehe ich doch selber!« gab der Alte vergnatzt vom Sehrohr zurück. »So ein Mist! Nur einer der Zerstörer ist am Bug getroffen! Auf den scheren die beiden anderen zu. Gleich werden sie zwei und zwei zusammenzählen, dann geht die Jagd auf uns los! Dreimal AK voraus! Ab in die Tiefe!«

Wir taten alles, um möglichst schnell Tiefe zu gewinnen, bevor die Suche nach uns begann. Alle Aufmerksamkeit konzentrierte sich auf die mahlenden Schraubengeräusche achteraus, die uns im Augenblick noch vor ihren Horchgeräten schützten. Jeder Meter Tiefe zählte deshalb. Wir waren wehrlos, wehrlos mit einem Haufen nutzloser Torpedos im Bauch. Das war die bittere Erkenntnis unseres Angriffs.

Vergessen war der Torpedo in Rohr fünf, den wir dem dritten Zerstörer zugedacht hatten. Zu groß war die Enttäuschung über die unerklärlichen Fehlschüsse, denn Richter war ein alter Fuchs, dem ein legendärer Ruf vorauseilte, was Torpedotreffer anging. Bei den Schießübungen hatte er alle anderen Kommandanten mit seiner Treffsicherheit ausgestochen und die Geleitführer zur Verzweiflung gebracht. Nicht eines der Zielschiffe hätte den rettenden Hafen erreicht, wären es nicht Übungstorpedos gewesen.

Das war mit einer der Gründe, weshalb man gerade ihm das Kommando über dieses Erprobungsboot übertragen und bei der Zusammenstellung der Besatzung freie Hand gelassen hatte. Es war kein Geheimnis, daß er die besten Aussichten hatte, demnächst als hervorragend beurteilter Angehöriger seiner Offizierscrew zum Chef einer der neu aufgestellten Flottillen aufzusteigen. Vermutlich hatte man ihm auch deswegen den Fähnrich aufgehalst. Und nun diese erneute Panne mit diesen vermaledeiten Torpedos!

»Ein Verbrechen!« ließ der II WO seinem Ärger freien Lauf. »Gewissenlose Sabotage! Schicken uns mit Torpedos raus, die ...«

»Ruhe im Boot!« fuhr ihm der Alte scharf in die Rede, denn ihn traf es ja am schlimmsten. »Frage Tiefe. Was geht durch?«

»Siebzig Meter gehen durch! Boot fällt weiter! Beide Maschinen laufen dreimal AK! Kurs ...«

»Herrgott, den sehe ich doch am Kompaß!« unterbrach der Alte unwirsch die Meldung. »Beide Maschinen stopp! Schleichfahrt! Absolute Ruhe im Boot!«

»Verband stoppt in eins-neun-zwo!« meldete Krummholz. »Keine Sinkgeräusche.«

»Stoppt?« fragte der Alte ungläubig. »Wir torpedieren einen von ihnen, und die stoppen, anstatt sofort die Suche nach uns aufzunehmen? Haben Sie 'ne Erklärung dafür, Herr Thomsen?«

Ich zuckte die Schultern, denn ich zerbrach mir darüber selber noch den Kopf. Das war nicht nur unerklärlich, es wich auch von allem ab, was vorauszusehen war. Es glich nahezu einer Einladung an uns, sie noch einmal anzugreifen.

»Nicht die geringste Erklärung, nur 'ne Vermutung, Herr Kaleu! Inzwischen sind bestimmt schon Schiffe auf die vor den britischen Häfen ausgelegten Minen gelaufen. Der Hafen Lerwick ist nicht weitab, da halten die den Treffer am Bug möglicherweise für den einer deutschen Mine und nicht für 'nen Torpedotreffer.«

»Durchaus möglich«, sagte er nachdenklich und lauschte nach oben, wo sich noch immer nichts tat. »Kann ja eigentlich gar nicht anders sein.«

Ole trat zu uns. »Hundert Meter gehen durch! Boot fällt weiter! Sollen wir einpendeln?«

»Nee, mein Lieber, im Gegenteil! Weiter runter in den Keller! Je tiefer wir sind, desto sicherer sind wir vor ihrer Ortung. Darüber sind wir uns doch wohl inzwischen einig.«

»Is sowieso seltsam, daß wir davon bisher verschont geblieben sind«, meinte Ole kopfschüttelnd. »Sind am Ende doch nicht alle Zerstörer damit ausgerüstet?«

»Darauf würde ich mich nicht verlassen!« warnte ich. »Vielleicht spielt die Geschwindigkeit dabei 'ne Rolle.«

»Das ist mir völlig wurscht!« sagte der Alte verdrießlich. »So eine Blamage! Habe die Brüder in einem so idealen Schußwinkel vor den Rohren, daß man sie gar nicht verfehlen kann, und treffe nur einen von ihnen!«

Ich versuchte, ihn aufzumuntern. »Von sieben Torpedos zuerst zwei Frühdetonierer und jetzt drei, die gar nicht detonieren? Da kann das nicht an Ihnen liegen. Die drei waren vermutlich Tiefsteurer, die unter den Tommies durchgelaufen sind, obwohl wir vorher alle kontrolliert haben. Obermaat Fischer hat es auf den durchaus richtigen Nenner gebracht: Diese Magnettorpedos sind nicht richtig ausgebrütet!«

»Und eine Gefahr für jede Besatzung, die sich auf diese miesen Dinger verläßt!« setzte Ole hinzu. »So etwas bleibt nicht ohne negative Wirkung auf die Männer!«

»Richtig! Wir sind garantiert nicht die einzigen, die solche Pannen erleben, von denen der BdU nichts ahnt, weil wir Funkstille wahren müssen. Unter diesen Umständen kann uns keiner verübeln, wenn wir jetzt den Rückmarsch antreten, Herr Kaleu! Lange genug sind wir ohnehin schon auf See.«

»Ein Gedanke, der mir auch bereits gekommen ist, Herr Thomsen, aber ...«

»Verband nimmt Fahrt auf, Herr Kaleu!« unterbrach ihn Krummholz. »Peilt jetzt zwo-eins-null! Entfernung etwa drei Seemeilen.«

»Frage Tiefe!«

»Hundertdreißig Meter gehen durch. Boot fällt weiter!«

»Stopp Tiefe! Auf hundertdreißig Meter einpendeln! Horchraum, laufend Peilungen melden!«

»Verband erhöht Fahrt, peilt zwo-eins-sieben! Entfernung zunehmend!«

»Das hört sich nicht nach Verfolgung an«, sagte ich leise zu Ole. »Also halten sie's tatsächlich für'nen Minentreffer!«

Ich trat an den Kartentisch, an dem Werda die Peilungen in die Karte eintrug, die laufend aus dem Horchraum kamen. Wie es aussah, ging der Kelch an uns vorüber, denn der Generalkurs führte den Verband von uns weg.

Plötzlich stutzte ich. Was denn, die steuerten mit einem torpedierten Zerstörer hinaus in den offenen Atlantik, noch dazu mit einem solchen Affenzahn? Unwahrscheinlich! Ein Treffer im Bug ließ sich zwar mit einem Lecksegel von außen halbwegs abdichten, aber bei einer so hohen Fahrt riskierten sie Kopf und Kragen, denn das Segel konnte dem gewaltigen Wasserdruck unmöglich standhalten.

Auch der Kommandant, der neben mich getreten war, blickte irritiert auf die Karte. »Das gibt's doch nicht! War das am Ende auch wieder nur ein Frühdetonierer? Das glaube ich nicht! Auf Sehrohrtiefe anblasen!«

Während das Boot nach oben schwebte, entfernte sich der Verband zu meiner Erleichterung immer weiter von uns. Auch die Gesichter der Männer in der Zentrale entspannten sich. Mein Blick suchte den Fähnrich und fand ihn nicht.

»Wo steckt der verdammte Fähnrich, Obersteuermann? Der sollte Ihnen doch zur Hand gehen?«

»In dieser Situation, Herr Oberleutnant?« flüsterte er zurück und grinste. »Ich hab' ihn zum LM in den Maschinenraum geschickt, da kann er keinen Schaden anrichten.«

Ich grinste zurück, denn das war schlimmer als eine Strafkolonie. Der Leitende Maschinist oder *Chief*, wie der LM genannt wurde, war ein Bär von einem Mann, der wegen seiner Scharfzüngigkeit und seiner unkonventionellen Methoden der Menschenführung nicht nur von seinen Stokern gefürchtet wurde.

Ich wandte mich ab und beobachtete den Papenberg. Noch bevor wir auf Sehrohrtiefe einpendelten, fuhr der Alte den Spargel aus und schwenkte ihn ungeduldig in die letzte Peilung.

»Sehrohrtiefe ist erreicht! Sehrohr kommt frei!«

»Wurde ja auch Zeit!« brummte Richter und preßte das Gesicht gegen das Okular. »Na bitte, kein Frühdetonierer, meine Herren, ein Treffer!«

»Und das heißt?« wollte Ole wissen.

»Der schwimmt noch, hat aber mächtig Wasser genommen. Liegt vorn so tief, daß es die Back überspült. Wahrscheinlich ist das Querschott gebrochen, bevor sie es abstützen konnten.« Seiner Stimme war eine tiefe Befriedigung anzuhören. »Vorsichtshalber hat er die Boote ausgeschwenkt. Wartet jetzt wohl auf Schlepperhilfe aus Lerwick.«

»Und die anderen? Die lassen den Havaristen hier einfach alleine zurück?« fragte ich erstaunt, denn das war ungewöhnlich.

Sobald wir nachgeladen hatten, genügte ein Torpedo, und der nahm die Besatzung mit in die Tiefe.

»Der ist ja nicht alleine. Zwei Blenheims umkreisen ihn und passen auf.« Er ließ das Sehrohr in den Schacht gleiten und trat an den Kartentisch. »Ich denke gar nicht daran, mit diesen unberechenbaren Magnettorpedos noch einen Angriff zu riskieren. Auf fünfzig Meter einpendeln! Beide Maschinen voll voraus! Obersteuermann, Kurs null-neun-null. Bei vier Grad Ost gehen wir auf Südkurs und steuern die dänische Küste an. Kurs Heimat ist angesagt, meine Herren.«

Man konnte fast den Stein aufschlagen hören, der uns allen vom Herzen fiel.

Kurs Heimat – was für ein herrlicher Gedanke! Diesmal jagte man uns garantiert nicht gleich wieder auf See hinaus, schon gar nicht mit diesen untauglichen Magnettorpedos. Es brauchte bestimmt einige Zeit, bis man ihre Macken finden und beseitigen werde, versicherte Torpedoobermaat Fischer allen, die es hören wollten. Und es wollten alle hören, denn hinter seinen Worten zeichnete sich nicht nur Landgang, sondern auch der ersehnte Urlaub ab. Eine Aussicht, die alle Männer an Bord beflügelte und sie alles vergessen ließ: die Strapazen der See, das durch vierstündigen Wachwechsel und Alarme ständig wachsende Schlafdefizit, das Vegetieren in der bedrückenden Enge dieser Eisenröhre, in der jeder jedem auf der Pelle hockte, das fürchterliche Gemisch aus menschlichen Ausdünstungen, Kombüsenmief und penetrant alles überlagerndem Dieselgestank und letztlich die Gefahren, denen wir längst noch nicht entronnen waren.

Sah man von der kurzen Unterbrechung auf Helgoland und in Schlicktown ab, dann standen wir inzwischen rund sieben Wochen unter und über Wasser in See. Das war eine lange Zeit unter Umständen, die selbst den nervenstärksten Menschen mürbe machten und nur noch voller Sehnsucht vom Urlaub träumen ließen.

Auch ich war dagegen nicht gefeit. Sobald mich während meiner kargen Freiwachen Ankes Gesicht von dem Foto an der Innentür meines Schränkchens im Offiziersraum anlächelte, malte ich mir unser Wiedersehen in den schönsten Farben aus und vergaß alles um mich herum. Allerdings nur für kurze Zeit, denn meist holte mich der Bordbetrieb jäh wieder in die Wirklichkeit zurück.

Diesmal war es die laute Stimme des II WO, die mich aufhorchen ließ und mich noch vor Wachwechsel auf die Brücke lockte. Wenn dieser ruhige und besonnene Mann jemand so lautstark zusammenstauchte, dann mußte der ihn schon ganz gewaltig in Rage gebracht haben.

»Was heißt das, Sie können nicht? Sie werden doch wohl gelernt haben, wie man eine Meridianbreite schießt!«

Ich verstand nicht, was der andere antwortete, es brachte den II WO jedoch noch mehr auf.

»Hören Sie bloß mit diesen blöden Ausflüchten auf, Mann!« legte er erneut los, als ich aus dem Turmluk kroch. »Wenn Sie bei diesem bißchen Seegang noch immer kotzen müssen, ist das allein Ihr Bier. Das enthebt Sie keineswegs Ihrer dienstlichen Pflichten! Los, schnappen Sie sich den Sextanten! In zwei Minuten kulminiert die Sonne, da will ich von Ihnen eine exakte Mittagsbreite haben, klar?«

Ach du lieber Himmel, wieder einmal der Fähnrich! Ich hätte es mir eigentlich denken können. Eine Mittagsbreite, der Winkel zwischen Sonnenunterrand und Kimm, wenn sie um 12 Uhr Ortszeit ihren höchsten Punkt über dem Meridian erreichte, die unproblematischste Standortbestimmung für einen Fähnrich, wenn das Wetter mitspielte.

Und es spielte mit! Aber Hardegg stand an der Reling des sogenannten Wintergartens und hantierte ungeschickt mit dem Sextanten herum, während der Obergefreite Neumann die Sekunden bis zur Kulmination der Sonne aussang und der Obersteuermann neben ihm ebenfalls die Sonne anvisierte. Das war keine Übung, um den Fähnrich auf Trab zu bringen, sondern wir brauchten unseren wahren Standort für unsere weitere Navigation dringend.

Ein Blick in die Gesichter der Männer auf dem Turm und an der Flak genügte. Sie feixten. Verdammt, dachte ich, dieser unfähige Trottel schafft es doch tatsächlich immer wieder, sich vor den Leuten zum Affen zu machen.

»Achtung … null!« schrie Neumann und verschwand mit der Uhr unter Deck, gefolgt vom Obersteuermann.

Die Wachablösung kam aus dem Turmluk gekrabbelt, die Freiwache rutschte an den Leiterwangen hinunter in die Zentrale. Zögernd folgte ihr der Fähnrich.

Der II WO sah mich mit einem schiefen Lächeln an. »Ja, ja, ich weiß, es untergräbt die Autorität des Fähnrichs, wenn er vor versammelter Mannschaft so zur Schnecke gemacht wird. Aber ich hatte seine blamablen Ausflüchte vor den Leuten einfach satt. Wenn man ihm die durchgehen läßt, verlieren die jegliche Achtung vor dem Offiziersnachwuchs, und das ist noch schlimmer.«

Das stimmte, deshalb nickte ich nur. »Ich bin gespannt, welcher Standort bei diesem Dösbaddel herauskommt.«

Er lachte laut auf. »Wie ich den Kerl kenne, vermutlich die Südsee, Herr Thomsen.«

Der Fähnrich brauchte für sein Mittagsbesteck eine enorme Zeit. Als er es dann endlich vorlegte, um es in die Karte zu übertragen, verfrachtete er uns jedoch nicht in die Südsee. Statt dessen befanden wir uns nach seinen Berechnungen etwa 1115 Seemeilen südsüdwestlich von Kapstadt auf 60° Süd und 4° Ost im Südpolarmeer. Ein 180°-Fehler, der ihm allein schon durch die 60° Süd sofort hätte auffallen müssen.

»Nicht schlecht, Fähnrich!« lobte ihn der Alte mit todernster Miene trotzdem. »Das Mittagsbesteck des Obersteuermanns hat zwar als wahren Standort 60° Nord,

4° Ost ergeben, von dem aus wir jetzt mit Südkurs ablaufen, aber das will gar nichts besagen. Ihr Standort ist mir viel lieber. Dort brauchen wir die Tommies nämlich nicht zu fürchten, dort suchen uns bestenfalls die Pinguine und Wale.«

Der Fähnrich starrte ihn mit einem schafsdämlichen Gesicht an und suchte nach einer Entschuldigung. »Ich bin ... Ich habe ...«

»Hauen Sie bloß ab, Sie Niete!« sagte der II WO verächtlich. »Ein geistiges Armutszeugnis, über das man nur peinlich berührt den Kopf schütteln kann.«

»Und das wird in Ihrer Beurteilung seinen Niederschlag finden, dessen können Sie sicher sein, Hardegg«, setzte der Alte mit grimmiger Miene hinzu.

Mit dem II WO, meiner Wachablösung, kam der Alte auf die Brücke gekrabbelt, ein paar Zettel in der Hand. Er warf einen Blick in die Runde.

»So wünscht man sich das, was? Keine Wolke am Himmel, die leicht bewegte See im milden Nachmittagslicht und eine klare Kimm – die reinste Bäderreise. Könnte man den Krieg fast vergessen.«

Ich lächelte. »Fast, Herr Kaleu. Wenn's so bliebe, kann es uns nur recht sein. Aber man soll den Tag nicht vor dem Abend loben.«

»Ein blöder Spruch, mit Verlaub gesagt«, meinte der II WO leichthin. »Noch dreizehn Stunden, dann sind wir in der Helgoländer Bucht und damit im Bereich der deutschen Luftwaffe. Was kann uns da schon noch groß passieren?«

Helgoländer Bucht, das klang nach Heimat. Die Männer der Brückenwache und der Flakbedienung stießen einander grinsend an und spitzten begierig die Ohren.

»Vorsicht, Herr Kruse, bloß nicht beschreien. Es sind immerhin noch rund hundertachtunddreißig Seemeilen, da kann sich das ganz schnell ändern.« Richter sah auf einen seiner Zettel. »Wir bleiben so lange wie möglich in der Norwegischen Rinne, weil wir hier genügend Wasser unter dem Kiel haben, falls wir wegtauchen müssen. Ab 58°3O' Nord neuer Kurs eins-zwo-null bis 7° Ost, dann sehen wir weiter.«

Im Turmluk erschien Funkobermaat Krummholz und reichte zwei Funksprüche heraus. »Eben aufgefangen, Herr Kaleu!«

Richter überflog die beiden Blätter und reichte sie an mich weiter. »Unser Rückruf, meine Herren. Wir liegen also genau richtig. Der zweite Funkspruch ist besonders interessant.«

Das konnte man wohl sagen. Er informierte uns, daß einige deutsche Handelsschiffe ohne nationale Kennzeichen versuchten, von Murmansk aus die britische Blockade Deutschlands zu durchbrechen. Um Verwechslungen mit britischen Schiffen auszuschließen, habe eine besonders sorgfältige Kontrolle vorauszugehen, bevor torpediert werde.

Ich gab den Funkspruch an den II WO weiter. »Torpedieren ist gut. Die wissen offenbar noch immer nicht, was sie uns da für faule Eier ins Nest gelegt haben, Herr Kaleu.«

»Und noch keine Änderung gegenüber den Franzosen«, sagte der II WO kopfschüttelnd und gab den Funkspruch zurück. »Möchte mal wissen, was das jetzt noch soll. In Polen geht der Krieg ...«

»Segel in drei-eins-fünf!« unterbrach uns der Schrei des Moses.

Wir fuhren herum und suchten mit unseren Gläsern die Kimm ab.

Tatsächlich, über der Kimm schwebte im flimmernden Licht die Oberkannte eines Segels, stieg höher und höher herauf und wurde zu einem dreieckigen Toppsegel. Mehr noch: Je höher es über die Kimm kam, desto deutlicher wurden aus dem einen Segel vier hintereinander stehende Toppsegel.

Der II WO setzte das Glas ab. »Kein Sportboot, ein Viermaster, Herr Kaleu. Aber ein Viermaster mit dreieckigen Toppsegeln? Was ist denn das für ein seltsamer Schiffstyp?«

»Keine Ahnung. Vielleicht liegt der aber auch bloß so hoch am Wind, daß die Segel dreieckig wirken. Sonst wäre der ja gaffelgetakelt, und so einen Pott mit vier Masten habe ich noch nie gesehen.«

Gaffelgetakelt? Bei mir meldete sich bei diesem Stichwort die Erinnerung. »Ich schon, Herr Kaleu, allerdings nur als Modell im Museum für Meereskunde in Berlin. Was dort aufkommt, ist ein Viermastschoner, ein richtiges Museumsschiff, wie es zuerst in den USA gebaut worden ist. Soll angeblich ökonomischer als ein Rahsegler gewesen sein, weil es weniger Besatzung benötigt hat und höher an den Wind gehen konnte. Die Briten haben diesen Typ übrigens auch gebaut, allerdings mit Rahsegeln am vorderen Mast.«

»Ein Schoner, sind Sie sicher?« fragte der Alte ungläubig.

»So etwas hat es tatsächlich gegeben?« fragte nicht minder zweifelnd der II WO. »Schoner kenne ich nur als Zweimaster.«

Ich lachte. »Wie Sie sehen, gibt's diesen Typ noch immer. Ich bin selber überrascht.«

Wir verfolgten mit unseren Gläsern, wie das Schiff hart am Wind segelnd über die Kimm stieg. Mit seinen vier gaffelgetakelten Masten ein ungewöhnlicher Anblick, fremdartig und seltsam unproportioniert wirkend.

Ich trat an den Peilkompaß und verfolgte seinen Kurs. »Kommt erstaunlich schnell voran. Offenbar ein Skandinavier, der nach England will. Behält er seinen Kurs bei, läuft er uns genau vor den Bug.«

»Na, dann lassen wir uns mal überraschen, meine Herren! Auf Tauchstation.«

Obwohl wir ihm entgegenliefen, brauchte der Schoner fast drei Stunden, bis wir ihn auf konvergierendem Kurs in Schußweite bekamen.

»Könnte 'n Norweger sein, der sich selbst weit vor der norwegischen Küste noch sicher fühlt. Führt keine Flagge, sieht aus, als habe er Holz oder Kisten als Deckladung.« Der Alte fuhr das Sehrohr ein. »Sehen wir uns den seltsamen Vogel mal an, meine Herren. Flak und Brückenwache in den Turm! Das Prisenkommando hält sich bitte bereit, Herr Kruse.«

Ein ungutes Gefühl ließ mich fragen: »Was denn, keine 8,8-Bedienung? Was dann, wenn der ausbüchst?«

Der Alte streifte sich seine Schwimmweste über. »Der doch nicht! Außerdem dürfte für den die Flak allemal ausreichen«, antwortete er mit einer wegwerfenden Handbewegung. »Wenn nicht, bleibt noch immer die Drohung mit 'ner Torpedierung. Die zieht immer. Auftauchen!«

Den Männern voran, kletterte ich nach oben, um die Wache des II WO zu übernehmen. Als letzter kam der Alte hinterher. Ihm bereitete der Arm beim Aufstieg zum Turmluk noch immer erhebliche Schwierigkeiten.

»Turmluk kommt frei! Boot ist aufgetaucht!«

Im Nu waren die Wachstationen besetzt. Es bedurfte

keines Schusses vor den Bug. Noch ehe der Signalmaat sein Sprüchlein heruntergeklappert hatte, ließ der Rudergänger den Viermaster in den Wind schießen. Auf parallelem Kurs verlor das Schiff mit killenden Segeln langsam Fahrt.

»Trotz seiner eigenartigen Besegelung ein imponierend schönes Schiff. Signalmaat, fordern Sie ihn auf: *Show your national colours, please!*« befahl der Alte. »Sagten Sie nicht, der brauche weniger Besatzung als ein Rahsegler, Herr Thomsen? Da wuseln ja erstaunlich viele Männer an Deck herum, mehr als die für das laufende Gut meiner Meinung nach brauchen.«

Auch mir fiel das auf. Aber da war noch etwas, was in meinem Magen auf einmal ein ganz flaues Gefühl auslöste. »Moment mal, die sehen ja wie uniformiert aus, Herr Kaleu! Gibt's denn das auf einem zivilen Lastensegler mit Deckladung?«

»Na und? Wenn's der Reeder schön findet?«

Am Besan des Schoners stieg die zusammengerollte Flagge empor und wehte nach einem Ruck aus. Entgeistert starrten wir hinüber, denn der Anblick traf uns wie ein schwerer Schlag. Dort wehte die britische Kriegsflagge!

Ehe wir reagieren konnten, überschlugen sich die Ereignisse. Die Deckladung klappte wie ein Kartenhaus zusammen und gab den Blick auf drei Schnellfeuerkanonen zwischen den Masten frei, die sofort das Feuer auf uns eröffneten.

Wertvolle Sekunden gingen verloren, weil der Alte noch immer wie gelähmt die Flagge anstarrte.

»Alarm! Feuer frei für die Flak!« schrie ich an seiner Stelle. »Auf die ...«

Meine Worte gingen im Krachen der rings um das Boot

detonierenden britischen Granaten unter. Alles war zu spät! Zu spät zum Tauchen, zu spät für die völlig unzulängliche Gegenwehr mit unserer 2-cm-Flak und erst recht zu spät für ein Eingreifen unserer 8,8-cm-Kanone, deren Bedienung unter diesem Beschuß nicht mehr an das Geschütz kommen konnte.

Eine Maschinengewehrgarbe strich über das Boot und erfaßte den Turm. Blitzschnell suchten wir hinter dem Schanzkleid Deckung vor den Geschossen und jaulenden Querschlägern. Zu spät für den Kommandanten.

Getroffen brach er neben mir zusammen. Sein Gesicht war eine einzige blutige Masse, und aus seiner Halsschlagader spritzte im Fallen das Blut im dicken Strahl nach allen Seiten. In Deckung hinter dem Schanzkleid versuchten blutbesudelte Männer der Brückenwache vergeblich, den pulsierenden Blutstrom zu stoppen.

Die Brücke wurde zum Schlachthaus. Von der Wucht der MG-Geschosse getroffen, fielen zwei der Männer über ihn, und die Bedienung der Flak flog im hohen Bogen über die Reling des Wintergartens in die blutig aufschäumende See.

Das Maschinengewehr verstummte. Dafür stanzten die Granaten in schneller Folge vorn und achtern Löcher unterhalb der Wasserlinie in den Bootskörper, in die gurgelnd die See schoß. So nahe, wie wir einander waren, konnten die uns ja gar nicht verfehlen. Die Eisenröhre dröhnte wie ein Gong unter den unzähligen Treffern. Plötzlich hörte auch dieser Beschuß auf.

Geschrei drang aus der Zentrale zu mir herauf. »Treffer im vorderen und achteren Torpedoraum! Wassereinbruch im Maschinenraum, Bugräume überflutet! Boot sackt achtern weg!«

»Alle Mann in Zentrale!« schrie ich hinunter. »Schotten dicht! Klar bei Schwimmwesten oder Tauchrettern!«

Vorsichtig hob ich den Kopf über das Schanzkleid. Hinter dem schußbereiten Schoner kam eine Motorbarkasse in schneller Fahrt hervor und nahm Kurs auf uns. Hoch aufgerichtet stand ein Seemann an einem in ihrem Bug aufmontierten Maschinengewehr und belauerte den Turm, bereit, bei der geringsten Gegenwehr zu feuern.

Im Turmluk erschien Oles Kopf. »Das Boot läuft voll! Wir müssen raus, bevor es uns alle in die Tiefe zieht!«

In meinem Kopf überschlugen sich die Gedanken, suchten nach einem Ausweg. Doch es gab keinen mehr. Die See überspülte bereits den größten Teil des Achterdecks. Und dort nahten die Briten, um uns zu entern.

Da gab es nur noch eins: »Alle Mann an Deck und an Steuerbord über Bord! Macht vorher das Kugelschott auf, Ole, und flutet das Boot, wenn ihr könnt! Die Tommies wollen uns entern!«

Meine Worte hatten eine unerwartete Wirkung. Der blutbesudelte Fähnrich richtete sich plötzlich von der Gräting auf und taumelte an die 2-cm-Flak, während die Männer aus dem Turm krochen und mit dem Rest der Brückenwache in Feuerlee über Bord hechteten.

»Das sollen sie büßen, diese Hunde!« schrie Hardegg wie von Sinnen. Die zerschossene Schwimmweste hing in Fetzen um ihn herum. »Zur Hölle mit den Tommies!«

Unsere Flak bellte auf und überschüttete die Barkasse mit ihrem vernichtenden Geschoßhagel. Sie richtete unter den Briten ein furchtbares Blutbad an und zerschlug das Boot gnadenlos zu Kleinholz. Unbeirrt durch das MG-Feuer, das vom Schoner nach ihm griff, wechselte der Fähnrich das Ziel und nahm den Schoner selbst unter Feuer, bis ihm eine Garbe den Kopf zerschmetterte und ihn über die Reling schleuderte. Sofort hörte der MG-Beschuß wieder auf.

Gott sei Dank, kein unnötiges Gemetzel mehr, fuhr es mir durch den Kopf, *dann werden die uns auch auffischen.*

Unter meinen Füßen lief ein Zittern durch das Boot. In einer dicken Ölschicht glitt das Achterdeck tiefer und tiefer. Die See wusch über das zerschossene Deck und schäumte um den Turm. Bullernd entwich die Luft, brachte Chlorgestank mit nach oben. Die Batterien gasten, das war das Ende.

»Alle Mann von Bord, Ole!« schrie ich in den Turm hinunter und zurrte die Gurte der Schwimmweste fester. »Rauf mit euch! Rette sich, wer kann!«

Der II WO und Ole kamen aus dem Turm gekrochen, beide mit Tauchrettern. Ole riß die Nasenklemme ab und spie das Mundstück des Atemschlauchs aus. »Scheißchlorgas! Wir sind die letzten! Jetzt ist keiner mehr unter Deck, Arne! Über Bord und weg vom Boot, sonst nimmt es uns mit in die Tiefe!«

Mit einem Satz sprangen er und der II WO über die Reling. Ich ließ mich ebenfalls in die ölige Brühe fallen und kraulte eilig hinterher. Gerade noch rechtzeitig! Im nächsten Augenblick legte sich der zerschossene Eisensarg wie ein müder Wal auf die Seite und versank mit unserem toten Kommandanten blubbernd in der öligen See.

Ich bemühte mich, den Schock abzuschütteln und klare Gedanken zu fassen. Es war aus und vorbei, aber ich lebte! Köpfe dümpelten um mich herum auf dem Wasser, mehr noch, als ich zu hoffen gewagt hatte. Mein Blick ging zum Schoner hinüber. Dort setzten sie ein zweites Boot aus.

Wassertretend richtete ich mich auf. Ich blickte in die ölverschmierten Gesichter meiner Männer, die mich voller Angst anstarrten. »Zusammenbleiben, Leute! Nur Mut, die Tommies fischen uns auf!«

Ganz so sicher war ich mir jedoch dessen durchaus nicht. Die Briten in der Gig beachteten uns nämlich überhaupt nicht. Sie suchten lediglich die Wasseroberfläche an der Stelle, an der die Reste des Bootes trieben, das der überraschend todesmutige Fähnrich zusammengeschossen hatte, nach ihren Kameraden ab.

Ole kam herbeigeschwommen. »Die machen ja überhaupt keine Anstalten, uns aufzufischen, Arne! Meinst du, wir ...«

»Halt's Maul, Ole!« zischte ich ihm zwischen den Zähnen zu. »Mach unsere Männer nicht verrückt! Die stehen, wie wir alle, noch unter Schock! Da genügt ein falsches Wort, und die brechen in Panik ...«

Ich brach ab, denn ich sah mit Erleichterung, wie ein weiteres Boot hinter dem Heck des Schoners hervorkam und auf uns zuhielt.

Treibölbedeckt und triefend kletterten wir über die Jakobsleiter auf das weißgescheuerte Deck des Schoners und atmeten erleichtert auf. Die ganze innere Anspannung und Angst fiel mit einem Schlag von mir ab und wich einem nicht zu beschreibenden Glücksgefühl.

Wir waren zwar Kriegsgefangene, die einem ungewissen Schicksal entgegensahen, aber wir hatten den Tod hinter uns zurückgelassen und lebten. Was störte es uns da, daß die britischen Matrosen, die um uns einen Kreis bildeten, über unseren desolaten Anblick feixten und ihre Witze rissen.

Ein gewisses Gefühl der Unsicherheit blieb dennoch.

Ich sah mich um, um mir möglichst viel einzuprägen, bevor man uns unter Deck schickte. Nichts erinnerte mehr an den Feuerüberfall dieser U-Boot-Falle. Das Deck war aufgeklart, und die Kanonen – den deutschen 3,7-cm-Geschützen nicht unähnlich – waren wieder hinter den tarnenden Wänden verschwunden, die nicht nur aus der Ferne Holzstapel vortäuschten.

Während ich mich vergeblich nach Einschüssen unserer 2-cm-Flak umsah, setzten die Tommies ihre Boote ein. Andere holten die Vorsegel back und brachten damit den Schoner an den Wind.

Es war eine erfahrene, eingespielte Mannschaft, das sah man auf den ersten Blick. Da bedurfte es keines Kommandogebrülls, jeder Handgriff saß auch so. Die Segel füllten sich, langsam nahm der Schoner Fahrt auf.

Der Smadding drängte sich zu mir durch. »Zweiunddreißig Männer mehr oder weniger unverletzt gerettet, Herr Oberleutnant.«

Zweiunddreißig? Dann hatten wir außer dem Kommandanten und den Toten auf der Brücke und an der Flak auch Männer unter Deck verloren. Das ging unter die Haut.

Ich hatte plötzlich einen Kloß in der Kehle. »Wer fehlt?«

»Kann ich noch nicht sagen, ich habe sie nur gezählt. Es hat ja eigentlich auch noch Zeit. Was werden die Briten jetzt mit uns machen?«

Die Frage hatte ich mir gerade selbst gestellt. »Keine Ahnung, Oberbootsmann, ich bin ja bisher noch nie in Gefangenschaft geraten. Sie werden uns hoffentlich erst einmal unter die Dusche schicken, damit wir dieses stinkende und ätzende Treiböl loswerden. Mir brennt die Haut, als hätte ich ’nen beginnenden Sonnenbrand. Und gegen trockene Klamotten hätte ich auch nichts einzuwenden.«

»Ich auch nicht, Herr Oberleutnant. Auf den Schreck hin könnte ich jetzt glatt einen kräftigen Rum oder Whisky vertragen.«

»Da schrauben Sie man Ihre Hoffnungen nicht zu hoch, Nummer Eins«, mischte sich Ole ein. »Immerhin haben wir ja auch einige der Tommies auf dem Gewissen, und wir können froh sein, wenn sie uns das nicht übel ...«

Ole verstummte, denn der Kreis der Matrosen öffnete sich für einen Offizier mit den Ärmelstreifen eines Oberleutnants und zwei Männer, die ich für Deckoffiziere hielt.

»Wer von Ihnen ist der Kommandant des Bootes oder sein Vertreter?«

Der Mann lächelte über die verblüfften Mienen. Ich war ebenfalls überrascht, denn er sprach ein einwandfreies, leicht wienerisch gefärbtes Hochdeutsch.

Ich trat vor. »Der Kommandant ist tot und mit dem Boot untergegangen. Ich bin der Erste Offizier, Oberleutnant zur See Thomsen. Ich danke Ihnen im Namen meiner Männer, daß Sie uns aufgefischt und nicht unserem Schicksal überlassen haben.«

Er musterte mich indigniert von oben bis unten, als hätte ich ihm soeben einen unsittlichen Antrag gestellt. »Dieses Danks für eine Selbstverständlichkeit bedarf es nicht, Herr Thomsen. Sie und wir sind Seeleute, zufällig durch den Krieg zusammengeführt. Sollten wir uns deshalb anders verhalten? Wie hätten Sie denn an unserer Stelle gehandelt?«

»Genauso, Herr ...«

»Duncan, First Lieutenant. Das ist der gleiche Rang,

den Sie haben.« Er lächelte. »Aber was reden wir hier lange. Sie und Ihre Leute sind jetzt Kriegsgefangene, die wir den internationalen Vereinbarungen entsprechend behandeln werden, und Sie werden sich ebenfalls entsprechend verhalten – klar?«

Ich nickte bestätigend. »Und das heißt, Mister Duncan?«

Er reckte die Nase in die Luft und schnüffelte lächelnd. »Zunächst schicken wir Sie unter die Dusche. Sie stinken ja sieben Meilen gegen den Wind nach Treiböl. Dann werden wir andere Kleidung für Sie zusammensuchen, Ihre öligen Sachen können Sie ja wohl vergessen. Lassen Sie Ihre Männer bitte antreten. Offiziere, Deckoffiziere, Maate und Mannschaft voneinander getrennt.«

»Da haben wir's!« flüsterte mir Ole zu, während wir dieser Anweisung nachkamen. »Sie sperren uns unter Deck getrennt ein, um die Kommandostrukturen zu zerstören.«

»Unsinn! Die wollen sich einen ersten Überblick verschaffen«, gab ich ebenso leise zuversichtlich zurück. »Würdest du es anders machen?«

Er zuckte die Schultern. »Eine so hinterhältige U-Boot-Falle – da muß man mit allem rechnen.«

Wenig später war es mit meinem Optimismus vorbei, man führte uns tatsächlich in getrennten Gruppen unter Deck.

Frisch geduscht und mit trockenem Zeug aus der Kleiderlast der *Flying Lady* ausstaffiert, erschien uns unsere Situation in einem ganz anderen Licht. Sie trennten uns nicht. Auch verlor keiner der Tommies ein Wort darüber, daß sie Männer durch unsere Gegenwehr verloren hatten. Im Gegenteil, sie versorgten unsere durch Granatsplitter oder Querschläger durchweg nur leicht verletzten Männer, als gehörten sie zu ihnen.

Das alles half unseren Männern über den Schock hinweg. Ihre innere Erregung klang langsam ab. Sie begannen, ebenso wie ich, sich intensiver für diesen Viermaster zu interessieren.

Wie mir ein flüchtiger Blick auf die Bronzetafel an Deck verraten hatte, war die *Flying Lady* 1919 auf der Werft von Brown and Smith in San Franzisko gebaut worden. Sie mochte dort zwar noch als Lastensegler vom Stapel gelaufen sein, man sah es ihr jedoch nicht mehr an.

Das lag nicht allein daran, daß die Navy sie jetzt mit Kanonen bestückt und als heimtückische U-Boot-Falle in See geschickt hatte, auf die wir hereingefallen waren. Vielmehr war diese zwanzigjährige Lady mit ihren etwa 1 000 bis 1 200 Bruttoregistertonnen irgendwann vorher von einem betuchten Nostalgiker aufgekauft und in eine repräsentative Privatyacht verwandelt worden, um seiner Segelleidenschaft zu frönen oder aber mit diesem luxuriös ausgestatteten Schiff irgendwelchen Geschäftspartnern seinen Reichtum vor Augen zu führen.

Allein schon die Ausstattung der Messe, in der wir die Registrierkarten für das Rote Kreuz ausfüllten, legte dafür ein beredtes Zeugnis ab. Ursprünglich wohl als Speisesaal genutzt, schien Geld überhaupt keine Rolle gespielt zu haben. Die Mahagonimöbel, die edlen Messingbeschläge, das getäfelte Deck und das übrige Ambiente mußten ein Vermögen verschlungen haben.

Uns Offizieren war es ein absolutes Rätsel, wie die Navy an die *Flying Lady* gelangt war, und noch rätselhafter, warum man so ein wertvolles Schiff als U-Boot-Falle aufs Spiel setzte. Mit der Antwort auf meine neugierige Frage ließ sich Duncan Zeit.

»Es gibt da ja Vorbilder aus dem vorigen Krieg, Herr Thomsen. Die haben Lord Foxhill, Earl of Weddingforth, wohl veranlaßt, der Royal Navy dieses Schiff zur Verfügung zu stellen, übrigens ausdrücklich für diesen Zweck. Und wie man sieht, hat es funktioniert. Es heißt, er habe dafür ganz persönliche Gründe angeführt.« Er zögerte. »Gewissermaßen seine Rache dafür, daß die Nazis mit seinen deutschen Verwandten nicht gerade zimperlich umgegangen sind und sie aus Deutschland vertrieben haben.«

Da war er wieder, dieser Begriff »Nazi«, den auch der Holländer dem II WO gegenüber gebraucht hatte. Er klang aus dem Munde Duncans wie ein Schimpfwort und war es wohl auch. Es galt jedoch nicht meinen Kameraden und mir, wie der feine Unterschied in seiner Wortwahl verriet. Ich schwieg deshalb dazu.

»Und wie es funktioniert hat!« griff ich dagegen seine Formulierung auf. »Finden Sie es eigentlich fair, die Vereinbarungen zur Prisenordnung so auszunutzen?«

»Na, na, Herr Thomsen, wer im Glashaus sitzt, sollte nicht mit Steinen werfen. Finden Sie es denn fair, daß die deutschen U-Boote bereits Mitte August auf ihre Angriffspositionen gelaufen sind, während Hitler gegenüber der Welt seinen Friedenswillen noch immer hoch und heilig beteuert hat? Sind Sie überrascht, daß wir von Ihrem Einsatzbefehl wissen?« deutete er meinen Gesichtsausdruck durchaus richtig. »Manchmal haben eben die Wände Ohren. Im übrigen – fair oder nicht fair, im Krieg und in der Liebe ist doch bekanntlich alles erlaubt.«

»Es überrascht mich auch, daß Sie meine Muttersprache nicht nur hervorragend beherrschen, sondern sich ebenso mit den deutschen Sprichwörtern gut auskennen.«

Er verzog amüsiert das Gesicht. »Nun möchten Sie natürlich wissen, wie das kommt, nicht wahr? Das hat Zeit, Herr Thomsen. Bringen wir Sie und Ihre Männer erst einmal hier an Bord unter.«

Er reichte mir zwei Schreibmaschinenseiten und stand auf. »Daß Ihr Leben hier an Bord in engen Bahnen verläuft, brauche ich wohl kaum besonders zu betonen. Was Sie zu tun und zu lassen haben, steht hier in diesen Anordnungen, Herr Thomsen. Die sind ohne Ausnahme einzuhalten. Wir überlassen es Ihnen, Ihre Leute entsprechend einzuweisen. Damit es keine Mißverständnisse gibt – die Posten an den Niedergängen sind bewaffnet.«

Diese Anordnungen ließen keine Zweifel darüber aufkommen, daß uns hier an Bord ganz enge Grenzen gezogen waren. Sie reglementierten unser Leben bis auf das letzte I-Tüpfelchen und drohten mit drakonischen Strafen, wenn wir uns nicht daran hiclten. Es hätte mich auch gewundert, wenn sie anders ausgefallen wären. Dennoch war es eine Situation, an die wir uns erst gewöhnen mußten.

Das Oberdeck durften wir verständlicherweise nur auf besondere Anweisung betreten. Unser Speise- und Aufenthaltsraum war die Messe, in der wir registriert worden waren. Der Schlafraum befand sich nebenan in der ehemaligen Lounge, die man in ein Hängemattendeck verwandelt hatte, und dort erwartete uns eine faustdicke Überraschung.

Wir waren nicht die einzigen Kriegsgefangenen an Bord. Es gab noch zwanzig andere Männer, die sich mit uns die Räume teilten. Allerdings waren sie keine U-Bootfahrer, wie die zivile Kleidung der zwanzig kräftigen Männer verriet. Man hatte sie während unserer Registrierung lediglich in einen anderen Raum gesteckt.

Ein Graukopf mit einer Kapitänsmütze kam auf uns zu. »Dat's 'ne Überraschung, wat? Und wir hatten so gehofft, ihr fallt auf diesen Schwindelkahn nich rein, sondern holt uns hier raus! Mein Name ist Wolters, Kapitän Wolters vom Trawler *Drie Süsters* ut Wyk op Föhr.« Er drehte sich zu einem anderen Mann herum. »Nu komm schon her, Fiete, und giv Poot! Dat's Käpt'n Nickels vom Trawler *Elke Sörensen* ut Husum. Uns haben sie vor Bergen geschnappt, weil wir so dösig waren, sie für harmlos zu halten.«

Wir schüttelten einander die Hände und stellten uns vor. »Das war bei uns nicht anders! Aber was haben Sie denn jetzt noch vor der norwegischen Küste gesucht, Käpt'n? Gefischt?«

»Nee, mien Jung. Uns hat der Krieg vor Island überrascht, wo wir gefischt haben. Wir wollten an der norwegischen Küste entlang nach Hause. War 'n Reinfall. Unsere Trawler haben sie versenkt. Und ihr?«

Ich sah ihn erstaunt an und deutete auf die Bullaugen. »Was denn, Sie haben nicht gesehen, was sich abgespielt hat?«

»Wie denn? Die Blenden sind überall zugeschweißt, damit man keine Lichtzeichen nach draußen geben kann. Wir haben nur das Geballer gehört, und das war eindrucksvoll.«

»Aber sehr einseitig. Damit haben sie unser U-Boot ohne jede Warnung zusammengeschossen, als wir sie stoppten. Das war's dann auch schon.« Ich sah mich in der erstaunlich geräumigen Lounge um. Auch hier das gleiche Bild wie in der Messe, eine kostspielige Ausstattung, die man jetzt allerdings durch Hängemattenstage übel verschandelt hatte. »Die sind offensichtlich auf Zuwachs eingerichtet. Auf denn, Männer, richten wir uns häuslich ein, Platz ist ja genug vorhanden.«

Nach dem Abendessen, das erstaunlich reichhaltig ausgefallen war, zog ich mich in meine Hängematte zurück, um innerlich zur Ruhe zu kommen und unsere Situation ungestört überdenken zu können. Doch daraus wurde nichts.

Sobald ich die Augen schloß, geisterten die Gesichter der fünfzehn Männer durch meine Erinnerung, die diesem unerwarteten Feuerüberfall zusammen mit dem Kommandanten zum Opfer gefallen waren. Für die Torpedomixer im Bugraum und im achteren Torpedoraum sei es ein schneller Tod gewesen, hatte der II WO berichtet. Panzersprenggranaten hätten unsere Außenhaut durchschlagen und seien dann mitten unter ihnen detoniert. Nicht anders sei es den Stokern im Maschinenraum ergangen, die vor dem eindringenden Wasser nicht mehr rechtzeitig in die Zentrale hätten flüchten können.

Alles unsere Schuld auf der Brücke. Wir hätten sofort mißtrauisch werden müssen, als die *Flying Lady* auffallend schnell in den Wind schoß, ohne das Ende des Signalspruchs abzuwarten. Sie wurde damit auf parallelen Kurs zu uns gebracht und bekam ohne die Bedrohung durch unsere Torpedorohre und unsere ohnehin nicht besetzte 8,8-cm-Kanone freies Schußfeld.

Wir hatten bitter für unsere Vertrauensseligkeit zahlen müssen. Sechzehn Tote und der Rest jetzt als Gefangene auf dem Weg in ein Lager auf der britischen Insel – ein unerträglicher Gedanke.

Hatten wir eine Chance, gegen britische Soldaten ausgetauscht zu werden, wie es Henry Duncan angedeutet hatte? Das sei üblich, vorausgesetzt, die britischen Gefangenen hätten einen ähnlichen Wert wie wir, hatte er grinsend ergänzt, doch das sei mehr als unwahrscheinlich.

»Und warum?« hatte ich begriffsstutzig gefragt, obwohl das ja eigentlich auf der Hand lag.

Seine Handbewegung sagte mehr als seine Worte. »Zum einen hat Hitler noch keine britischen Gefangenen gemacht, zum anderen sind Sie und Ihre Leute die erste U-Bootbesatzung, die wir überlistet haben und unserem Volk im Triumph vorweisen können. Sie wissen, welche psychologische Rolle die U-Bootgefahr schon im letzten Krieg gespielt hat.«

»Fehlt bloß noch, daß Sie uns in London über den Trafalgar Square treiben und, wie im antiken Rom, anschließend in einem *Circus maximus* den Löwen zum Fraß vorwerfen lassen«, hatte ich lächelnd gekontert, obwohl mir gar nicht nach einem Lächeln zumute gewesen war, weil ich an Anke dachte, die nun vergeblich auf ein Lebenszeichen von mir wartete.

Anke – ihr Foto schlummerte jetzt unten auf dem Meeresboden, weil ich Idiot mich so sicher gefühlt und ihr Bild nicht mit mir herumgetragen hatte. Alles sträubte sich in mir bei dem Gedanken, sie könne mich für einen Hallodri halten, der nichts mehr von sich hören ließ, nachdem er mit ihr ins Bett gegangen war.

Das Rote Kreuz werde die deutsche Regierung von der Versenkung unseres Bootes und unserer Gefangennahme unterrichten, hatte Duncan behauptet. Aber was hatte Anke davon? Ich war nicht mit ihr verheiratet, nicht einmal verlobt. Da konnte sie lange auf eine Nachricht von mir warten. Mindestens bis ich ihr schreiben durfte, und das konnte dauern.

Die Bewegungen des Schiffs in den Knien ausgleichend, kam Ole zu mir geschlendert und riß mich aus meinen trüben Gedanken. »Schöner Mist, was?«

Der II WO fühlte sich angesprochen, der sich, von mir

unbemerkt, ebenfalls in seine Hängematte verkrümelt hatte. »Wer konnte denn auch ahnen, daß sich dieser harmlos aussehende Segler als heimtückische U-Boot-Falle entpuppen könnte? *Flying Lady*, daß ich nicht lache! *Fucking Whore* wäre treffender!«

»Vögelnde Hure? Mein lieber Mann, Kings-Englisch ist das aber nicht.«

Er grinste. »Nee, aber es paßt zu diesem Weibsstück besser!«

»Auf das noch mehr von uns hereinfallen werden«, setzte Ole trübsinnig hinzu.

Ich schwenkte die Beine aus der Matte. »Oder auch nicht! Nicht alle werden dieser Lady so vertrauensselig und unvorbereitet auf den Leim gehen. Ich weiß bloß nicht, ob wir uns das wünschen sollten. Sobald die ihre Maske fallen läßt, genügt ein Torpedo, und es geht mit uns ab in die Tiefe.«

»Mensch, Arne, mal bloß den Teufel nicht an die Wand! Die werden uns doch hier nicht ...«

»Was glaubst du denn?« unterbrach ich ihn. »Wenn's ›Rette sich, wer kann!‹ heißt, denkt garantiert niemand mehr an uns.«

»Das sind ja herrliche Aussichten!« stellte der II WO ernüchtert fest. »Selbst wenn wir hier raus könnten, wir haben ja nicht mal Schwimmwesten.«

»Noch nicht, aber irgendwann werden die Tommies uns zur Vernehmung holen, dann jubele ich's denen unter. Das ist dann übrigens auch die Gelegenheit, sich an Bord genauer umzusehen. Viel gesehen haben wir ja bisher noch nicht.«

»Mir kommt da ein Gedanke.« Ole kaute nachdenklich auf seiner Unterlippe herum, wie es auch Richter immer getan hatte. »Wenn diese Lady ursprünglich als Lastensegler gelaufen ist, dann ist dieses Deck hier oben nachträglich eingezogen worden. Es muß darunter also noch das eigentliche Deck für die Ladung und auch irgendwelche Zugänge dort hinunter geben. Vielleicht sogar in unseren Räumen. Wir sollten uns danach mal gründlich umsehen.«

Ich brauchte einen Augenblick, bis bei mir der Groschen fiel. »Das heißt, du vermutest dort unten einen Weg, auf dem wir nach oben gelangen und die Besatzung überrumpeln könnten, ja?«

»Genau! Damit rechnen die Tommies doch überhaupt nicht! Zusammen mit den Fischern sind wir zweiundfünfzig Männer, von denen garantiert keiner nach England ins Gefangenenlager gebracht werden möchte. Gibt es den Weg tatsächlich und schlagen wir im richtigen Augenblick entschlossen los, dann nutzen den Briten die Waffen gar nichts. Überraschung ist alles, selbst wenn sie in der Überzahl sein sollten.«

Eine verrückte Idee, ein Strohhalm nur, an den man sich klammern konnte, aber immerhin besser als gar nichts. Ich sah unsere Situation plötzlich nicht mehr ganz so aussichtslos.

Mich hielt es nicht mehr in der Hängematte. »Dann los, geh'n wir auf die Suche!«

»Moment!« bremste mich der II WO. »Wir drei allein können nicht viel ausrichten. Wir sollten die beiden Deckoffiziere, den Smadding und Obersteuermann Werda, einweihen, bevor wir mit den anderen Männern sprechen.«

Ich nickte. »Das ist richtig, Herr Kruse!«

Wir kamen nicht mehr dazu, die beiden Deckoffiziere, die den Angriff überlebt hatten, in unsere Absichten einzuweihen. Vier Matrosen und ein bewaffneter Maat erschienen in der Messe. Der Maat forderte uns Offiziere barsch auf, ihm zu folgen.

»Macken snell!« radebrechte er und unterstrich seine Aufforderung durch eine drohende Gebärde mit der Maschinenpistole. »*Hurry up, we've no time to loose! The First Lieutenant is waitin'!*«

Der II WO lächelte ihm freundlich ins Gesicht und schob den auf ihn gerichteten MP-Lauf zur Seite. »*Don't worry, petty officer, nobody goes on to make troubles. Remember, the war is over for my comrades and me!*«

Mir blieb beinahe die Luft weg. So etwas konnte leicht ins Auge gehen, wenn der das in den falschen Hals bekam. Doch der Maat schluckte die Bemerkung und trat verunsichert zur Seite.

»*Shut up, Jerry!*« brummte er lediglich. »*Go ahead!*«

Über die Gesichter der Matrosen glitt ein hämisches Grienen. Der Maat schien einer von der harten Sorte zu sein und war offenbar bei seinen Leuten nicht sonderlich beliebt. Darum gönnten sie ihm diese kesse Abfuhr.

Ich deutete sein Einlenken jedoch ganz anders. Der Kriegszustand zwischen unseren Völkern bestand erst kurze Zeit, und wir waren die ersten kriegsgefangenen Soldaten. Da wußte er nicht recht, wie er uns behandeln sollte.

Er bellte seinen Leuten den Befehl zu, uns in die Mitte zu nehmen. Gehorsam setzten wir uns in Bewegung nach achtern.

Unser Weg führte uns einen Gang mit zahlreichen Kabinentüren entlang, bis er vor einem Niedergang in einer Art Schreibstube endete. Duncan erhob sich lächelnd von seinem Stuhl hinter dem papierüberladenen Schreibtisch und scheuchte mit einer Handbewegung zwei Schreibersgasten aus dem Raum.

»*Thanks, McPherson!*« verabschiedete er auch den Maat mit einem Kopfnicken. »Nehmen Sie Platz, meine Herren. Ich hoffe, Sie haben sich inzwischen mit Ihrer Situation abgefunden?«

»Wir versuchen es jedenfalls, Mister Duncan. Was bleibt uns auch anderes übrig?« Neugierig sah ich mich um. »Seidentapeten, geschmackvolle Mahagonimöbel – ein wertvolles, komfortables Schiff. Schade drum, wenn Sie an einen U-Bootkommandanten geraten, der nicht auf Ihre Maskerade hereinfällt.«

Er winkte ab. »Das wollen wir doch nicht hoffen. Ich möchte Sie dem Kommandanten und unseren Offizieren vorstellen. Dazu brauche ich noch ein paar Informationen von Ihnen, die über Ihre Angaben für die Registrierung hinausgehen. Sie sind aktive Offiziere?«

Er fragte uns nach unserem militärischen Werdegang, umging dabei jedoch alle Fragen, die wir ihm laut Haager Konventionen nicht zu beantworten brauchten. Auch unsere persönlichen Verhältnisse interessierten ihn. Er machte sich dazu Notizen.

Nach einem Blick auf die Uhr stand er auf. »Ich glaube, wir sollten Kapitänleutnant Steed und unsere Offiziere nicht länger auf uns warten lassen.«

»Ist vorher noch eine Frage gestattet?« fragte der II WO.

Duncan nickte.

»Sie sprechen ein ausgezeichnetes Deutsch ...«

Duncan unterbrach ihn. »Ach ja, das sollte ich Ihnen wohl erklären. Ich bin zweisprachig erzogen worden. Meine Mutter ist Österreicherin, mein Vater Schotte und begeisterter Skifahrer. Ich nebenbei bemerkt auch. Darum habe ich meine Ferien meist bei meinen Großeltern in Austria verbracht. Zufrieden?«

»Noch nicht ganz, Mister Duncan«, sagte ich. »Wann werden Sie uns in England abliefern?«

»Oooch, das kann noch dauern, Herr Thomsen. Wir sind ja noch nicht lange in See, und Ihr U-Boot war nicht das einzige, hinter dem wir her gewesen sind. Wir hoffen, Sie bekommen bald Gesellschaft, Platz haben wir ja noch genug.«

Ich hatte noch immer Oles verrückte Idee im Kopf, darum blieb ich einen Augenblick an Deck stehen. Vergeblich versuchte ich, mich irgendwie zu orientieren. Ich war blind wie ein Maulwurf, denn nach dem grellen Licht unter Deck dauerte es schier endlos, bis sich meine Augen auf die nachtschwarze Dunkelheit einstellten. Aber auch die anderen hatten ihre Schwierigkeiten damit.

Duncan nahm es humorvoll. »Wie sagt man bei Ihnen so treffend? Duster wie im Sack, was?«

»Genau!«

Mein Blick ging zum Himmel und zu den Segeln, die sich über uns wölbten und nur schwach gegen den bedeckten Himmel abhoben. Die Wolkendecke verbarg die Sternbilder, und das war schade. Sie hätten mir vielleicht verraten, in welche Richtung wir segelten. So viel erkannte ich aber doch: Wir segelten raumschots und ritten die lange Dünung über Backbordbug ab. Doch was nutzte mir diese Erkenntnis schon?

Es war so dunkel, daß ich nicht einmal die Wachgänger auf ihren Stationen oder gar die Rudergänger ausmachen konnte. Eins entging mir allerdings nicht. Die *Flying Lady* trieb auch nachts ihr niederträchtiges Spiel als Lockvogel, denn sie führte Positionslichter, die sie weithin als Segler auswiesen, weil die Topplaternen fehlten. Harmloser konnte sie sich jedem aufgetauchten deutschen U-Boot gegenüber gar nicht präsentieren.

»Wie eine aufgetakelte syphilitische Hure auf nächtlichem Kundenfang«, knurrte der II WO grimmig in seinen Bart. »Ich will lieber nicht sagen, was ich dieser *Flying Lady* wünsche!«

Duncan lachte laut auf. »Ich kann mir das auch so denken, Herr Kruse, und ich kann Ihnen das nicht einmal verübeln. Kommen Sie, hier geht's entlang zur Offiziersmesse.«

Unsicher tappten wir über das Deck hinter ihm her, stolperten über sauber aufgeschossenes Tauwerk und stießen uns die Knie an allen möglichen Hindernissen wund. Ein Niedergang erlöste uns endlich von diesem nächtlichen Hindernislauf. Er führte hinunter in die Messe, in der sich die wachfreien Offiziere um Kapitänleutnant Steed versammelt hatten. Es waren mehr Offiziere, als wir bisher vermutet hatten, und sie wirkten jünger als ihr Kommandant. Steed war nicht zu übersehen, er überragte sie alle. Er war ein etwa 35jähriger ranker, schlanker Zweimetermann mit ergrauten Schläfen und dem schmalen, typisch angelsächsischen Gesicht, aus dem uns blaugraue Augen eingehend, jedoch nicht unfreundlich musterten.

Das galt auch für seine Offiziere. Deren Blicke verrieten keinerlei Feindseligkeit, sondern eher eine distanzierte Neugier.

Der Kreis um Steed öffnete sich.

Duncan trat vor und salutierte. »*The German officers, Sir!*«

Er stellte uns mit Namen und dem jeweiligen deutschen militärischen Rang vor und ging auch auf unsere Bordfunktionen ein. Ich weiß nicht, was meine Kameraden in diesem Augenblick empfanden. Für mich lief jedenfalls eine seltsam unwirklich wirkende Zeremonie ab, mit der ich nie gerechnet hatte.

Der britische Kommandant schüttelte nämlich jedem von uns mit der größten Selbstverständlichkeit die Hand, als begegneten wir uns auf gesellschaftlichem Parkett und als gäbe es den Krieg überhaupt nicht. Damit jedoch noch nicht genug. Auf seinen Wink hin reichte ein Messesteward, der mit einem Tablett voller Gläser bereitstand, die Getränke herum. Steed nahm ein Glas vom Tablett und wartete, bis sich alle bedient hatten. Mit einem Lächeln hob er uns sein Glas entgegen.

»Wir hatten diesmal mehr Glück als Sie, Gentlemen!« übersetzte Duncan. »Dafür ist jetzt der Krieg für Sie vorbei. Hoffen wir, daß er bald für uns alle vorbei sein wird. Darauf wollen wir trinken. Cheers!«

Das haute mich vollends um. Ich kratzte mühsam mein Schulenglisch zusammen und hob ebenfalls mein Glas. »*We hope too, the war will be over in a short time. Your welcome, Sir!*«

Ich trank einen Schluck – es war ein ganz hervoragender Whisky – und amüsierte mich im stillen über Duncans verblüffte Miene. Ich hatte ihm gegenüber ja bisher nicht zu erkennen gegeben, daß ich mich in seiner Sprache zumindest halbwegs verständlich machen konnte.

Nachdem erst einmal das Eis durch den Whisky gebrochen war, wurde es für uns ein sehr aufschlußreicher Abend. Die Schranken zwischen Siegern und Besiegten fielen, wir waren nur noch Seeleute unter Seeleuten, die ihre Erfahrungen untereinander austauschten.

Als der Wachwechsel unseren Besuch in der Offiziersmesse um Mitternacht beendete, wußte ich zwar nicht mehr, wieviel Whisky oder Gin mir im Laufe des Abends spendiert worden war, dafür erinnerte ich mich jedoch ganz genau daran, was wir über das Schiff und die Kommandostrukturen erfahren hatten. Die Briten sprachen überraschend freimütig darüber, als hätten sie uns mit diesem Abend als gefährliche Gegner abgeschrieben.

Darüber vergaß ich völlig, etwas wegen der fehlenden Schwimmwesten zu unternehmen.

Duncan, leicht angesäuselt wie wir, brachte uns durch den nur noch spärlich beleuchteten Gang in unser Logis zurück, in dem tiefe Dunkelheit herrschte. Das brachte ihn in Verlegenheit.

»Tut mir leid, das habe ich vergessen, Herr Thomsen! In Ihren Räumen geht um zweiundzwanzig Uhr das Licht aus.« Er wandte sich zu dem Posten vor unserem Logis um und befahl ihm, eine Handleuchte herbeizuholen. »Die geben Sie dann morgen wieder zurück, klar?«

»Völlig klar, Mister Duncan!« Ich nahm dem Posten die Lampe ab. Es war eine der typischen Akkuleuchten, wie wir sie auch bei uns an Bord benutzt hatten. »Vielen Dank! Dann bis morgen! Gute Nacht!«

»Gute Nacht!« Hinter uns klappte die Tür zu und wurde das Schloß verriegelt.

Ich ließ den Lichtstrahl durch die Messe wandern.

»Wollt ihr jetzt wirklich gleich in die Falle?« fragte Ole leise. »Wo wir jetzt 'ne Lampe haben, die wir morgen wieder abliefern müssen, sollten wir die Zeit ...«

»Hast du sie noch alle?« unterbrach ich ihn. »Morgen abliefern? Ich denke ja gar nicht daran! Und schlafen? Nee, dafür bin ich noch viel zu aufgedreht.«

»Dann los! Laßt uns nach Zugängen zum untersten Deck suchen. Alles andere hat Zeit bis morgen.«

Unsere Suche, bei der beinahe der ganze Rest der Nacht draufging, wurde eine riesige Enttäuschung. Sie erbrachte in der Messe gar nichts, obwohl wir jeden Quadratzentimeter des Decks unter die Lupe nahmen. Niedergeschlagen hockten wir in der Dunkelheit, um den Akku der Lampe zu schonen.

»Trotzdem, Ole, es muß doch einen oder mehrere Zugänge nach unten geben, und die finden wir auch!«

»Und was macht dich auf einmal so verflucht sicher? Hast du irgend etwas entdeckt?«

»Woran ich vorher gar nicht gedacht habe.« Ich klopfte gegen den verkleideten Mast hinter mir. »Der Mast hier! Der reicht nämlich durch die Decks hinunter bis in seinen Mastschuh auf dem Kiel, um dem Winddruck standzuhalten. Das gilt auch für die anderen Masten. Wenn auch nur einer davon bricht, muß es doch für die Reparaturen irgendwo Zugänge geben.«

»Dann haben sie die aber verdammt geschickt kaschiert«, meinte der II WO. »Genau wie die Stahlplatten an der Decke.«

Er hatte nämlich herausgefunden, warum die *Flying Lady* keine schwere Artillerie trug. Ihr Oberdeck hätte den Rückstoß der Abschüsse gar nicht verkraftet. Das galt auch für ihre kleinkaliberigen Schnellfeuerkanonen, deshalb hatte man Stahlplatten unter dem Oberdeck so geschickt eingezogen, daß der II WO die Waffen nur durch puren Zufall entdeckt hatte.

»Wenn man die lockern könnte!« meinte er nachdenklich und lächelte. »Das wäre 'ne böse Überraschung für die Brüder.«

»Warum besorgen wir uns dann nicht lieber 'ne Säge und legen einen oder gar zwei der Masten um?« fragte Ole sarkastisch. »Mir langt's! Pfeifen und Lunten aus!

Geister auf Station! Ich haue mich jetzt in die Furzmulle! Morgen ist auch noch ’n Tag.«

Eine Explosion riß mich aus dem Tiefschlaf und jagte mich in meiner Hängematte hoch. Alarmklingeln schrillten. Um mich herum wurde es lebendig. Auch ich warf die Decke zurück und sprang aus der Matte, ehe mir jäh bewußt wurde, wo ich mich befand und daß der Alarm in dem dunklen Deck ja nicht für uns galt. Aufgescheucht lauschte ich nach oben.

Dumpfes Getrampel hastete über das Oberdeck über unseren Köpfen. Irgendwelche Lasten wurden über das Deck geschoben und gerollt. Die *Flying Lady* schoß offensichtlich in den Wind, denn sie knarrte in den Verbänden, und das schräge Deck richtete sich auf. Sie kam auf ebenen Kiel.

»Hast du gehört, Arne? Ein Schuß vor den Bug!« flüsterte Ole heiser vor Aufregung. »Ein U-Boot?«

Über uns knirschte das Deck, und es rumpelte metallisch. »Die Schnellfeuerkanonen! Sie machen die Schnell ...«

Die Worte des II WO gingen in einer ohrenbetäubenden Breitseite aus allen Waffen des Schoners unter. In das dumpfe Bullern der Schnellfeuerkanonen mischte sich das hellere Belfern der 2-cm-Oerlikons und das Knattern von MGs.

Dröhnend übertrugen die Planken den Rückschlag des Feuerüberfalls auf das Schiff. Spürbar holte es nach Backbord über und stöhnte in allen Verbänden. Das Deck unter unseren Füßen bebte wie ein Wackelpudding.

Wenn es ein U-Boot war, das beschossen wurde, mußte jeden Augenblick der Gegenschlag mit der 8,8-cm-Kanone und der 2-cm-Flak kommen. Ein Volltreffer, und wir verreckten hier unten alle!

Bei diesem Gedanken zog sich die Haut auf meinem Kopf zusammen und stellten sich mir die Haare auf. Schweiß brach aus, ein Schauer lief mir über den Rücken.

»Verflucht, die machen einen von uns auf diese hinterfotzige Art zur Sau, wie sie uns fertig gemacht haben!« überschrie der Oberbootsmann den Gefechtslärm. »Der Teufel soll die Tommies holen!«

Doch der holte sie nicht. Zwar donnerte eine schwere Detonation durch die Tiefe, deren Druckwellen die *Flying Lady* packten und übel durchschüttelten, doch der Gegenschlag blieb aus.

Die Waffen über uns verstummten. Ein Aufatmen ging durch das Deck. Kommandorufe tönten bis zu uns herunter. Das Getrampel auf dem Oberdeck nahm zu. Blöcke quietschten. Es hörte sich an, als würden die Segel weggenommen.

Lärmendes Rütteln erfaßte plötzlich das Schiff. Wir horchten überrascht auf. Das Deck unter unseren Füßen vibrierte im Takt von Maschinen. Von Maschinen, die auf Hochtouren liefen und den Schoner nach Backbord krängen ließen, als oben das Ruder gelegt wurde.

»Ein Hilfsmotor!« überwand Ole seine Überraschung. »Sie haben einen Hilfsmotor, der ganz schön was unter der Haube hat, wie der abgeht!«

Was hatten sie vor? Versuchten sie, ihren Gegner zu rammen? Ich griff in der Dunkelheit nach einem der Hängemattenstage, um durch den Rammstoß nicht von den Füßen geschleudert zu werden, wenn der das andere Schiff mit voller Wucht traf. Aber auch der kam nicht. Vielmehr stoppte die Maschine, und es rumpelte an Deck. Es kam unverkennbar von einem Davit.

»Ein Boot, Ole. Sie bringen ein Boot zu Wasser.«

»Vielleicht wollen sie auf dem zusammengeschossenen Boot ein Prisenkommando absetzen, um geheime Unterlagen zu erbeuten? Bei uns ist ihnen das ja nicht geglückt.«

Das Boot kehrte jedoch nach kurzer Zeit wieder zurück und wurde eingesetzt. Das Getrampel an Deck verriet uns, daß die Segel wieder gesetzt und die Fallen und Schoten dichtgeholt wurden. Wenig später spürten wir, wie der Schoner Fahrt aufnahm.

Wir krochen zurück in unsere Hängematten. Schlaf fand jedoch keiner mehr von uns.

Wir erfuhren erst am Morgen, was sich am Ende der Hundewache zugetragen hatte. Mit den Backschaftern kam Duncan zu uns in die Messe. Er brachte eine ehemals weiße Kommandantenmütze und eine Matrosenmütze mit langen Mützenbändern mit. Im Nu verpesteten beide die abgestandene Luft in der Messe mit einem penetranten Dieselgestank.

Er hielt mir die Mützen hin. »Sagt Ihnen das etwas, Herr Thomsen?«

Ich zog die Nase angewidert kraus und stellte mich dämlich. »Nicht mehr als Ihnen, Mister Duncan. Das eine ist 'ne Offiziersmütze, die andere gehört 'nem Matrosen. Eines haben sie aber gemeinsam: Sie stinken gottserbärmlich nach Treiböl.«

»Das rieche ich selber!« erwiderte er ärgerlich und tippte mit spitzem Finger auf das Mützenband. »Diese Inschrift hier meine ich.«

»Erste U-Bootflottille Weddigen«, las ich laut, »das sieht man doch. Wie sind Sie denn an die gekommen?«

»Ist das Ihre Flottille?« überging er meine Frage und sah mich erwartungsvoll an.

Doch ich schwieg, weil das Band mir Rätsel aufgab..

Mit Ausnahme der Offiziere und Deckoffiziere trugen die Besatzungen nämlich das anonyme Krätzchen oder Schiffchen, das keinerlei Auskunft über die Herkunft des U-Bootes gab. Das Band hier gehörte jedoch in Friedenszeiten zur Ausgehuniform und hatte an Bord eines Frontbootes nichts zu suchen, weil es den Heimathafen verriet. Der war Kiel, wo die Flottille Weddigen stationiert war.

Daß die Mütze nach Diesel stank, besagte gar nichts. Es machte mich eher mißtrauisch. Stellte mir Duncan eine Falle, um an Informationen zu gelangen?

Weil ich beharrlich schwieg, setzte er hinzu: »Nun gut, ich sehe schon, Sie wollen nicht antworten.«

»Ich darf nicht, Mister Duncan. Ich frage Sie doch auch nicht, welchem Kommando Ihr Schiff hier untersteht. Vermutlich stammen diese beiden Mützen von dem Boot, das Sie in der Nacht auf die Hörner genommen haben, ja? Ist es Ihnen entwischt?«

Er schüttelte den Kopf. »Ich will offener als Sie sein. Nachdem wir seine Kanone ausgeschaltet hatten, hat es eine Explosion unter Deck gegeben. Das Boot ist wie ein Stein weggesackt, gesunken mit Mann und Maus. Wir haben niemand auffischen können, nur diese beiden Dinge hier.«

»Ausgeschaltet! Das wäre Ihnen auch passiert, wenn der Kommandant nicht auf Ihre Maskerade hereingefallen wäre!« versetzte ich bitter. »Ein Torpedo – und die *Flying Lady* hätte Flügel bekommen! Meine Männer und ich hätten auch nicht die geringste Chance gehabt, aus diesem Gefängnis hier herauszukommen. Ist Ihnen das eigentlich klar?«

Es war ihm nicht klar, das sah ich seinem überraschten Gesicht an, denn er starrte mich entgeistert an.

»Während Sie dort oben das U-Boot zusammenschossen, hockten wir hier unten hinter verrammelten Türen und zugeschweißten Panzerblenden in absoluter Dunkelheit, einem völlig ungewissen Schicksal ausgeliefert, Mister Duncan!« setzte ich noch eins drauf. »Können Sie sich vorstellen, was da in unseren Köpfen vor sich ging?«

»Und da wir gerade dabei sind: Ihre Regierung hat die bedauerliche Versenkung der *Athenia* als barbarischen Akt und Verstoß gegen die Haager Konventionen bezeichnet, Mister Duncan!« fügte der II WO grimmig hinzu. »Wir sind Kriegsgefangene, die man an Bord dieser U-Boot-Falle eingesperrt und zum Ersaufen verurteilt hat. Für uns sind ja nicht einmal Schwimmwesten vorhanden! Paßt denn das mit den Haager Konventionen zusammen?«

Duncan fiel aus allen Wolken. »Ja, aber ... Ich werde ... Wie ...«

»Sie können dafür selbstverständlich nichts, Mister Duncan«, lenkte ich ein, denn es war ja tatsächlich nicht sein Bier. »Aber Sie könnten für Abhilfe sorgen, indem Sie dem Kommandanten unsere berechtigten Sorgen vortragen.«

»Das werde ich auch!« fand er den Faden wieder und wandte sich zum Gehen. »Das werde ich sofort tun! Darauf können Sie sich verlassen!«

Eine Stunde später ließ uns der Kommandant durch den Zweiten Offizier holen. Das gab uns Gelegenheit, uns bei dem Gang über Deck umzusehen und uns die wichtigsten Einzelheiten einzuprägen.

»Raffiniert!« stellte der II WO verbittert fest. »Kein Wunder, daß uns diese verfluchte U-Boot-Falle reingelegt hat.«

Für einen ahnungslosen Beobachter deutete tatsächlich nichts auf den wahren Charakter dieses Schoners hin. Friedfertiger konnte ein harmloser Segler gar nicht aussehen. Die Zahl der Wachgänger am Ruder und auf dem Brückendeck erregte nicht den geringsten Verdacht, sie war völlig normal, und von der übrigen Besatzung war niemand an Deck zu sehen. Alle Waffen waren so geschickt getarnt, daß sie von See aus nicht zu erkennen waren und doch blitzschnell eingesetzt werden konnten. Wir hätten uns gern noch ein bißchen genauer umgesehen, doch das hätte vermutlich Verdacht erregt. So schlenderten wir nur geruhsam hinter dem Second Officer Clark her und hielten die Augen offen.

Steed war nicht allein. Mit einer einladenden Handbewegung bot er uns Platz an einem Tisch an, an dem bereits Duncan saß.

»*Do you speak english, Mister Thomson?*« vergewisserte er sich.

»*Sorry, Sir, only the little bit I picked up in school.*«

»*Well, Mister Ducan will translate.*«

»Sie bekommen selbstverständlich Schwimmwesten«, übersetzte Duncan. »Der Oberbootsmann veranlaßt das gerade. Es tut uns leid, daß wir nicht schon früher daran gedacht haben.«

Ich bedankte mich und wartete gespannt, was noch kam, denn das mit den Schwimmwesten hätte er auch ohne unsere Anwesenheit regeln können. Doch Steed sprach so schnell, daß ich ihm nicht folgen konnte.

»Der Vorwurf, Sie seien zum Ersaufen verurteilt, hat Kapitänleutnant Steed zutiefst getroffen«, fuhr Duncan fort. »Die Posten haben Anweisung, im Falle eines Gefechts sofort das Licht in Ihrem Logis einzuschalten und die Schotts aufzuschließen. Verlassen dürfen Sie das

Deck jedoch nur, wenn Sie dazu aufgefordert werden, sonst machen die Posten rücksichtslos von ihren Waffen Gebrauch. Zufrieden?«

»Sehr zufrieden. Ich danke Mister Steed für sein Verständnis. Wir werden uns daran halten.«

Duncan stand auf. So, dachte ich, das war's also. Jetzt wird er sich an die Handleuchte erinnern und sie zurückfordern. Doch nichts dergleichen geschah. Er hatte sie offensichtlich völlig vergessen.

Da wir zögerten, sofort seinem Beispiel zu folgen und zu gehen, sah er mich fragend an. »Haben Sie noch Probleme?«

»Probleme nicht«, kam mir Ole zuvor. »Aber ist es sehr vermessen, wenn wir darum bitten, wenigstens einmal am Tag in kleinen Grüppchen an Deck zu dürfen, um frische Luft zu schnappen?«

»Keine Sorge«, schlug ich in die gleiche Kerbe, »keiner von uns wird über Bord springen oder Sabotage an den Bordeinrichtungen verüben. Dafür können wir garantieren.«

»Mmmm«, brummte er nachdenklich. »Ich werde das dem Kommandanten vortragen und Sie dann informieren, ja?«

Damit waren wir entlassen. Er überließ es dem Zweiten Offizier, uns in unser Logis zurückzubringen. Clark unterbrach jedoch nur ungern sein Gespräch mit dem Navigationsoffizier, dem Pilot, wie er genannt wurde.

Übrigens eine Funktion, die bei uns Obersteuerleute ausübten. Bei der Royal Navy unterstand überhaupt eine Vielzahl von Bereichen Offizieren und Fähnrichen, für die bei uns Deckoffiziere verantwortlich waren. Kein Wunder, daß mich die Zahl der Offiziere an Bord überrascht hatte.

Clark ließ sich Zeit. Er führte sein Schwätzchen seelenruhig weiter und verhalf uns so ungewollt zu Informationen über das Schiff, die für die erfolgreiche Durchführung unserer Pläne sicher ganz nützlich waren.

Ich mußte mich korrigieren. Die *Flying Lady* war bei weitem nicht so groß, wie sie mir nach der Enge in unserer Eisenröhre zunächst erschienen war. Sie mochte etwa hundert Meter lang sein und vielleicht nur 1 000 BRT verdrängen, aber unter einer Segelfläche um 1200 bis 1400 qm konnte sie es schätzungsweise auf etwa zwölf Knoten bringen. Das war eine beachtliche Leistung.

»Der Hilfsmotor ist auch nicht zu verachten«, flüsterte Ole zurück, dem ich meine Beobachtungen zuraunte. »Der allein bringt sie bestimmt auf zehn Knoten.«

Auf der Brücke entstand Bewegung. Steed und Duncan erschienen auf dem Achterdeck. Duncan setzte eine Flüstertüte an den Mund und übernahm das Kommando. Bootsmannsmaatenpfeifen zwitscherten. Aus dem Vorschiff und den Niedergängen strömte die Mannschaft an Deck und rannte auf ihre Stationen.

Keine Alarmglocken? Also kein Klar-Schiff-zum-Gefecht, sondern ein Alle-Mann-Manöver. Erinnerungen an meine Kadettenzeit auf dem Segelschulschiff wurden wach.

Kommandos ertönten. Das erinnerte Clark auf einmal an uns. »*Come on! Down to your ...*«

»*Just a moment, please!*« unterbrach ich ihn in der Hoffnung, er werde uns zuschauen lassen. »*May we have a look, Sir? It's very interesting!*«

Sein Gesicht verzog sich zu einem verständnisvollen Lächeln. »*OK, Mister Thomsen, have a look!*«

Erneute Kommandos. Das Steuerrad wirbelte herum. Die *Flying Lady* luvte an und ging durch den Wind. Blitzschnell holten die Männer die Schoten dicht und brachten die Segel auf die andere Seite. Es waren tatsächlich viel weniger Seeleute als auf einem Rahsegler notwendig, um das laufende Gut zu bedienen und den Schoner auf seinen neuen Kurs zu bringen.

»Alle Achtung!« murmelte der II WO anerkennend. »Eine perfekte Wende! Eine gut eingespielte Mannschaft und ein erstaunlich handiges Schiff!«

Handig war der Schoner wirklich. Er hatte auch bessere Segeleigenschaften, als wir ihm zugetraut hatten. Das stimmte mich noch zuversichtlicher.

»Das kriegen wir auch hin«, flüsterte ich zurück.

»Aber erst mal haben ein Gewehr und ein Ende damit weg sein!« gab er grinsend zurück und ballte die Faust, den Daumen optimistisch nach oben gestreckt.

»*Let's go, Gentlemen! The show is over!*« faßte Clark die Geste des II WO bedauerlicherweise ganz anders auf.

Sein Wink veranlaßte einen der Seeleute, das nächste Schott in Lee für uns aufzuhalten.

Es war ein uns bisher unbekannter, viel steilerer Niedergang. Prompt blieb ich an einer der Stufen irgendwie mit dem Hacken hängen, als der Seegang den Schoner überholen ließ. Das Deck kam schon auf mich zu, da retteten mich Oles schneller Zugriff und der Handlauf vor dem drohenden Absturz.

»Uff, das war knapp!« Ole klopfte mir beruhigend auf die Schulter. »Ich sah dich schon unten koppheister landen!«

Ich stieß erleichtert die Luft aus und deutete auf das Linoleum des Ganges. »Nicht sehr einladend, was?«

Eine geradezu blödsinnige Bemerkung. So sah es wohl auch Ole, denn er hatte eher ein Dankeschön erwartet.

Doch dann weiteten sich plötzlich seine Augen vor Überraschung. Am Fuße des Niederganges zeichnete sich, eingerahmt von einem breiten Messingrahmen, überdeutlich eine Luke ab. Das war der Beweis dafür, daß es einen oder mehrere Zugänge in das unterste Deck gab.

»Mensch, ich werd' verrückt!« rutschte es Ole heraus.

»Warum das denn?« fragte der II WO, der als letzter die Stufen im Krebsgang herunter kam. »Weil der I WO 'nen Kopfsprung riskieren wollte?«

»Genau! Ein ziemlich hartes Pflaster, was?«

Der II WO bekam Augen wie Suppentassen, als sie dem Zeigefinger Oles folgten. »Alle Wetter, das hätt' ja 'ne schöne Brüsche abgesetzt!«

Wir brachen in lautes Gelächter über seine Reaktion aus und schlugen ihm belustigt auf die Schultern.

Clark, der sich den Grund für unseren Heiterkeitsausbruch nicht erklären konnte, fragte irritiert: »*What's the matter, Gentlemen?*«

Ich winkte ab. »*Nothing, Sir! He makes only a joke!*«

Kopfschüttelnd wandte er sich ab. »*Crazy Germans.*«

Wie sollte er auch ahnen, daß es noch einen Grund zur Freude gab! Wir entdeckten unmittelbar vor unserem Schott noch eine zweite gleichartige Luke. Jetzt waren wir sicher, daß es auch irgendwo in unserem Logis ähnliche Luken geben mußte.

Mit einem ganz anderen Gefühl als zuvor hörten wir das Schott hinter uns zufallen und die Riegel einschnappen, während der Posten den Schlüssel im Schloß drehte. Dafür sorgte nicht nur der Stapel Rettungswesten, der sich in der Messe türmte.

Der II WO holte zu einem erleichternden Seufzer tief Luft. »Weiß Gott, Sie und Herr Peters hatten recht, Herr Thomsen! Wer hätte das gedacht!«

»Womit hatten sie recht, Herr Kruse?« fragte Kapitän Wolters neugierig, der in der Nähe des Schotts saß. »Daß sie auch uns Schwimmwesten geben würden?«

»Das auch, Herr Kapitän«, nahm ich dem II WO die Antwort ab. »Es gibt noch einiges mehr. Vorab aber 'ne Frage: Haben Sie und Ihre Leute sich damit abgefunden, daß wir alle nach England gebracht werden, um dort in einem Kriegsgefangenenlager auf unbestimmte Zeit zu versauern?«

Er schaute mich aus seinen klugen Augen nachdenklich an. »Gegenfrage: Sie nicht, Herr Oberleutnant?«

Es war das erste Mal, daß er mich mit meinem militärischen Rang anredete, und das ließ mich hoffen.

»Nein, ich nicht!«

»Und warum nicht? Sehen Sie denn 'ne andere Möglichkeit?«

»Darüber möchten wir, die drei Offiziere, mit Ihnen und Kapitän Nickels gern sprechen, bevor wir jeweils mit unseren Leuten darüber reden.«

»Das heißt, Sie haben schon einen Plan, richtig? Gut, dann man los! Wir haben nämlich auch keine Sehnsucht nach England.« Er drehte sich zu Kapitän Nickels herum. »Komm her, Fiete, latt uns mal wat besnacken!«

Unwillkürlich mußte ich über seinen Befehlston schmunzeln. Wolters war nicht nur der ältere von beiden, sondern strahlte auch eine so natürliche Autorität aus, daß er bei den Fischern ganz offensichtlich das Sagen hatte. Nickels kam wie ein braver Junge herbei und setzte sich zu uns.

Wortlos hörten beide zu, als wir ihnen unsere Absichten erläuterten.

»Die Besatzung überrumpeln? Und Sie glauben, das geht so einfach über die Bühne?« fragte Wolters skeptisch. »So ganz ohne Blutvergießen?«

»Warum nicht?« meinte der II WO leichthin. »Wenn wir's richtig anpacken! Ich möchte Sie nicht mit der Marinegeschichte langweilen, aber dafür gibt's genügend positive Beispiele.«

»Und ebenso viele negative, wenn nicht gar mehr, was?« erwiderte Wolters spöttisch.

Ich lachte. »Zugegeben. Losschlagen können wir natürlich erst, wenn wir über das Schiff, die Bewaffnung seiner Besatzung und ... und ... und ... genau Bescheid wissen. Noch wissen wir ja nicht einmal, wo hier in unseren Räumen die Luken nach unten verborgen sind. Wenn's die nicht gibt, seh'n wir ganz schön blaß aus.«

»Ich bin sicher, es gibt sie!« behauptete Ole mit Nachdruck. »Und wir werden sie auch finden.«

Wolters stand unternehmungslustig auf. »Warum fangen wir dann nicht sofort an?«

»Moment, Herr Kapitän!« hielt ich ihn auf. »Zuvor müssen wir unseren Leuten klaren Wein einschenken und sie vergattern, damit sich keiner verquatscht, wenn wir vernommen werden. Mich wundert sowieso, daß die Tommies uns noch nicht in die Mangel genommen haben.«

Wie sollte ich auch wissen, daß dafür bei den Briten allein die militärische Abwehr zuständig war, und die gab es an Bord der *Flying Lady* anscheinend nicht.

»Außerdem sehen zweiundfünfzig Männer mehr als nur fünf«, fügte der II WO hinzu.

»Wie gesagt, die Luken sind wichtig, aber noch wichtiger ist, daß wir uns daneben ein möglichst umfassendes Bild von den Verhältnissen an Bord verschaffen, sonst geht das Ding in die Hose«, sagte Ole. »Also Aufgabenteilung. Deshalb habe ich Duncan gebeten, uns wenigstens einmal am Tag in kleinen Gruppen an Deck frische Luft schnappen zu lassen.«

»Und Sie glauben, daß die Tommies das machen werden?« fragte Nickels zweifelnd.

»Aber ja! Was sollen wir denn ohne Waffen schon groß anstellen?«

»Das denke ich auch! Sie haben uns ja nicht nur mit den Rettungswesten ein Zugeständnis gemacht.« Ich informierte die beiden Kapitäne darüber, was bei dem Gespräch mit Steed noch herausgekommen war.

»Das finde ich aber anständig!« meinte Wolters beeindruckt. »Da bekommt man ja direkt 'n schlechtes Gewissen.«

»Müssen Sie nicht, Herr Kapitän. Im Krieg und in der Liebe ist alles erlaubt, hat Duncan gesagt. Das muß auch für uns gelten.«

Wir holten die Männer im Hängemattendeck zusammen, um sie über unseren Plan und die notwendigen Voraussetzungen zu informieren. Kaum hatte ich geendet, wartete der Maschinenobermaat Preis mit einer Überraschung auf, die bei uns Offizieren wie eine Bombe einschlug.

»Nach der Luke hier im Deck brauchen wir nicht mehr zu suchen, Herr Oberleutnant. Die is dort in der Pantry hinter dem Tresen.«

Seine schwielige Hand deutete auf die pompöse Bartheke, die wohl als einziges Möbelstück nur deshalb die Verwandlung der Lounge in ein Hängemattendeck überlebt hatte, weil sie nicht im Wege stand und zudem fest im Deck verankert war. Der winzige Raum dahinter mochte tatsächlich als Pantry gedient haben.

Einen Augenblick sahen wir ihn überrascht an. Das veranlaßte ihn zu einer weiteren Erklärung.

»Na ja, det det 'ne Bar war, sieht doch jeder, wa? Und da hab' ick jedacht, vielleicht is da in der Pantry noch irgendwo 'ne Buddel oder so ...« Er stockte und sah mich mit einem verlegenen Grienen an.

»Mensch, nu red' nich drumrum, Karl!« bullerte der Smadding laut los. »Besaufen wolltest du dich, gib's zu!«

»Nach dem saukalten Bad is' det doch verständlich, wa, Herr Oberleutnant?«

Ich nickte nur. Ob verständlich oder nicht, es war mir in diesem Moment herzlich schnuppe. Mit ein paar Schritten war ich hinter der Theke. Tatsächlich, auf dem Boden der Pantry zeichnete sich der Messingrahmen einer Luke ab.

Ein Gedankenblitz zuckte durch meinen Kopf. In der Messe gab es ebenfalls eine Pantry mit einer Art Anrichte, in die wir bei unserer nächtlichen Suche nur flüchtig oder gar nicht hineingeschaut hatten. Was lag also näher?

Ich drehte wortlos auf dem Absatz um und lief in den Nebenraum. Das war zuviel für Ole. Er kam hinter mir her. »Was ist los, Arne?«

Ich deutete auf den Boden der Pantry. »Wir Idioten! Noch 'ne Luke, und wir haben sie nicht gesehen!«

»Na und? Dann machen wir sie eben jetzt auf!«

»Den Teufel werde ich tun! Was meinst du, warum in den beiden Pantries Luken sind? Weil da unten Vorratslasten sind, Mann! Klickert's jetzt bei dir?«

»Ich bin ja nicht doof!« brummte er gekränkt.

»Dann komm, sonst macht inzwischen drüben jemand die Luke auf und wird vom Smutje oder seinen Helfern entdeckt, die gerade was für die Kombüse aus der Last holen wollen.«

Schritte klackerten hinter dem Messeschott heran. Das Stampfen des Postens verriet uns, daß er auf die typisch britische Art militärisch Haltung annahm. Laut schrie er eine Meldung heraus. Was er meldete, konnten wir nicht verstehen. Auf jeden Fall galt es einem Vorgesetzten, der zu uns wollte. Für uns war es das Signal, die Beine in die Hand zu nehmen.

Blitzschnell verschwanden wir nach nebenan, wo man uns erwartungsvoll entgegensah. Ich legte den Finger auf die Lippen und deutete in die Messe zurück, wo der Schlüssel im Schloß gedreht und das Schott geöffnet wurde.

»Ich fasse also noch einmal zusammen: Wir verlassen unser Deck nur, wenn wir dazu aufgefordert werden, sonst machen die Posten von der Waffe ...« Ich stockte, weil ich Schritte hinter mir hörte, und drehte mich um. »Ah, Mister Duncan! Ich bin gerade dabei, unseren Leuten Verhaltensmaßregeln zu geben.«

»Dann komme ich ja genau richtig. Ich habe dem Kommandanten Ihre Bitte vorgetragen. Sie dürfen vier Gruppen bilden, jede mit einem Offizier oder Kapitän an der Spitze. Wenn es unsere Lage erlaubt, werden wir jeweils eine Gruppe für zwanzig Minuten an Deck rufen. Bei Alarm haben alle sofort unter Deck zu verschwinden, klar?«

»Selbstverständlich, Mister Duncan.« Innerlich jubilierte ich. Das war genau das, was wir brauchten.

»Ich hoffe, Sie wissen die Großzügigkeit des Kommandanten zu schätzen.«

»Aber ja! Bitte richten Sie ihm dafür unseren herzlichen Dank aus.« Ich begleitete Duncan bis zum Messeschott.

»Was sagen Sie nun, Herr Nickels?« triumphierte Ole, als sich das Schott hinter Duncan geschlossen hatte. Er erwartete jedoch keine Antwort. »Dann los, vier Gruppen, Männer! Und dann haltet die Augen offen, jede noch so kleine Beobachtung ist wichtig!«

Von diesem Nachmittag an beherrschte uns alle nur ein Gedanke. Wir wollten so viel wie möglich in Erfahrung bringen, was unseren Plänen zum Erfolg verhelfen konnte. Was ich nicht sah, sahen andere, als uns die Briten wirklich an Deck ließen, um Luft zu schnappen.

Ole hatte diesen Wunsch übrigens nicht nur als Vorwand für unsere eigentlichen Zwecke vorgetragen. Die verbrauchte Luft in unserem Logis war zum Schneiden und stellte tatsächlich den berüchtigten U-Bootmief weit in den Schatten, weil man die Bulleyes verrammelt, die Skylights entfernt und Stahlplatten für die Geschütze eingezogen hatte. Diesem Umbau waren auch die Windhutzen zum Opfer gefallen, die normalerweise für den Luftaustausch sorgten.

Am Abend trugen wir unsere Beobachtungen zusammen. Sie ergaben mehr, als wir erwartet hatten, und das stimmte selbst die größten Skeptiker, zum Beispiel die beiden Kapitäne, etwas zuversichtlicher.

»Falls es uns gelingt, die bewaffneten Posten lautlos zu überwältigen und zu entwaffnen, müßten wir auch mit der übrigen Besatzung fertig werden«, gab Kapitän Wolters zu, schwächte es jedoch gleich wieder ab. »*Falls*, habe ich gesagt, Herr Oberleutnant, denn das hängt ja bekanntlich nicht allein von dem Überraschungsmoment ab.«

»Natürlich nicht. Die Sache läßt sich nun mal nicht übers Knie brechen. Morgen sehen wir weiter«, bog ich jede Diskussion über das Wenn und Aber ab.

Wolters und Nickels fehlte es sicher nicht an persönlichem Mut, aber sie waren Seeleute und keine U-Bootfahrer, bei denen das unwägbare Risiko zum täglichen Brot gehörte. Wir konnten und wollten aber auf sie und ihre Männer nicht verzichten, wenn wir die 75 Mann starke Besatzung des Schoners zu überrumpeln versuchten. Doch waren wir nicht sicher, ob sie letztlich die notwendige Härte oder gar Brutalität aufbrachten, um unser Vorhaben durchzusetzen, wenn es auf Biegen oder Brechen ging.

Das war bei unseren Männern anders. Wir hatten mit den Briten noch eine Rechnung zu begleichen. Unvergessen war die hinterlistige Art, wie sie uns reingelegt, das Boot ohne Warnung zusammengeschossen und den Kommandanten und fünfzehn unserer Kameraden getötet hatten. Unvergessen war allerdings auch, daß sie uns aufgefischt hatten und jetzt fair behandelten. Deshalb wollte keiner von uns ein Blutvergießen. Niemand würde jedoch letztlich davor zurückschrecken, wenn es unumgänglich war. Schließlich ging es ja um unser Leben.

Die Hauptlast lag also bei unseren Leuten, und auf die konnten wir uns verlassen, denn die hatte die Devise der Bordkameradschaft »Alle für einen, einer für alle!« zusammengeschweißt. Darauf basierte unsere ganze Planung, und die war weiter als Wolters und Nickels ahnten.

Erst nach Wachwechsel um Mitternacht wagten wir es, die Luke in der Messe vorsichtig zu öffnen. Erwartungsvoll richteten wir den Strahl der Handleuchte in das dunkle Loch. Ein Niedergang zeichnete sich ab, aber einer ohne die gewohnten Stufen und Handläufe, sondern mit einer kurzen Leiter, steilen und ganz simplen Sprossen, die auf den zerschrammten Boden eines eisernen Decks hinunterführten.

Überwältigt ließ der II WO leise die Luft durch die Zähne zischen. »Mensch, tatsächlich ein richtiges Deck und keine verdreckte Bilge!«

Ole gab ebenso leise zurück: »Hab' ich doch gesagt, Mann!«

Der Triumph in seiner Stimme war nicht zu überhören, deshalb überließ ich ihm, dem Vater unserer Fluchtpläne, die Initiative. Er kniete sich nieder, beugte sich in die Öffnung und ließ den Strahl der Lampe durch das Deck wandern. Er richtete sich wieder auf. »Niedriger, als ich erwartet habe, und mit allerlei Krempel, aber gut begehbar.«

»Gut, Ole, dann schauen wir uns mal um.« Wir zogen unsere Schuhe aus. »Herr Kruse, Sie bleiben bitte hier, bis der LI und ich zurück sind. Ich rechne nicht damit, daß jemand von draußen aufmerksam wird, aber man kann ja nie wissen. Wenn doch, dann klappen Sie die Luke zu und verschwinden, bis die Luft wieder rein ist, klar? Wir sind ja dann gewarnt.«

Seine Antwort warteten wir nicht ab. Auf Socken stiegen wir hinunter.

Ich hatte richtig vermutet. Das Deck hier unten war tatsächlich in Vorratslasten aufgeteilt. Wir schenkten ihnen zunächst keine Beachtung. Niedergänge mündeten von oben in den langen Gang, der sich an ihnen vorbei durch die Querschotten und um die Mastfüße schlängelte. Er endete unter der Back am Kettenkasten und achtern am Sicherheitsschott zwischen Vorratstanks und Hilfsmaschine.

Der Umbau zur U-Boot-Falle war offensichtlich Hals über Kopf erfolgt, denn nicht eine der Luken über uns war irgendwie gesichert. Ole war wiederholt versucht, eine davon vorsichtig anzuheben, weil sich darüber nichts rührte.

»Laß das!« zischte ich ihm zu. »Das hat noch Zeit! Sehen wir uns lieber die Vorratslasten mal genauer an!«

Die Lasten waren teils verschlossen, teils unverschlossen und voller Überraschungen. In den unverschlossenen herrschte ein ziemliches Durcheinander. Sie waren mit allerlei Material vollgestopft, und es lagen die verschiedensten Werkzeuge und leicht als Waffen zu gebrauchendes Eisenzeug umher.

Am meisten überraschte uns aber, daß die Munitionslasten unverschlossen und somit leicht zugänglich waren. Ein bodenloser Leichtsinn, an Bord eines deutschen Kriegsschiffes undenkbar. Uns bewies es, daß die Briten überhaupt nicht damit rechneten, jemand könnte sich hier ohne Befehl zu schaffen machen.

Jeden Laut vermeidend, durchsuchten wir voller Hoffnung diese Lasten nach Handfeuerwaffen, wurden aber bitter enttäuscht. Die verwahrten sie vermutlich irgendwo oben in einem besonderen Waffenrack, für das nur der Kommandant und der jeweilige Wachoffizier den Schlüssel hatten.

In einer der mit Munition vollgestopften Lasten stieß ich auf ein paar Kästen mit der Aufschrift an ihren Seiten *CAUTION! HANDLE WITH CARE!*, die meine Neugier erregten. Zünder, dachte ich, Zünder für die Granaten.

Lautlos hob ich einen Karton mit Signalmunition herunter und traute meinen Augen nicht. *HAND GRENADES* stand auf dem Deckel des Kastens darunter. Ich zog Ole wortlos am Ärmel zu mir herüber. Um unentdeckt zu bleiben, verständigten wir uns nur flüsternd.

»Handgranaten, Ole! Ein paar Kästen voll!«

»Bist du sicher?«

Vorsichtig löste ich die Transportsicherung, klappte den Deckel hoch und leuchtete in die Kiste hinein. Eierhandgranaten, wegen ihrer Splitterwirkung gefürchtet!

Ole nahm eines dieser gefährlichen Eier heraus, wog es auf der Hand und holte tief Luft. Ich ahnte, was er sagen wollte, deshalb legte ich einen Finger auf den Mund und deutete nach oben. Wortlos legte er das Ei zurück.

Ich wußte selber, daß es auf so engem Raum keine ideale Waffe war, weil man dabei glatt selbst was abbekommen konnte. Aber die Dinger waren besser als gar nichts, denn von ihnen ging eine so unmißverständliche Drohung aus, daß man schon ein lebensmüder Narr sein mußte, wenn man davor nicht den Schwanz einzog. Damit und mit den MPis der Posten kriegten wir die Besatzung bestimmt ganz schnell kirre. Lebensmüde Narren waren die Tommies nämlich ganz bestimmt nicht.

Ich ließ den abgeblendeten Strahl der Handleuchte über die Stahlwände und Luken der ehemaligen Laderäume wandern, die jetzt in Vorratslasten und –tanks aufgegliedert worden waren. Es mußte Orientierungshilfen geben, und zwar nicht nur in den Decks darüber, sondern auch damit übereinstimmende Kennzeichen an den Luken und Lasten, wie sie auf allen Schiffen zum schnellen Auffinden und Abtransport der dort gestapelten Güter gebräuchlich waren.

Darum gaben üblicherweise die Unterseiten der Luken auch zugleich zu erkennen, wohin sie führten. Das war die Hilfe, die wir brauchten. Schon an der ersten Luke wurde ich fündig.

Es fiel nicht schwer, die englischen Bezeichnungen zu deuten, weil viele davon international üblich waren.

»*Forecastle,* Ole, der Aufstieg zur Back, unter der das Mannschaftslogis ist! Der Weg, den wir nehmen müssen«, wisperte ich. Mein Blick blieb an elektrischen Leitungen und Lichtschaltern hängen. Mit einem Stups machte ich Ole darauf aufmerksam.

Licht war der springende Punkt. Eine einzige Handleuchte nützte uns kaum etwas, weil wir getrennt vorgehen, aber zum selben Zeitpunkt losschlagen mußten.

Ole fand prompt das Haar in der Suppe. »Mensch, das schimmert doch durch die Ritzen der Luken!«

Da gab es nur eins: »Komm, Versuch macht klug.«

Wir schlichen zu der offenen Luke zurück, an der der II WO ungeduldig auf unsere Rückkehr wartete.

»Na, wie sieht's aus? Haut's hin?« wisperte er herunter.

»Nicht schlecht«, flüsterte ich zurück. »Wir müssen die Luke schließen, um zu sehen, ob uns das Licht nach oben verrät. Was macht der Posten nebenan?«

»Er pennt, ich höre ihn schnarchen.«

»Bestens!« Stumm bedeutete ich ihm, die Luke zu schließen.

Sobald die Luke zu war, richtete ich den Strahl der aufgeblendeten Handleuchte nach oben und fuhr mit ihr am Metallrahmen der Lukenunterseite entlang. Die Lichtverhältnisse glichen damit denen im Vorratsdeck. Dort waren es ja auch keine normalen Lampen, die den ganzen Raum in gleißendes Licht tauchten, sondern kleine nach unten gerichtete Scheinwerfer.

»Nichts, nicht der geringste Schimmer!« raunte uns der II WO zu, als wir den Lukendeckel wieder hoben. »Fertig?«

»Gleich! Wir müssen nur noch feststellen, wohin alle andern Luken führen.«

Während wir das Deck nochmals inspizierten, hier und dort die eine oder andere Luke vorsichtig anhoben und durch einen Schlitz in die nur spärlich beleuchteten Gänge spähten, reifte in unseren Köpfen der Plan. Dazu war notwendig, daß wir die beiden Deckoffiziere und drei Maate aus den Hängematten holten und zusammen mit dem II WO mit den Gegebenheiten in diesem Deck vertraut machten, denn die fünf Männer nahmen jeweils mit einem kleinen Kommando in unserem Plan Schlüsselpositionen ein.

Ich zog Ole zu unserer Luke zurück und stieg mit ihm nach oben. »Bleib du jetzt hier zurück und paß auf, wenn ich den II WO und die Männer unten einweise. Alles andere besprechen wir morgen.«

Für die Briten verlief der nächste Tag ereignislos. Kein ahnungsloses U-Boot ging ihnen auf den Leim, und sie fingen auch kein deutsches Schiff vor dem Skagerrak ab, das die Blockade nach Deutschland zu durchbrechen versuchte. Deshalb ließen sie uns auch wieder ungehindert an Deck umherwandern.

Wir dagegen machten indessen Nägel mit Köpfen. Unser Plan hatte inzwischen feste Formen angenommen. Jetzt ging es nur noch darum, unsere Männer entsprechend einzuteilen und ihnen die Aufgaben einzuhämmern, damit es keine Pannen gab.

Wir gingen mit ihnen den Plan und ihre Aufgaben bis in alle Einzelheiten wieder und wieder durch. Da aber immer irgend etwas schiefgehen konnte, sparten wir auch die verschiedensten Möglichkeiten nicht aus, die unser Vorhaben gefährden konnten, bis jeder ganz genau wußte, was er in jedem nur denkbaren Fall zu tun hatte.

Die schwierigste Aufgabe fiel den Männern zu, die die

bewaffneten Posten lautlos ausschalten sollten. Von ihrem Erfolg hing alles ab. Wir suchten deshalb Freiwillige aus, die nicht nur Muskelkraft, sondern auch Köpfchen hatten. Während alle anderen in Trupps vorgingen, waren sie vollkommen auf sich allein gestellt. Ein Trupp hätte sofort Verdacht erregt. Von Vorteil erwies sich allerdings für uns, daß wir mit blauen Troyern und Hosen aus der britischen Kleiderlast ausstaffiert worden waren. Damit gingen wir in der Dunkelheit glatt als britische Seeleute durch. Merkte jemand den Unterschied, war es zu spät.

»Wir wollen kein unnötiges Blutbad!« hämmerten wir den Männern ein. »Aber wir sind im Krieg, da kann und darf es kein Zögern geben! Einer für alle und ...«

»... alle für einen!« kam das Echo von unseren Männern.

»Und was haben Sie für uns vorgesehen?« fragte Kapitän Wolters irgendwie gekränkt. »Sie haben uns bisher sorgsam ausgespart, als ob wir gar nicht zählen.«

»Und ob Sie zählen, Herr Kapitän!« widersprach ich. »Wir unternehmen Kriegshandlungen, für die wir als Soldaten nicht belangt werden können, wenn sie scheitern. Ihnen als zivile Gefangene könnte man sie jedoch übel anlasten.«

»Wir brauchen Sie und Ihre Leute zunächst als Wächter für die gefangenen Briten, bis wir die Luken hier so abgesichert haben, daß die uns nicht auf die gleiche Art überrumpeln können. Das ist eine ganz wichtige Aufgabe, Herr Kapitän.« Ole holte schmunzelnd eine Eierhandgranate aus der Tasche. Ein erstauntes Raunen ging durch die Reihe der Zuhörer. »Ich weiß, Sie haben keine Waffen. Hier, das ist eine Waffe, vor der die Briten einen Heidenrespekt haben werden. Davon haben wir mehr als genug für alle. Damit Sie sich jedoch nicht selbst hochjagen, werde ich Ihnen jetzt die Funktion erklären.«

Das war auch dringend nötig, denn die Männer kannten nur die deutsche Stielhandgranate, die ganz anders zu handhaben war.

Ich sah auf das Leuchtzifferblatt meiner Uhr. Zwei Stunden nach Mitternacht, inmitten der Hundewache der beste Zeitpunkt, an dem die Dunkelheit am tiefsten war und der Kampf gegen den Schlaf erfahrungsgemäß die Wachsamkeit am nachhaltigsten beeinträchtigte. Der Posten vor unserem Schott lieferte die Bestätigung dafür, wir hörten ihn schon seit mindestens einer Stunde laut schnarchen. Warum sollte es bei den anderen Posten unter Deck anders sein?

Trotzdem gab ich den ersten Männern mit einem ganz flauen Gefühl im Magen das Zeichen zum Aufbruch. Sie verschwanden durch die Luken, um die sechs bewaffneten Posten lautlos auszuschalten. War das erst einmal geschehen, lief die eigentliche Aktion an, und die war dann nicht mehr zu stoppen.

In Trupps eingeteilt, folgten ihnen auf Strümpfen die übrigen Männer in das untere Deck, versorgten sich mit Eierhandgranaten und sammelten sich an den entsprechenden Luken für den Aufstieg. Die Spannung in mir steigerte sich ins Unerträgliche.

Ich schrak zusammen. Am Schott kratzte es, der Schlüssel drehte sich im Schloß. Ganz langsam öffnete sich die Tür. Obermaat Preis schlüpfte mit einem bewußtlosen Posten über der Schulter zu uns herein und ließ den Mann zu Boden gleiten, nachdem er die Tür mit dem Fuß hinter sich zugedrückt hatte.

»Jing janz einfach, Herr Oberleutnant!« berlinerte er

und reichte mir die MPi herüber. »Der is nich mal uffjewacht.«

Mir fiel ein Stein vom Herzen. »Danke, Preis! Behalten Sie man die Knarre!«

Wenig später folgte ihm Maat Buschmann mit dem Posten von der anderen Seite, und dann ging es Schlag auf Schlag. Jeder unserer Männer hatte Erfolg gehabt. Ich konnte es kaum fassen, wir hatten plötzlich sechs bewußtlose Gefangene und sechs MPis, und kein Aas hatte bis jetzt etwas davon gemerkt!

Kapitän Wolters machte seinen Fischern ein Zeichen, die Gefangenen mit ein paar Hängemattenstropps zu fesseln, und klopfte mir auf die Schulter.

»Viel Glück, Herr Oberleutnant! Es wird schon schiefgehen.«

»Schiefgehen? Doch nicht mit uns!« brummte Maat Buschmann mißbilligend und streichelte seine MPi liebevoll.

»Nur nicht beschreien, Buschmann«, mahnte ich leise und stieg mit ihm und dem bulligen Gefreiten Dräger hinunter zu den wartenden Trupps.

Über uns schloß sich die Luke. Das war das Signal. Das Deck leerte sich. Der Smadding verschwand mit seinen Rabauken nach voraus zum Mannschaftslogis, der II WO mit den Steuermannsgasten zur Brücke und der Obersteuermann und die Maate mit ihren Trupps ins Offiziers- und Deckoffiziersdeck. Ole und seine Stoker waren die letzten. Sie sollten achtern die Maschinenwache überrumpeln. Grüßend hob er die MPi, ehe sich auch hinter ihm die Luke schloß.

»Na, dann los! Lassen wir uns überraschen!« pflaumte ich, obwohl mir gar nicht danach war.

Jetzt lag das Gelingen nicht mehr in meiner Hand. Ein

wachsamer Tommy genügte, und alles ging den Bach runter.

Es blieb jedoch ruhig. Selbst der Posten vor der Kajüte des Kommandanten kämpfte mit dem Schlaf. Er lehnte an der Wand und döste vor sich hin. Er schreckte erst auf, als wir direkt vor ihm standen, aber da war es für ihn zu spät.

Der Handkantenschlag gegen den Hals ließ ihn gurgelnd zusammensinken. Dräger fing ihn auf und zog ihn von der Tür weg, ehe er ihm die MPi abnahm und sie mir gab.

Ich klopfte an die Tür des Kommandanten. Keine Reaktion. War der jetzt doch an Deck? Ich versuchte es noch einmal.

»*What's the matter?*« fragte eine schlaftrunkene Stimme. »*Come in!*«

Ich drückte die Tür auf. In der Kajüte spendete nur eine abgeblendete Tischlampe spärliches Licht, gerade genug, daß Steed die beiden auf ihn gerichteten MPi-Läufe erkennen konnte.

»*Sorry, Sir, I have a message for you! You are my prisoner now. The war is over for you and your crew.*«

Steed blieb erstaunlich ruhig. »*The war is over, Mister Thomsen? Are you sure?*«

»*Absolutely, Sir! Please, leave your bunk and come on! We are very busy, Mister Steed!*«

Er schwenkte lässig die Beine aus der Koje, in der er angekleidet gelegen hatte, und angelte mit den Füßen nach seinen Schuhen. Plötzlich ließen uns mehrere Explosionen zusammenfahren, die das Schiff erschütterten.

»Verdammt, Handgranaten!« fluchte Buschmann und drehte sich zur Tür um, als erwarte er einen Angriff. »Was läuft da oben?«

Dort stand jedoch nur Dräger. »Keine Ahnung! Das kam von voraus!«

»Das werden wir gleich sehen! Rauf mit Steed auf die Brücke.« Ich griff nach dem Schlüsselbund, das auf dem Tisch lag, und warf es Dräger zu. »Rein mit dem Posten, Dräger! Schnüren Sie ihn zusammen, und dann durchsuchen Sie die Kajüte! Irgendwo ist hier ein Waffenschrank! Ich schick' Ihnen dafür jemand runter, sobald wir oben Luft haben. Und ...«

Zwei weitere Detonationen dröhnten durch das Schiff. In meinem Kopf überschlugen sich die Gedanken. Was lief da schief?

Einen Moment war ich abgelenkt. Sollte ich Steed nicht lieber hier unten gefangenhalten lassen? Nein, seine Crew mußte sehen, daß wir ihn in Gewahrsam hatten, dann hatten wir auch das Schiff.

Steed nutzte mein Zögern und fuhr mit der Hand unter sein Kopfkissen.

Mit zwei Schritten war ich bei ihm und hielt ihm die MPi an den Kopf. »*No, Sir, don't play the fool! Hands up, but slowly and without any weapon!*«

Vorsichtig hob er die Hände über den Kopf. Ich faßte unter das Kissen und bekam den Griff einer geladenen Pistole in die Finger. »*Thank you, Sir! And now – go on!*«

Gehorsam stand er auf und folgte Buschmann in den Gang. Im Vorbeigehen drückte ich Dräger die Waffe in die Hand. »Hier, falls Sie nichts anderes finden.«

Die Deckbeleuchtung brannte und beleuchtete ein gespenstisches Bild, dessen Anblick Steed einen bösen Schock versetzen mußte. Die *Flying Lady* lenzte zwar, wie es bei den Briten wohl nachts üblich war, mit gekürzten Segeln vor dem Wind, aber außer Duncan, der von zwei deutschen Matrosen bewacht wurde, befand sich kein Brite an Deck. Alle Schiffsführungsstationen und auch die beiden MGs auf dem Brückendeck waren von bewaffneten Deutschen besetzt. Ein Beweis für ihn, daß wir das Waffenmagazin gefunden hatten und alle Hoffnungen, die er in die Detonationen gesetzt haben mochte, vergeblich waren. Das Schiff befand sich fest in unserer Hand. Allerdings stieg aus der Back dünner Rauch auf und verwehte in der leichten Brise.

Steed verdaute den Schock ohne jede erkennbare Regung. Er verzog nicht einmal vorwurfsvoll das Gesicht, als er zu Duncan trat, der niedergeschlagen an den Aufbauten lehnte. Was Steed leise sagte, konnten wir nicht verstehen. Vermutlich sprach er ihm Mut zu, denn der Handstreich war uns während Duncans Wache geglückt.

Unser II WO befand sich dagegen in Hochstimmung. Strahlend trat er auf mich zu und schüttelte mir die Hand. »Alles klar, Herr Thomsen! Wir haben den Kahn fest im Griff! Der LI ist unter Deck und läßt die Luken in unserem Logis von unten verrammeln. Dann buchten wir die Tommies dort ein.«

Erleichtert erwiderte ich seinen Händedruck und deutete auf die dünne Rauchfahne, die aus der Back aufstieg. »Was hat's da gegeben?«

»Eine böse Sache, Handgranaten im Mannschaftswohndeck. Die Skylights sind weggeblasen worden, und die Back sieht aus wie 'ne aufgeplatzte Pellkartoffel. Da hat's unter den Tommies bestimmt 'ne Menge Tote und Verwundete gegeben. Genaues weiß ich noch nicht. Der Läufer, den ich losgeschickt habe, ist noch nicht zurück. Das Feuer ist aber gelöscht.«

Über das Deck kamen zwei Männer nach achtern, einer war wohl der Läufer, der andere der Oberbootsmann, und er hinkte. Als er näher kam, sah ich Blutflekken auf seiner Kleidung.

Steed und Duncan waren plötzlich hellwach. Duncan spitzte die Ohren, als der Smadding vor uns militärische Haltung annahm.

»Es hat ein furchtbares Blutbad gegeben, Herr Oberleutnant.« Dieses Eingeständnis fiel ihm sichtlich schwer. »Wir haben den Widerstand im Mannschaftswohndeck und in ihrer Messe mit Handgranaten brechen müssen. Die Männer in der Messe waren zum Teil bewaffnet.«

»Verluste?« Ich deutete auf sein Bein. »Sie haben selbst was dabei abgekriegt?«

Er winkte ab. »Ach das, das zählt nicht. Ist nur 'ne Stauchung oder Zerrung. Zwei eigene Verluste, Brauer und Siebert, beide durch Messerstiche, als alles schon fast vorbei war. Ein Tommy war schneller als sie, als sie ihn überwältigen wollten. Der hat dann die Männer in der Messe alarmiert, ehe ihm Schröder das Maul stopfte.«

Er durchlebte die Situation vermutlich noch einmal, denn er schwieg und trat unbehaglich von einem Bein auf das andere.

»Mensch, Hoffmann, nun lassen Sie sich doch die Worte nicht wie Würmer aus der Nase ziehen!« wurde der II WO ungeduldig. »Was weiter?«

»Es wimmelte in der Dunkelheit plötzlich von Tommies, die auf uns nicht hörten. Da blieb uns nichts anderes übrig ...«

»Sie brauchen sich nicht zu entschuldigen, Smadding!« unterbrach ich ihn. »Wie viele Tote bei den Briten?«

»Über dreißig, Herr Oberleutnant, und dazu noch viele schwer verletzt, so daß es bestimmt noch mehr Tote werden. Die Wirkung der Handgranaten unter der Back war furchtbar. Überall Blut und zerfetzte Körper, ein totales Chaos.«

Ich drehte mich zu Duncan herum. »Sie haben seinen Bericht mitgehört, ja? Es tut mir aufrichtig leid, daß es nicht so unblutig abgegangen ist, wie wir es erhofft hatten. Haben Sie einen Arzt an Bord?«

Ich ahnte seine Antwort schon, bevor er den Kopf schüttelte. »Nur Sanitätspersonal. Ich fürchte, das wird mit unter den Männern sein, die es erwischt hat.«

»Verbandsmaterial haben Sie aber doch an Bord? Gut, dann werden sich unsere Leute um die Verletzten kümmern. Dafür wird unser Oberbootsmann sorgen. Außerdem werden wir versuchen, vor der norwegischen Küste ein Schiff zu stoppen, das die Verletzten schnellstens an Land bringt. Sie werden einsehen, daß wir das nicht selbst machen können. Wir möchten nicht interniert werden.«

Uns blieb keine Zeit, über unseren gelungenen Handstreich zu triumphieren. Wir hatten die *Flying Lady* zwar in der Hand, aber noch lange nicht wirklich im Griff. Zuviel war zu regeln, noch bevor das Morgengrauen langsam in einen grauen, wolkenverhangenen Tag überging, der nach heraufziehendem Regen aussah.

Alle Bordfunktionen mußten der neuen Situation angepaßt werden. Wir befanden uns schließlich in einem Seegebiet, in dem jeden Augenblick auch britische U-Boote aufkreuzen konnten. Denen durften wir nicht unvorbereitet vor die Rohre laufen, sonst war es mit unserer Freiheit schnell vorbei. Die *Lady* mußte schleunigst gefechtsklar und unter Segeln voll manövrierfähig gemacht werden.

Ich übernahm das Kommando und ordnete die Kommandostrukturen neu. Kruse wurde zum I WO und Segelmeister ernannt. Den navigatorischen Bereich übernahm als II WO Obersteuermann Werda.

Bei der Gefechtsbereitschaft, für die der Smadding zusätzlich in die Rolle eines Stückmeisters schlüpfte, gab es die geringsten Probleme. Für die MGs und die 2-cm-Oerlikons fanden sich schnell Schützen, sie ähnelten ja den deutschen Waffen gleichen Kalibers, mit denen jeder von uns irgendwann einmal umzugehen gelernt hatte.

Nicht anders sah es mit den drei Schnellfeuerkanonen aus. Es fehlten Obermaat Wörle und seinen eingefuchsten Leuten von der 8,8-cm-Kanone lediglich die Bedienungen. Die suchte sich Wörle kurzerhand unter den Seeleuten zusammen, die bis dahin von anderen Aufgaben verschont geblieben waren.

»Keine Sorge, Herr Oberleutnant«, sagte er augenzwinkernd zu mir. »Diesen Knaben ziehen wir gleich die Hammelbeine lang, bis ihnen das Wasser im Arsch kocht.«

Das glaubte ich ihm aufs Wort. Wörle war in dieser Beziehung ein ganz harter »Kommißknüppel«, der kein Pardon kannte, bis jeder Griff saß. Das war genau der Mann, den wir jetzt brauchten.

Ein Segelschiff hatte jedoch seine eigenen Gesetze, die nur jene kannten, die – wie Kruse und ich – als Kadetten durch die harte Schule eines Segelschulschiffs gegangen waren. Zum Glück verfügten aber auch zwei unserer Maate über diese Erfahrung.

Da jeder wußte, was davon abhing, gelang es dem I WO und den Maaten sofort, aus den Fischern und ein paar Seeleuten eine Segelcrew zusammenzustellen, die sich den ganzen Tag über willig dem harten seemännischen Drill unterwarf. Mit Tauwerk konnten ja ohnehin alle umgehen, durch Übung mußten sie lediglich lernen, das laufende Gut zu unterscheiden und bei den verschiedenen Segelmanövern richtig zu bedienen.

Ole kannte diese Probleme nicht. Für seine paar Stoker, die sich aus unserem Boot hatten retten können, war die Bedienung der Hilfsmaschine ein Klacks. Damit wurde er frei, sich um alles zu kümmern, wofür uns anderen Offizieren der technische Verstand fehlte.

Blieb nur noch ein Problem: die Gefangenen. Wir sperrten sie alle in unser ehemaliges Logis, weil es durch die Zerstörung des Wohndecks unter der Back überhaupt an Raum fehlte. Viel lieber hätte ich natürlich Deckoffiziere und Offiziere getrennt vom Rest der Besatzung untergebracht.

Die Briten befanden sich nämlich, anders als wir nach der Versenkung unseres Bootes, in einer äußerst aggressiven Stimmung. Der Verlust ihres intakten Schiffes und ihrer Kameraden hatte sie zutiefst getroffen. Sie hatten sich mit ihrer veränderten Lage noch längst nicht abgefunden und dürsteten nach Rache. Wir wußten aus eigener Erfahrung, daß es nur einer günstigen Gelegenheit bedurfte, damit sie den Spieß umdrehten. Dem konnten wir nur durch höchste Wachsamkeit begegnen. Das hämmerten wir zwar den Posten ein, aber das unangenehme Gefühl einer latenten Gefahr geisterte trotzdem durch unsere Köpfe.

Ich warf einen Blick auf die Gefechtsübungen der Kanoniere und die Manöver der Segelcrew an Deck. »Obersteuermann, ich sehe mir die Schäden unter der Back an und bin danach in der Kajüte des Kommandanten, falls man mich braucht.«

Werda winkelte zackig den rechten Arm an und grüßte grienend mit der Hand an der Stirn, wie er es von den britischen Matrosen gesehen hatte. »Aye, aye, Sir!«

Das Wohndeck und die Messe unter der Back boten ein Bild des Grauens. Die Handgranaten hatten in den engen Räumen eine entsetzliche Wirkung entfaltet und ein fürchterliches, blutbesudeltes Trümmerfeld hinterlassen. Kein Wunder, daß es so viele Briten erwischt hatte. Ich war zutiefst erschüttert. Das hatte keiner von uns gewollt.

Inmitten der verwüsteten Messe hockte der britische Segelmacher mit einem Helfer und nähte unter der Aufsicht eines unserer Gefreiten die schrecklich zugerichteten Toten für die Seebestattung in Segeltuch ein. Bei diesem Anblick wurde mir übel. Fluchtartig verließ ich die Messe.

An Deck lief mir Ole in den Weg. »Dich hab' ich gesucht, Arne. Sag mal, hältst du das für 'ne gute Idee, die verletzten Briten nach Norwegen bringen zu lassen? Dann wissen doch die Tommies innerhalb kürzester Zeit, daß wir ihre *Flying Lady* gekapert haben, und die Jagd auf uns geht los!«

Damit traf er einen wunden Punkt, denn auf diesen Gedanken war ich schon von ganz allein gekommen. »Siehst du 'ne andere Möglichkeit? Fünfunddreißig Tote sind genug, Ole! Sechs im Augenblick mehr tote als lebendige Briten kommen noch hinzu, wenn die nicht schnellstens ärztliche Hilfe bekommen. Die können wir doch nicht einfach so krepieren lassen!«

Kopfschüttelnd blickte er mich von der Seite an. »Das bringt ihnen auch nichts mehr. Ich hab' sie mir angesehen. Die rettet kein Arzt.«

Ich steckte in einer Zwickmühle. Was er sagte, stimmte ja, aber es ging nicht nur um diese sechs. Da waren noch Männer mit Splitterverletzungen, deren Wunden unsere Leute zwar gesäubert und verbunden hatten, doch genügte das?

»Wir brauchen bestimmt zwei Tage nach Deutschland«, sagte ich voller Unbehagen. »Ich bin kein Arzt, Ole, und weiß daher nicht, ob es nicht noch mehr Komplikationen gibt.«

»Du solltest dir das aber trotzdem noch einmal überlegen. Mich wundert überhaupt, daß es so viele Briten erwischt hat.«

»Mich nicht. Es war ja nur die Brückenwache auf Station. Die übrige Wache saß sprungbereit in der Messe, und die Freiwache schlief im Wohndeck. Hätte dieser Messerstecher sie nicht alarmiert, wäre vermutlich alles unblutig abgegangen.« Ich hakte ihn freundschaftlich unter. »Komm mit unter Deck, ich will Steeds Kajüte durchsuchen. Vielleicht komme ich dabei auf eine andere Lösung.«

»Funkobermaat Krummholz sitzt in der Funkbude und hört den britischen Funkverkehr ab. Viel bringt ihm das nicht, weil der verschlüsselt ist. Wenn wir den Code finden, darfst du die Todeskandidaten erst recht nicht von Bord geben, Arne! Dieser Fund wäre doch irrsinnig wertvoll für unsere gesamte Kriegführung, weil die Briten gar nichts davon ahnen!«

»Ein Anlaß mehr, die Bude auf den Kopf zu stellen! Die geheimen Unterlagen hat Steed garantiert in dem Stahlschrank aufbewahrt, den Dräger entdeckt hat, als er nach Waffen suchte.« Ich klapperte mit dem Schlüsselbund. »Los, komm! Die Schlüssel hab' ich ja!«

Bevor wir uns die Kajüte vornahmen, statteten wir der Funkbude einen Besuch ab. Neugierig sah ich mich um. Sie war völlig unversehrt in unsere Hände gefallen. Am wertvollsten von all den Apparaturen waren die beiden Schlüsselmaschinen, die zu den Geräten gehörten, die unter keinen Umständen in Feindeshand fallen durften. Genau wie die Funkkladde, die ich in einem Regal entdeckte. Eine wahre Schatzkammer, deshalb vollführte mein Herz einen regelrechten Freudensprung.

»Ich werd' verrückt, Ole! Danach lecken sich doch unsere Fachleute an Land alle zehn Finger! Wenn wir dazu auch noch den Code finden, knacken die mit Sicherheit den britischen Funkverkehr!«

»Eben! Und da willst du ...«

»Hör auf!« schnitt ich ihm das Wort ab. Ich wollte nicht, daß Oles Bedenken an Bord die Runde machten, denn Obermaat Krummholz hörte bestimmt mit. Der hatte Horchlöffel, so groß wie Rhabarberblätter.

Er saß am Empfangsgerät, die Kopfhörer nur halb über die Ohren gestülpt, und schrieb eifrig mit, was unsere Antenne auffing. Als ich ihm auf die Schulter tippte, hielt er mir seinen Notizblock mit den Buchstabenreihen hin.

»Ein Funkverkehr wie zu Weihnachten, Herr Oberleutnant. Hier, *Barn-owl* ist unser Deckname, Rufzeichen *BOL*, wie ich aus der Funkkladde ersehen habe. Alles andere ist leider codiert.«

Ich lachte laut auf. »*Barn-owl*, die Schleiereule, wie treffend! Das ist doch schon was, Krummholz! Alles mitschreiben! Irgendwann finden wir den Schlüssel, vielleicht sogar hier in irgendeinem Fach, dann kommen wir schon dahinter.« Ich war mir dessen allerdings gar nicht so sicher, weil vermutlich der Code wie bei uns täglich wechselte. »Weisen Sie Ihre Männer entsprechend ein.«

»Einweisen ist gut, Herr Oberleutnant, wir sind ja nur noch drei. Der Höger löst mich gleich ab, damit ich dieses komische Ortungsgerät unter die Lupe nehmen kann, das der Pietsch entdeckt und mal kurz eingeschaltet hat.«

»Was heißt Ortungsgerät? Meinen Sie damit das Horchgerät?«

»Nein, Herr Oberleutnant. Das ist ein Gerät, das ich noch nie gesehen habe. Scheint wie ein Echolot zu funktionieren.«

»Moment mal, das Ding sendet Töne wie ein Echolot aus?«

Er nickte. »Sieht so aus. Der Skala nach kann man es horizontal im Kreis schwenken. Ich komme bestimmt dahinter, wie das Ding funktioniert.«

In meinem Kopf klingelten die Alarmglocken. »Mensch, das ist das Ortungsgerät, mit dem uns die Zerstörer aufgestöbert haben! Finger weg davon, Krummholz! Wenn wir das Ding benutzen, weiß jedes U-Boot, wes Geistes Kind wir sind, und unsere ganze Tarnung ist futsch! Was ist mit dem britischen Horchgerät?«

»Das ist noch nicht besetzt, Arne, weil uns Brauer und Siebert fehlen«, sprang Ole ihm bei. »Krummholz meint, die Fischer haben doch auch Funk benutzt. Kann er deren Funker nicht mit einspannen?«

»Keine schlechte Idee. Nimm das doch einfach mal in die Hand, Ole.« Ich wandte mich an Krummholz. »Kriegen Sie auch deutsche Sender rein?«

Er grinste. »Alles, was Sie haben wollen, Herr Oberleutnant, sogar die U-Bootwelle. Aber die nutzt uns nichts mehr, weil der Schlüssel dafür mit *U-E2* abgesoffen ist.«

Es klopfte. Signalmaat Mendel trat ein und nahm militärische Haltung an. »Wir haben das Flaggenschapp gesichtet, Herr Oberleutnant. Die haben 'ne ganze Sammlung von Nationalflaggen, sogar zwei deutsche sind darunter.«

»Die halten Sie mal griffbereit. Eine davon brauchen wir sowieso und dazu auch noch eine britische Kriegsflagge, wenn wir nachher die eingenähten Toten von Bord geben, klar?«

»Klar, Herr Oberleutnant!« Er knallte die Hacken zusammen und verschwand.

Ich sah auf die Uhr. »Verdammt, bei diesem Herumgetrödel vergeht die Zeit wie im Fluge. Gehen wir, Ole!«

In der Nacht hatte ich Steeds Kabine kaum richtig wahrgenommen. Deshalb war ich jetzt von der luxurösen Ausstattung doppelt beeindruckt. Sie übertraf alles, was wir bisher auf der *Flying Lady* zu sehen bekommen hatten.

Ole war nicht minder beeindruckt. »Mein lieber Mann, hier läßt sich's leben! Die reinste Admiralskajüte aus 'nem historischen Film, was? Der Steed muß sich ja hier wie Lord Nelson persönlich gefühlt haben.«

»Dann lernt er jetzt mal die Kehrseite der Medaille kennen. Die Einrichtung ist mir im Augenblick völlig wurscht! Erst will ich sehen, was in dem Stahlschrank steckt!«

Mein Blick wanderte durch den Raum, glitt über den geöffneten antiken Schreibsekretär voller Papiere und blieb an dem Bild eines Musketiers im Goldrahmen haften, das neben dem Elektrokamin hing. Das heißt, es hing nicht, es schien an der Wand zu kleben, und das war dem suchenden Dräger aufgefallen.

Den Schrank hatte er jedoch nicht geöffnet. Das lag nicht daran, daß das Schlüsselloch so geschickt getarnt war, daß man schon genau hinsehen mußte, um es im Knauf des Degens zu entdecken. Er war unbegreiflicherweise mit dem Schloß nicht klargekommen.

Während ich den passenden Schlüssel heraussuchte, nahm sich Ole den Sekretär vor und blätterte die Papiere durch. Ich kam jedoch nicht mehr dazu, den Schlüssel ins Schloß zu stecken.

»Stiller Alarm! Auf Gefechts- und Manöverstationen!« quäkte die Stimme des I WO aus dem Lautsprecher über dem Schott. »Ich wiederhole! Stiller Alarm! Auf Gefechts- und Manöverstationen! Kommandant bitte auf die Brücke!«

»So ein Mist! Ausgerechnet jetzt!« Ole warf die entschlüsselten Funksprüche, die in dem Papierwust gelegen hatten, in den Sekretär zurück. »Zur Übung oder mehr?«

»Was weiß denn ich? Schluß mit der Sucherei, ich muß auf die Brücke! Ab mit dir zu deinen Stokern!«

An Deck eilte Ole zum Maschinenraum, ich zur Brücke. Vergeblich suchte mein Rundblick nach dem Anlaß für den Alarm. Feiner Nieselregen lag wie Nebel auf der See. Sichtweite vielleicht zwei Seemeilen, dahinter verschwand alles grau in grau in einem wabernden Schleier.

Ich sah nur, daß sich die Segelcrew auf Manöverstation befand und die Geschütze und Maschinenwaffen hinter ihrer Tarnung gefechtsbereit besetzt waren.

»Was ist los, Herr Kruse? Ein Übungsalarm?«

Er schüttelte den Kopf. »Kein Übungsalarm. In null-drei-fünf will der Ausguck für Sekundenbruchteile verhältnismäßig flache Schiffskonturen ausgemacht haben. Könnte alles Mögliche sein, ein U-Boot, ein Schnellboot, vielleicht auch bloß ein Fischer. Wir stehen ja nicht sehr weit von der norwegischen Küste ab.«

Ich nahm das Glas und inspizierte den angegebenen Sektor. Nur Regendunst, sonst nichts. Ich sah zum Verklicker hinauf.

»Scheißwetter! Das bißchen Wind reicht kaum aus, die Segel zu füllen, und zu sehen ist auch nichts. Trotzdem, wir behalten den Kurs bei, Herr Kruse. Will uns einer an die

Wäsche, bekommen wir ihn genau breitseits, und das paßt dann ...«

»Schiffskonturen in null-drei-sieben!« unterbrach mich der Signalmaat aufgeregt. »Nicht identifizierbar!«

Tatsächlich, in der angegebenen Richtung zeichnete sich im Nieselregen schattenhaft ein flacher Bootskörper ab, darauf ein Aufbau wie ein U-Bootturm, und doch irgendwie anders. Keines unserer U-Boote, dessen war ich sicher, aber was dann? Ein Tommy?

»Fallen Sie etwas nach Backbord ab, Herr Kruse, damit wir ihn genau vor die Kanonen kriegen! BÜ, an Maschinenraum – Achtung! Man kann schließlich nicht wissen.«

Er gab die nötigen Ruder- und Segelkommandos. Lautlos drehten wir in Schußposition, bis wir freies Schußfeld hatten, während ich gespannt den Schatten im Auge behielt. Dort rührte sich nichts. Sahen die uns denn nicht?

»Wenn's ein Tommy ist, hält er uns bestimmt für 'nen harmlosen Norweger«, flüsterte der I WO. »Wenn bloß der verdammte Regen mal nachließe!«

Irgendwo sprang stotternd ein Motor an. Laut böllerten die Fehlzündungen über das Wasser. Ein Glühkopfmotor, unverkennbar. Als habe er nur darauf gewartet, ließ der Regen plötzlich nach, der Dunst lichtete sich für einen Augenblick und gab den Blick auf mehrere friedlich fischende Kutter frei.

Gläser richteten sich neugierig auf uns.

Kapitän Wolters lachte. »Kein U-Boot, nur ganz harmlose norwegische Fischer! Da werden sich einige den Kopf zerbrechen, aus welchem Schiffsmuseum dieser altertümliche Viermastschoner wohl ausgekniffen sein mag.«

Der I WO bezog den Spott in Wolters Worten prompt auf sich. Er sah mich verlegen an. Ich schüttelte abwehrend den Kopf.

»Nicht doch, Herr Kruse, Ihre Entscheidung war ganz richtig. War der Alarm eben 'ne Übung für den Ernstfall. Haben Sie festgestellt, wie lange es gedauert hat, bis alle Stationen besetzt waren?«

»Viel zu lange für den Ernstfall, Herr Thomsen. Das ändern wir, der Tag ist ja noch lang. BÜ, geben Sie durch: Ende des Alarms!«

Kruse folgte mir hinüber zum Kartentisch. Ich beugte mich über die Seekarte. Wir liefen noch immer mit dem selben Kurs nach Norden an der norwegischen Küste entlang, auf dem wir den Briten den Schoner abgenommen hatten. Wir entfernten uns damit zwar immer weiter vom Skagerrak, aber das war Absicht. Wir wollten uns den dort lauernden britischen U-Booten erst zum Kampf stellen, wenn wir sicher sein konnten, daß unsere Männer die Geschütze und die Segelmanöver absolut beherrschten.

Ich nahm die Entfernung von unserem Standort zur Küste zwischen Bergen und Stavanger in den Stechzirkel. »Zehn Seemeilen ab. In den kleinen Küstenorten, aus denen die Fischer vermutlich kommen, gibt es bestimmt keine Krankenhäuser, Herr Kruse.«

»Wahrscheinlich nicht.« Er zögerte. »Herr Peters sagte mir, Sie möchten die Schwerverwundeten von Bord geben und durch ein neutrales Schiff nach Norwegen bringen lassen. Ich weiß nicht recht . . .«

Ich unterbrach ihn, denn ich ahnte, was jetzt kam. »Selbstverständlich nicht durch Fischer. Wenn überhaupt, dann nur durch eines der schnellen Postschiffe, die hier die Häfen bis zum Nordkap und nach Spitzbergen abklappern.«

Er nahm einen neuen Anlauf. »Ist das nicht ...«

Diesmal unterbrach ihn der Smadding durch sein Auftauchen. »Die Toten sind eingenäht und mit Gewichten beschwert, Herr Oberleutnant. Neununddreißig insgesamt, denn es sind noch zwei Briten hinzugekommen. Wann sollen sie der See übergeben werden?«

Das klang nüchtern und unbeteiligt, doch sahen wir seinem Gesicht an, daß bei seinen Worten in ihm das Gemetzel der Nacht wieder auflebte.

»Nicht vor achtzehn Uhr, Oberbootsmann«, schob ich den Termin hinaus, denn das Schiff und unsere Sicherheit gingen vor. »Ich möchte das erst noch mit dem britischen Kommandanten absprechen. Was machen wir mit der Back? Wenn schwere See aufkommt, läuft uns das demolierte Vorschiff voll.«

»Wir sind schon dabei, die Skylights durch ein paar Planken zu ersetzen und doppelte Lecksegel drüberzuziehen. Das dürfte fürs erste genügen, Herr Oberleutnant.«

»Gut, Oberbootsmann. Wenn man mich braucht, ich bin in der Kommandantenkajüte.«

Ich vergeudete keine Zeit damit, mir die Kajüte genauer anzusehen. Mein Interesse galt allein dem mehr oder weniger gelungenen Gemälde, hinter dem sich der Stahlschrank verbarg. Ich hatte den passenden Schlüssel schon in der Hand und wollte mit ihm schließen, als mich eine Entdeckung stutzen ließ.

In einem der Uniformknöpfe des Musketiers geschickt verborgen, befand sich ein kleines gezacktes Schlüsselloch für einen jener Steckschlüssel, wie man sie als zusätzliche Sicherung auch an Wohnungstüren benutzte.

Eine zusätzliche Sicherung, aber gegen wen? Doch nur

gegen einen wie mich, der den Schrank unbefugt öffnen wollte. Was verbarg sich hinter diesem Schlüsselloch? Ein Brand- oder Säuresatz, der die Geheimpapiere vernichtete, bevor sie in falsche Hände gerieten? Eine Gasampulle, die den Eindringling außer Gefecht setzen sollte, oder nur der Kontakt zu einer ganz simplen Alarmanlage?

Mir wurde auf einmal ganz mulmig. Ich war plötzlich heilfroh, daß mich der Fehlalarm daran gehindert hatte, den Hauptschlüssel ahnungslos in das Schloß zu stecken. Was jetzt? Ein falscher Schritt, und ich zerstörte möglicherweise das ganze Geheimmaterial.

Egal, was immer! Ich löste den Steckschlüssel vom Bund, steckte ihn in den Uniformknopf und den anderen in das Schloß und drehte beide. Nichts geschah, kein Knall, keine Alarmklingel, keine Gaswolke, nichts. Mühelos ließ sich die Tür öffnen und schwang zurück. Verblüfft betrachtete ich ihre Rückseite. Eine zusätzliche Sicherung? Gewiß, aber nur eine, die das Hauptschloß blockierte, und keine der bösen Überraschungen, wie sie mir meine Phantasie vorgegaukelt hatte. Erleichtert atmete ich auf.

Es klopfte. Ole trat ein.

»Darf man gratulieren?«

»Man darf, aber nur, weil ich den Schrank aufgekriegt habe. Du kannst mir helfen, den Inhalt zu sichten!«

Der Inhalt des Schrankes übertraf unsere kühnsten Erwartungen. Geordnet nach den verschiedenen Geheimhaltungsstufen, von nur für den Dienstgebrauch bis »*Top secret!*«, enthielt er alle Papiere, die für den Geheimdienst eines jeden Staates selbst im Frieden schon von unschätzbarem Wert gewesen wären. Wie erwartet, befanden sich auch die geheimen Funkschlüssel darunter, doch wir konnten damit nichts anfangen. Es gab nämlich zwei verschiedene Codes, einen für den normalen Funkverkehr und einen zweiten Code für die doppelte Verschlüsselung, der – wie bei uns – nur Offizieren zugänglich war. Das schlossen wir jedenfalls aus der dritten Schlüsselmaschine, die auf dem Tisch neben dem Sekretär stand.

Außerdem kannten wir den Rhythmus nicht, in dem die Codes regelmäßig wechselten und die Einstellung der Maschine verändert wurde. Damit nicht genug. Es gab noch eine weitere Barriere, die wir mit unserem simplen Schulenglisch nicht überspringen konnten. Es reichte bei weitem nicht aus, um die englischen Texte mit ihren klippenreichen Idioms und ihren speziellen militärischen Besonderheiten zu ergründen.

»Wenn dir das schon nicht gelingt, Arne, was soll ich da erst sagen? Das humanistische Gymnasium hat meine Eltern eine Stange Geld gekostet, und was ist dabei herausgekommen?« Er tippte auf die Pfundnotenbündel im Stahlschrank. »Hier, das sind die einzigen Papiere, deren Text ich mühelos lesen kann, weil er unmißverständlich ist. Alles andere kann ich vergessen.«

Ich lachte. »Was soll's? Selbst wenn wir einen für die *Flying Lady* bestimmten Funkspruch auffangen, müssen wir Funkstille wahren. Wir müssen sehen, daß wir den ganzen Krempel heil nach Hause bringen. Soll'n sich doch andere darüber den Kopf zerbrechen.«

Ich gab trotz dieser herben Enttäuschung nicht auf, sondern legte den Stoß entschlüsselter Funksprüche, den Ole im Sekretär gefunden hatte, zur Seite, um ihn später noch einmal gründlich zu durchforschen. Vielleicht gelang es mir doch, einen für uns irgendwie wichtigen Hinweis herauszulesen.

Alle anderen Papiere schloß ich in den Schrank ein und gab Ole die Zweitschlüssel, die wir Duncan abgenommen hatten.

»Für den Fall, daß ich ausfalle, Ole. Man kann schließlich nicht wissen. Dann übernimmst du für den Krempel hier die Verantwortung, klar?«

Über unser Bemühen, das Schiff mit allen seinen Einrichtungen und Funktionen möglichst schnell in den Griff zu bekommen, verging der Tag wie im Fluge. Die ganze Besatzung fand sich unerwartet schnell in diesen für sie neuen Bordbetrieb hinein, als hätte sie bisher nie etwas anderes getan.

Das galt auch für die Geschützbedienungen und die Segelmannschaft. Nach zahlreichen Übungsalarmen und Segelmanövern waren wir am späten Nachmittag davon überzeugt, daß wir uns von nun an im Ernstfall voll auf sie verlassen konnten. Alles klappte wie am Schnürchen.

Mein Blick ging zum tief herabhängenden Himmel, aus dem es seit dem Vormittag wie aus Kübeln goß. Gegen diesen Dauerregen bot selbst das Ölzeug nur einen unvollkommenen Schutz. Zugleich war der Wind auf Südwest umgesprungen und nahm ständig zu. Ich klopfte gegen das Barometer, das seit dem frühen Morgen langsam, aber stetig fiel. Das war ein schlechtes Zeichen.

»Sieht aus, als braute sich da was Übles zusammen. Lassen Sie für die Freiwache ›Alle-Mann‹ pfeifen, Herr Kruse, damit wir's hinter uns haben, bevor's ganz dicke kommt! Wenn wir die Toten der See übergeben haben, gehen wir auf Gegenkurs, Richtung Heimat.«

Der Anblick der an Deck aufgereihten Toten jagte mir einen kalten Schauer über den Rücken. Wie mußte da der Anblick der siebenunddreißig eingenähten Briten erst auf Steeds Offiziere wirken, die nach unseren Männern mit ihm unter Bewachung an Deck kamen. Mehr hatten wir nicht zugelassen, denn wir hatten keine Lust, ein erneutes Blutvergießen zu provozieren. Die Briten kochten noch immer vor Wut, da konnte sie der Anblick ihrer toten Kameraden leicht zu Unüberlegtheiten hinreißen. Hatte ich doch bei der Planung dieser Seebestattung auch den verbitterten Steed erst daran erinnern müssen, daß wir ebenfalls achtzehn Männer durch die Versenkung unseres Bootes und zwei bei unserem Handstreich verloren hatten. Nur zögernd war seine Verbitterung gewichen, so daß wir uns auf die gemeinsame Feierlichkeit einigen konnten.

Es war eine knappe Zeremonie, bei der ich Steed den Vortritt ließ. Zum einen kannten wir uns beide mit Seebestattungen nicht aus, zum anderen besorgte das Wetter den Rest. Die See war rauher geworden. Jedesmal, wenn die anrollende Dünung die *Flying Lady* überholen ließ, wuschen Brecher über das ohnehin vom Regen schon glitschige Deck, umspülten die aufgereihten Toten und schwappte um unsere Füße, ehe sie sich gurgelnd in den Speigatts verliefen.

Es wurde nicht nur eine knappe, sondern auch eine erschreckend nüchterne Trauerfeier. Steed las aus der britischen Bibel ein paar Verse vor, betete mit uns allen gemeinsam das Vaterunser, und dann glitten seine Toten auf die gleiche Weise über Bord, wie seit Jahrhunderten bei allen seefahrenden Nationen tote Seeleute dem Meer übergeben wurden. Unter der britischen Kriegsflagge rutschte ein Toter nach dem anderen von einer Planke in die aufspritzende See. Es war der Augenblick, der uns alle am tiefsten bewegte. Ich hatte einen dicken Kloß in der Kehle, als ich den Briten unsere beiden Toten unter der

Hakenkreuzflagge mit einer kurzen Rede und einem Gebet in die See folgen ließ. Es war auch der Augenblick, in dem sich das Gegeneinander verwischte und der Krieg den Atem anhielt. Briten und Deutsche drückten einander die Hände, als sprächen sie sich gegenseitig das Beileid aus.

Dann holte uns die rauhe Wirklichkeit jedoch wieder ein. Steed und seine Offiziere lehnten unsere Einladung zu einem Whisky oder Gin brüsk ab und folgten schweigend ihrer Bewachung hinunter in ihr Logis.

In dieser Nacht begriff ich zum ersten Mal, was es hieß, als Kommandant für ein Schiff die alleinige Verantwortung zu tragen. Obwohl ich todmüde war, kam ich innerlich nicht zur Ruhe. Ich schreckte aus einem leichten Dämmerschlaf immer wieder schweißgebadet auf, weil mir die ungewohnten Geräusche des Schiffes alle möglichen Katastrophen vorgaukelten. Es tröstete mich wenig, daß es Ole nicht anders erging, mit dem ich meine »Admiralskajüte« teilte. Er stöhnte und knurrte, als schlüge er sich mit allerlei Meeresungeheuern herum. Gegen Morgen fiel ich endlich in einen tiefen Schlaf. Doch der war von kurzer Dauer. Eine Hand rüttelte mich wach.

»Herr Oberleutnant, wir haben jemand am Hacken! Das Horchgerät meldet Schraubengeräusche in eins-acht-sechs. Noch keine Positionslaternen auszumachen, obwohl sich die Sicht gebessert hat.«

Ein eiskalter Guß hätte keine stärkere Wirkung haben können. Mit einem Satz sprang ich aus der Koje, griff mir das Ölzeug und stürzte an Deck. Es regnete noch immer, und der Wind hatte noch an Stärke zugenommen.

Kruse stand in der Nock, das Nachtglas an die Augen gepreßt, und starrte angespannt in die Richtung, die der

Läufer mir gemeldet hatte. »Nichts, Herr Thomsen. Dabei funktioniert das britische Horchgerät absolut einwandfrei, ich habe mich selbst davon überzeugt.«

Ich wischte mir den Schlaf und den Regen aus den Augen. »Wer sitzt am Horchgerät?«

»Krummholz, und der hat Ohren wie ein Luchs.«

Ich blickte auf die Uhr. In Kürze setzte die Dämmerung ein, dann kam die Stunde der Wahrheit. »Geben Sie stillen Alarm. Bereit zu sein ist alles!«

»Schon geschehen, Herr Thomsen, beide Wachen sind bereits auf Station. Ich hab' den Morgenalarm einfach ein bißchen vorgezogen.«

Das klang, als wolle er sich dafür entschuldigen. Dabei war das Unfug. Der Alarm bei einsetzender Dämmerung am Morgen oder am Abend war selbst bei guter Sicht üblich. Ich zog ihn deshalb ein wenig zur Seite.

»Sie brauchen sich dafür doch nicht zu entschuldigen, Herr Kruse! Alles, was Sie als I WO bisher gemacht haben, war absolut in Ordnung. Ich hab' den Alarm schlichtweg verpennt. Das soll ja vorkommen.«

Im Brückenlautsprecher knisterte es. »Schraubengeräusche kommen langsam auf. Scheint ein größerer Pott zu sein, ein Turbinenschiff. Abstand etwa vier Seemeilen.«

»Turbinenschiff? Hoffentlich kein Zerstörer oder Kreuzer«, unkte der I WO und starrte hinaus in die beginnende Morgendämmerung. »Aber als Einzelfahrer? Unwahrscheinlich! Dann schon eher ein schnelles Postschiff.«

»Ein Postschiff ohne Positionslaternen?« zweifelte Kapitän Wolters, der mit dem I WO Brückenwache ging. »Wohl kaum! Der Pott hat unsere Positionslichter ausgemacht, will aber selber nicht gesehen werden. Komisch, was?«

Und ob das komisch war! Noch immer schützten Regen und mangelndes Licht das Schiff vor unseren suchenden Augen. Ich griff zum Mikrophon. »Horchraum, wie peilen die Schraubengeräusche?«

»Schraubengeräusche peilen zwo-null-zwo. Abstand konstant.«

Ich trat an den Kartentisch, rechnete die Schiffspeilung in Kompaßpeilung um und trug sie in die Karte ein. Wenn Krummholz sich bei der Peilung nicht vertan hatte und der Abstand stimmte, dann lief der fremde Pott zwischen uns und der Küste hart an der norwegischen Dreimeilenzone entlang. Das stimmte mich sehr nachdenklich, denn es sah so aus, als wolle er uns einen eventuellen Fluchtweg in das neutrale Gewässer abschneiden.

Wolters trat zu mir an den Tisch und schaute auf die Karte. »Seltsam, man sollte meinen, der will uns den Weg verlegen, was?«

»Habe ich auch gerade gedacht.« Doch plötzlich fiel bei mir der Groschen. Ich sah den entschlüsselten Funkspruch in Steeds Kajüte wieder vor mir. »Im Gegenteil, das ist genau umgekehrt! Das ist ein Deutscher! Vermutlich das Schiff, dessen Auslaufen aus Murmansk vor drei Tagen allen britischen Seestreitkräften gemeldet worden ist! Der hält sich den Fluchtweg offen, Herr Wolters!«

Ich trat in die Nock und hielt nach dem Pott Ausschau. Es regnete noch immer, und das behinderte die Sicht, aber es wurde laufend heller. Plötzlich zeichneten sich die verschwommenen Konturen eines großen abgeblendeten Schiffes in meinem Glas ab.

»Da ist er!« Wolters und Kruse folgten meinem weisenden Arm. »Ein ganz hübscher Brocken.«

»Und was für einer! Der hat gut und gerne seine 10000 Bruttoregistertonnen«, behauptete Wolters.

Kruse atmete hörbar auf. »Gott sei Dank, ein Passagierdampfer! Der hat's aber eilig, und schwarz wie die Nacht ist er auch. Sieht wie Tarnfarbe aus.«

Es stimmte. Deutlich hob sich in meinem Glas vor dem dunklen Schiffskörper die hohe Bugwelle ab, die er vor sich her schob.

»Ein so großer Passagierdampfer hat bestimmt 'nen Arzt an Bord. Wir sollten ihn anblinken und ihn um medizinische Hilfe bitten, sonst rauscht er uns glatt davon.«

Ich holte den englischen Text aus der Tasche, den ich für einen solchen Fall vorgesehen hatte. »Hier, Signalmaat, geben Sie das rüber!«

»Moment!« bremste ihn Wolters. »Ist das nicht riskant? Wenn das nun kein Deutscher ist?«

»Das werden wir ja sehen. Los, Mendel, ab damit!«

Kaum blinkte bei uns das erste internationale Anrufzeichen auf, blitzte von seiner Brücke die Anrufbestätigung herüber. Die hatten uns ganz offensichtlich die ganze Zeit schon beobachtet, denn wir fuhren ja nicht abgeblendet.

Sie kauten dort drüben eine ganze Weile auf dem englischen Text herum und berieten wohl, wie sie sich verhalten sollten. Endlich kam die Antwort, und die beseitigte bei mir alle Zweifel. »*Who are you?*«

Ich lachte laut auf. »So kann nur ein Deutscher fragen! Antworten Sie: *Flying Lady, captured by the German Kriegsmarine.*« Ich drehte mich zum Läufer Brücke um. »Läufer, stecken Sie schleunigst die Hakenkreuzflagge über der britischen Kriegsflagge an die Signalleine, sonst glauben die uns das nicht und kneifen aus.«

»Na, das würde ich ja nun doch nicht wagen!« protestierte der mißtrauische Wolters erneut. »Wenn der jetzt funkt?«

»Haben Sie denn nicht mitgelesen, womit der Signalgast eben den Spruch bestätigt hat?« wehrte ich ab. »Nein? Du willst mich wohl verarschen, Bruderherz, was? Und das kam deutsch herüber, Herr Wolters!«

Ich machte dem Läufer ein Zeichen, die Flaggen zu setzen. Am Besan stiegen die beiden zusammengerollten Fahnen empor und wehten nach einem kräftigen Ruck im Fahrtwind aus.

»Drehen Sie bei, Herr Kruse, und lassen Sie die Segel wegnehmen. Wir wollen mit Maschinenkraft dichter an den Pott herangehen.« Das fremde Schiff verlor Fahrt und setzte ebenfalls die Hakenkreuzflagge. »Na bitte, was habe ich gesagt?«

Es war die *Monte Cristallo*, ein KdF-Schiff, das auf seiner Nordlandreise durch einen Maschinenschaden vor dem Nordkap vom Kriegsausbruch überrascht worden war. Um nicht samt Passagieren den Briten in die Hände zu fallen, war es wie eine lahme Ente zu den Russen nach Murmansk geschlichen und hatte dort den Schaden behoben.

Das erfuhr ich von dem Schiffsarzt, den sie in einer Hosenboje zu uns herüberfierten. Das große Schiff lag zwar viel ruhiger als wir in der rauhen See, dennoch war an ein Längsseitsgehen gar nicht zu denken und noch weniger an ein Ausbooten der Verletzten. Deshalb kam zunächst der Arzt an Bord, um sich ein Bild von den Verletzungen zu machen.

»Teufel, die hat's aber böse erwischt!« sagte er nach einer kurzen Untersuchung der vier Briten, die wir schon fast abgeschrieben hatten. »Die müssen schnellstens auf den Operationstisch! Aber wie? Die Hosenboje ist selbst für die fünf leichter Verletzten völlig ausgeschlossen, Herr Oberleutnant.«

»Und in Transporthängematten?« fragte der Smadding. »Das ließe sich schnell bewerkstelligen.«

»Das wäre schon eher möglich, wenn's mit der nötigen Vorsicht geschieht und tatsächlich schnell geht.« Er senkte die Stimme. »Wir können uns hier nicht lange aufhalten, hat mir Kapitän Roloff eingeschärft. Auf uns wartet eine Sicherungsgruppe aus Zerstörern und U-Jägern.«

»Oberbootsmann, dann man los! Nehmen Sie das in die Hand! Sie haben ja gehört: Es muß schnell gehen.«

Der Smadding trabte davon. Ich nahm den Doktor zur Seite. »Eine Sicherungsgruppe erwartet Sie? Kommen Sie, gehen wir an Deck.«

Er sah nervös auf seine Uhr. »Darum wollte ich Sie gerade bitten. Es eilt. Ich muß sofort zurück auf die *Monte*, um alles vorzubereiten.«

»Klar, Doktor! Bitte, bestellen Sie dem Kapitän, daß ich ihn unbedingt sprechen muß. Ich komme hinüber.«

Mir war nämlich bei seinen Worten ein Gedanke gekommen. Das Geheimmaterial durfte ich nicht aus den Händen geben, denn der Kapitän der *Monte Cristallo* war Zivilist. Aber die britischen Gefangenen konnte ich ihm übergeben, wenn er damit einverstanden war, damit er sie bei den Sicherungsfahrzeugen ablieferte. Von Bord zu Bord konnte ich das mit ihm jedoch nicht abhandeln, weil wir inzwischen eine Menge Zuschauer bekommen hatten.

Während der Arzt in der Hosenboje auf sein Schiff zurückgeholt wurde, ließ ich die verräterischen Flaggen wieder einholen und informierte den IWO und Ole.

»Ich werde alles vorbereiten lassen«, versprach der IWO.

Ihm war anzusehen, daß er froh war, die rachedurstigen Tommies mit gutem Wind loszuwerden.

Ole sah das anders. »Du glaubst allen Ernstes, daß er sich diese Laus von dir in den Pelz setzen läßt? Du Optimist! Wenn du dich nur nicht schneidest.«

»Versuch macht klug.« Ich stieg in die Hosenboje. »Alles hängt natürlich davon ab, wann und wo er in Geleit genommen wird. Wir werden sehen.«

Kapitän Roloff, ein blonder Friese, wie ich seinem Tonfall entnahm, empfing mich auf der Brücke. Er war älter als ich und machte einen ganz beherzten Eindruck. Freundlich lächelnd schüttelte er mir die Hand.

»Was haben Sie denn auf dem Herzen, Herr Thomsen? Ich habe meine klaren Befehle und stehe darum unter Zeitdruck.«

»Ich weiß, Herr Roloff, auf Sie wartet ein Geleit. Deshalb komme ich ja zu Ihnen. Wo und wann treffen Sie das Geleit?«

Einen Augenblick zögerte er mit der Antwort, dann zog er mich ins Kartenhaus. »Sie haben sicherlich gute Gründe, danach zu fragen. Darf ich die erfahren?«

Ich setzte ihm mein Anliegen auseinander, er hörte zu, ohne mich auch nur einmal zu unterbrechen.

»Wir sind nicht so gut zu Fuß wie Sie, Herr Roloff«, schloß ich lächelnd. »Sonst würden wir uns Ihnen anschließen.«

»Davon bin ich überzeugt.« Er tippte auf die Seekarte. »Hier, querab von Listafjorden erwartet uns das Geleit. Ich werde noch ein paar Kohlen mehr drauflegen müssen, um die Verzögerung aufzuholen. Sie wissen, daß alle deutschen Schiffe inzwischen der Kriegsmarine unterstellt worden sind?«

»Das erfahre ich zwar erst jetzt, aber das erleichtert ja eigentlich alles – oder?«

»So ist es. Zu Ihrer Information, ich bin Kapitänleutnant der Reserve und weiß, daß ich mich Ihrer Bitte nicht verschließen darf. Die meisten meiner Leute sind ebenfalls Reservisten. Sie können mit der Waffe umgehen. Geben Sie uns ein paar Maschinenpistolen, und die Sache ist geritzt. Platz haben wir genug, und überrumpeln lassen wir uns nicht. Ich hoffe bloß, die Tommies schnappen uns nicht, bevor wir das Geleit erreichen.«

Mir fiel ein Stein vom Herzen. Roloff war ein Mann mit genau der richtigen Einstellung. »Dann sollten wir keine Zeit verlieren. Darf ich Sie bitten, den Geleitführer zu informieren, unter welcher Flagge die *Flying Lady* jetzt segelt? Ich möchte nicht am Ende noch von einem der unserigen 'nen Torpedo verpaßt bekommen. Ich muß ja leider Funkstille wahren.«

»Das wird mir ein besonderes Vergnügen sein!« Er sah hinaus auf die See. »Ich werde Ihnen Lee verschaffen und noch ein paar Hosenbojen ausbringen lassen, damit es schneller geht. Und wie machen wir das mit den Waffen?«

»Ich schicke Ihnen einen meiner Maate mit herüber, damit er Ihren Leuten die Funktion erklärt, Herr Roloff.« Ich gab ihm die Hand. »Vielen Dank für Ihre Hilfe. Gute Fahrt und allzeit genügend Wasser unter dem Kiel.«

Die *Monte Cristallo* drehte nach Luv und zauberte einen wunderbar glatten Ententeich in die rauhe See, damit wir die Briten leichter in Lee von Bord geben konnten.

Als Steed und Duncan an Deck gebracht wurden, verschlug ihnen der unerwartete Anblick des großen Passagierdampfers, der weitere Hosenbojen ausbrachte, glatt die Sprache. Duncan fand sie am schnellsten wieder.

»Hosenbojen? Was hat das zu bedeuten? Sind wir in Seenot?«

»Nein, Mister Duncan. Haben Sie vergessen, was ich versprochen habe? Wir haben Ihre Schwerverletzten an das Schiffslazarett der *Monte Cristallo* abgegeben, jetzt folgen in den Transporthängematten die leichter Verletzten. Die Hosenbojen sind für Sie und Ihre übrigen Leute bestimmt.«

In seinem Gesicht breitete sich grenzenlose Überraschung aus. »Wir sollen die *Flying Lady* ebenfalls verlassen? Warum? Wollen Sie das Schiff versenken?«

Unwillkürlich mußte ich lächeln. »Du lieber Himmel, eine so wertvolle Trophäe? Nein, sobald Sie alle von Bord sind, nehmen wir Kurs auf den nächsten deutschen Hafen. Die *Monte Cristallo* aber ist schneller in Deutschland als wir, darum müssen Sie übersiedeln.«

Steed stieß ihn ungeduldig an. »*What's the matter, Number One?*«

»*Sorry, Sir, we have no time to lose! Just a minute, please!*« fuhr ich dazwischen, denn unsere Posten brachten die nächsten Gefangenen an Deck. »Mister Duncan, es soll nicht noch mehr Blut vergossen werden. Die *Monte Cristallo* untersteht dem Kommando der deutschen Kriegsmarine. Die Posten machen rücksichtslos von der Waffe Gebrauch, wenn sie dazu gezwungen werden. Machen Sie bitte Ihren Leuten eindringlich klar, daß sie alle Anweisungen widerstandslos zu befolgen haben.«

Von der Brücke der *Monte* tönten ungeduldige Rufe zu uns herüber. Der Smadding machte mir ein Zeichen, daß Taue und Blöcke sicher angeschlagen waren.

»*Please, Mister Steed, you are the first one to leave the* Flying Lady. *Good bye and God bless you, Sir!*«

Duncan übersetzte ihm und seinen Leuten meine

Anweisungen,während Steed in die Hosenboje stieg und wortlos salutierte. Von diesem Augenblick an ging alles ganz schnell. Duncan stieg als letzter in die Hosenboje. »Tut mir leid, Mister Duncan, ich wäre Ihnen gern unter anderen Voraussetzungen begegnet. Es hat nicht sollen sein. *Good luck to you!*«

Ein Lächeln flog über sein Gesicht. »Ich Ihnen auch, Herr Thomsen! Aber irgendwann ist der Krieg wieder vorbei, dann sieht vielleicht alles ganz anders aus. Viel Glück auch für Sie.«

Wolters, der mit Nickels in der Nähe stand, hatte seine Ohren überall. »Ein ganz patenter, netter Kerl, dieser Duncan. Schade, daß er auf der anderen Seite steht.«

Ich nickte. »Ich habe ganz vergessen, Sie und Ihre Leute zu fragen, ob einer von Ihnen auch hinüber auf die *Monte* möchte.«

Er sah mich einen Augenblick nachdenklich an, wie es so seine Art war, ehe er antwortete. Dann lächelte er. »Wollen Sie uns los sein? Keine Chance! Erstens werden wir hier ja wohl noch gebraucht, zweitens sind wir froh, daß wir die Tommies vom Halse haben, und drittens möchten wir bei dem triumphalen Empfang dabei sein, wenn wir mit dieser prachtvollen Eroberung in die Heimat zurückkommen, klar?«

Die *Monte Cristallo* verabschiedete sich mit einem dröhnenden Abschiedsgruß aus ihrem Typhon und nahm Fahrt auf. Unsere Antwort mit dem Nebelhorn fiel im Vergleich geradezu jämmerlich aus.

»Morgenalarm beendet! Lassen Sie Segel setzen, Herr Kruse! Rudergänger, neuer Kurs eins-drei-fünf!«

Wir hatten zwar keine Aussicht, mit der *Monte* mitzuhalten, aber der Wind stand günstig. Flappend stiegen die nassen Segel empor und blähten sich im steifen Wind, als das Ruder gelegt und die Schoten dichtgeholt wurden.

»Bestehen Bedenken gegen ›Besanschot an!‹, Herr Thomsen?« fragte Kruse, als die *Flying Lady* in die anrollende Dünung schnitt und das Deck wieder aufgeklart war. »Ein Gläschen aus dem Rumvorrat der Briten für die Freiwache, nach Wachwechsel für die anderen?«

»Ein guter Gedanke!« hieb Ole in die gleiche Kerbe. »Ich finde, das haben wir alle sowieso verdient und bei diesem Sauwetter ganz besonders.«

Das fand auch ich. »Keine Bedenken. Aber Sie sollten die beiden Wachen bei dieser Gelegenheit gleich noch einmal eindringlich zur größten Wachsamkeit vergattern. Die *Monte* ist durch Funkspruch vor britischen U-Booten gewarnt worden und bekommt deshalb ein Geleit. Schluderei und Schlendrian auf Wache können wir uns also nicht leisten, sonst sitzen wir gleich wieder in der Tinte!«

»Alles klar!« sagte Kruse und stiefelte los.

Mit dem Fernglas schaute ich dem KdF-Schiff hinterher, das mit Höchstfahrt von unserem Treffpunkt ablief. Kapitän Roloff hatte also tatsächlich noch ein paar Kohlen draufgelegt, wie er angekündigt hatte.

»Ein prächtiger Anblick, aber bei diesem Affenzahn genügt ein Torpedotreffer in den Bug, und er schneidet mit voller Kraft unter«, meinte Ole. »Was hast du jetzt vor? Durch den Belt nach Kiel?«

»Wo es im Skagerrak jetzt von Briten nur so wimmeln soll?« Ich schüttelte den Kopf. »Durch die Deutsche Bucht dicht unter Land nach Hamburg. Da ist die Gefahr vermutlich auch nicht geringer. Aber was meinst du, was es da für einen Trubel gibt, wenn wir dort mit der gekaperten *Flying Lady* aufkreuzen!«

»Aha!« Er zog mit dem Finger sein rechtes Augenlid nach unten. »Holzauge sei wachsam, was? Da ist es dann zu deiner Anke auch nicht mehr weit, du oller Gockel.«

Ich kniff lächelnd ein Auge zu. Anke war jedoch nicht der eigentliche Grund für meinen Entschluß. Hamburg stellte mit seinen Werften und Zulieferbetrieben zwar ein wichtiges kriegswirtschaftliches Potential dar, war aber kein Kriegshafen. Die viel größere Gefahr für die Briten ging von Kiel und Wilhelmshaven aus, den großen Flottenstützpunkten der deutschen Marine.

Zwangsläufig mußten sich die geballten Kriegsanstrengungen der Briten mit Minen, Bomben und U-Booten also in erster Linie gegen diese beiden Flottenstützpunkte richten, um diese Bedrohung auszuschalten. Der Hamburger Hafen stand für sie erst an nachgeordneter Stelle, wie die Luftangriffe auf Wilhelmshaven und Cuxhaven schon einen Tag nach der britischen Kriegserklärung bewiesen.

Der Gedanke an Anke war der angenehme Aspekt dabei. Erinnerungen stiegen in mir auf, zauberten ihr Gesicht vor mein geistiges Auge und weckten Hoffnungen auf ein glückliches Wiedersehen nach so langer Trennung.

Ich war sicher, daß es Ole nicht anders erging. »Selber oller Gockel! Oder hast du Fritzi schon vergessen?«

Das Wetter besserte sich, der Regen hörte auf. Gleichzeitig sprang der steife Wind auf Nordwest um und nahm ab. Es wurde spürbar kälter. Am Himmel zeigten sich die ersten Wolkenlücken, typisch für die Rückfront eines Tiefdruckgebietes. Bald besserte sich auch die Sicht.

»Keine besonderen Vorkommnisse, Herr Oberleutnant! Kurs eins-drei-fünf liegt an, Schiff macht acht Knoten über Backbordbug!« meldete Werda, als ich auf die Brücke kam. »Seit der KdF-Dampfer außer Sicht ist, ist die See wie leergefegt.«

»Danke, II WO! So kann's meinetwegen bis Hamburg bleiben.«

Es hatte keinen Zweck mehr, mit unserem Ziel hinter dem Berg zu halten. Irgendwer hatte mein Gespräch mit Ole mitbekommen, den Rest hatte der Bordfunk besorgt, wie wir die Klatschbörse nannten.

Jetzt schwelgte jeder natürlich in Urlaubsträumen, ich nicht ausgenommen. Keiner dachte in diesem Augenblick an die rund dreihundertachtzig Seemeilen, die noch vor uns lagen. Bei einer Durchschnittsgeschwindigkeit von ungefähr sechs oder sieben Knoten bis vor die Elbmündung ergab das theoretisch eine Reise von dreiundsechzig beziehungsweise vierundfünfzig Stunden.

Ein Klacks, sollte man meinen. Doch wer sich im Hochseesegeln auskannte, wußte, daß daraus leicht eine ganze Woche werden konnte, wenn Wind und Wetter nicht mitspielten.

Der Stimmung tat das jedoch keinen Abbruch, im Gegenteil. Wir befanden uns alle in einem Stimmungshoch, an dem auch der harte Drill nichts ändern konnte, dem die Besatzung seit der Kaperung unterworfen war, um angesichts der U-Bootgefahr auf alle möglichen Situationen vorbereitet zu sein.

Ging uns ein britisches U-Boot in die Falle, mußten wir seine Waffen durch einen ganz massiven, schnellen Schlag ausschalten und es am Wegtauchen hindern. Wo und wie es besonders verwundbar war, wußten wir ja aus eigener Erfahrung. Darum traf der Drill die Geschützbedienungen am härtesten.

Wir waren entschlossen, auch verdächtige Handelsschiffe, die unseren Kurs kreuzten, aufzubringen und – traf unser Verdacht zu – durch Öffnen der Bodenventile und eine kräftige Sprengladung an den richtigen Stellen möglichst schnell zu den Fischen zu schicken. Eine Aufgabe für das neu zusammengestellte Prisenkommando, das den richtigen Umgang mit den Sprengladungen und den Ventilen erst noch lernen mußte, damit es keine Pannen gab. Den Sprengstoff und noch einiges mehr hatten wir unter Dreck gefunden, als wir die Lasten gezielt durchstöberten. Die Tommies hatten an alles gedacht, bloß nicht daran, daß es uns in die Hände fallen könnte.

»Ich glaube, wer uns jetzt an die Wäsche will, muß sich warm anziehen, Herr Oberleutnant!« Der II WO sprühte förmlich vor Optimismus.

»Nur nicht beschreien, II WO!« Ich wußte, wie sehr er die Anrede II WO genoß. »Klopfen Sie lieber auf Holz! Noch haben wir 'nen gewaltigen Törn vor uns. Bis Hamburg kann noch allerlei passieren.«

Ich hätte lieber selbst auf Holz klopfen sollen. Querab von Eigeröy verirrten sich Schraubengeräusche in unser Horchgerät, die schnell aufkamen. Ein Frachter mit Kolbenmaschinen, wie Krummholz behauptete, nachdem er auf die erste Meldung hin sofort das Gerät selbst übernommen hatte.

»Kolbenmaschinen, also kein Kriegsschiff, sondern ein Frachter mit Kohlefeuerung«, stellte der I WO erleichtert fest. »Ein oller Zosse. Wenn wir Glück haben, kriegen wir ihn noch vor Einbruch der Dämmerung vor den Bug. Wollen wir ihn laufen lassen?«

Ich sah auf die Karte, prüfte den Wind und kam zu einem Entschluß. »Sehen wir uns den ollen Zossen doch einfach mal an, Herr Kruse. Vielleicht lohnt es. Fallen Sie ein paar Striche nach Backbord ab, dann kriegen wir ihn früher vor den Bug.«

Es lohnte tatsächlich. Was da mit einer gewaltigen Qualmwolke herangedampft kam, war zwar ein uralter Frachter, ein Problemfall für jede Schiffsversicherung, aber er lag tief im Wasser, war also bis zur Halskrause beladen. Ein Norweger, wie die Außenbordmaling erkennen ließ. Sein Kurs, den wir nach den Peilungen mitkoppelten, verriet ihn.

»Der steuert stur zwo-null-zwo, Herr Kruse. Dieser Methusalem will offenbar nach England, also nehmen wir ihn hopp!«

Wohl war mir bei diesem Gedanken nicht. Hatte der ein ganz anderes Ziel, zum Beispiel einen neutralen Hafen, dann lüfteten wir damit unsere Tarnkappe. Der hielt garantiert nicht mit seinem Wissen zurück und funkte möglicherweise sogar britische Seestreitkräfte herbei, sobald er vor uns sicher sein konnte. Das hatte der Holländer ja auch getan.

Der I WO konnte anscheinend Gedanken lesen. »Ganz schön riskant, was?«

»Wieso denn? Weil wir die Katze erst aus dem Sack lassen dürfen, wenn wir wissen, wohin seine Reise geht?« Wolters lächelte überlegen. »Hissen wir doch einfach die britische Flagge. Dann verrät er uns bestimmt, wohin er will, wenn wir ihn vor deutschen U-Booten warnen. Ein ganz simpler Trick, auf den er bestimmt hereinfällt.«

»Teufel, Kapitän Wolters, vor Ihnen muß man sich ja in acht nehmen!« Der I WO klopfte ihm anerkennend auf die Schulter. »Was so ein richtiger friesischer See- und Strandräuber ist, der kennt die tollsten Schliche!«

»Na, na, keine Beleidigungen meiner Vorfahren auf Amrum und Sylt, Herr Kruse!« protestierte Wolters schmunzelnd. »Das waren alles gaaaanz ehrbare Leute. Was konnten die denn dafür, wenn die anderen ihr Bikebrennen für'n Leuchtfeuer hielten?«

»Trotzdem, die Idee ist gut, Käpt'n.« Ich beugte mich über die Karte und nahm die zwischen den Peilungen zurückgelegte Strecke des Norwegers in den Zirkel, um seine Geschwindigkeit zu berechnen. »Was zeigt unser Log?«

»Sieben Knoten, Herr Oberleutnant«, las der Steuermannsgast das Log ab.

»Dann ist der schneller als wir. Er läuft gut zehn Knoten. Luven Sie an, Herr Kruse! Wir müssen vor ihm seinen Kurs kreuzen, damit er uns nicht entwischt, wenn wir in den Wind schießen. BÜ, bitten Sie den LI auf die Brücke.«

Als Ole auf der Brücke erschien, setzte ich den dreien meinen Plan auseinander. »Noch haben wir Zeit. Aber dann muß alles wie am Schnürchen klappen. Der darf nicht ahnen, daß er in eine Falle tappt. Noch Vorschläge?«

Ich blickte einen nach dem anderen an. Sie schüttelten die Köpfe.

»Na dann – Mast- und Schotbruch!«

Wir paßten genau den richtigen Augenblick ab. Lange bevor wir ihn querab hatten, ging der Union Jack am Besan hoch, und Mendel blinkte den Norweger an. Darauf waren sie drüben offenbar nicht vorbereitet, denn es dauerte ein wenig, bis Empfangsbereitschaft signalisiert wurde.

Mendel klapperte den von mir vorbereiteten englischen Text wie ein echter Brite herunter: »Hier *Flying Lady*, segelnd nach Newcastle. Haben wir den selben Weg?«

Höflich dippten wir als Gruß die britische Flagge, aber so tief, daß die Hakenkreuzflagge unbemerkt darüber angesteckt werden konnte, wenn die richtige Antwort kam. Sie ließen sich damit Zeit. Statt dessen dippten sie ebenfalls ihre Flagge.

»Hier *Thor Hornblad*. Warum fragen Sie?«

»Sie sind mißtrauisch, das ist verdächtig. Gut, daß wir damit gerechnet haben«, flüsterte der IWO, als fürchte er, gehört zu werden. »Weiter im Text, Mendel!«

»Weil wir einen Funkspruch aufgefangen haben, der vor deutschen U-Booten und einem deutschen *Raider* warnt. Wir sind daher auf einen anderen Kurs gegangen.«

Als das Wort *Raider* hinüberblitzte, grinste die gesamte Brückenwache. Diese Bezeichnung für ein Kaperschiff hatte Wolters aus Jux beigesteuert, gemeint waren wir.

»Danke für die Warnung, aber sie betrifft uns nicht. Wir sind für Edinburgh bestimmt! Das Seegebiet soll sicher sein. Gute Fahrt und viel Glück!«

»Was hab' ich gesagt?« triumphierte Wolters. »Sie sind darauf hereingefallen!«

Ich drückte auf die Alarmklingel. Wir ließen die Maske fallen. Am Besan stieg die deutsche Flagge über der britischen empor. An Deck fielen die tarnenden Hüllen und gaben die schußbereiten Waffen frei.

»Geben Sie rüber, Mendel: *Thank you very much. But sorry, we are the German* Raider*! Stop at once, don't use wireless telegraphy or you will be gunned!*«

Wir spürten den Schreck, der die Norweger durchfuhr, bis zu uns herüber. Doch sie begriffen sehr schnell, daß mit uns nicht zu spaßen war. Die *Thor Hornblad* stoppte. Wir drehten in den Wind und tuckerten mit dem Hilfsmotor näher.

»Prisenkommando von Bord! Klar zum Entern!«

Das Boot rauschte zu Wasser und nahm Kurs auf den Norweger.

»Holt die Flaggen ein. Man kann nicht wissen, ob nicht jemand zuschaut. Mendel: *Leave your ship at once and come aboard. Your ship will sinkin' fast!*«

Wenn mein verstorbener Englischlehrer vom Himmel auf mich herunterschaute, schüttelte er vermutlich über mein Englisch wieder einmal den Kopf, doch es wirkte. Die Norweger fierten eine Motorbarkasse und verließen ihr Schiff geradezu fluchtartig, als das Prisenkommando nahte.

»Fünfzehn Männer. Ist das nicht ein bißchen wenig für so einen Frachter?« fragte ich Wolters. »Ich bin darüber nicht böse, aber trotzdem wundert's mich.«

Er zuckte die Schultern. »Scheint doch zu reichen. Die Angst ist ein schlechter Heuerbaas.«

»Auch wieder richtig.« Ich griff zum Mikrophon. »Oberbootsmann, die Motorbarkasse nehmen wir als Ersatz für das vom Fähnrich – Gott hab' ihn selig – zerhackte Beiboot an Bord. Lassen Sie den Kapitän zur Brücke bringen. Die Männer kommen ins Hängemattendeck.«

Das Ende der *Thor Hornblad* kam schnell. Die Sprengladungen gingen hoch und rissen den Schiffsboden auf. Explosionsartig flog das Kesselhaus in die Luft, als das Wasser die Feuerung erreichte. Für den Kapitän war es ein schlimmer Anblick, sein Schiff versank wie ein Stein, nicht mehr als einen schäumenden Wirbel hinterlassend.

»Tut mir leid, Kapitän Larsson, aber Erz ist nun einmal Konterbande. Das haben Sie aber doch gewußt – oder?«

Larsson, ein untersetzter Mann von etwa fünfzig Jahren mit einem Wikingerbart, einer Seemannsfräse, wie wir das nannten, nickte. Er sprach deutsch, wenn auch mit Akzent. »Natürlich, aber wer rechnet denn schon damit, daß er hier draußen einem falschen Briten auf den Leim gehen könnte?«

»Wenn es Sie tröstet: Auch wir sind auf diesen Gauner im Frack hereingefallen. Nachdem er unser U-Boot zu den Fischen geschickt hatte, haben wir ihn gekapert. So ist das nun mal.«

»Hmmm«, brummte er nachdenklich. »Und die Besatzung?«

Ich hob protestierend die Hände, weil er mit der flachen Hand eine Bewegung rund um die Kehle machte. »Wo denken Sie hin! Wir sind doch keine Barbaren, obwohl uns die Briten jetzt Hunnen nennen. Die sind mit einem anderen Schiff auf dem Weg nach Deutschland.«

»Und was geschieht mit uns?«

Ich zuckte die Schultern. »Sie bleiben bei uns, bis wir eine Möglichkeit finden, Sie irgendwo an Land zu setzen. Aber das kann dauern. Ich hoffe, Sie und Ihre Leute machen uns bis dahin keine Schwierigkeiten. Wir sind keine Kriegsgegner, deshalb können Sie sich zu bestimmten Zeiten an Deck frei bewegen. Aber nachdem wir selbst die Gefangenschaft hier an Bord ausgekostet haben, sitzt bei unseren Männern der Finger am Abzug locker. Bitte warnen Sie Ihre Leute«

Der gelungene Coup löste bei unseren Leuten eine regelrechte Euphorie aus. Sie waren von dem Erfolg hellauf begeistert. Dahinter trat selbst der Wunsch nach einer schnellen Heimreise zurück.

»Ich hab' mich mal umgehört, Herr Oberleutnant«,

meinte der Smadding beim Abendessen, das wir alle gemeinsam einnahmen. »Das war doch mal was! Das sollten wir wieder machen, wenn sich eine Gelegenheit bietet.«

Zustimmendes Gemurmel der Freiwache unterstrich seine Worte. Kapitän Nickels klopfte mit den Fingerknöcheln auf dem Tisch Beifall.

»Das glaubt mir in Husum keine Sau, wenn ich das erzähle. Seemannsgarn werden sie es nennen und die Lügenglocke läuten, die in *Liebe, Glaube, Hoffnung* über der Back hängt.«

Liebe, Glaube, Hoffnung war sein Stammlokal, so eine urige Seemannskneipe am Hafen, von der er uns bei jeder Gelegenheit vorschwärmte. Drei Tage lang wollte er sich dort einquartieren und vollaufen lassen, wenn wir heil zurückkamen.

Das hatten in ähnlicher Form auch die meisten unserer Männer vor, verbunden mit dem ausgedehnten Besuch eines Puffs, wie es sie in den Gassen aller Häfen gab. Und wie nicht anders zu erwarten, mündete solche Schwärmerei zum Schluß wieder in die deftigen Sauigeleien des Marinethemas Nummer eins ein, angefangen mit den Versen des berühmt-berüchtigten *Marine-ABC,* gefolgt von *Bonifazius Kiesewetter* und dem huldigenden Lobgesang auf das legendäre *Wirtshaus an der Lahn* und die vielseitigen Praktiken seiner Wirtin.

Mitten in diese angeheizte Stimmung platzte der Alarm hinein. Es war nicht der übliche Abendalarm bei Anbruch der Dämmerung, wie mich ein schneller Blick auf meine Uhr belehrte. Es gab einen anderen Anlaß.

Die Männer sprangen auf und liefen auf ihre Stationen. Im Nu leerte sich die Messe. Nur Obermaat Hochheim, Führer des Prisenkommandos, der gern mit seinem Englisch protzte, blieb Sekundenbruchteile stehen und reckte grienend die Faust mit dem Daumen nach oben, ehe auch er davoneilte.

»*Who ever it is, Sir, we get him down!*«

Ich lachte. »*I hope you will do your best*, Hochheim!«

»Zwei Flugzeuge unbekannter Nationalität und ein Zerstörer vor der norwegischen Küste, Herr Oberleutnant!« meldete der II WO. »Hoffentlich hat der Erzfrachter nicht noch gefunkt.«

»Hat er nicht, II WO! Jedenfalls nicht auf der üblichen Notrufwelle. Das hätten wir gehört«, widersprach ihm Kruse. »Sie hatten doch gar keine Zeit dazu.«

Ich hörte nur mit halbem Ohr hin. Von den Flugzeugen, die weit entfernt um uns einen Bogen schlugen, hatten wir nichts zu befürchten. Wir boten einen so friedfertigen Anblick für die Piloten, daß sie hinter unserer Fassade garantiert kein Kaperschiff vermuteten.

Mit dem fremden Zerstörer sah das ganz anders aus. Seinen Waffen waren wir nicht gewachsen, wenn der mißtrauisch wurde und uns kontrollierte. Allerdings schien er an uns überhaupt nicht interessiert zu sein, denn unsere Peilungen ergaben, daß er fern am Rand der norwegischen Dreimeilenzone entlanglief, ohne den Kurs zu wechseln. Trotzdem behielten wir ihn wachsam im Auge.

»Zwei Schornsteine, aber ganz andere Aufbauten. Das ist keiner von unseren.« Auf meiner Kopfhaut stellte sich bei dieser Erkenntnis ein unangenehmes Kribbeln ein. »Gefreiter, geben Sie mir mal das britische Flottenverzeichnis herüber! Darin müßte seine Silhouette zu finden sein.«

Kruse ließ sein Fernglas sinken und schaute mir über

die Schulter, als ich das dicke Buch aufschlug. »Ein Tommy ist das nicht, der den Schiffsverkehr vor der norwegischen Küste kontrolliert, sonst wäre er schon längst neugierig herbeigeeilt.«

»Kann alles noch kommen!« unkte Ole, den die Neugier aus dem Maschinenraum an Deck getrieben hatte. »Man soll den Tag nicht vor dem Abend loben.«

Ich tippte auf eine Buchseite und atmete erleichtert auf. »Stimmt! Aber Herr Kruse hat recht. Kein Brite, sondern ein Norweger. Ungemein beruhigend, was?«

»Flugzeuge in eins-acht-fünf schwenken auf uns ein und verlieren Höhe!« meldete der Ausguck. »Typ noch nicht erkennbar.«

»Das war zu erwarten, die fliegen Aufklärung. Signalgast, setzen Sie die dänische Flagge«, befahl ich. »Wer immer sie auch sind, sie müssen uns im Ruhe lassen.«

»Dann sollten Sie unsere schußbereiten Waffen aber schleunigst wieder zudecken lassen, die passen nämlich ganz und gar nicht zu einem friedlichen Neutralen.«

Verdammt, Wolters hatte recht! Wenn die über uns hinwegbrausten, boten wir alles andere als einen friedfertigen Anblick. Wie hatte ich das nur vergessen können!

»Waffen sofort gegen Sicht von oben zudecken!« schrie ich in das Mikrophon. Noch übertönten die Decklautsprecher das Motorengeräusch der dicht über der Wasseroberfläche anfliegenden Maschinen. »Beeilung!«

Mit Erleichterung registrierte ich, daß irgendwer von den Geschützführern bereits vorausgedacht haben mußte. Noch ehe mein letztes Wort aus den Lautsprechern verklungen war, waren schon die Waffen und mit ihnen auch ihre Bedienungen unter den Planen verschwunden.

Die Maschinen stürmten hintereinander schräg versetzt heran. Britische Wellington-Bomber, wie das kreisrunde Pfauenauge auf dem Tarnanstrich am Rumpf der hinteren Maschine erkennen ließ. Ihre Motorengeräusche schwollen zu einem donnernden Dröhnen an.

Deutlich hoben sich die Gesichter der Besatzungen in den gläsernen Kanzeln der heranjagenden Bomber ab. In der vorderen hatte einer der Männer eine Kamera am Auge und fotografierte uns im Anflug.

Wir winkten ihnen zu, wie es sich für harmlose Kauffahrteifahrer bei einer solchen Begegnung gehörte, als sie über uns hinweg donnerten und zu einem Bogen über die Flügel abkippten.

»Wir hätten sie mit den Oerlikons glatt herunterholen und ihnen mit den Schnellfeuerkanonen den Rest geben können!« sagte der I WO bedauernd. »So eine günstige Gelegenheit kriegen wir nie wieder.«

»Abwarten!« warnte ich, denn die beiden Bomber flogen einen Halbkreis und setzten zu einem erneuten Anflug an. »Sieht aus, als hätten sie noch nicht genug gesehen.«

»Sollten wir ihnen nicht vielleicht doch zuvorkommen?« setzte Ole an. »Wenn die Verdacht geschöpft ...«

»Unsinn!« unterbrach ich ihn. »Wodurch denn?«

In meinem Kopf überschlugen sich trotzdem die Gedanken. Was, wenn die wirklich Verdacht geschöpft hatten und herankamen, um uns Bomben zu verpassen und uns mit ihren Bordwaffen zusammenzuschießen? Sollte ich vielleicht doch nicht lieber ...

Das Aufblitzen von Blinkzeichen in der Kanzel des vorderen Briten nahm mir die Entscheidung ab. »*Your name and destination, please!*«

Zum Überlegen blieb mir nicht viel Zeit. Ich riß dem Signalmaat die Klappbuchs aus der Hand. »Lille Mellebakken *coming from Narvik sailing to Esbjerg.*«

Und dann ritt mich der Teufel. »*God shave your King, John Bull!*«

Donnernd fegten sie über uns hinweg und drehten, mit den Flügeln ein *Thank you!* wackelnd, von uns ab. Mir fiel ein riesiger Stein vom Herzen. Gott sei Dank, keine Bomben und kein Beschuß mit Bordwaffen. Wir waren als harmlos eingestuft worden.

Eine unerklärliche Unruhe raubte mir den Schlaf und trieb mich noch vor dem Morgenalarm an Deck. Ich lief genau dem Brückenläufer in die Arme.

Er baute Männchen. »Der Horchraum meldet Schraubengeräusche aus zwo-fünf-null und zwo-sechs-fünf, Herr Oberleutnant. Zugleich hat der Funkraum offenen Funkverkehr zwischen beiden aufgefangen. Der I WO bittet Sie, auf die Brücke zu kommen.«

»Danke, Brauer! Wie sieht das Wetter aus?«

»Der Wind ist auf Südwest zurückgesprungen und noch mehr abgeflaut, aber es regnet wenigstens nicht mehr.«

Ich quittierte seine Antwort mit einem Nicken und ging vor ihm her zur Brücke. Noch war es dunkel, aber im Osten kündigte sich bereits schwach die Morgendämmerung an der Kimm an.

»Guten Morgen allerseits!« begrüßte ich die Brückenwache und wischte mir mit dem Handrücken über die müden Augen. »Schraubengeräusche und offener Funkverkehr – schon herausgefunden, um wen es sich handelt?«

»Schweden dem Text und den Namen nach. Stehen weit auseinander. Der vordere steht in zwo-fünf-null und nennt sich *Kiruna II.*« Der Mann trat an die Seekarte und wies auf die Standorte. »Die Peilungen sind genau, wir haben sie mit dem Peilrahmen überprüft. War ein Kinderspiel, denn die hatten sich 'ne ganze Menge zu erzählen. Schade, daß keiner von uns schwedisch spricht.«

»Und der zweite, Herr Kruse?«

»Nennt sich *Gotland*. Beide haben offenbar das selbe Ziel.«

»Ich sehe«, sagte ich nach einem Blick auf deren Kurse in der Karte. Noch in der Nacht waren wir zwei Strich nach Steuerbord abgefallen und segelten nicht mehr direkt auf Jütland zu, um uns frei vom Skagerrak zu halten. »*Kiruna* und *Gotland*, zwei Schweden. Sieht aus, als wollten sie nach England. Wir sollten sie abfangen und ihnen mal auf den Zahn fühlen.«

Kruse griente. »Wieder auf die dämliche Tour?«

»Warum nicht?« Ein Blick auf das Log genügte. »Die werden schneller als wir sein, aber es wird ihnen nichts nützen.«

Mit Kursdreieck und Lineal verlängerten wir ihre Kurslinien und unseren Kurs und steckten die möglichen Treffpunkte ab. Es war eine denkbar einfache navigatorische Aufgabe.

»Immer vorausgesetzt, die wollen wirklich nach England, dann kriegen wir beide. Wir müssen uns mit dem vorderen allerdings beeilen. Gehen Sie auf einen konvergierenden Kurs, Herr Kruse.«

Er nickte. »Ich werde auch die Sprengladungen verdoppeln lassen, damit der vordere Pott schneller auf Tiefe geht.«

Es war tatsächlich ein Schwede, der schnell aufkam. Inzwischen war es hell geworden, so daß wir seine auf die Außenhaut aufgepinselte große Flagge schon bald mit dem bloßen Auge erkennen konnten.

»Ein Erzfrachter, wenn ich mich nicht irre«, stellte Wolters fachmännisch fest. »Dürfte seine 8000 bis 9000 Bruttoregistertonnen haben.«

»Und der fühlt sich so sicher, daß er garantiert auf unseren Trick hereinfällt. Wann trifft man denn hier in Europa noch so einen Viermastschoner? Und besonders kriegerisch sehen wir ja auch nicht aus.«

»Das wird sich gleich ändern, Herr Kruse«, gab ich zurück. »Los, Signalmaat, blinken Sie ihn an! Ihren Text kennen Sie ja.«

Alles lief wie bei der *Thor Hornblad* ab. Auch dieser Schwede fiel prompt auf unser harmloses Aussehen herein. Als Ziel gab er Harwich an, und damit war er geliefert. Als wir die Maske fallen ließen, wußte die schwedische Besatzung sofort, was die Stunde geschlagen hatte. Sie schwenkte die Boote aus und pullte zu uns herüber, noch ehe das Prisenkommando an Bord gegangen war.

»Na bitte! Wie gehabt, Herr Kruse. Lassen Sie bitte die beiden Flaggen einholen und unsere Geschütze wieder tarnen. Aber trotzdem äußerste Wachsamkeit! Man kann nie wissen.«

Ich verfolgte durch das Glas, wie unsere Leute über das Deck der *Kiruna II* eilten und in den Niedergängen verschwanden, um die Sprengladungen anzubringen und die Ventile zu öffnen. Befriedigt ließ ich das Glas sinken.

Alles lief nach Plan. Bei uns stiegen die ersten Schweden durch die Relingspforte an Deck, wurden nach Waffen durchsucht und unter Deck geführt. Den Kapitän der *Kiruna II* brachte der Smadding zu uns zur Brücke.

»Kapitän Pakkaleinen, Herr Oberleutnant. Der Kapitän spricht deutsch.«

»Danke, Oberbootsmann!«

Ich wandte mich dem Kapitän mit dem finnischen

Namen zu, um ihn zu begrüßen. Aus den Augenwinkeln bemerkte ich plötzlich, daß ein paar Leute der Geschützbedienung ihre Gefechtsstationen verließen.

»Sind die Kerle lebensmüde, Oberbootsmann? Noch ist der Alarm nicht aufgehoben! Machen Sie den Brüdern Feuer unter dem Arsch, daß die sofort wieder auf ihre Gefechtsstationen zurückkehren und die Geschütze feuerbereit halten! Sonst werden die mich kennenlernen!«

Der Bootsmann fuhr wie der Leibhaftige unter die nachlässige Bande und scheuchte sie, fürchterliche Drohungen brüllend, auf ihre Stationen zurück. Ich war sicher, daß er sie für ihre laxe Pflichtauffassung in den nächsten Tagen noch bitter büßen lassen würde.

Ich hätte also zufrieden sein können, trotzdem wurde ich ein unbestimmbares Unbehagen nicht los. Das lag nicht an dem schwedischen Kapitän, der mich mit Vorwürfen überhäufte, bis ich ihm barsch das Wort abschnitt.

»Hören Sie mit Ihrem albernen Gesabbel auf, Kapitän! Sie können froh sein, daß wir Sie nicht mit Ihrem Schiff zu den Fischen schicken! Was heißt hier Kaperschiff? Sie haben Konterbande transportiert, und das sind jetzt die Konsequenzen! Finden Sie sich also damit ab!«

Ich ließ ihn einfach stehen, denn das Prisenkommando kehrte zurück und wurde an Bord genommen. Kaum hing das Boot wieder in seinem Davit, gingen auf der *Kiruna II* donnernd die Sprengladungen hoch. Es klang, als flöge der ganze Pott in die Luft. Unwillkürlich zogen wir die Köpfe ein.

»Mensch, da sind wir wohl doch ein wenig großzügig mit den Sprengladungen umgegangen!« Ole rieb sich theatralisch den Kopf, als sei er von irgendwelchen Splittern getroffen worden. »Der geht ja wie die Feuerwehr ab in die Tiefe!«

Tatsächlich! Nach den Detonationen verschwand die *Kiruna* von der Wasseroberfläche, als könne sie gar nicht schnell genug zu den Fischen kommen. Irgendwelche Kisten und Holzteile kreisten noch in dem Luftblasen aufwerfenden Strudel, den sie hinterließ, und eine seltsam geformte Spiere stieg auf. Das und ihre leeren Boote, die wir treiben ließen, war alles, was von ihr blieb.

Wir holten die Schoten dicht und nahmen Fahrt auf. Ich sah mit dem Glas noch einmal zu den Überresten des Erzfrachters hinüber, die in dem wachsenden Ölteppich trieben.

»Das war's dann ja wohl, Herr Kruse. Nehmen Sie Kurs auf die *Got* ...« Das Wort blieb mir im Halse stecken. Das war ja gar keine Spiere, und sie gehörte auch nicht zur gesunkenen *Kiruna II*! Was dort, viel weiter ab, als ich angenommen hatte, hinter dem aufsteigenden Treiböl aus dem Wasser ragte und auf Parallelkurs mit uns einen kaum wahrnehmbaren Kielwasserstrudel nach sich zog, war ein Periskop!

Im gleichen Augenblick schrie neben mir der Moses laut auf: »Ein Sehrohr, Herr Oberleutnant! Ein Sehrohr querab in null-neun-null!«

Ich griff zum Mikrophon. »Klar Schiff zum Gefecht! Ein U-Boot in null-neun-null auf Parallelkurs mit uns! Tarnung bleibt bis ›Feuer frei!‹ bestehen!«

Ich sah, wie der verborgene Entfernungsmesser herumschwenkte und das Sehrohr anvisierte. In meinem Kopf überschlugen sich die Gedanken. Das U-Boot lief auf Parallelkurs, also brauchten wir seine Torpedos nicht zu fürchten. Sein Kurs verriet mir zugleich, daß die gewaltige Detonation und der schnelle Untergang der

Kiruna II dem Kommandanten Rätsel aufgab. Ein Torpedotreffer?

Dann konnte der nur von einem U-Boot stammen, denn ein anderes Kriegsschiff war ringsum nicht zu sehen. Auf den Gedanken, daß die Versenkung auf unser Konto gehen könnte, kam er garantiert nicht. Der Frachter hatte uns ja gegen seine Sicht abgedeckt. Jetzt zerbrach er sich vermutlich den Kopf, welche Rolle wir dabei gespielt haben könnten.

Die treibenden Boote ließen alles nach einer gelungenen Rettungsaktion aussehen. Ein besseres Alibi für unsere Anwesenheit konnten wir uns überhaupt nicht wünschen. Wollte er mehr erfahren, mußte er auftauchen, und dann hatten wir ihn, wenn es ein Brite war.

»Entfernung zwo-fünf-null Meter!« meldete der Mann vom Entfernungsmesser. »Schußwinkel null-neun-zwo, gleichbleibend!«

Es war zwar nur ein Drei-Meter-Basisgerät, aber gerade auf so kurze Entfernung lieferte es ganz exakte Werte für einen überraschenden Feuerschlag.

»Warte, mein Freund, gleich bist du dran und bekommst Flügel«, murmelte der I WO, dem wohl ähnliche Gedanken durch den Kopf gingen. »Komm hoch, damit wir wissen, wer du bist!«

Aber der unbekannte Kommandant ließ sich Zeit, glaubte sich vermutlich unentdeckt, weil sich an unserem Deck nichts Auffälliges abspielte. Bei uns dagegen stieg die Spannung. Man konnte sie fast mit den Händen greifen.

»Nur die Ruhe, Herr Kruse!« mahnte ich. »Vielleicht ist das einer von uns?«

»Doch nicht hier, Arne!« widersprach mir Ole. »Nee, das …«

Um das Sehrohr herum brodelte plötzlich die See. Der Spargel kam noch höher heraus, gefolgt von einem fremdartigen Turm auf dem auftauchenden Bootskörper, aus dessen Speigatts das Wasser schäumend ablief.

»Achtung! Keiner von uns! Ein Brite oder Franzose! Klar zum Feuern!« befahl ich über die BÜ-Anlage.

Auf dem U-Bootturm erschienen ein paar Gestalten. Eine Klappbuchs blinkte zu uns herüber. Gleichzeitig wehte am Turm die britische Kriegsflagge aus.

»Feuer frei!« schrie ich. »Drauf mit allen Waffen! Hoch mit der deutschen Flagge am Besan!«

Die Briten hatten so wenig eine Chance, wie wir sie gehabt hatten. Die 2-cm-Oerlikons und die MGs überschütteten den Turm mit einem gnadenlosen Feuerhagel, der die Männer auf der Plattform niederstreckte. Sprenggranaten der drei Schnellfeuergeschütze stanzten Löcher in den Turm und in den Bootskörper, um das Boot tauchunfähig zu machen.

Dennoch ließen sich ein paar Gestalten nach Feuerlee aus dem Turm fallen und machten den selbstmörderischen Versuch, an das Geschütz vor dem Turm zu gelangen. Noch ehe die MGs nach ihnen griffen, traf eine unserer Granaten die Bereitschaftsmunition und besiegelte damit ihr Schicksal. In einen fürchterlichen Splitterregen eingehüllt, fegte der Druck der explodierenden Munition ihre leblosen Körper von Deck und schleuderte sie entsetzlich zugerichtet über Bord.

»Mein Gott, ist das ein unmenschliches Gemetzel!« Wolters wandte sich erschüttert ab. »Macht doch ein Ende damit!«

Das Ende kam durch die Granaten, die die Außenhaut durchschlugen und im Bootsinnern detonierten. Unter der Back des Bootes brach plötzlich donnernd ein Vulkan auf und schickte eine riesige Feuersäule zum Himmel. Das Vorschiff zerbarst durch die Wucht schwerer Explosionen, seine Trümmer flogen nach allen Seiten.

»Torpedos! Wir haben ihre Torpedos getroffen!« schrie Kruse. »Das übersteht keiner! Die armen Säue!«

»Feuer einstellen! Feuer einstellen!« befahl ich über die Decklautsprecher. Anders war der Gefechtslärm nicht zu übertönen. »Boot an Steuerbord klar zum Rettungsmanöver!«

Sofort schwiegen die Waffen, aber mein Befehl zur Rettung kam zu spät. Es gab nichts mehr zu retten. Das U-Boot verschwand innerhalb von Sekunden von der Wasseroberfläche, in einem gewaltigen Strudel alles mit in die Tiefe reißend, was sich an Bord befand. Nicht ein Überlebender entkam dem mächtigen Sog, nur vereinzelt schwammen Trümmer von Kojen oder Holzverkleidungen auf, die jedoch nichts über das Boot und seine Besatzung verrieten. Ein Ölteppich legte sich über die Untergangsstelle. Luftblasen stiegen darin auf und zerplatzten blubbernd, den penetranten Gestank nach Treiböl verbreitend.

Erinnerungen an den Untergang unseres Bootes kamen bei diesem Anblick in mir hoch. Aber nicht nur bei mir, wie ich den ernsten Gesichtern um mich herum ansah. Da kam kein Jubelgeschrei über diesen Sieg auf, der unserem Gegner nicht die geringste Chance gelassen hatte, während von uns immerhin zweiunddreißig den Untergang unseres Bootes überlebt hatten.

»Die *Gotland* hat gefunkt, Herr Oberleutnant!« Der Zettel in der Hand des Funkers holte mich aus der Erinnerung in die Gegenwart zurück. »Wir können aber nicht herauslesen, was die wollen.«

»Geben Sie her!« Bevor ich den Zettel an den schwedischen Kapitän weitergab, wandte ich mich leise an den I WO. »Übernehmen Sie bitte, Herr Kruse. Wir müssen uns beeilen, wenn wir die *Gotland* auch noch erwischen wollen. Wenn das Boot aufgeklart und die Bereitschaftsmunition ergänzt ist, können Sie den Alarm aufheben und ›Besanschot an!‹ pfeifen lassen. Ich glaube, auf den Schock hin können jetzt alle 'nen Schnaps vertragen.«

Kruse grinste. »Und ob! Ich hab' noch immer ein ganz flaues Gefühl im Magen!«

Ich ging zu dem Schweden hinüber, der totenbleich an der Reling lehnte und geschockt auf die Untergangsstelle des U-Bootes stierte. »Der gilt offenbar Ihnen, Herr Pakkaleinen. Um was geht es, wenn ich fragen darf?«

Er warf nur einen kurzen Blick auf den Text. »Das ist kein Geheimnis. Sie wollen wissen, ob wir das entfernte Gewummer auch gehört haben. Und ob wir das gehört haben!«

»Erstaunlich, daß das so weit zu hören war, nicht wahr?« überging ich den Vorwurf in seiner Stimme. »Was hat Sie schockiert? Die Versenkung des britischen U-Bootes? Wir sind nicht die Erfinder dieser Maskerade, auf die auch Sie hereingefallen sind. Wir haben den Spieß lediglich umgedreht und die Briten mit ihren eigenen Waffen geschlagen. Die *Flying Lady* ist nämlich eine britische U-Boot-Falle gewesen, der unser U-Boot auf die gleiche heimtückische Weise zum Opfer gefallen ist. Bei uns haben allerdings zweiunddreißig Mann überlebt, mit denen wir später dieses Schiff hier in Besitz genommen haben.«

Ich redete gegen eine Wand, das sah ich seinen feindselig blitzenden Augen an.

»Was haben Sie mit der Besatzung gemacht? Auf die gleiche Art umgebracht?«

Das reichte. Ich lachte ihm in das verkniffene Gesicht. »Du lieber Himmel, Sie haben ja eine herrliche Meinung von uns, Kapitän! Eine Bande von widerlichen Meuchelmördern, was? Ich kann Sie beruhigen, die Mannschaft ist von einem anderen Schiff mit nach Deutschland genommen worden.«

Er biß sich auf die Lippen. »Und was haben Sie mit uns vor?«

»Wir sind froh, wenn wir Leute wie Sie möglichst schnell wieder loswerden. Sobald wir einem Schiff begegnen, das nicht nach England will, geben wir Sie von Bord.« Der Schlag saß. Ich winkte den Läufer herbei. »Bringen Sie den Kapitän zu den anderen unter Deck.«

Es war wie verhext, ich kam nicht dazu, den Bericht für das Kriegstagebuch zu schreiben. Diesmal waren es wieder Flugzeuge, die mich an Deck trieben.

»Verdammt, ausgerechnet jetzt, wo wir die *Gotland* schon in Sicht haben«, fluchte Kruse. »Wieder zwei Maschinen, die noch nicht zu identifizieren sind.«

Seine Hand wies nach Südosten, wo zwei Flugzeuge um die *Gotland* kreisten, ehe sie zum Überflug ansetzten. Selbst mit meinem starken Glas waren ihre Kennzeichen nicht auszumachen.

»Auf jeden Fall sind's Aufklärer. Gestern waren es Tommies, die uns fotografiert haben, als wir ihnen die harmlosen Dänen vorspielten. Sind's wieder Briten, bleiben wir lieber dabei, sonst werden sie am Ende mißtrauisch. Lassen Sie den Danebrog setzen, Herr Kruse.«

»Und wenn's Deutsche sind? Sollten wir dann nicht die Hakenkreuzflagge setzen?« schlug Wolters naiv vor.

»Um Himmels willen, Kapitän, bloß das nicht! Haben Sie das britische U-Boot so schnell vergessen?« begehrte

Ole auf. »Ein Glück, daß wir die Flaggen schon eingeholt und die Geschütze wieder getarnt hatten, als uns die *Kiruna* noch deckte! Die Tommies hätten uns sonst naßkalt torpediert.«

Darüber waren wir uns bei der Nachbesprechung alle einig gewesen, daß uns nur dieser gütige Zufall vor einem schnellen Ende bewahrt hatte.

»Vielleicht lauert irgendwo wieder so eine böse Überraschung auf uns, Käpt'n?« setzte ich hinzu. »Immer schön bedeckt bleiben, bis es unumgänglich wird, unser wahres Gesicht zu zeigen. Das ist die Parole, um heil nach Hause zu kommen. Und nach Hause wollen wir doch jetzt alle – oder?«

Ich nahm einen Notizzettel vom Kartentisch und schrieb für den Signalgast einen englischen Text auf, falls es wieder Briten sein sollten, die uns nach dem Woher und Wohin fragten.

»Jetzt sind wir dran, Herr Thomsen!« Kruse ließ sein Glas sinken und warf einen kontrollierenden Blick über das Deck. »Sollen sie nur kommen. Friedlicher als wir kann kaum einer aussehen.«

Die beiden Flugzeuge entpuppten sich tatsächlich wieder als Tommies. Sie schlugen auch um uns zuerst einen Kreis, ehe sie zum Überflug etwas heruntergingen. Bis aufs äußerste gespannt, warteten wir auf einen Blinkspruch. Doch der kam nicht.

Donnernd jagten die beiden Maschinen hintereinander auf uns zu. In der Kanzel der vorderen Maschine hob der Pilot grüßend die Hand. Dann waren sie auch schon über uns hinweg und kurvten nach Norden ein.

»Die haben die gestrigen Fotos gesehen und sind darauf hereingefallen, Arne.« Oles Stimme war die Erleichterung darüber anzuhören.

»Oder man hat uns in England nach den Bildern als *Flying Lady* identifiziert, die aus gutem Grund nicht erkannt werden will.« Ich sah den davonstrebenden Maschinen hinterher, die schnell zu Pünktchen über der Kimm zusammenschmolzen. »Die ahnen ja in England nicht, daß wir den Spieß umgedreht haben.«

»Dabei wird's hoffentlich auch bleiben.« Kruse klopfte an die Holzverkleidung der Brücke. »Ziehen wir mit der *Gotland* wieder das gleiche Spielchen ab?«

Ich lächelte. »Nicht ganz. Ich hab' mir ein anderes Sprüchlein ausgedacht, das vielleicht noch besser zieht. Das Prisenkommando soll die Zünder mit längerer Verzögerung einstellen, damit wir weiter ab sind, wenn die Ladungen hochgehen. Bei der *Kiruna* waren wir viel zu nahe dran. Das hätte leicht ins Auge gehen können.«

Es war überraschenderweise die *Gotland*, die uns zuerst anblinkte. Sie wollte wissen, ob wir deutschen U-Booten begegnet seien. Kruse lachte laut auf.

»Die scheinen ja gewaltigen Schiß vor uns zu haben! Warum wohl? Weil sie ein schlechtes Gewissen haben, natürlich!«

Der Signalgast wartete auf meinen Befehl. Ich setzte auf seinem Zettel mit dem vorbereiteten englischen Text noch »*we not, but*« hinzu, damit er zu der Anfrage paßte, und nickte ihm zu.

»Wir nicht«, blinkte er den Text hinüber, während sich die beiden Schiffe näherten, »aber wollen Sie etwa nach England?«

Hinter unseren Deckaufbauten machte sich das Prisenkommando zum Übersetzen fertig, und der Mann am Entfernungsmesser gab laufend die Werte für die schußbereiten Geschütze durch. Im stillen hofften wir alle, daß wir sie nicht einsetzen mußten.

Die Schweden ließen sich mit der Antwort Zeit. Endlich blitzte drüben die Klappbuchs auf. »Nach Newcastle. Warum fragen Sie?«

»Na, warum wohl, du Blödmann?« murmelte der Signalgast und blinkte unsere Warnung vor deutschen U-Booten und dem deutschen Kaperschiff mit dem Zusatz hinüber, daß denen bereits die *Hornblad* und die *Kiruna II* zum Opfer gefallen seien.

Prompt kam die Rückfrage: »Woher wissen Sie das?«

Ich grinste. »Los, Signalgast, klären Sie ihn auf!«

Während der dem Schweden reinen Wein einschenkte, drehten wir bei und ließen die Maske fallen. Doch unsere unmißverständlichen Drohungen und der Anblick der schußbereiten Geschütze ließen den schwedischen Kapitän unbeeindruckt. Er war offenbar aus härterem Holz geschnitzt.

Die *Gotland* stoppte nicht, im Gegenteil. Heftig schäumte ihr Kielwasser auf.

»Gibt's denn das, der Kerl will türmen! Eine Salve vor den Bug, Wörle, damit er das Fürchten lernt!«

Die drei Abschüsse klangen wie einer in unseren Ohren. Keine fünfzehn Meter vor dem Bug des Schweden stiegen drei prächtige Wassersäulen auf. Das zeigte Wirkung. Das schäumende Kielwasser fiel in sich zusammen. Männer rannten über das Deck auf die ausgeschwenkten Boote zu, als säße ihnen der Teufel im Nacken.

»Erst spielen sie die Helden«, spottete Wolters, »und …

»Er funkt!« schrie Krummholz aus der Funkbude. »Ich funke dazwischen, aber ob das was bringt?«

»Holt die Antennen runter, Wörle! Feuer frei!« schrie ich. »So ein Idiot! Wofür hält der uns denn?«

Die erste Salve heulte über die Aufbauten der *Gotland* hinweg, ohne Schaden anzurichten. Die zweite holte jedoch nicht nur den Signalmast mit den Antennen herunter, sondern hieb auch in das Peildeck, daß die Trümmer nach allen Seiten flogen. Ein tödlicher Splitterregen prasselte auf Deck und Aufbauten nieder.

»Hoffentlich hat das nicht Tote gegeben!« sagte Kruse, denn von der Brücke waren die Köpfe verschwunden. »Prisenkommando von Bord!«

Die *Gotland* verlor Fahrt und lief aus dem Ruder. Zugleich fierte die Crew zwei Boote zu Wasser. Alles sah nach einer ziemlich kopflosen Flucht aus, denn an Deck gestikulierten noch Leute, während man unten schon die Boote ausklinkte.

Geschrei wehte mit dem Wind zu uns herüber, holte die Boote an die Bordwand zurück. Über eiligst ausgebrachte Jakobsleitern turnten Gestalten hinunter und ließen sich in die Boote fallen.

»Junge, Junge, das reinste Chaos!« sagte ich kopfschüttelnd. »Wenn's 'n vollgebunkerter Tanker wär', könnte ich das ja noch verstehen. Wer fliegt denn schon gern mit Benzin in die Luft. Aber das ist doch 'n ganz normaler Frachter.«

»Weiß der Teufel, was die geladen haben! Aber das werden wir ja gleich hören«, meinte der I WO. »Signalgast, blinken Sie die Boote an! Die Schweden sollen zu uns an Bord kommen.«

Dieser Anweisung bedurfte es jedoch nicht mehr, die hatte ihnen offenbar schon Obermaat Hochheim, der Führer des Prisenkommandos, gegeben; denn die Boote hielten auf uns zu. Ich ließ das Glas sinken, mit dem ich unsere Leute beobachtet hatte, wie sie die Jakobsleitern emporkletterten und sich zielstrebig an Bord verteilten.

Der II WO, der sich bei Alarm um die Navigation kümmerte, trat zu mir. »Ein fähiger Mann, dieser Obermaat Hochheim, Herr Oberleutnant. Hat die Leute nicht nur im Griff, sondern denkt weiter. Hat das Zeug zu einem guten Oberbootsmann. Wir sollten ihn zur Beförderung vorschlagen, wenn ich mir diesen Vorschlag erlauben darf.«

»Sie dürfen, II WO. Wenn wir zurück sind, wird es sowieso 'ne Reihe von ...« Mir verschlug es die Sprache, denn aus einem der *Gotland*-Boote stiegen zwei junge blonde Frauen durch die Relingspforte an Deck und sahen sich neugierig um. »Das ist ja 'n Ding, II WO! Frauen! Die hatten Frauen an Bord!«

»Heiliger Bimbam, die haben uns gerade noch gefehlt! Ein Pott voller Männer, die nach so langer Zeit auf See ohnehin schon 'nen Samenkoller haben, und dann zwei junge und noch dazu hübsche Frauen! Wenn wir die nicht unter Verschluß halten, machen die uns die ganze Besatzung verrückt!«

»Da sei Gott vor! Der Smadding wird sich um ihre Unter ...«

»Anruf vom Prisenkommando, Herr Oberleutnant!« unterbrach mich der Signalgast und blinkte Empfangsbereitschaft hinüber.

»An Kommandant!« las ich laut mit. »*Gotland* ist bis zur Halskrause mit explosiven Chemikalien vollgestopft. Die fliegt in die Luft, wenn die Ladungen hochgehen. Reicht die Zeit, um weit genug wegzukommen, wenn der Zündung zwanzig Minuten vorgegeben werden? Ende.«

Ein Pott voller explosiver Chemikalien, das war's! Jetzt wußte ich, warum die Schweden nach den Schüssen in Panik von Bord geflüchtet waren. Ein Treffer hätte genügt. Wenn der Kahn hochging, flogen die Fetzen meilenweit. Da konnte man gar nicht weit genug ab sein, und das galt auch für uns.

Ich blickte zum Verklickerer empor und prüfte den Wind. Er reichte nicht. Es wurde selbst dann verdammt eng, wenn wir die Maschine auf Hochtouren laufen ließen. Auch Kruse und der II WO verzogen skeptisch die Gesichter, sagten jedoch nichts, denn die Entscheidung lag jetzt allein bei mir.

»Zündungsvorgabe dreißig Minuten, Signalgast, aber dann Beeilung!« Ich nahm das Mikrophon. »Oberbootsmann, wir gehen sofort auf volle Fahrt, wenn unsere Männer zurück sind. Lassen Sie die Segel wegnehmen und alle Boote in Schlepp nehmen, bis wir weit genug weg sind. Dann sehen wir weiter.«

Wir stiegen auf die Maschine um, nachdem die Segel weggenommen waren. An Deck vollzog sich indessen das übliche Ritual. Die Männer wurden nach Waffen durchsucht und unter Deck gebracht. Übrig blieben der Kapitän, wie ich aus den Kolbenringen auf seiner Uniform schloß, und die beiden Frauen. Neben ihnen stand der Smadding, ein wenig ratlos, wie es schien.

Der II WO kicherte in sich hinein. »Es geht schon los, Herr Oberleutnant. Ich wette, der Smadding weiß nicht so recht, ob er die Frauen auch durchsuchen lassen soll oder nicht.«

»Vermutlich juckt's ihm jetzt selbst in den Fingern«, lästerte der I WO. »Irgend etwas wird ihm schon einfallen.«

Ihm fiel tatsächlich etwas ein, und das war nicht einmal

originell. Er schickte den Moses mit dem schwedischen Kapitän zu uns und blieb bei den beiden Frauen.

Der Moses baute vor mir Männchen. »Der Kapitän der *Gotland*, Herr Oberleutnant! Kapitän Pakkaleinen spricht deutsch. Herr Oberbootsmann Hoffmann ...«

»Moment mal!« schnitt ich ihm das Wort ab. »Sie heißen Pakkaleinen, Herr Kapitän? Verwandt mit dem Kapitän der *Kiruna II*? Mein Name ist Thomsen, Oberleutnant zur See und Kommandant dieses Kaperschiffes der deutschen Kriegsmarine.«

»Birger Pakkaleinen ist mein Bruder. Sie kennen ihn? Ist das der Grund, daß er auf meine Funksprüche nicht mehr geantwortet hat?«

Ich musterte ihn, ehe ich antwortete. »Die Ähnlichkeit hätte mir eigentlich gleich auffallen müssen. Ihr Bruder ist hier an Bord, wir haben sein Schiff ebenfalls aufgebracht.«

»So, so, das hätte ich mir denken können. Ihre Kriegsmarine hat sich da ja eine hundsgemeine Wegelagerermethode ausgedacht, um harmlose Neutrale ins Messer laufen zu lassen.«

»Harmlose Neutrale? Im Ernst, Herr Kapitän? Diese Methode ist übrigens nicht auf unserem Mist gewachsen.« Ich wiederholte, was ich bereits seinem Bruder erklärt hatte. »Ihr Bruder hält uns trotzdem für eine Bande beutegieriger Halunken.«

Er grinste. »Das glaube ich. Als überzeugter Kommunist hat Birger für die deutschen Nazis nichts übrig.«

Der II WO trat zu uns. »Prisenkommando hat abgelegt, Herr Oberleutnant. Kommt mit Brassfahrt zurück.«

»Sie entschuldigen mich, Herr Kapitän.« Ich drehte mich um und stolperte beinahe über den wartenden Moses. »Was gibt's noch, Moses?«

»Der Herr Oberbootsmann läßt fragen, was mit den beiden weiblichen ... äh ... Frauen geschehen soll, Herr Oberleutnant.«

Die Männer auf der Brücke grinsten über diesen Versprecher. Vor Verlegenheit bekam er einen roten Kopf und biß sich auf die Lippen.

»Der Smadding soll für die beiden eine Kabine freimachen und sie dort einschließen, damit sich keiner von uns zu den weiblichen ... äh ... Frauen verläuft und wir noch mehr in Verruf geraten. Und nun ab!«

Wo sich eben noch die Umrisse der *Gotland* gegen die Kimm abgezeichnet hatten, stieg plötzlich eine gigantische Feuersäule gen Himmel. Ein gewaltiger Donnerschlag rollte über die See und dröhnte auch noch in vier Seemeilen Entfernung so in unseren Ohren, als lägen wir dicht an dicht.

Von schweren Detonationen geschüttelt, verwandelte sich das Schiff in einen glosenden Feuerball, der alsbald vor unseren Augen zerbarst. Es flog buchstäblich in die Luft, Aufbauten und Planken nach allen Seiten schleudernd. Noch ehe sie in die aufspritzende See fielen, verschwand das todgeweihte Schiff in einer riesigen, von Blitzen durchzuckten Dampfwolke.

»Mein lieber Mann, ein Glück, daß wir so weitab stehen!« Kruse wandte sich an Pakkaleinen: »War da nicht vorhin von harmlosen Neutralen die Rede, Kapitän? Danken Sie Gott, daß wir Ihnen nur den Signalmast und das Peildeck weggeschossen haben! Sie hätten sonst Flügel und sängen jetzt im Nachthemd auf Wolke eins zur Harfe Hosianna!«

Pakkaleinen starrte wortlos hinüber, wo sich hinter der alles verhüllenden Dampfwolke das Ende seines Schiffes vollzog. Jäh verstummte das Gebuller, die Dampfwolke fiel zusammen und zerfaserte. Mit ihren Fetzen spielte der Wind. Mehr war von der *Gotland* nicht geblieben, und das trug der Wind auch noch über die weite See davon.

Wir setzten Segel und nahmen Kurs auf die dänische Westküste. Wenn wir Glück hatten und der Wind nicht einschlief, konnten wir am nächsten Morgen die Jammerbucht querab haben und immer dicht an der dänischen Dreimeilenzone nach Deutschland segeln.

Keinen von uns verlangte es jetzt noch nach weiteren Kriegsabenteuern, dafür hatte der Anblick der beiden hübschen Schwedinnen gesorgt. Seit sie an Bord waren, geisterte auch durch meinen Kopf die Sehnsucht nach Anke, fesselte mit jeder zurückgelegten Seemeile meine Gedanken mehr und mehr und steigerte die Vorfreude auf das Wiedersehen.

Für jeden von uns stand fest, daß nach dem langen Seetörn ein verdienter Urlaub auf uns wartete, drei Wochen mit Sicherheit. Deshalb wollten wir jetzt nur noch nach Hause.

Es gab aber noch einen anderen Grund. Die Zahl unserer »Gäste« war zusammen mit den beiden Frauen auf fünfzig Personen angewachsen, und die stellten uns vor Probleme. Wir wollten sie noch vor Erreichen des deutschen Hoheitsgebietes bei der ersten sich bietenden Gelegenheit an Land setzen, deshalb schleppten wir die beiden Boote der *Gotland* hinter uns her.

Kamen weitere »Gäste« hinzu, reichten die Boote nicht mehr aus. Ähnlich sah es mit dem Platz unter Deck und mit den Rettungswesten aus. Das rechnete mir jedenfalls der Smadding grinsend vor. Fehlte bloß noch der Smutje unter denen, die mich völlig überflüssigerweise breit zu klopfen versuchten. Doch der kam nicht. Die britischen Vorratslasten hätten ihn sofort widerlegt.

Wir schienen jedoch die Rechnung ohne den Wirt zu machen. Am späten Nachmittag machte der Ausguck ein aufgetauchtes U-Boot aus, das auf das schwindende Licht vertraute und uns zu überholen trachtete. Der Wind frischte zwar auf, und das U-Boot stand noch weit von uns ab, aber es war uns mit seiner höheren Überwassergeschwindigkeit überlegen. Wir konnten uns ausrechnen, daß es uns noch vor Anbruch der Dämmerung vor seinen Torpedorohren haben mußte, wenn uns nicht ein gütiges Schicksal zu Hilfe kam.

»Scheiße, daß man nicht erkennen kann, ob es nicht am Ende einer von uns ist!« schimpfte Kruse. »Wenn wir jetzt den Kurs wechselten, könnten wir ihn vielleicht noch vor der Dämmerung abschütteln.«

»Und machten uns dadurch nur verdächtig, Herr Kruse«, widersprach ihm Ole. »Nee, mein Lieber, vielleicht ist es wirklich einer von uns. Wenn nicht, hilft nur wieder unsere unverfängliche Maskerade. Ein Däne auf der Heimfahrt nach Esbjerg.«

Unsere Ferngläser saugten sich an den Umrissen des U-Bootes fest, das mit einer hohen Bugwelle durch die lange Dünung schnitt. Gischtfahnen wehten über Boot und Turm und machten damit eine exakte Identifizierung unmöglich.

Ich blickte auf die Borduhr. »Sie werden uns bei Beginn der Dämmerung den Weg zu verlegen versuchen. Fallen wir etwas nach Steuerbord ab, können wir das vielleicht ein bißchen hinauszögern. Aber sie kennen unseren Generalkurs, weil sie uns schon eine ganze Zeit verfolgen. Spätestens morgen früh haben wir sie wieder auf dem Hals.«

»Und wenn wir in der Dunkelheit die Segel wegnehmen und mit der Maschine zu türmen versuchen?« schlug Ole hoffnungsvoll vor. »Zehn bis zwölf Knoten bringt die sicher auf die Welle.«

»Dafür küßt uns dann der U-Bootkommandant glatt die Füße, denn das erspart ihm langes Suchen«, versetzte Kruse trocken. »Nein, Herr Peters, die Segel retten uns vor dem Zugriff in der Nacht, weil sein Horchgerät uns nicht erfassen kann.«

»Das U-Boot ändert Kurs!« meldete der Ausguck. »Es schwenkt auf uns ein!«

In meinem Glas hatte sich die Silhouette verschoben, war wesentlich kleiner geworden, weil sich die Perspektive geändert hatte. Das Boot lief jetzt auf einem konvergierenden Kurs, um uns abzufangen.

Ich ließ das Glas sinken und seufzte. »Na schön, es kann der Friedlichste nicht in Frieden leben, wenn es dem bösen Nachbarn nicht gefällt. Er soll uns nicht unvorbereitet finden. Lassen Sie ›Alle Mann achteraus!‹ pfeifen, Herr Kruse. Ich möchte nicht, daß unsere Gäste mitbekommen, was da auf uns zukommt.«

Unsere Männer nahmen meine Worte erstaunlich gelassen auf. Ich ballte zuversichtlich die rechte Faust, den Daumen nach oben. »Wenn es ein Tommy ist, werden wir schon mit ihm fertig werden, denn der ahnt ja nicht, was ihm hier blüht. Aber noch sind wir nicht zu Hause. Daher müssen wir noch eine ganze Weile mit solchen Situationen rechnen. Also Augen auf, Männer, und äußerste Wachsamkeit!«

»Und nicht nur, wenn die beiden weiblichen Frauen mit wackelndem Hintern über das Deck spazieren, klar?« setzte der I WO grinsend hinzu.

Er erntete lautes Gelächter. Die »beiden weiblichen Frauen« hatten es uns angetan. Sie waren zur stehenden Redensart geworden, seit der Moses diese Worte geprägt hatte.

»Noch Fragen? Nein? Das war es dann, Männer! Freiwache wegtreten!«

Kruse und ich gingen zur Brücke zurück. Wolters kam aus der Funkbude und wedelte mit einem Blatt Papier. »Ich hab' den Seewetterbericht von Radio Kalundborg abgehört. Es sieht gut aus, wenn wir das U-Boot noch bis zur Dunkelheit abhängen können. Im Laufe der Nacht nimmt der Wind auf Stärke sechs bis sieben zu. Ein Tiefdruckausläufer zieht mit Regen durch. Die Sicht dürfte sich dann nicht nur für uns verschlechtern. Klingt doch gut – oder?«

Ehe ich antworten konnte, kreischte der Ausguck los: »Es ist weg! Das U-Boot ist getaucht!«

Ich riß das Glas an die Augen und suchte den Sektor ab, in dem wir es eben noch gesehen hatten. Nichts!

»Warum taucht der Kommandant jetzt schon?« dachte ich laut. »So holt der uns doch nie ein!«

»Vielleicht hat der etwas gesehen, was uns noch verborgen ist, weil wir weiter ab stehen?« vermutete Kruse und suchte die Kimm ab. »Ein Mann Ausguck rauf ins Vortopp!«

Das war eine wacklige Angelegenheit, aber es gab genügend wagemutige Männer unter uns, die gern nach oben turnten. Einer von ihnen war der Moses, der mit der Unbekümmertheit der Jugend prompt ins Vortopp aufenterte. Wenn einer etwas sah, dann war der das. Der hatte die schärfsten Augen und sah Dinge, für die viele von uns ein Glas brauchten.

»An Brücke: Flugzeuge in drei-null-null!« ertönte

seine aufgeregte Stimme wenig später von oben. »Schwer auszumachen! Zwei Maschinen dicht über der Wasseroberfläche im Anflug!«

»Deshalb also! Das ist die glückliche Wendung, um dem U-Boot zu entgehen!« atmete ich erleichtert auf.

»Belege! Flugzeuge wandern von drei-null-null schnell nach drei-zwo-null aus! Typ nicht identifizierbar!«

Jetzt hatten auch wir sie im Glas. Sie flogen dicht über der Wasseroberfläche vor der Kimm entlang, waren an uns offensichtlich gänzlich uninteressiert. Jagten sie das U-Boot?

Je länger wir sie beobachteten, desto größer wurde die Enttäuschung. Die Peilungen wanderten schnell nach Süden aus. Irgendwann schluckte sie die Kimm. Prompt tauchte das U-Boot wieder auf und nahm mit schäumender Bugwelle Kurs auf uns.

Ich warf erneut einen Blick auf die Uhr und sah zum südwestlichen Himmel, an dem das versprochene Tiefdruckgebiet eigentlich aufziehen müßte. Wieder eine Hoffnung weniger, keine dickere Wolkenschicht, und auch der Wind nahm nicht zu. Die Sicht blieb so gut, wie sie besser nicht sein konnte.

»Verdammt, es reicht nicht! Es bleibt zu lange hell! Der kriegt uns noch vor Anbruch der Dämmerung vor die Flinte!« Ich drückte auf die Alarmklingel, denn die Entfernung nahm erschreckend schnell ab. »Der Kerl läuft mit dreimal AK an!«

Er kam noch dazu in einem so spitzen Winkel auf, aus dem ein U-Boot wie das andere aussah und selbst bei abnehmender Entfernung nicht zu identifizieren war.

»Tommy oder nicht Tommy, das ist hier die Frage!« wandelte Kruse das Hamlet-Zitat ab. »Ich kann gar nicht so schnell bibbern, wie mir jetzt die Muffe saust!«

Niemand lachte, denn es erging uns allen so, auch wenn es sich keiner anmerken lassen wollte. Wir hatten nur Augen für das nahende Verhängnis. Längst hatte der Entfernungsmesser das Boot anvisiert und gab die Werte an die Geschütze durch.

Bald konnte man auch ohne Glas mühelos die Köpfe auf der Brücke ausmachen, von denen einer eine weiße Mütze trug. Der Kommandant? Trugen die auch bei den Briten weiße Mützen?

»Gleich dreht er auf«, flüsterte Kruse. »Dann geht es rund!«

Gläser richteten sich auf uns, tasteten auf der Suche nach verdächtigen Anzeichen die *Flying Lady* ab, die unbekümmert ihren Kurs segelte.

Eine Klappbuchs blitzte auf: *»Stop at once! Don't use wireless telegraphy! What is your destination and your cargo?«*

»Kommt mir ja verdammt bekannt vor!« witzelte ich. »Könnte direkt von mir sein.«

Drüben kletterten Männer vom Turm und liefen zum Geschütz auf dem Vorschiff. Ich griff zum Mikro, um Feuererlaubnis zu geben. Da schwenkte der Bug herum, das U-Boot drehte bei und bot uns seine Breitseite. Ich bekam plötzlich Stielaugen. Das war ja gar kein Brite!

»Ein Deutscher! Eines von unseren Booten!« rief ich den Männern an den Geschützen zu. »Signalgast, geben Sie rüber: K an K: Was für eine Ladung erwarten Sie denn? Wollen Sie meine internierten Handelsschiffsbesatzungen übernehmen? Hier Oberleutnant zur See Arne Thomsen, Kommandant der gekaperten britischen U-Boot-Falle *Flying Lady* auf der Heimreise nach Hamburg!«

Sie waren von meiner Antwort so überrascht, daß wir

den Blinkspruch wiederholen mußten, ehe er drüben quittiert wurde.

»K an K: Arne Thomsen? Was für eine Überraschung! Sieht man dich auch mal wieder, du alte Filzlaus? Hier Oberleutnant zur See Justus von Krammsberger, Kommandant auf U ...«

Der Blinkspruch brach mitten im Wort ab. Kommandorufe tönten bis zu uns herüber. Die Männer eilten über das Deck zum Turm zurück und kletterten hinauf. Das war auch höchste Zeit. Schon kippte der Bug ab, als das Kielwasser schäumend aufwirbelte. Das Boot nahm Fahrt auf und tauchte mit voll gelegten Tiefenrudern und weit aufgerissenen Tauchzellen in die schützende Tiefe ab. Viel zu langsam, wie mir schien.

Der Moses, der noch immer im Vortopp hockte, erinnerte sich plötzlich wieder an seine Pflichten und riß sich von diesem faszinierenden Anblick los. »Flugzeuge im Anflug aus null-vier-fünf! Kommen flach über dem Wasser schnell näher!«

Ich fuhr herum. Da waren sie, erneut zwei Bomber. Kamen sie zurück, weil irgend etwas ihren Verdacht erregt hatte? Mir war auf einmal gar nicht mehr wohl in meiner Haut.

»Gehen Sie auf Backbordbug, Herr Kruse! Das täuscht ihnen eine Wende vor. Ich glaube nicht, daß sie das U-Boot gesichtet haben, aber man kann nicht wissen.«

»Sie kannten den Kommandanten?« wollte Wolters ausgerechnet jetzt wissen.

»Was für eine Frage! Ein Crewkamerad. Das hat man doch wohl gehört – oder?« fuhr ich ihn an.

Mir waren die Flieger jetzt wichtiger, denn ihr Verhalten gab mir Rätsel auf. Voller Mißtrauen verfolgte ich, wie sie außerhalb unserer Schußweite in die Kurve gingen und zu einem Kreis um uns ansetzten. Es waren tatsächlich wieder Briten, die sich so verhielten, als wollten sie einem möglichen Beschuß entgehen.

»Verdammt, was haben die vor?« sagte ich nach einem kontrollierenden Blick über das Deck zu Kruse. »Ich sehe nichts, was ihren Verdacht erregt haben könnte. Alles ist in Deckung, und vom Besan weht deutlich sichtbar der Danebrog.«

»Wenn ich das wüßte, Herr Thomsen! Hat dieser Propagandazwerg Goebbels vor der internationalen Presse etwa herausposaunt, daß wir die *Flying Lady* gekapert und damit die ersten britischen Gefangenen gemacht haben? Dann kriegen wir gleich Dunst!«

»Glaube ich nicht. Trotzdem ...« Ich griff nach dem Mikro für die Decklautsprecher. »Achtung! Wir wissen nicht, was die Briten vorhaben. Sobald der erste Schuß fällt, erwidern wir das Feuer! Nicht eher, klar?«

Einen Augenblick war ich abgelenkt. Als ich wieder zu den Briten hinsah, hatten sie den Kreis gerade vollendet. Der hintere setzte den Kreis fort, während der vordere zum Überflug abkippte. Schweiß trat mir auf die Stirn. Was kam jetzt?

Donnernd schoß er auf uns zu und über uns hinweg in eine erneute Kurve. Nichts geschah. Das ließ meinen Adrenalinspiegel im Blut überkochen.

»Will dieser dämliche Hund mit uns sein Spielchen treiben?« Ich ergriff eine Klappbuchs und blinkte ihn an. »*What are you looking for, crazy fellow?*«

Er kurvte zum erneuten Überflug ein. In seiner Kanzel blitzte es auf. »*I am looking out for a flying lady, granny! Please, show me your token and not your underwear!*«

Schon war er wieder über uns hinweg. Ich lachte laut auf. Der Kerl hatte Humor. Mit »Unterwäsche« meinte der die dänische Flagge. Der sollte eine entsprechende Antwort haben.

»Fly home, John Bull! Tell your commanding officer you have only seen a danish barn-owl and not a flying lady.«

Gutes Englisch oder nicht – es war mir scheißegal. Schließlich spielten wir Dänen, und die sprachen bestimmt nicht besser Englisch als wir. Ich legte die Klappbuchs zurück.

Kruse sah mich fragend an. »Was meinte er mit *token*?«

Erleichtert beobachtete ich, wie der britische Bomber hochzog und flügelwackelnd abdrehte. »Unser Kennzeichen *barn-owl*, die Schleiereule. Gibt der das weiter, wissen die in England, daß wir als dänisches Schiff noch immer auf dem Kriegspfad sind. Ist das nicht ungemein beruhigend?«

Es war jedoch keineswegs beruhigend, wie ich mir eingestand, als ich um Mitternacht in meiner »Admiralskajüte« saß und mir noch schnell Notizen für das Kriegstagebuch machte. Ich sah plötzlich überall Haken und Ösen. Den Floh hatte mir Kruse mit seiner Bemerkung über den »Klumpfuß«, den »Hinkeldei« oder das »Rumpelstilzchen«, wie der Reichspropagandaminister Goebbels im Volksmund spöttisch genannt wurde, ins Ohr gesetzt. Der Floh hüpfte jetzt und gebar immer neue munter hüpfende Flöhe in meinem Kopf.

Seit ich am Abend den Deutschlandsender gehört hatte, saß ich wie auf glühenden Kohlen und verfluchte meine kurzsichtige Dummheit. In seiner Nachrichtensendung hatte er dem glücklichen Durchbruch der *Monte Cristallo* durch die britische Seeblockade einen breiten Rahmen eingeräumt.

Der militärische Wert war gering, der propagandistische dafür um so größer. Kein Wort zwar von dem schützenden Konvoi, der sie sicher nach Kiel geleitet hatte, und auch keines über unsere Kriegsgefangenen, die wir ihr mitgegeben hatten. Aber ich konnte mir ausrechnen, daß der Propagandarummel alle neutralen Korrespondenten in Deutschland bestimmt veranlaßte, weitere Einzelheiten dieses Coups auszugraben.

Es gab zu viele Mitwisser, und einer oder mehrere davon ließen sich bestimmt ausquetschen. Kam das in die Nachrichtenkanäle, war der Weg zu den Briten nicht mehr weit, und die würden umgehend handeln. Das konnte schon morgen früh sein oder erst in ein paar Tagen. Trotzdem – wir mußten von nun an auf alles gefaßt sein und versuchen, so schnell wie möglich die deutsche Küste zu erreichten.

Den Gedanken, die internierten Handelsschiffsbesatzungen unterwegs an ein neutrales Schiff abzugeben, gab ich endgültig auf. Die würden sofort reden, und dann hatten wir die Tommies noch schneller auf dem Hals. Ein Gedanke, der mir vollends die Ruhe raubte.

Ich legte den Füllfederhalter weg und ging an Deck. Der Regen peitschte mir ins Gesicht, denn der Wind hatte tatsächlich zugenommen. Verblüfft blickte ich im Kartenhaus auf die Seekarte. Die *Flying Lady* segelte hoch am Wind und machte damit mehr Seemeilen gut, als wir alle erwartet hatten.

»Donnerwetter, II WO, die alte Dame legt sich aber ins Zeug! Wenn der Wind so bleibt, haben wir morgen früh glatt den Limfjord querab.«

Der Obersteuermann nickte. »Ich glaube, wir haben ihn dann schon hinter uns, Herr Oberleutnant. Kapitän Wolters behauptet das jedenfalls. Der hat den neuesten dänischen Seewetterbericht abgehört, demnach nimmt der Wind noch etwas zu und dreht auf Nordwest. Gegen Morgen soll der Regen aufhören. Der Luftdruck steigt, über der Nordsee baut sich ein Hochdruckgebiet auf.«

»Ein Hoch, soso.« Das war eine Aussicht, die ich mit gemischten Gefühlen aufnahm. Ein Hochdruckgebiet gegen Mitte September brachte an der See in der Regel beständiges klares, sonniges Wetter mit einer märchenhaften Sicht, und das war das letzte, was wir jetzt brauchten. Es spielte den britischen Flugzeugen und Seestreitkräften in die Hände. Wir sahen sie zwar früher, sie uns aber auch.

Der II WO deutete meine Miene durchaus richtig. »Beschissene Aussichten, was? Die Tommies fliegen ungestört Aufklärung, und von Hermanns Luftwaffe läßt sich niemand sehen.«

Hermann, das war Hermann Göring, der großmäulige und prunksüchtige fette Oberbefehlshaber der deutschen Luftwaffe, der sich bei der Marine keiner besonderen Beliebtheit erfreute.

»Vielleicht fliegen diese Salonsoldaten nur bei schönem Wetter?« Ich steckte die Entfernungen auf der Karte ab und las auf dem Rand die Werte ab. »Fünfundachtzig Seemeilen etwa. Dann müßten wir eigentlich nachmittags die nordfriesischen Inseln und damit die ersten deutschen Vorpostenboote erreichen, wenn das stimmt, was Wolters behauptet.«

Abergläubisch klopfte ich mit den Fingerknöcheln an die Holzverkleidung. Der II WO tat es mir prompt grienend nach. »Wenn das kein Grund für mehr als bloß ›Besanschot an!‹ ist, Herr Oberleutnant!«

»Wir werden sehen. Irgendwelche Schiffe ausgemacht, II WO?«

»Ein paar dänische Fischer und ein paar kleine Frachter mit Festbeleuchtung, den aufgepönten Flaggen nach Schweden und Dänen. Da kommt gerade wieder einer auf.«

Er wies zur dunklen dänischen Küste, vor der sich die hellbeleuchtete Silhouette eines Küstenmotorschiffes im Regendunst abhob. Kleinvieh, das den Einsatz nicht lohnte; außerdem lief er innerhalb der dänischen Dreimeilenzone. Brachten wir ihn auf, beschworen wir mit dieser kriegerischen Handlung im dänischen Hoheitsgebiet diplomatische Verwicklungen mit Dänemark herauf.

Ein Gedanke, der sogleich einen weiteren in meinem Kopf gebar: Warum sollten wir diesen Schutz eigentlich nicht ebenfalls ausnutzen? Ich nahm unseren Abstand zur Küste in den Zirkel.

»Viereinhalb Seemeilen, II WO. So friedlich, wie es jetzt ist, muß es nach Tagesanbruch nicht bleiben. Gehen Sie dicht an die Dreimeilenzone ran, damit wir dorthin ausweichen können, falls wir angegriffen werden. Aber Vorsicht! Lassen Sie den Abstand durch Peilungen laufend überwachen, damit wir niemandem auf den Schlips treten.«

Obersteuermann Werda sah mich überrascht an. »Sie erwarten einen Angriff, Herr Oberleutnant? Ich denke …«

»Ich schließe ihn nicht mehr aus. Der Grund?« Ich setzte ihm meine Befürchtungen auseinander, denn er hatte die Nachrichten nicht gehört. »Zehn Minuten vor Ende der Hundewache möchte ich den I WO, den Smadding und die Geschützführer bei mir in der Kajüte zur Besprechung haben. Veranlassen Sie das, II WO.«

Er legte salutierend die Hand an den Südwester. »Alles klar, Herr Oberleutnant!«

Für mich wurde es eine kurze Nacht. Obwohl ich todmüde war, waren meine Nerven so aufgerüttelt, daß ich erst kurz vor drei Uhr früh einschlief, und da war die Nacht schon nach knapp einer Stunde wieder für mich vorbei.

Der Läufer, der mich weckte, brachte zugleich mit den Männern eine große Kanne Kaffee und belegte Brote mit, dafür hatte der II WO gesorgt. Dankbar bedienten sich die Männer.

»Mein lieber Mann, ist das ein Muntermacher!« sagte der I WO nach dem ersten Schluck anerkennend und kippte sich noch einen Löffel Zucker hinein. »Da steht ja selbst der Löffel kerzengrade in der Muck!«

»Das werden wir auch brauchen, Herr Kruse, wenn wir heil nach Hause kommen wollen. Haben Sie gestern die Nachrichten des Deutschlandsenders gehört?«

Er sah mich verunsichert an. »Wieso? Meinen Sie die Nachricht, daß die Russen in Polen einmarschiert sind? Haben die Tommies den Bolschewisten jetzt auch den Krieg erklärt?«

»Keine Ahnung. Ich meine die glückliche Heimkehr der *Monte Cristallo.*«

Der Smadding griff nach den Schnitten. »Na, das ist doch prima! Da werden sich die Tommies ja in den Hintern beißen.«

»Mit Sicherheit, aber aus einem anderen Grund, und der sind wir.« Die Gesichter meiner Zuhörer wurden immer länger, während ich ihnen meine Überlegungen darlegte.

Ole pfiff überrascht durch die Zähne. »Teufel, das ist ja 'n schöner Schreck in der Morgenstunde!«

Geschützführer Wörle dagegen sah nur seine Seite. »Halb so wild, Herr Oberleutnant. Wir brauchen bloß freies Schußfeld nach allen Seiten, wenn die Tommies mit Flugzeugen aufkreuzen. Die Segel müssen weg. Mit den Oerlikons und den Schnellfeuergeschützen braten wir ihnen dann gehörig eins über.«

»Das glaube ich Ihnen aufs Wort, Obermaat. Gut, dann lassen wir jetzt die Hosen runter, Oberbootsmann! Weg mit der Maskerade und mit allem, was das Schußfeld einengt. Sobald wir Flugzeuge sichten, lassen Sie die Segel wegnehmen. Wer uns anzufliegen versucht, bekommt ein paar Warnschüsse vor die Nase gesetzt. Warnschüsse, Wörle, klar?«

Der grinste. »Schon kapiert, Herr Oberleutnant. Könnten ja auch welche von uns sein, wa?«

»Genau!« Ich wandte mich an Ole. »Wie sieht's mit dem Dieselvorrat aus?«

»Da gibt's überhaupt keine Probleme. Der reicht bis Hamburg und wieder zurück, auch wenn wir voll aufdrehen.«

»Gut! Wir steigen bei Fliegeralarm sofort auf die Maschine um, damit wir Druck auf dem Ruder behalten. Noch Fragen?«

Der Smadding hob die Hand. »Wir sollten auch unsere Boote zu Wasser lassen und in Schlepp nehmen, damit es bei Beschuß kein Kleinholz gibt.«

»Ein guter Gedanke, Nummer Eins! Noch Fragen? Nein? Dann wünschen wir uns Glück! Ich danke Ihnen, meine Herren!«

Es war nicht der Kaffee, der mich munter machte. Vielmehr trieb mir der frische Wind die Müdigkeit aus den Knochen. Er hatte auf West gedreht, und der Regen hatte aufgehört. Er würde noch weiter drehen, wie ich aus der Wetterkarte ersah, die Wolters nach den Angaben der

Dänen gezeichnet hatte. Dann riß auch die Wolkendecke auf, und die Sicht wurde besser.

»Da sieht man mal, was so ein Fischdampferkapitän alles drauf hat, Herr Thomsen.« Kruse hob sein Glas an die Augen. »Ein Leuchtfeuer kommt Backbord voraus über die Kimm.«

Er zählte die Kennung, ich zählte mit. Wir brauchten nicht lange nachzusehen, wer da im heraufdämmernden Morgen über die Kimm blinzelte. »Veddersø Klit? So früh schon?«

»Wir haben an Backbord achteraus Torsminde, was soll es da sonst sein? Der Turm ist noch unter der Kimm, aber es ist ohne Zweifel seine Kennung.« Ich blickte über das dunkle Deck. »Der Smadding hat ganze Arbeit geleistet, wenn man nach dem Lärm geht, den die dabei verzapft haben. Geben Sie Alarm, es dämmert! Bin gespannt, wann der erste Charly über die Kimm kommt.«

Darauf warteten alle. Doch der ließ sich Zeit. Der Vormittag verstrich, ohne daß sich am Himmel oder auf See etwas zeigte. Wir waren darüber nicht böse.

Wir hielten sogar wieder ein Stück von der dänischen Dreimeilenzone ab, nachdem vor Hvide Sande, der Einfahrt in den Ringkøbing Fjord, ein dänischer Zollkutter aufgekreuzt war, der uns aus respektvoller Entfernung mißtrauisch beäugt hatte, weil wir keine Flagge führten und unsere Bewaffnung ganz offen zur Schau stellten. Das war der Augenblick gewesen, wo ich schon mit dem Gedanken gespielt hatte, unsere Waffen wieder tarnen zu lassen. Die hatten den Kutter vermutlich davon abgehalten, uns neugierig auf die Pelle zu rücken.

Eine Stunde später war ich froh, daß ich es nicht getan hatte. Der Alarm holte uns aus einer Besprechung und jagte uns auf die Gefechtsstationen. Blitzschnell nahmen wir die Segel weg und stiegen auf die Maschine um.

Diesmal waren es drei Maschinen, die flott über die Kimm kamen und uns zielstrebig anflogen. Wir boten uns ihnen ja auch einladend wie auf dem Präsentierteller dar, denn inzwischen hatte es aufgeklart. Zwischen den dahinsegelnden Wolken kam ab und an immer wieder die Sonne hervor.

Ihr Anblick hatte eine ganz seltsame Wirkung auf uns. Das nervenaufreibende Warten hatte ein Ende, es war wie eine Erlösung. Mit einem Schlag fiel die Spannung von uns ab und machte einer fast fröhlichen Stimmung Platz.

»Das schönste Mützenwetter!« frotzelte Wolters. »Und trotzdem immer nur wir! Warum können sich diese Scheißkerle nicht jemand anderes aussuchen?«

»Die werden sich gleich fragen, warum sie sich nicht einen anderen ausgesucht haben«, gab Kruse aufgeräumt zurück und sang leise: »Warte, warte nur ein Weilchen, dann kommt Haarmann auch zu dir! Mit dem kleinen Hackebeilchen macht er Schabefleisch aus dir!«

Sie kamen direkt aus der Sonne, und das war höchst verdächtig. Uns machten sie es damit unmöglich, ihre Kennzeichen auszumachen und ihre Absichten zu erkennen. Dicht hintereinander fliegend, hielten sie stur auf uns zu.

»Feuer frei, Wörle!« schrie ich, als sie in unsere Schußweite kamen. »Signalmaat, hoch mit der deutschen Flagge! Sie sollen wissen, wer ihnen da ein so herzliches Willkommen bereitet!«

Die Salve krachte. Vor ihren Kanzeln entfalteten sich dunkle Puffwölkchen, als die Granaten detonierten und ihre Splitter jaulend nach allen Seiten stiebten. Weit genug ab noch, aber ein deutliches Warnsignal für die Piloten.

Damit hatten sie überhaupt nicht gerechnet. Sie zogen sofort die Maschinen hoch und gingen in die Kurve. Sekundenbruchteile später wußten wir, warum. Es waren keine Briten! Auf der Unterseite ihrer Flügel zeichneten sich deutlich schwarze Balkenkreuze ab. Jetzt erkannten wir auch den Flugzeugtyp: He 111, einer der vielseitigsten deutschen Bomber.

Diese Idioten! Warum hielten sie sich nicht an ihre Instruktionen? Die untersagten ihnen doch ausdrücklich, nicht identifizierte Schiffe direkt anzufliegen, weil das als feindselige Absicht gedeutet und mit Abwehrfeuer beantwortet werden konnte.

Kruse ergriff das Mikro. »Du meine Güte, Hermanns Schlipssoldaten auf dem Kriegspfad, Leute! Die haben uns gerade noch gefehlt! Die machen sich jetzt glatt in die Hosen!«

Das kam an. An Deck breitete sich lärmend eine regelrechte Fastnachtsstimmung aus, während die Maschinen flüchteten und in sicherer Entfernung zu einem Kreis ansetzten.

Von der vorderen Maschine löste sich der Schuß einer Signalpistole. Rote und grüne Leuchtkugeln stiegen in den Himmel, von uns als Antwort das Erkennungssignal (ES) des Tages fordernd. Das konnte gefährlich werden, denn das kannten wir nicht.

Ich griff ein. »Signalmaat, die Flagge dippen und darunter die britische Kriegsflagge anstecken lassen! Dann blinken Sie die Arschlöcher an: Bleiben Sie uns ja vom Leibe! Hier ist Oberleutnant zur See Thomsen, Kommandant der gekaperten britischen U-Boot-Falle *Flying Lady*! Woher sollen wir das ES kennen?«

Am Besan sank unsere Flagge und stieg gleich darauf wieder mit der besiegten britischen darunter empor. Wenn sie nicht völlig vernagelt waren, wußten sie jetzt, daß wir nicht flunkerten. Doch jede Reaktion blieb aus.

»Das hat ihnen glatt die Sprache verschlagen!« amüsierte sich der II WO. »Jetzt wissen sie nicht, wie sie sich verhalten sollen.«

»Irrtum, II WO«, widersprach Kruse. »Das sind Landratten, die mit einem Blinkspruch nicht gerechnet haben. Jetzt muß ihr Funker ran.«

Wenig später blitzte es tatsächlich von der Kanzel des Rottenführers zu uns herüber: »Bitte wiederholen!«

»Langsam, Signalmaat!« bremste ich sein rasantes Tempo. »Setzen Sie hinzu: Halten Sie sich gefälligst an Ihre Instruktionen!«

Und das taten sie. Sie funkten, wie Krummholz meldete.

»Etwa offen?« fragte Kruse erschrocken zurück.

»Nein, in Buchstabengruppen, mit denen ich nichts anfangen kann. Und jetzt kommt auch die Antwort, ebenso verschlüsselt!«

Sie machten es spannend. Endlich rangen sie sich zu einem kurzen Blinkspruch durch: »Gratuliere! Alles Gute!«

Sie brachen ihren Kreis ab und flogen flügelwackelnd nach Norden davon.

»Hoffentlich haben die daraus gelernt.« Ich blickte auf die Uhr. »Uns hat es nur unnötig Zeit gekostet. Gefechtsstationen aufklaren, Alarm beendet.«

»Ganz umsonst war's ja auch für uns nicht«, meinte Ole. »Die wissen jetzt in Deutschland, daß es uns noch gibt, und kennen unseren gegenwärtigen Standort. Das ist doch auch schon was. Setzen wir wieder Segel?«

Ich sah zum Verklicker empor. »Warum nicht? Der Wind kommt günstig, und die Segel geben uns einen harmloseren Anstrich als die Geschütze. Herr Kruse, lassen Sie bitte Segel setzen.«

Mir saß noch immer die Sorge im Nacken, die Briten könnten uns inzwischen auf die Schliche gekommen sein und wetzten schon die Messer. Ich war mir sicher, daß der Kapitän des Zollkutters seine Vorgesetzten sofort von der Anwesenheit eines unbekannten bewaffneten Viermastschoners vor der dänischen Küste informiert hatte.

War es per Funk erfolgt, hatten es die Tommies garantiert mitgehört, denn die Dänen hatten keinen Grund, ihre Funksprüche zu verschlüsseln. Damit zog sich die Schlinge um uns zu, sobald die Kaperung der *Flying Lady* publik wurde, und das konnte jeden Augenblick geschehen.

Mit einem U-Bootangriff hier im Küstenvorfeld rechnete ich nicht, der war wegen der verhältnismäßig geringen Wassertiefe unwahrscheinlich. Dann schon eher ein massiver Luftangriff, um das Schiff und mit ihm die geheimen Papiere, die möglicherweise in unsere Hände gefallen waren, zu vernichten.

Ich gab mich da gar keinen falschen Hoffnungen hin, einem solchen Angriff waren wir mit unserer Bewaffnung nicht gewachsen. Deshalb machte ich mich über den Stahlschrank her und verstaute seinen Inhalt in die Aktentasche, die ich im Kleiderschrank des britischen Kommandanten gefunden hatte. Mußten wir das Schiff aufgeben, sollte dieses wertvolle Material nicht verlorengehen.

Ole kam überraschend herein. »Was denn, willst du türmen? Du, dann kriege ich aber die Hälfte der Moneten ab, klar?«

»Spaßvogel! Ich hab' ganz andere Sorgen.«

Sein Gesicht wurde immer ernster, je länger ich redete.

»Hmm, klingt wenig ermutigend. Aber vielleicht siehst du das alles zu schwarz? Wir haben doch gerade Blåvands Huk passiert, wie mir Kruse sagte. Da sind's bloß noch knapp vierunddreißig Seemeilen, vier Stunden also, bis wir die Nordspitze Sylts erreicht haben und im Bereich deutscher Jagdflugzeuge und damit aus dem Schneider sind, Arne.«

»Vier Stunden, da kann noch 'ne Menge passieren. Mir tun nur unsere Gäste leid, wenn die mit in den Schlamassel hineingezogen werden. Die beiden Mädchen ...«

»Was ist mit den beiden Mädchen?« unterbrach er mich neugierig. »Du hast vorhin mit ihnen gesprochen.«

»Sie verkennen völlig die Gefahr, in die sie sich selbst gebracht haben. Sie wollten nach England, um dort zu studieren, glauben, der Krieg sei vorbei, sobald Polen besiegt ist. Sonst müßten ja England und Frankreich auch den Sowjets den Krieg erklären, und das würden die bestimmt nicht tun.«

»Was für Optimistinnen! Wie sind die bloß auf die wahnsinnige Idee verfallen, ausgerechnet mit der *Gotland*, dieser schwimmenden Bombe, nach England zu reisen?«

»Die haben gar nicht geahnt, was für eine Gefahr die explosive Ladung darstellte. Die hat die Aussicht geblendet, daß die Passage sie nichts kostet, denn die Thekla Lundquist ist eine Nichte des Reeders. Da hat es keiner großen Überredungskünste bedurft, ihre Freundin Astrid Ridder von dieser günstigen Gelegenheit zu überzeugen.«

»Und was nun?«

»Ja, was nun? Das weiß ich selbst noch nicht. Wenn wir unangefochten Fanø oder besser noch Rømø erreichen, könnten wir sie alle an Land setzen. Ehe die ihr Wissen ausplaudern, haben wir Sylt längst erreicht. Das ist die eine Möglichkeit.«

»Und nicht einmal die schlechteste. Nehmen wir sie mit nach Deutschland, hält man sie möglicherweise lange fest, und das ist ja eigentlich nicht der Zweck der Übung.«

Plötzlich schrillte die Alarmklingel los, begleitet von Lautsprecherdurchsagen. »Fliegeralarm! Alle Mann auf Manöver- und Gefechtsstation! Fliegeralarm!«

Wir sprangen auf und eilten an Deck. In aller Eile barg man bereits die Segel. Das Deck vibrierte, als unter uns die Maschine ansprang und auf Touren kam. An den Waffen wurden die Munitionskisten geöffnet.

»Was ist los, Herr Kruse?«

»Drei Maschinen in null-eins-drei, Herr Thomsen. Sind noch zu klein, um Sie zu identifizieren.« Kruse reichte mir mein Glas und deutete über die Reling. »Schiff ist gefechtsbereit!«

»Danke!« Da waren sie, dicht über der Kimm und winzig klein wie Möwen. »Du lieber Himmel, wer hat die denn entdeckt? Der muß ja Röntgenaugen haben!«

»Sie werden lachen, die Horcher. Sie haben Unterwasserdetonationen aufgefangen und uns alarmiert. Die scheinen da jemand beim Wickel zu haben.«

Viel war ja nicht zu erkennen, aber so viel doch, daß die Maschinen über einem ganz bestimmten Punkt ihre Kreise zogen und an uns gar nicht interessiert schienen. Doch das konnte sich blitzschnell ändern.

»Ich tippe auf U-Bootjagd.« Wir traten an den Kartentisch. Mit dem Lineal trug ich die Peilung an unseren Kurs an und verlängerte sie weit in die Deutsche Bucht hinein. »Helgoland liegt auf dieser Linie, Herr Kruse. Aber wer jagt jetzt wen? Deutsche einen aufgetauchten Tommy? Oder Tommies einen aufgetauchten Deutschen?«

»Bei diesem Wetter aufgetaucht? Unwahrscheinlich. Das müßten ja in beiden Fällen Vollidioten sein. Also ein Kriegsschiff.«

Das klang logisch. Drei Maschinen, da hatte der Kommandant nichts zu lachen. Aber was war das für ein Pott? Ein Vorpostenboot so weit vor Helgoland? Wenig wahrscheinlich. Die Insel war so gut durch Flakbatterien geschützt, daß es eines Vorpostens nicht bedurfte. Was dann?

Ich richtete mein Glas wieder auf die kreisenden Flugzeuge und traute plötzlich meinen Augen nicht. Aus den dreien waren acht Maschinen geworden, und damit veränderte sich die Situation grundlegend.

Die Neuankömmlinge waren zwar kleiner, aber erheblich schneller. Sie stürzten sich im Pulk auf die kreisenden Maschinen, die sofort auseinander stoben und die Flucht ergriffen.

»Der Pott hat Hilfe herbeigefunkt!« kommentierte Kruse das Geschehen. »Jagdflugzeuge. Jetzt geht's rund.«

»Ein Luftkampf. Da kann man sich ausrechnen, wer der Verlierer sein wird!« antwortete der II WO. »Will jemand wetten?«

Ein Angebot, das keiner annahm. Zu deutlich zeichnete sich schon nach wenigen Minuten der Ausgang des Kampfes ab. Während sich drei der Jäger hinter die fliehenden Maschinen setzten, stießen die beiden anderen immer wieder wie beutegierige Falken auf sie hinunter und trieben sie auf uns zu.

Bald brauchten wir kein Glas mehr, um den Luftkampf zu verfolgen. Die schwerfälligeren zweimotorigen Flugzeuge hatten schlechte Karten. Obwohl sie sich mit ihren Bordwaffen tapfer wehrten und sich dem tödlichen Beschuß durch allerlei waghalsige Flugmanöver zu entziehen versuchten, war ihr Ende unabwendbar.

Es ging zu wie beim Scheibenschießen. Die erste Maschine fiel mit zerschossenem Leitwerk vom Himmel und zerschellte explodierend auf der Wasseroberfläche. Die zweite ereilte mit einem brennenden Motor das gleiche Schicksal, und der dritten flog der linke Flügel samt Motor davon, ehe sie ebenfalls in die aufspritzende See abtrudelte. Keinem Mitglied ihrer Besatzungen gelang es, sich noch mit dem Fallschirm zu retten. Triumphierend zogen die Sieger ihre Maschinen hoch in den Himmel, deutlich waren Balkenkreuze auf ihren Flügeln zu erkennen. Ein Aufatmen ging durch die Brückenmannschaft. Keine britischen Spitfires, sondern fünf deutsche Me 109.

»Sollten wir jetzt nicht schnell die deutsche Flagge setzen, Herr Thomsen? Am Ende nehmen die sich auch uns noch in ihrem Siegesrausch vor.«

»Warum sollten sie? Die sammelten sich zum Heimflug. Lassen Sie Segel setzen, Herr Kruse. Das dürfte sie kaum zu einem Angriff reizen, außerdem ...«

»Schraubengeräusche in drei-eins-fünf aufkommend!« unterbrach mich der Horcher über den Brückenlautsprecher. »Klingen nach Turbinen!«

Alle Gläser richteten sich auf die Küste. Noch war kein Schiff auszumachen. Obersteuermann Werda setzte inzwischen die Peilung auf unserem Kurs ab.

»Das kommt aus dem Grådyb zwischen Skallingen End und Fanø, der Einfahrt nach Esbjerg, Herr Oberleutnant.«

»Danke, II WO. Turbinen, das kann ’n Kriegsschiff oder aber ’ne schnelle Fähre sein. Warten wir mal ab.«

Der Pott ließ uns warten. Die Jagdflugzeuge schwirrten ab, ohne uns besondere Aufmerksamkeit zu schenken. Wir setzten Segel, und erst, als sich unsere Segel wieder im Wind blähten, schob sich aus der gerade wirkenden Küstenlinie der schnittige Bug eines Schiffes mit einer gewaltigen Bugwelle in unser Blickfeld. Die Brücke, die flachen Aufbauten und die Geschütze darauf verrieten es. Es waren unverkennbar die prachtvollen Formen eines ganz modernen Zerstörers. In einem eleganten Bogen schor er um eine dicke Ansteuerungstonne und nahm Kurs auf uns.

»Der Zerstörer führt den Stander Z im Topp, Herr Oberleutnant!« meldete der Ausguck aufgeregt.

Kein Wunder, der Stander Z war bei der deutschen Kriegsmarine ein Angriffssignal.

»Unsinn, Brauer! Ein Zerstörer schon, aber kein Stander Z. Sehen Sie nicht das weiße Kreuz? Das ist die dänische Marinedienstflagge!« widersprach ihm der I WO. »Der will uns vermutlich nur beschnuppern und sehen, ob wir wirklich bewaffnet sind, wie der Zollkutter gemeldet hat.«

»Kann sein, muß aber nicht, Herr Kruse. Vielleicht haben die Dänen irgendwie die Detonationen oder gar den Luftkampf mitbekommen. Wußte gar nicht, daß sie so schnittige Zerstörer haben.«

»O doch! Sind Sie nie in Sønderburg gewesen? Dort lag eine ganze Flottille, als wir von Mürwik aus mit der *Nordwind* dort hinüber gesegelt sind. Wir bewunderten ihre Zerstörer und die unsere Segelyacht für die Atlantikregatta. Schade, hätte ich gern mitgesegelt.«

Der Zerstörer kam schnell näher, hielt sich aber in der

Dreimeilenzone. Ich sah die Gläser in der Sonne blitzen, mit denen uns die Brückenwache unter die Lupe nahm.

Ich lachte. »Wir geben ihnen Rätsel auf. Hissen Sie die britische Kriegsflagge, Signalmaat! Mal sehen, was dann passiert.«

Die Flagge stieg am Besan hoch. Drüben legten die Dänen Ruder und gingen auf Parallelkurs mit uns. Langsam sank der Danebrog herab und stieg wieder empor.

»Sie dippen die Flagge! Erwidern Sie, Signalmaat!« befahl der I WO. »Der Höflichkeit ist Genüge getan. Jetzt müßten sie normalerweise konkret werden – oder?«

Sie wurden konkret. Ein Signalscheinwerfer blitzte auf. *»Hello, nice to see you! Who are you? And what is your mission close by the coast of Danmark?«*

»Was wir so nahe der dänischen Küste wollen? So eine dämliche Frage.« Ich schüttelte über so viel militärische Naivität den Kopf. Wer erteilte denn einem Fremden darüber schon bereitwillig Auskunft? »Dem verpasse ich doch jetzt glatt eine ebenso dämliche Antwort.«

Ich griff mir eine Klappbuchs. *»Our name is* HMS Swallow. *Do you remember the story of the* Little Mermaid, *sitting on a rock near Kopenhagen harbour? Well, we are looking out for her sisters. Believe me, it's really true.«*

Wolters wieherte laut los. »Wir heißen jetzt *HMS Schwalbe* und suchen die Schwestern der kleinen Meerjungfer aus Kopenhagen? Finde ich ja gediegen! Der muß sich doch verhohnepiepelt vorkommen, Herr Thomsen!«

Der Däne war leider zu weitab, um das brüllende Gelächter auf unserer Brücke zu hören. »Soll er ja auch! Wer so dämliche Fragen stellt, ist selbst dran schuld. Wenn der Kommandant auch nur einen Funken Humor hat, bekommen wir gleich eine entsprechende Antwort.«

Doch der hatte keinen Humor, fühlte sich vermutlich sogar auf den Schlips getreten. Er ließ den Spruch lediglich bestätigen und enthielt sich jeder Antwort. Sein Schiff nahm Fahrt auf und begann, entlang der Dreimeilenzone zu kreuzen, als fürchte er, wir könnten dort eindringen.

»Vielleicht sollten wir ihm etwas zu tun geben?« schlug Ole augenzwinkernd vor. »Wie wär's, wenn wir ihm unsere Gäste mit der Bitte anvertrauten, sie in Esbjerg an Land zu setzen?«

»Zu früh, Ole«, wehrte ich ab. »Wenn er uns bis Rømø begleitet, dann vielleicht.«

Doch diese Absicht hatte er offensichtlich nicht. Bei einem seiner Kreuzschläge fiel er plötzlich nach Osten ab und nahm mit hoher Fahrt Kurs auf das Grådyb, das die Halbinsel Skallingen von der Insel Fanø trennte. Erleichtert sah ich ihn alsbald in der Meerenge verschwinden.

»Diesen Pfeifenkopf sind wir los!« sagte ich aufatmend. »Er wird seinen Vorgesetzten melden, daß er das Eindringen eines bewaffneten britischen Viermastschoners in die dänischen Hoheitsgewässer verhindert hat und dafür ein dickes Lob kassieren.«

»Damit dürfte für uns der Weg bis zum ersten deutschen Vorpostenboot vor Sylt frei sein«, meinte Wolters nach einem Blick auf die Karte. »Und das ist garantiert im Lister Tief stationiert, wo die Entfernung zwischen Rømø und Sylt nur knapp zwei Seemeilen beträgt.«

»Womit wir in den Schutz deutscher Streitkräfte kommen. Ein ungemein beruhigender Gedanke, was?« Kruse schlug sich offensichtlich mit den gleichen Sorgen wie ich herum.

»Hmmm!« machte der II WO auf sich aufmerksam.

»Ich hab' das Kartenschapp mal durchstöbert, Herr Oberleutnant. Uns fehlen die Spezialkarten für die Wattenküste und verständlicherweise auch die für die minenfreien Zwangswege.«

Ich winkte leichthin ab. »Kein Problem, Obersteuermann. Dazu wird uns das Vorpostenboot verhelfen. Bis dahin kommen wir schon längs – oder?«

Wir kamen längs. Das Wetter hielt sich, nur der Wind flaute langsam, aber stetig ab. Dadurch kam unserer Zeitplan ein wenig ins Hintertreffen. Rømø kam später als erhofft auf. Wir liefen direkt auf einen Pulk dänische Kutter zu, die vor der Südspitze der Insel kurvten, die einzigen Boote weit und breit.

»Wär' das nicht die Gelegenheit, unsere Gäste loszuwerden?« schlug Ole vor. »Ich meine ...«

»Du hast recht!« griff ich seinen Vorschlag auf. »Vielleicht können wir dafür sogar den einen oder anderen Fischer gewinnen? Bloß wie?«

»Überhaupt kein Problem, Herr Thomsen«, mischte sich Wolters ein. »Lassen Sie mich man machen. Ein kleines Fäßchen Rum aus der Vorratslast und die Sache ist geritzt. Ich hab' noch keinen Dänen erlebt, der auf so ein Angebot nicht anspringt.«

»Und die Verständigung?«

»Kleinigkeit! Dort gibt's 'ne deutsche Minderheit, Rømø war ja mal 'ne Zeitlang deutsch, und Sylt ist nur 'nen Spuck weit ab. Die verstehen alle Deutsch.«

»Na, dann man tau, Käpt'n!« Ich wandte mich an den Läufer. »Der Smutje soll ein Rumfäßchen aus der Vorratslast an Deck bringen, wie es zur Seenotausrüstung der Beiboote gehört, und der Oberbootsmann möge unsere Gäste an Deck bitten.«

Inzwischen näherten wir uns den Kuttern auf Sprechweite. Verwundert blickten die Fischer auf, als wir mitten unter ihnen beidrehten und mit flappenden Segeln auf den nächsten Kutter zuschoren. Wolters rief sie mit der Flüstertüte an und setzte ihnen unser Angebot auseinander. Er machte das ganz geschickt. Als der Smutje mit dem Fäßchen an Deck erschien und es auf seine Anweisung demonstrativ hochhielt, leckten sich die Dänen die Lippen. Von diesem Augenblick an war der Handel perfekt.

»BÜ, der Oberbootsmann soll die Barkasse der *Thor Hornblad* fieren und die Beiboote der *Gotland* längsseits holen lassen!« gab ich Anweisung. »Kapitän Larsson von der *Hornblad* bitte auf die Brücke.«

Kapitän Larsson schien mir von den drei Kapitänen der vernünftigste zu sein, deshalb wollte ich ihm die weitere Abwicklung der Angelegenheit übertragen. Er kam zu uns, als gerade einer der Funker auf der Brücke erschien.

Der reichte mir ein Formular. »Haben wir gerade als offenen Funkspruch aufgefangen, Herr Oberleutnant.«

»Danke!« Ich überflog den Text und gab ihn an den I WO weiter. »Schöner Mist, Herr Kruse. Eine Warnung vor britischen Treibminen an alle Schiffe vor der schleswig-holsteinischen Westküste.«

»Damit mußten wir rechnen. Im Augenblick drückt uns das noch nicht. Aber Vorsicht ist die Mutter der Porzellankiste. Ab sofort sollten wir alle Schwimmwesten tragen.«

Ich nickte zustimmend. »Sie haben mitgehört, Herr Kapitän? Dem möchten wir Sie nicht auch noch aussetzen. Wir werden Sie und die Besatzungen, wie versprochen, hier an Land setzen. Das erspart Ihnen zugleich die deutsche Bürokratie, die kann sehr zeitraubend sein.«

»Ich danke Ihnen, Commander. Sie und Ihre Männer haben uns sehr fair behandelt.« Larsson deutete auf die Küste. »Und wo sind wir hier?«

»Vor der dänischen Insel Rømø. Der Kutter dort wird die Boote sicher in den nächsten Hafen bringen.«

»Wir sollten uns beeilen, Herr Thomsen!« mahnte der I WO. »Aus dem Lister Tief kommen Schraubengeräusche. Kann ein Fischer sein oder auch nicht. Weiß man's?«

»Dann man los! Und noch einen Rat, Käpt'n! Das Rumfäßchen ist für die dänischen Fischer bestimmt. Das überlassen Sie denen aber wohl besser erst, wenn Sie sicher an Land sind, sonst machen die sich am Ende schon auf See darüber her.«

Larsson grinste. »Verstehe! Alles Gute für Sie und Ihre Männer! Farewell!«

Er verlor keine Zeit. Auf seine Worte hin halfen unsere »Gäste« den beiden Mädchen in die längsseits geholten Boote und stießen ab. Der Kutter nahm sie in Schlepp und tuckerte mit ihnen auf die Küste zu, die im warmen Nachmittagslicht über der See zu schweben schien.

»Hab' ich's nicht gesagt?« Wolters rieb sich triumphierend die Hände. »Schnaps zieht immer!«

»Na, hoffentlich machen sich dann die Norweger jetzt nicht selber über den Rum her«, frotzelte Kruse. »Die haben auch ganz gierige Augen gemacht.«

Wolters lachte. »Da hört bei den Nachfahren der Wikinger alle Freundschaft auf. Die Dänen und Schweden schlagen denen dann glatt vereint die Köpfe ein.«

»Ob die beiden Mädchen nach diesem Abenteuer noch einmal versuchen werden, nach England zu kommen?« fragte Ole lächelnd.

»Ist mir jetzt völlig wurscht!« sagte ich. »Sehen wir

lieber mal, was das für ein Pott ist, den Krummholz im Ohr hat.«

Er kam nicht aus dem Lister Tief. Es war auch kein Fischkutter mit Glühkopfmotor, sondern ein Pott mit rumpelnden Kolbenmaschinen, der uns vor der Sylter Küste entgegen kam. Jedenfalls behauptete das Krummholz, unser Spezialist.

Er ging sogar noch weiter. »Der hat Kohlefeuerung, Herr Oberleutnant. Ist also ein alter Zosse, der ganz gemächlich durch die Gegend rumpelt.«

»Na, na, man nicht so voreilig, junger Mann!« protestierte Wolters beleidigt. »Meine *Drie Süsters* hatte auch Kohlefeuerung und war doch kein alter Zosse!«

»Alter Zosse oder nicht, das werden wir ja gleich sehen, wenn er hinter dem Küstenvorsprung zum Vorschein kommt«, bremste ich den völlig überflüssigen Wortwechsel. »Los, Moses, rauf auf den Fockmast!«

Noch ehe er oben vor dem Toppsegel hockte, schrie er schon herab: »An Deck: Ein Fischdampfer voraus! Sieht wie ein Walfänger mit 'ner Harpune auf der Back aus!«

Alle Gläser folgten der Angabe. Tatsächlich, hinter der vorspringenden Küste tauchte ein Schiff auf. Bullig gedrungen, kaum aus dem Schornstein qualmend, obwohl es keineswegs gemächlich durch die Gegend zockelte, und auf der Back ein Geschütz. Ohne jeden Zweifel ein Vorpostenboot, vermutlich ein ehemaliger Walfänger, der die trockenliegenden Sände weiträumig umschiffte.

Die Sände! Und wir hatten anscheinend ablaufend Wasser! Siedend heiß fiel mir wieder ein, daß die britischen Seekarten der nordfriesischen Küste sogenannte Übersegler waren, Großraumkarten, die solche Feinheiten, wie die bei Ebbe freifallenden Sände vor Sylt und Amrum, nur in groben Konturen zeigten.

»Rudergänger, Steuerbord zwanzig! Lassen Sie die Segel dichter holen, II WO! Wir müssen weiter von den Sänden ab, sonst brummen wir am Ende irgendwo auf!«

Gehorsam schwang der Bug herum, wenig später füllten sich die killenden Segel wieder. Wir steuerten frei von Land.

»Komm auf, Ruder! Wie sieht's mit den Gezeiten aus, II WO?«

»Niedrigwasser vor Sylt und Amrum um zwanzig Uhr dreißig, Herr Oberleutnant. Eine Nipptide.«

Auch das noch! Das wäre was geworden! So dicht vor der Haustür und dann vielleicht bei Hohlebbe aufgebrummt! Eine Blamage, die unsere anderen Erfolge glatt in den Hintergrund gedrängt hätte. Erleichtert atmete ich auf.

Aber trotzdem: »Warum erfahre ich das erst jetzt, II WO?«

»Ich dachte, Sie hätten meinen Eintrag in das Logbuch gesehen, als Sie auf die Brücke kamen, Herr Oberleutnant?«

Das klang nicht nur wie ein Tadel, es war auch einer, noch dazu ein berechtigter, denn den üblichen Blick ins Logbuch hatte ich glatt vergessen.

»... tschuldigung, Obersteuermann, habe ich diesmal prompt versäumt. Mal erwischt's jeden von uns, diesmal mich.«

Ich griff wieder zu meinem Glas.

Auf der Brücke des Vorpostenbootes blitzte die Klappbuchs auf. »K an K: Wer sind Sie, und wohin geht die Reise?«

»Hoch mit den beiden Flaggen, Signalgast! Ich glaube zwar nicht, daß ihm das allein schon genügen wird, aber es unterstreicht zumindest unsere Antwort. Signalmaat, antworten Sie: K an K: Gekaperte britische U-Boot-Falle *Flying Lady* auf dem Weg nach Hamburg. Kommandant Oberleutnant zur See Thomsen. Können Sie uns mit Seekarten der Wattenküste und der minenfreien Zwangswege aushelfen?«

»K an K: Aber ja. Die werden Ihnen im Augenblick nur nichts nützen. Der Zwangsweg ist erst zum Teil geräumt. Einlaufen nach Hörnum deshalb auch zur Zeit nicht möglich. Weiterfahrt erst morgen früh. Folgen Sie mir zu einem sicheren Ankerplatz.«

»Das ist ja 'ne schöne Bescherung!« räsonierte Wolters. »Wissen Sie, wie weit Wyk auf Föhr von Hörnum ab ist?«

»Einen Spuck weit vermutlich, wie Sie immer so gern sagen, Käpt'n. Trösten Sie sich, ich würde auch lieber nach Hörnum einlaufen, um in den Schutz deutscher Flakbatterien zu kommen und mir endlich mal wieder die Beine an Land vertreten zu können. Aber was hilft's?«

Daß mir dabei viel mehr an einem Telefonat mit Anke gelegen war, brauchte ich ihm ja nicht unbedingt auf die Nase zu binden.

Kruse sah sich neugierig in der Kommandantenkajüte des VP-Bootes um. »Nicht übel, Herr Koop! Trotzdem, VP *Gauleiter Raukel*, ein seltsamer Name für ein Schiff der Kriegsmarine, finden Sie nicht? Klingt nach KdF-Dampfer.«

Oberleutnant Koop, der Kommandant, musterte ihn einen Augenblick abschätzend, unsicher, ob er Kruses Worte als versteckten Spott auffassen sollte oder nicht. Er hatte uns zu sich an Bord eingeladen, weil ich endlich einen Funkspruch an die Flottille absetzen wollte, nachdem wir unweit der Südspitze Sylts vor Anker gegangen waren. Wir hatten zwar ein britisches Funkgerät, aber das war ohne den deutschen Funkcode wertlos für uns.

»So seltsam ist der gar nicht, Herr Kruse. Ihre Namen hat die ganze Baureihe, die sogenannte Gauleiter-Reihe, aus politischen Gründen beibehalten. Alle anderen Boote sind zu taktischen Nummern geworden.« Er grinste. »Einen Gauleiter kann man eben nicht einfach so zu 'ner nichtssagenden Nummer machen. Mir wäre das allerdings lieber gewesen, denn Sie sind nicht der erste, der sich über diesen Namen mokiert. Sonst ist das aber ein toller Pott. Kurz vor Kriegsausbruch vom Stapel gelaufen und als Hecktrawler mit seiner Ausrüstung bestens als U-Bootjäger, Minensucher, Konvoischiff und Vorpostenboot einsetzbar.«

»Wie sieht's denn hier vor der Küste mit Aktivitäten der Tommies aus?« lenkte ich von diesem Thema ab, weil Kruse möglicherweise noch ein paar so respektloser Bemerkungen auf Lager hatte.

Koop winkte ab. »Nicht der Rede wert. Am Tage gar nicht und nachts nur ein paar Maschinen, die Minen werfen. Was ist hier auch schon zu holen? Vor Hamburg sieht das sicher ganz anders aus.«

Es klopfte. Ein Funker trat ein und reichte mir einen Funkspruch. »Für Sie, Herr Oberleutnant. Die Antwort Ihrer Flottille auf Ihre Meldung.«

Einen zweiten übergab er seinem Kommandanten.

Der warf nur einen flüchtigen Blick auf seinen Text. »Das habe ich mir beinahe gedacht. Wir sollen Ihnen Geleitschutz geben und Sie vor Minen und vor Flugzeugen schützen. Sie müssen ja einen hoch angesiedelten Schutzengel haben, daß der so um Sie besorgt ist.«

Ich lachte auf. »Falsch, Herr Koop! Die Fürsorge gilt weniger uns als dem propagandistischen Wert der *Flying Lady*, einer von gefangenen U-Bootfahrern gekaperten britischen U-Boot-Falle. Was meinen Sie, was Goebbels daraus macht?«

»Ein Heldenepos, was denn sonst! Vermutlich springen auch ein paar Beförderungen außerhalb der Reihe dabei heraus. Was hat man Ihnen denn geantwortet?«

»Wir bekommen Geleitschutz durch einen M-Bock und ein VP-Boot. Treffpunkt querab Leuchtturm Nebel auf Amrum, morgen zehn Uhr. Sie sollen uns bis dahin Geleitschutz geben. Na ja, und dann natürlich die übliche Gratulation.«

Koop stand auf und ging zur Anrichte hinüber. Mit einer Flasche Geelen Köm und drei Gläsern kam er zurück. »Wenn das für Sie kein Anlaß ist, endlich mal einen richtig zur Brust zu nehmen, dann weiß ich auch nicht.«

In dieser Nacht schlief ich erstmals, seit wir Schlicktown verlassen hatten, vollkommen entspannt durch. Der Grund dafür war nicht der deftige Schlummertrunk, den uns der Kommandant der *Gauleiter Raukel* kredenzt hatte. Wir alle fühlten uns unter dem Schutz seiner 8,8-cm-Kanone und der vielen Schnellfeuerwaffen seines und unseres Bootes hier draußen sicher und träumten voller Hoffnung von kommenden Urlaubsfreuden.

Als mich der Läufer Brücke für den Alarm in der Morgendämmerung weckte und ich meinen Rundgang über das Deck machte, klang mir aus jedem Gruß der Wachgänger die gleiche erwartungsvolle Hoffnung entgegen, die auch mich an diesem Morgen erfüllte. Wir hatten das schwierigste Stück der Reise hinter uns, seit wir *U-E2* verloren hatten. Das Ende war jetzt abzusehen, auch wenn der Wind gedreht hatte und uns jetzt genau ins Gesicht blies.

»Guten Morgen, Herr Oberleutnant!« begrüßte mich der II WO und wies auf den Verklicker. »Der Wind hat geschralt. Wir müssen kreuzen. Da wird's schwierig werden, exakt im freigeräumten Streifen hinter dem Minensuchgeschirr des VP-Bootes zu bleiben.«

»Schon gemerkt. Werden wir halt mit der Maschine laufen. Spätestens, wenn sich die beiden anderen Geleitboote eingefunden haben, wird der Streifen breiter werden. Dann haben wir mehr Raum zum Kreuzen.«

Ich warf einen kontrollierenden Blick in die Runde. Über Sylt dämmerte bereits der Morgen herauf. Damit begann für uns die gefährlichste Stunde. Sobald sich die Nacht zu verflüchtigen begann, die wir in einem der großen Tiefs zwischen den vorgelagerten Sänden Sylts und Amrums verbracht hatten, konnte sich im Schummerlicht aus der friedlichsten Situation blitzschnell ein handfestes Gefecht entwickeln.

»Geben Sie Alarm, II WO. Ich glaube zwar nicht, daß wir hier noch mit einem Angriff britischer Seestreitkräfte rechnen müssen, aber man kann gar nicht so dumm denken, wie es manchmal kommt.«

Während bei uns die Alarmklingel durch das Schiff schrillte, wurde es auch drüben auf dem VP-Boot lebendig, eilten die Männer auf die Gefechtsstationen. Ich kontrollierte indessen das Logbuch und zeichnete die üblichen Eintragungen ab. Eine Nacht ohne besondere Vorkommnisse.

»Wir haben ablaufend Wasser, Herr Oberleutnant. Bin

erst froh, wenn wir um sieben Uhr ankerauf gehen und mehr freies Wasser unter dem Kiel als zwischen den Sänden des Vortrapptiefs haben«, verschaffte der II WO seinen Sorgen Luft.

»Ich auch!« pflichtete ihm ein verschlafener LI bei, der mit dem Alarm auf die Brücke gekommen war. »Hab' ein ganz saublödes Gefühl im Magen. Wenn uns einer hier bei Tageslicht erwischt, sehen wir ganz schön blaß aus.«

»Malt immer schön den Teufel an die Wand, ihr alten Unken! Das hebt die allgemeine Stimmung zu so früher Stunde ungemein«, gab ich zurück und suchte mit dem Glas die westliche Kimm ab. »Bis jetzt ist die See jedenfalls blank wie'n polierter Kinderpopo.«

»Hoffentlich bleibt er es recht lange!« brummte Ole mit skeptischer Miene. »Ich hab' heute nacht geträumt, wir bekä ...«

»Es langt, Ole!« schnitt ich ihm das Wort ab. »Verschon uns mit deinen Träumen. Kümmere dich lieber um die Maschine, die brauchen wir nämlich. Wir haben im geräumten Fahrwasser keinen Raum zum Kreuzen, wenn wir hinter dem VP-Boot herzockeln.«

»Da gibt's nicht die geringsten Schwierigkeiten«, entgegnete er. »Die Maschine hält, wenn's sein muß, bis Hamburg durch.«

»Um so besser«, brummte ich bloß, denn meine ganze Aufmerksamkeit galt jetzt Wolters, der aus der Funkbude kam. Seine Miene verhieß nichts Gutes.

»Was ist los, Käpt'n? Hat's Ihnen die Petersilie verhagelt?«

»Fürchte, wir bekommen in Kürze Besuch«, orakelte er. »Der dänische Rundfunk hat eben einen ausführlichen Bericht über uns gebracht. Wir sind gut dabei weggekommen und direkt berühmte Leute geworden. Hat nur einen

Schönheitsfehler: Die Briten wissen nun, wer mit der *Flying Lady* durch die Gegend schippert.«

Kruse winkte ab. »Damit haben wir doch rechnen müssen.«

»Stimmt!« bekräftigte der II WO. »Der Haken ist bloß, daß wir hier wie auf dem Präsentierteller liegen, und das freut meines Vaters Sohn überhaupt nicht.«

Ich ließ sie reden, denn ich war mit meinen Gedanken ganz woanders. Der Zwangsweg führte verhältnismäßig dicht unter Land an den eigenen Minenfeldern entlang, um jeden Angriff von See her zu verhindern. Aber den hatten die Tommys vermint. Auch wenn das VP-Boot einen Streifen für uns freiräumte, engte das allein schon unsere Ausweichmöglichkeiten im Falle eines Luftangriffs erheblich ein.

Das war das eine Problem. Das zweite bescherte uns nämlich die Natur. Es ebbte, und die Tide kenterte erst, wenn uns die anderen Boote vor Amrum ins Geleit nahmen. Um Bomben zu entgehen, konnte bis dahin jedes Ausweichmanöver zu einem Russischen Roulette zwischen Sandbank oder Mine und freiem Wasser werden.

Das waren keine schönen Aussichten, zumal die Dunkelheit dem Tageslicht mit solcher Geschwindigkeit wich, daß mit jeder verstreichenden Minute auch die Gefahr eines Luftangriffs wuchs. Es gab nur eine Möglichkeit, in dieser Situation das Risiko zu mindern.

»Signalmaat, geben Sie an das VP-Boot rüber: K an K! Schlage vor, sofort ankerauf zu gehen und freies Wasser anzusteuern. Befürchte, britische Luftangriffe stehen unmittelbar bevor!«

Wir hatten dieses Problem bereits am Vorabend mit Koop durchgesprochen, deshalb reagierte er sofort. An seiner Signalrah stiegen Flaggen empor: *Achtung! Gehe in fünf Minuten ankerauf! In meinem Kielwasser folgen!*

»Bestätigen Sie, Signalmaat! Obersteuermann, lassen Sie den Anker kurzstag nehmen! Sobald ›Ausführung‹ gegeben wird, gehen wir ankerauf und nehmen mit der Maschine Fahrt auf, klar?«

Es war ein ganz normales Manöver, wie es sich schon unzählige Male vorher abgespielt hatte. Jeder wußte, was er zu tun hatte. Trotzdem breitete sich an Deck eine Spannung aus, von der auch der Smadding am Ankerspill erfaßt wurde.

»Warum haben Sie keine Schwimmweste um, Sie nachgemachter Mensch?« hörten wir ihn laut wettern, was er eigentlich sonst nur sehr selten tat. »Auch für Sie gilt hier an Bord der Befehl des Kommandanten, klar?«

»Ach du Scheiße, da hat er einen von unseren Fischern am Arsch«, murmelte Wolters und reckte den Hals. »Natürlich den Hinnerk, den dösigsten Hund auf der *Drie Süsters*! Na warte, Bruderherz, dich nehme ich mir nachher besonders vor!«

»Donnerwetter, die hat ja ordentlich was drauf!« lobte der I WO die Maschine, als wir Fahrt aufnahmen und auf das VP-Boot eindrehten. »Und wenn sich jetzt noch dieses Prachtwetter hält, wird's die reinste Bäderreise!«

»Na, na, Bäderreise wegen des wolkenlosen blauen Himmels? Darüber mögen ja die Badegäste auf Sylt und Amrum hell begeistert sein, wenn's die jetzt im Kriege dort überhaupt noch gibt, Herr Kruse«, bremste ich seinen überschäumenden Optimismus. »Für uns wird's garantiert keine gemütliche Bäderreise.«

»Zumindest läßt sie sich doch ganz gut an.« Er grinste. »War da nicht unlängst mal die Rede von ollen Unken?«

Ich quittierte seine Anspielung mit einem Lächeln. Die Geschichte ließ sich ja tatsächlich gut an. Wir hatten eine fabelhafte Sicht und konnten so vor überraschenden Luftangriffen verhältnismäßig sicher sein. Gegen die andere Bedrohung, die auf uns unter Wasser lauerte, schützte uns die *Gauleiter Raukel.*

Aus ihrer Heckpforte glitten bereits die schier endlos erscheinenden Kabel des Minensuchgeschirrs mit Ottern und Beiholern in ihr Kielwasser. Sie entwirrten sich und bildeten vor unserem Bug nach beiden Seiten einen breiten Schutzschirm, und das räumte noch ein wenig mehr mit meinen Sorgen auf.

Für unsere Fischer war das ein Schauspiel, das sie offenbar erstmals so hautnah verfolgen konnten.

Wolters brach als erster ihr Schweigen. »Das am Heck kapiere ich ja noch, aber was die da auf der Back treiben, gibt mir Rätsel auf, Herr Thomsen.«

Das konnte ich mir gut vorstellen. »Die bringen am Bug 'nen Minenabweiser aus. Eine Spiere mit zwei Drahtseilen, die zu ihrem eigenen Schutz von Ottern je nach Back- und Steuerbord auseinandergezogen werden. Wie's funktioniert, werden wir sicher noch erleben, Käpt'n.«

Ich war mir allerdings im Zweifel darüber, ob wir uns das wünschen sollten. Selbst wenn das Ankertau der Mine von den Scheren an den Kabeln gekappt wurde und frei im Kielwasser trieb, blieben die Minen noch immer gefährlich, bis man sie abschoß. Aber wie funktionierte das bei Treibminen?

Oberleutnant Koop hätte mir diese Frage sicher beantworten können, denn er hatte – im Gegensatz zu mir – während seiner bisherigen Laufbahn hauptsächlich auf M-Böcken gedient.

An der Signalrah des VP-Bootes stiegen Flaggen empor: *Im Kielwasser folgen. Abstand halten. Marschgeschwindigkeit sieben Knoten. – Ausführung!*

»Meeinst, ich will mir die Eeier von so eeinem verdammichten Lachodder abreeißen lassen, Mannchen? Den Deibel werd' ich tun!« murmelte der Rudergänger Mikoleit, ein bärenstarker Ostpreuße, mit dem ihm eigenen Zungenschlag im Selbstgespräch und packte das Steuerrad noch fester. »Werd' mich hüten, auch nur eein Jrad nach Steuer- oder Backbord vom Kurs abzuweeichen.«

Ein Lächeln glitt über die Gesichter der Brückenwache. Mikoleits Sorge um seine sexuelle Potenz war sprichwörtlich. Durfte man der Fama glauben, die ihm vorauseilte, dann hatte er bisher alle anderen von *U-E 2* mit seiner sagenhaften Leistungsfähigkeit im Puff glatt ausgestochen. Er rühmte sich daher, der »stärkste Häängst im Stall« zu sein, wie er es nannte.

»Bloß deine Eier?« fragte der Zweite Rudergänger mit einem anzüglichen Grinsen, der hinter ihm für den Fall stand, daß unter Segeln ein Mann allein das Ruder nicht mehr halten konnte. »Wenn, dann haut dir die Mine deine Eier und deinen langen Willi mit weg. Futsch für immer, mein Lieber! Aber dafür kannste dann wenigstens im Knabenchor wieder das höchste C singen.«

Der I WO lachte. »Na, hab' ich nicht gesagt? Die Reise läßt sich doch prima an!«

Querab von Amrum Odde gab unsere Maschine ohne jede Vorwarnung plötzlich ihren Geist auf. Ein Rumpeln und Schütteln, dann ging nichts mehr. Es war genau der falsche Augenblick.

»Umdrehungsanzeiger steht auf Null! Die ...« Der

Schrei des Mannes am Maschinentelegrafen ging im Schrillen der Alarmklingel unter.

Fliegeralarm! Das hatte uns gerade noch gefehlt. Die Männer hasteten zu den Waffen und visierten das Flugzeug an, das über der Kimm aufgetaucht war und sofort Kurs auf uns genommen hatte.

»Signalmaat, blinken Sie das VP-Boot an: Maschine ist ausgefallen, bin manövrierunfähig!«

Ich saß in einer Zwickmühle. Was tun? Segel setzen und Kurs zu halten versuchen? Bei diesen Windverhältnissen unmöglich. Verließen wir mit dem ersten Kreuzschlag den geräumten Streifen, landeten wir entweder im deutschen Minenfeld oder liefen auf eine britische Treibmine.

Was dann? Segel setzen und umkehren? Na klar, raumschots konnten wir auf dem geräumten Streifen zurücksegeln, bis Ole die Maschine wieder im Griff hatte. Nur schnell gehen mußte es. Der einzelne Flieger wurde zur Nebensache.

»Oberbootsmann, klar zum Segelsetzen! Ruder hart Steuerbord!« Langsam kam der Bug herum. Gott sei Dank, es reichte! Wir hatten noch genügend Druck auf dem Ruder. Den Rest besorgte der Wind. »Segel setzen! Übernehmen Sie bitte, Herr Kruse.«

Ich gab an den I WO ab, weil Ole mit bedepperter Miene aus dem Maschinenschott kam, gefolgt von zwei Stokern.

»Verflucht!« fuhr ich ihn an. »Ich denke, die Maschine hält bis Hamburg durch! Sind wir schon in Hamburg?«

Er versuchte, gelassen zu erscheinen. »Nicht ganz, aber bald! Es liegt nämlich nicht an der Maschine.«

»An was dann? Habt ihr nicht mitgekriegt, was ausgerechnet jetzt angesagt ist?«

»Na und? Ein jämmerlicher Aufklärer, mit dem ihr doch spielend fertig werdet – oder?« Er machte eine wegwerfende Handbewegung. »Wozu die Aufregung? Sobald wir den Scheiß los sind, der sich in der Schraube verfangen hat, ist die Maschine auch wieder klar.«

»Und bis dahin?«

»Ankern, damit ich einen meiner Stoker hinunterschicken kann, der die Lage peilt. Wenn wir Fahrt machen, geht das nicht.«

»Ankern? Du hast vielleicht Nerven! Und wenn die Mistbiene 'nen ganzen Bomberschwarm herbeifunkt?«

»Bis dahin sind wir längst wieder flott. Ehrlich, Arne!«

Was blieb mir übrig? Die Schraube war jetzt wichtiger als alles andere. Zähneknirschend gab ich nach. Wir bargen die Segel und warfen Anker. Noch ehe der gefaßt hatte, schwang sich der Maschinenobergefreite Maser achtern über die Reling und ließ sich in den Bach fallen.

Koop war über diese Entwicklung gar nicht glücklich, sah jedoch ein, daß es keine andere Lösung gab. Er zog indessen mit seiner *Gauleiter Raukel* einen weiträumigen Kreis um uns, um das Minensuchgeschirr nicht auch noch bergen zu müssen. Prompt wurde er fündig. In seinem Kielwasser dümpelten plötzlich mehrere gekappte Minen, die drohend ihre zerbrechlichen Hörner mit den Säurezündern aus den Wellen reckten. Koop zögerte keinen Augenblick.

Ohne sich um die anfliegende Maschine zu kümmern, machte seine 2-cm-Flak mit diesen Teufelseiern kurzen Prozeß. Von ihren Geschossen getroffen, flogen die Minen jedes Mal mit einer gewaltigen Wassersäule donnernd in die Luft. Ihre ohrenbetäubenden Explosionen übertönten selbst den Abschuß der 8,8-cm-Kanone, als die das Feuer mit einem Warnschuß auf das unbekannte

Flugzeug eröffnete, weil die Maschine das Erkennungssignal (ES) nicht umgehend beantwortete.

Als sich ihre Besatzung endlich dazu aufraffte, war es für das Flugboot beinahe schon zu spät, denn die nächste Granate krepierte gefährlich dicht vor seiner Kanzel. Prompt zog der Pilot die Maschine hoch, und das war sein Glück. Der dritte Schuß hätte sie glatt vom Himmel geholt.

»Ein Flugboot, ein Dornier Wal! Sind denn Hermanns unbedarfte Schlipssoldaten völlig bescheuert?« schimpfte der II WO.

Der Pilot war nicht bescheuert, sondern vermutlich nur im Umgang mit der Marine unter kriegsmäßigen Bedingungen unerfahren. Er tat jedoch das einzig Richtige in dieser für ihn gefährlich gewordenen Situation: Er flüchtete in einem respektvollen Bogen aus der Reichweite der 8,8-cm-Kanone.

»Das hätte aber verdammt ins Auge gehen können!« meinte Kruse kopfschüttelnd. »Hoffentlich ist das dem Knaben eine Lehre.«

Das war diese Begegnung ganz offensichtlich, denn das Flugboot nahm Kurs auf die Küste.

»Wenn alle Begegnungen mit Flugzeugen so ausgehen, gebe ich an Land gewaltig einen aus«, brummte der II WO. »Vorausgesetzt, wir kommen ...«

Wolters unterbrach ihn und deutete auf Ole, der mit einem Tampenknäuel von achtern kam. »Mal 'ne Frage, Herr Thomsen. Es sieht ja so aus, als bekämen Ihre Männer die Schraube klar. Ist es sehr unbescheiden, wenn ich Sie bitte, meine Leute und mich in Amrum an Land zu setzen? Jetzt werden wir doch nicht mehr gebraucht. Uns erspart das den Umweg über Hamburg, denn von Wittdün verkehren regelmäßig Fähren nach Wyk.«

»Haben Sie jetzt die Hosen voll, Herr Wolters?«

»Ist das beim Anblick der heimatlichen Inseln nicht verständlich? Der Krieg ist nun mal nicht unser Handwerk.«

Ich schüttelte bedauernd den Kopf. »Bei allem Verständnis dafür, Sie vergessen, daß ich nicht mein eigener Herr bin. Wenn wir Fischer treffen, gern, aber ansonsten ...«

Ole enthob mich jeder weiteren Antwort. Er hielt mir die Reste eines Fischernetzes entgegen. »Ein zähes Zeug, nicht so leicht aus der Schraube zu kriegen. Mit 'nem Taucher ging's wesentlich schneller.«

Von der Brücke des VP-Bootes blitzte eine Klappbuchs zu uns herüber. »K an K: *M vier-vier* und *VP eins-null-sechs* kommen uns als Geleit entgegen. Wie lange brauchen Sie noch?«

»Jetzt bist du gefragt, Ole.«

»Vielleicht 'ne Stunde. Die können ja immer nur kurze Zeit unter Wasser bleiben.« Er sah mich forschend von der Seite an. »Ja, ja, ich weiß, dir brennt die Zeit auf den Nägeln. Wir tun, was wir können, aber ...«

Er ließ den Rest offen. Mir brannte die Zeit wirklich unter den Nägeln. Wenn jetzt die Tommies aufkreuzten, dann waren wir geliefert. Vor Anker hatten wir nicht die geringste Chance, und das wußte er.

Der Signalmaat blinkte unsere Antwort hinüber. Ole warf die Tampenwooling über Bord und schlenderte achselzuckend zum Heck zurück.

Zwanzig Minuten später hatten wir den nächsten Aufklärer auf dem Hals. Sein Verhalten ließ diesmal keinen Zweifel an seiner Nationalität aufkommen.

»Ein Tommy, eine Bristol-Blenheim, wenn ich mich nicht irre«, behauptete der II WO. »Wird nicht lange dauern, dann geht's hier rund.«

Er flog zu hoch und hielt sich außerhalb der Reichweite unserer Geschütze, so daß wir zähneknirschend mit ansehen mußten, wie er seinen Kreis um uns schlug, ehe er wieder nach Westen abdrehte. Er hatte uns vor Anker gesehen, das reichte ihm.

Mein Blick ging nach achtern. Noch immer steckten wir in der Klemme, denn dort bemühten sich die Stoker nach wie vor, die Schraube von den Resten des Fischernetzes zu befreien.

Der IWO deutete meinen besorgten Gesichtsausdruck durchaus richtig. »Kann verdammt unangenehm werden, wenn wir bis dahin die Schraube nicht klar bekommen, was?«

Ich nickte nur. Doch wenig später enthob uns Ole unserer Sorgen. Seine Befehle wurden mit Beifall bedacht. Er ließ die Maschine zu einem Probelauf starten. Sie sprang mühelos an und kam schnell auf Touren. Uns allen fiel ein Stein vom Herzen.

»Schraube ist klar, Herr Oberleutnant!« meldete der BÜ mit Erleichterung in der Stimme vom Achterdeck. »Schiff kann ankerauf gehen.«

»Dann los! Verlieren wir nicht unnötig Zeit, Herr Kruse. Veranlassen Sie alles Notwendige! Signalmaat, Meldung an das VP-Boot: Maschine ist klar! Boot geht ankerauf und ist klar zur Geleitaufnahme.«

Wir verloren tatsächlich keine Zeit. Jeder wußte schließlich, wie notwendig es war, das Schiff so schnell wie möglich flott zu bekommen. Keine fünfzehn Minuten später liefen wir im Kielwasser der *Gauleiter Raukel* nach Süden ab und den beiden anderen Sicherungseinheiten entgegen.

»Wird 'ne böse Überraschung für die Tommies, wenn ihnen plötzlich vier Schiffe eeinen warmen Empfang bereiten«, freute sich der Gefechtsrudergänger Mikoleit. »Dann jibt's Dunst, Herr Obersteuermann.«

»Vorausgesetzt, wir kommen gut voran und treffen mit den anderen noch rechtzeitig zusammen«, dämpfte der dessen Optimismus. »Hoffen wir, daß die Tommies nicht schneller sind.«

»Nun malen Sie den Teufel bloß nicht an die Wand, II WO!« mahnte Kruse. »Werfen Sie lieber mal 'n Blick nach Amrum rüber auf den Kniepsand. Ein Bild wie im tiefsten Frieden.«

Werda hob sein Glas an die Augen. »Sieht aus, als gebe es dort tatsächlich noch Badebetrieb. Jedenfalls stehen Strandkörbe vor den Dünen.«

»Warum auch nicht? Nachsaison, Herr Werda, erholsamer als der Sommer«, fühlte sich Wolters angesprochen. Er grinste vielsagend. »Und dann die vielen einsamen Frauen! Wäre das jetzt nicht etwas für uns alle?«

Über die Gesichter der Zuhörer auf der Brücke flog ein Lächeln. Frauen, das war das Reizwort nach den Wochen auf See. Prompt richteten sich die Gläser auf den blendend weiß in der Sonne leuchtenden Badestrand, versuchten, etwas von den versprochenen Badenixen zu erhaschen. Vergessen war für einen Augenblick die Gefahr, die uns drohte.

»Winkspruch vom VP-Boot!« holte uns der Signalgast in die Wirklichkeit zurück. »K an K: Geleitsicherung kommt in Sicht! Ihr Schutzengel hat sich wieder gemeldet. Bleibe bis vor Husum dem Geleit als Verstärkung zugeteilt! Einlaufe Husum, um zu bunkern. Wollen Sie Post abgeben?«

»Na, sehen Sie, Käpt'n, da haben Sie Ihre Fahrgelegenheit!« sagte ich zu Wolters. »Von Husum kommen Sie schneller nach Hause. Ich denke, Kapitän Nickels und seine Leute werden sich Ihnen gern anschließen, und wir sind sie alle mit gutem Wind los.«

Der wortkarge Nickels nickte lächelnd. »Kloar! Dat mok' wi!«

»Signalgast, Winkspruch an VP. K an K: Vielen Dank für das Angebot, machen davon gern Gebrauch. Bitte übernehmen Sie auch unsere Fischer, die möchten in Husum an Land gesetzt werden.«

Ich hielt die Postabgabe zwar für überflüssig, denn vermutlich waren wir schneller in Hamburg als die Post beim Empfänger, griff aber trotzdem zum Mikrophon. »Das VP-Boot übernimmt von uns später Post. Wer noch vor Hamburg Post abgeben will, kann das dann tun.«

Die sechs Wellington-Bomber kamen genau in dem Augenblick in Sicht, als *M-44*, der Geleitführer, und *VP-106* das Geleit vor dem Kniepsand aufnahmen. Angesichts ihrer gepanzerten 8,8-cm-Kanonen wuchs das Vertrauen in unsere Kampfkraft ganz gewaltig, zumal uns die Tommies in einer recht seltsamen Formation anflogen.

»Komische Angriffsformation«, stellte der I WO überrascht fest. »Absolut unüblich. Was halten Sie davon, Herr Thomsen?«

Ihre Formation, eine Maschine voran, die anderen zu zweit und dritt dahinter, war in der Tat ungewöhnlich, ihre Absicht war es dagegen nicht. »Die wollen sich nicht verzetteln, sondern mit vereinter Kraft zuschlagen, Herr Kruse. Deshalb fliegen sie den Verband wie eine Pfeilspitze an.«

»Ein verdammt riskantes Manöver. Behalten die ihre Formation bei, fliegen die doch genau in unsere geballte Feuerkraft hinein, die sich durch die Waffen des M-Bocks und des zweiten VP-Bootes noch verdoppelt hat.«

»Kann uns doch nur recht sein.«

Ihr Verhalten gab mir noch ein weiteres Rätsel auf. Sie flogen ungewöhnlich hoch, zu hoch für den Einsatz ihrer Bordwaffen, zu hoch auch für einen zielgenauen Bombenangriff. Warum also?

Um sich vor den 8,8-cm-Kanonen unserer Geleitsicherung zu schützen, deren Zielgenauigkeit mit der Höhe rapide abnahm? Ich schaute in die Gesichter meiner Männer. Sie grübelten genauso wie ich darüber nach.

Rasend schnell näherten sich die Maschinen, das Brummen ihrer Motoren schwoll bedrohlich an. Wir drehten aus unserem Kurs, um freies Schußfeld zu bekommen. Doch noch immer schwiegen die schweren Waffen, obwohl die Tommies bereits wagemutig in ihre Reichweite hineinflogen.

Plötzlich stiegen auf M-44 Signalflaggen empor und wehten aus.

»Signal vom Geleitführer: Feuer frei für alle ...«

Die Stimme des Signalmaats ging in dem Höllenlärm des Sperrfeuers unter, das den Briten von allen Schiffen entgegenschlug. Sie flogen mitten in einen tödlichen Vorhang explodierender Geschosse hinein, wurden von einem Hagel heulender Granatsplitter eingehüllt und verschwanden in den Nebelschwaden des zerfasert abziehenden Qualms der krepierenden Granaten. Garben der 2-cm-Waffen hielten mitten hinein und versuchten auf gut Glück, sich auf ihre Kanzeln und Motore einzuschießen.

»Da!« brüllte mir der I WO triumphierend ins Ohr. »Ein Volltreffer! Einen hat's schon erwischt!«

Den trägen Geschoßnebel durchdrang der Feuerschein einer heftigen Explosion, wurde zu einem glühenden Feuerball, der mit mehreren schweren Detonationen zerplatzte. Zerrissen von den eigenen Bomben, trudelten brennende Flugzeugteile vom Himmel. Lautes Triumphgeschrei durchdrang den Gefechtslärm.

»Völlig ausgeschlossen, daß auch nur einer diesem Granathagel entkommen kann!« schrie ich zurück und wurde zugleich eines Besseren belehrt.

Zwei Maschinen tauchten daraus hervor, gefolgt von einer dritten und vierten. Die Luft war plötzlich von einem infernalischen Pfeifen erfüllt, das sogar das Geschützfeuer übertönte.

Bomben! Sie warfen sie jedoch nicht gezielt auf die einzelnen Schiffe, sondern als breitflächigen Bombenteppich, der mehr Erfolg versprach. Mir ging ein Licht auf. Deshalb also die eigenartige Formation und die Höhe!

Das Pfeifen ging in ohrenbetäubende Detonationen über. Um uns herum kochte plötzlich das Meer. Die Bomben explodierten schon bei der geringsten Berührung mit der Meeresoberfläche. Splitterbomben, um unsere Abwehr auszuschalten!

Jaulend fegten ihre Splitter über das Deck, bohrten sich in die Bordwände und Aufbauten und zerhackten unsere Takelage. Blöcke mit zerfetztem Tauwerk knallten auf das Deck. Wie auf ein Kommando zogen wir die Köpfe ein und suchten Deckung.

Schmerzensschreie übertönten die Explosionen. Schutzlos dem Splitterregen ausgesetzt, verstummten die leichten Maschinenwaffen, ihre Bedienung ging in Deckung. Nur die Geschütze mit den Panzerkuppeln und mit den Schutzschilden feuerten weiter.

Sie waren es letztlich, die die britische Formation auseinandertrieben und damit uns alle vor den noch heimtückischeren Sprengbomben retteten. Trafen die, so durchschlugen sie Deck und Aufbauten und explodierten mit Verzögerung erst im Innern des Schiffes. Die Folgen waren dann verheerend.

Zum Glück blieben wir jedoch davon verschont. Die meisten detonierten im Notwurf weitab von uns, hohe Wassersäulen aufwerfend. Ausgeklinkt von den beiden Maschinen, die mit einem langen Feuerschweif abschmierten und zwischen den Schiffen auf der Wasseroberfläche explodierend aufschlugen.

In ihren Detonationswellen bockte die *Flying Lady* wie ein wild gewordener Gaul. Der schwere Fockmast, von seiner zerfetzten Takelage nicht mehr gehalten, knickte wie ein dünnes Zündholz drei, vier Meter über Deck weg und kam von oben. Donnernd schlug er auf Reling und Deck auf und stürzte über Bord, Spieren und Stage der Vorsegel mitreißend.

Indessen erwischte es eine vierte Maschine unmittelbar über der *Gauleiter Raukel.* Einer ihrer Motore fing Feuer. Sie kippte über den Flügel ab und flüchtete nach Westen, eine dicke Rauchfahne nachschleppend.

Sofort konzentrierte sich das gesamte Abwehrfeuer auf die beiden letzten Briten. Dem waren sie nicht gewachsen. Sie kurvten aus dem Granathagel und gaben verständlicherweise auf. Nach Notwürfen suchten sie ebenfalls ihr Heil in der Flucht.

»Feuer einstellen!« Meine Stimme aus den Decklautsprechern überschrie zu meiner Überraschung sogar das Jubelgeschrei und das sinnlose Hinterhergeballer. »Lecksicherungstrupp unter Deck! Schäden und Verluste an die Brücke melden!«

Schlagartig verstummte das Geschützfeuer. Befreit atmeten alle auf. Das Deck war zwar von Trümmern übersät und die Aufbauten mit Granatsplittern gespickt, aber wir schwammen. Die Maschine tourte, die ramponierte *Lady* gehorchte dem Ruder. Was wollten wir mehr?

Trotzdem gab es noch genug für uns zu tun. Wir mußten so schnell wie möglich wieder gefechtsbereit und voll manövrierfähig werden, falls sich die Briten mit dem einen Angriff nicht begnügen sollten. Der abgebrochene Fockmast, den wir an Wantenresten längsseits mitschleppten, mußte sofort weg, die drei übrigen Masten gesichert und neu getakelt werden und ... und ... und ...

»Es hat mit Sicherheit Verwundete, wenn nicht gar Tote gegeben, Herr Kruse«, rüttelte ich den I WO auf, der von dem Gefechtsgeschehen noch immer ganz benommen schien. »Bitte kümmern Sie sich darum. Ihre Wache kann der II WO übernehmen. Läufer, Sie nehmen die Schadens- und Verlustmeldungen auf!«

Ich griff erneut zum Mikrophon. »Gefechtsstationen aufklaren, Bereitschaftsmunition ergänzen! Oberbootsmann, lassen Sie die zerfetzte Takelage ersetzen und die Wooling kappen, an der der Fockmast hängt!« Ich legte das Mikro zurück. »Ich gehe einfach mal davon aus, daß der Smadding den Splitterregen unbeschadet überstanden hat. Was meinen Sie, II WO?«

»Hat er, Herr Oberleutnant. Jedenfalls ist er schon wieder voll in seinem Element und spitzt die Leute an.« Werdas Blick ging nach achtern. »Auch die nachgeschleppten Boote haben anscheinend nichts abgekriegt.«

»Erfreulich, erfreulich«, brummte ich, mit meinen Gedanken bei dem M-Bock, an dessen Signalrah Flaggen aufstiegen und auswehten. »Schlafen Sie nicht, Mendel! Der Geleitführer will was von uns!«

Der Signalmaat zuckte zusammen. »An alle: Geleitpositionen einnehmen! Kurs eins-fünf-sieben, Marschgeschwindigkeit acht Knoten! Ausführung in zehn Minuten!«

»Donnerwetter, der muß uns ja gut im Auge behalten haben, wenn er nicht nach Schäden fragt.«

Der II WO gab die notwendigen Anweisungen. Während die Aufräumungsarbeiten begannen, liefen wir mit kleiner Fahrt auf unsere Position.

»Nur Leichtverletzte nach diesem Splitterregen, Herr Kruse?« fragte ich ungläubig und schüttelte den Kopf. »Unglaublich!«

»Gar nicht unglaublich.« Er lächelte. »Verdanken wir der Kapokfüllung der britischen Schwimmwesten. Die hat die meisten Splitter aufgefangen und abgebremst.«

Er hielt mir die offene Hand hin, auf der ein paar besonders scharf gezackte Splitter lagen, und deutete auf Obermaat Wörle. Dessen Kopf krönte ein turbanähnlicher weißer Verband. »Diese Dinger steckten in seiner Schwimmweste.«

»Und sein Kopfverband? Schlimm?«

Er winkte lässig ab. »Halb so wild, der hat jetzt bloß 'nen neuen Scheitel. Die Schmarre verheilt schnell. Bei den anderen ist es ähnlich, keiner braucht 'nen Arzt. Die stehen alle auch so weiterhin eisern ihren Mann. Schätze, wir sind noch einmal mit einem blauen Auge davongekommen.«

Das klang gewollt unterkühlt, stimmte jedoch. Zugegeben, wir hatten den Fockmast verloren, und der Smadding bemühte sich mit seinen Leuten schon seit zwei Stunden, die Takelage der anderen Masten wieder in den Griff zu bekommen. Aber ansonsten war der Angriff für uns und die anderen Schiffe verhältnismäßig glimpflich ausgegangen, wie wir aus den Winksprüchen an den M-Bock entnommen hatten.

Die Tommies hatte es schlimmer getroffen. Drei Maschinen mit der gesamten Besatzung abgeschossen, eine vierte lahm mit dem Rest in die Flucht geschlagen, eine empfindliche Niederlage für das britische Selbstbewußtsein.

Ole hatte bisher schweigend zugehört. »Davongekommen? Sind wir noch lange nicht, Herr Kruse. Die Tommies werden diesen verlustreichen Fehlschlag nicht hinnehmen.«

»Der Meinung bin ich auch«, pflichtete ich ihm bei. »Es soll mich sehr wundern, wenn die's nicht nochmals versuchen.«

»Wir sollten uns diese demolierte *Lady* vom Halse schaffen, indem wir nach Wittdün oder Wyk einlaufen und es anderen überlassen, den Pott wieder aufzumöbeln und nach Hamburg zu bringen, Arne.«

Ich sah ihn überrascht von der Seite an, obwohl mir dieser Gedanke auch schon gekommen war. Dennoch, so kannte ich ihn ja gar nicht. Wo war sein Optimismus geblieben?

»Keine Chance, Ole. Beide Häfen haben keine Werften, hat mir Wolters erklärt, und für Husum reichen die Schäden nicht aus. Außerdem – jetzt kneifen? Nee, mein Lieber!«

Wir hatten gerade noch Zeit, nach dem Mittagessen in Ruhe eine Muck Kaffee zu trinken, ehe uns der Fliegeralarm auf die Stationen scheuchte. Wieder waren es sechs Wellingtons, aber diesmal flogen sie uns von Osten über Amrum an. Wir sollten sie wohl für deutsche Flugzeuge halten, und wir wären auch fast darauf hereingefallen, hätte uns das ferne Sirenengeheul von den Inseldörfern nicht doch noch gewarnt.

Die Zeit reichte allerdings nur noch zum Eindrehen, um freies Schußfeld zu bekommen, als sie im Pulk flach über die Insel kamen und sich über der See außerhalb unserer Reichweite zum Angriff formierten. Nicht in Pfeilform, sondern wie ein Wolfsrudel einzeln im Kreis um das Geleit verteilt, um ein konzentriertes Abwehrfeuer zu verhindern.

»Diesmal werden wir's schwer haben«, prophezeite uns Ole und setzte, nach einem kritischen Blick auf den britischen Stahlhelm, das lächerlich flache Ding ebenfalls auf. »Ob dieser alberne Suppenteller wirklich was nutzt, bezweifle ich.«

»Das bezweifeln wir alle«, antwortete ich, denn dieser traditionelle flache Blechdeckel reichte nicht einmal bis zu den Ohren. »Aber immer noch besser als gar nichts.«

»Worauf warten diese Arschlöcher denn eeijentlich noch?« brummte Mikoleit ungeduldig in seinen Stoppelbart. »Brauchen die noch 'ne Eeinladung zum Tanz?«

Die Antwort ließ nicht auf sich warten. Zwei Briten kurvten zum Angriff ein und stürzten sich, aus allen Bordwaffen feuernd, auf den M-Bock. Der nahm den Kampf auf.

Schon der erste Schuß seiner 8,8-cm-Kanone traf die Kanzel des vorderen Angreifers und detonierte in ihrem Innern. Die Wirkung war fürchterlich. Die Wellington zerplatzte wie ein Luftballon in unzählige Teile, die von einer grellen Explosion nach allen Seiten geschleudert wurden.

In die durch die Luft wirbelnden Trümmer flog die folgende Maschine mitten hinein. Ich vermochte nicht mehr zu erkennen, ob es das Schnellfeuer des M-Bocks war, das ihr die Propeller zerschlug, oder die herumfliegenden Wrackteile. Ich sah sie auch nicht mehr abschmieren, sondern hörte nur die allen Gefechtslärm übertönende Explosion ihrer Bomben, als sie auf der Wasseroberfläche aufschlug.

Inzwischen mußten nämlich auch wir uns unserer Haut gegen zwei Angreifer wehren, die von achtern auf uns herabstießen. Auf der Wasseroberfläche kamen die Einschläge ihrer Bordwaffen wie eine teuflische Naht rasend schnell auf unser Achterschiff zu.

Verdammt, ich mußte die Tommies daran hindern, uns der Länge nach zu überfliegen, denn dann boten wir ihren Bomben ein nicht zu verfehlendes Ziel!

»Hart Backbord! Maschine dreimal ›Äußerste Kraft voraus‹!« In den kräftigen Händen Mikoleits wirbelte das Steuerrad wie ein Kinderspielzeug herum, den Rest besorgte die Maschine. »Gut so, komm auf!«

Aus allen Waffen schlug den Briten unser Abwehrfeuer entgegen, doch es blieb ohne jede Wirkung auf die vordere Maschine. Überdeutlich sah ich, wie sich an ihrem Rumpf die Bombenschächte öffneten. Eine Bombenreihe löste sich daraus und torkelte pfeifend immer näher und näher kommend durch die Luft. Schon schlugen die ersten Bomben auf der Wasseroberfläche auf und detonierten, ihre Splitter wie Schrapnells nach alle Seiten verstreuend.

Wieder diese verfluchten Splitterbomben! Wenn davon auch nur eine an Deck explodierte, half die Schwimmwestenfüllung überhaupt nichts. Dann gab es ein fürchterliches Blutbad.

»Feuer einstellen! Volle Deckung!« schrie ich in das Mikrophon der Decklautsprecheranlage und ließ mich auf die Gräting fallen.

Mein Befehl wurde augenblicklich befolgt. Keinen Moment zu früh. Die Maschine brauste donnernd über uns hinweg, eine Kette der Vernichtung hinter sich lassend. Sekundenbruchteile später schlugen die Bomben zu.

Unmöglich, in dem Lärm zu unterscheiden, ob sie auch an Deck krepierten. Was zählte das schließlich noch. Wir wurden von einer fürchterlichen Wolke jaulender Splitter eingehüllt, so daß wir den Kopf nicht zu heben wagten und nur hofften, nicht getroffen zu werden.

Kaum war die letzte Explosion verklungen, waren wir wieder auf den Beinen. Die zweite Maschine hatte ihren Kurs unserem Ausweichmanöver angepaßt und raste mit ebenfalls weit geöffneten Bombenschächten in unser Schnellfeuer hinein, eine Geschoßfurche mit ihren Bordwaffen durch die See vor sich her pflügend.

Die Granaten unserer Oerlikons griffen nach ihren Flügeln, wollten ihr die Propeller wegschießen und Motore zerschmettern, doch sie war zu schnell. Teile ihres Querruders flogen zwar davon, aber die Maschine behielt unbeirrbar ihren Kurs auf unser Vorschiff bei. Keine Chance mehr, sie daran zu hindern. Sie hatte uns absolut sicher im Visier.

Die Hölle brach über uns herein. Geschosse aus ihren Bordwaffen trommelten ein Stakkato auf Deck und Aufbauten und strichen als Querschläger über die Brücke. Eine Bombenreihe löste sich von der Unterseite der Maschine und taumelte, mit ihren Explosionen hohe Wassersäulen aufwerfend, rasend schnell auf unsere Back zu.

Ich sah die Bomben fallen, die uns zum Verhängnis wurden. Im selben Augenblick überschlugen sich die Ereignisse. Diejenigen, die außenbords an Backbord detonierten, hoben das Vorschiff mit einer gewaltigen Druckwelle den nächsten entgegen. Zwei von ihnen durchschlugen die Back, als bestünde sie aus dünnem Sperrholz. Eine gewaltige Explosion zerriß unser Vorschiff und holte uns von den Füßen. Ein Vulkan tat sich unter der Back auf und schleuderte sie mit allem darauf hoch in die Luft.

Halb taub und mit schmerzendem Schädel fand ich mich im Speigatt wieder. Mit Entsetzen sah ich, wie von Steuerbord eine Wasserwand in den offenen Krater schwappte und den Bug nach unten drückte. Das Schiff war verloren. Da gab es nur eine Chance, alle Leute noch rechtzeitig von Bord zu bekommen.

»Auf die Sandbänke zu, Mikoleit!« schrie ich. »Mit voller Kraft auf die Sandbänke zu! Laß die *Lady* auflaufen!«

Doch der antwortete nicht. Er hockte unweit von mir mit verzerrtem Gesicht an Deck und hielt sich mit beiden Händen den Bauch. Zwischen seinen Fingern rann Blut hervor.

Vergessen war der um uns herum noch immer tobende Abwehrkampf. Taumelnd kam ich auf die Beine, wollte zum Ruder hinüber und die *Lady* selbst in die Sände jagen. Doch dort stand schon Wolters und hielt auf eine der großen Bänke zu, die mit ihrem Rücken noch aus der steigenden Flut ragte.

»Wahrschau!« schrie er. »Gleich kommen die Masten von oben!«

Der Stoß, mit dem sich das aufgerissene Vorschiff vor der Sandbank in den Grund bohrte, war so gewaltig, daß alles durcheinander flog. Ich wurde mit dem Brustkorb gegen das Schanzkleid geschleudert, daß die Rippen laut und vernehmlich krachten. Seltsamerweise verspürte ich kaum Schmerzen.

Unter unseren Füßen erstarb das Vibrieren des Decks. Die Maschine stand. Mein Blick ging nach oben. Gott sei Dank, die Masten standen noch und hatten nicht alles kurz und klein geschlagen. Erst jetzt drang in mein Bewußtsein, daß der Gefechtslärm ebenfalls verstummt war und eine fast tödliche Stille über der *Flying Lady* und der See lag. Der Kampf war vorbei.

Ringsum rappelten sich die Männer auf. Der Smadding kam nach achtern gelaufen.

»Das Schiff läuft voll, Herr Oberleutnant! Da ist nichts mehr zu machen.«

Das war nicht zu übersehen und noch weniger zu überhören. Gurgelnd ergoß sich die See in den aufgerissenen Schiffsrumpf. Wir bekamen Schlagseite und sackten auch achtern langsam weg.

»Wir haben auflaufend Wasser. Lassen Sie die Beiboote längsseits holen, Nummer Eins!« Das Luftholen bereitete mir auf einmal ernstliche Schwierigkeiten. »Herr Kruse, Sie kümmern sich bitte um die Verwundeten! Den Mikoleit scheint's arg erwischt zu haben. Wo ist der II WO?«

»In der Funkbude. Aus der kamen Hilferufe«, antwortete der Signalmaat. »Signal vom Geleitführer, Herr Oberleutnant. K an K: Brauchen Sie Hilfe?«

Der Druck in meinem brummenden Schädel begann sich zu lösen. Schlagartig wich der Schock von mir. Ich sah mich nach den anderen Booten um. *M-44* tastete sich vorsichtig zwischen den Sänden an uns heran, *VP Gauleiter Raukel* lag hilfeleistend Bord an Bord mit *VP-106*. Von den Briten entdeckte ich keine Spur.

»So eine blöde Frage, das sieht er doch! Geben Sie rüber ...« Ein Hustenkrampf schüttelte mich, stechender Schmerz durchzuckte meine Brust. Speichel nahm mir die

Luft. Ich spie ihn in mein Taschentuch und riß erschrokken die Augen auf. Blut!

Meine Leute ringsum starrten nicht minder entsetzt auf den roten Fleck. Ich rang mir mühsam ein schiefes Grinsen ab, um unsere ohnehin kritische Situation nicht noch mehr zu komplizieren. »Sieht aus, als hätte ich Nasenbluten, was?«

Der Smadding stand plötzlich neben mir. »Die Beiboote schwimmen noch, sind aber durchlöchert wie ein Schweizer Käse, Herr Oberleutnant. Was nun?«

»Signalmaat ...«, der stechende Schmerz in der Brust nahm mir die Luft und ließ mich nur noch ganz flach atmen, »geben Sie an den ... an den M-Bock: Holen Sie bitte meine Männer von Bord, wir müssen ... wir müssen das Schiff aufgeben. Wir ...«

Der Anblick des II WO verschlug mir die Sprache. Er kam aus der Funkbude, von oben bis unten mit Blut besudelt. »Mein Gott, Werda, was ...«

»Nein, nein, nicht ich, Herr Oberleutnant. Der Krummholz, es hat ihm die Halsschlagader zerrissen. Da war nichts mehr zu machen.«

Kruse drängte Wolters zur Seite. »Noch ein Toter? Vier Tote und jede Menge Verletzte, Herr Thomsen. Der M-Bock fiert seine Boote. Wir sollten ...«

»Übernehmen Sie, Herr Kruse. Ich muß noch die Papiere aus ...«

»Du mußt jetzt gar nichts mehr, Arne«, sagte Oles Stimme hinter mir, sie klang ganz seltsam in meinen Ohren. »Deine Admiralskajüte ist abgesoffen, da kannst du nicht mehr runter. Wir müssen alle schleunigst von Bord. Ich möchte nämlich möglichst schnell in ärztliche Behandlung, um dieses Scheißding in meiner Schulter los zu werden. Das ist es, was auch du müssen mußt!«

Als ich mich zu ihm umdrehte, sah ich, was er meinte. In seiner Schulter steckte ein riesiger Bombensplitter. »Mensch, Ole, was …«

Er ließ mich nicht weiterreden. »Halb so wild! Tut bloß saumäßig weh. Nun glotzt mich nicht alle so blöd an! Macht hinne, ab in die Boote!«

Oberleutnant Siggi Kersten, der Kommandant des M-Bocks, verlor keine Zeit. Noch während seine Boote eingeschwenkt wurden, nahm er Kurs auf Föhr und hielt mit Höchstfahrt und der Flut im Rücken durch das Norderaue-Tief auf Wyk zu.

»Warum nicht das nähere Wittdün auf Amrum, sondern Wyk?«

Wolters, der neben mir in der Sonne an Deck saß, klärte mich auf. »Wittdün hat zwar auch gute Ärzte, doch kein Krankenhaus. Sie und die meisten Ihrer Leute müssen aber schleunigst in ein Krankenhaus, damit sich kein Wundbrand einstellt. Deshalb.«

»Und wie lange werden wir brauchen?«

Wolters blickte auf die Bugwelle des M-Bocks, versuchte die Geschwindigkeit zu schätzen. »Die Flut steht günstig. Da sind wir bei diesem Tempo in ’ner Stunde etwa im Wyker Hafen. Was recken Sie denn so den Hals?«

»Weil ich noch einen Blick auf unsere alte *Flying Lady* werfen will, bevor sie da draußen im Schwemmsand versinkt, wie Sie ihr prophezeit haben, Käpt’n.«

»Na, so schnell geht das ja nun auch wieder nicht. Die ist noch da, wenn Sie längst wieder auf den Beinen sind.« Er grinste. »Allerdings dann vermutlich ausgeplündert bis auf den letzten Belegnagel. Was nicht niet- und nagelfest ist, wandert garantiert nach Amrum und Föhr.«

»Hört, hört, der olle Strandräuber plaudert aus der Schule!« spottete Kruse, der zu uns getreten war. »Da ist es ja geradezu ein Glück, daß ich Chronometer und Sextanten als Andenken vor seinen gierigen Klauen in Sicherheit gebracht habe.«

»Junges Gemüse!« brummte Wolters. »Keine Achtung vor der Tradition der Inseln.«

Kruse lachte laut auf. Ich hätte gern mitgelacht, fürchtete jedoch den Schmerz in meiner Lunge, in die sich nach Meinung des M-Bock-Sanis, der mit ein paar Helfern unsere Leute unter Deck verarztete, eine gebrochene Rippe gebohrt hatte.

»Wie sieht's mit unseren Leuten aus, Herr Kruse?« fragte ich statt dessen, denn mich quälte die Sorge, es könnte außer Kapitän Nickels, den zwei Fischern und Krummholz noch mehr Tote gegeben haben.

»Nicht schlecht. Bis auf den LI und den Mikoleit hat der Sani alle im Griff.« Er setzte sich zu uns. »An den Splitter des LI wagt er sich nicht heran, es könnte zu starke Blutungen geben, wenn er ihn herauszieht, meint er. Außerdem stecken bestimmt Stoffetzen mit in der Wunde.«

Weil er schwieg, hakte ich nach: »Was ist mit dem Mikoleit?«

»Nun ja«, wand er sich, »seine Blutungen hat der Sani gestoppt, aber er muß unter das Messer. Danach wird er wohl nur noch als Spanner in den Puff gehen können, wenn ihn nicht ein Wunder davor bewahrt.«

Die Schwester karrte mich mit meinem Bett in das Krankenzimmer zurück, das ich mit Ole teilte. Er lag in seinem Bett, die linke Schulter und den Arm auf eine Schiene bandagiert, und blätterte mühsam in einer Zeitung. Er hatte es also hinter sich. Sichtbar für alle lag der lange Splitter auf seinem Nachttisch.

Ole ließ die Zeitung sinken und richtete sich auf. »Kann man hier irgendwo telefonieren, schönes Kind?«

»Man kann.« Sie schob mich auf meinen Platz zurück. »Aber Sie bleiben schön in Ihrem Bett, bis Ihnen Doktor Schulz das Aufstehen erlaubt, klar?«

»Jawohl, Frau Feldwebel! Jeder Wunsch aus Ihrem hübschen Mund ist mir selbstverständlich Befehl!«

Sie lachte laut auf. »Warum sind Sie überhaupt so schrecklich munter, Sie Frechdachs? Keine Narkose?«

»Nee, die hab' ich mir verbeten, o schöne Blume aus dem Friesenlande. Der wahre Seemann braucht keine Narkose, der kennt keine Schmerzen. Der steht solche Kleinigkeiten mannhaft ohne Narkotika durch.«

So ein Angeber! Dabei brauchte man keine besonders feine Nase zu haben, um den Ätherdunst zu riechen, der über seinem Bett hing.

Sie wandte sich zum Gehen. Die Klinke schon in der Hand, schnüffelte sie und fragte mit einem kecken Augenaufschlag zurück. »Ach ja? Ohne den kleinsten Rausch?«

»Nun ja, wenn Sie mich so eindringlich fragen, nicht ganz«, gab er zu. »Aber ansonsten? Wann haben Sie denn Ihren freien Tag?«

»Wenn ich mich mal einmischen darf, Schwester, bevor Sie diesen Hallodri da vollends um sein bißchen Verstand gebracht haben. Ich darf doch aber hoffentlich aufstehen und telefonieren? Wo ist denn hier das Telefon?«

»Sie schon gar nicht, Herr Thomsen, denn die Telefonzelle ist draußen. Sie warten schön ab, bis der Chef Ihre Röntgenaufnahmen ausgewertet und entschieden hat, was mit Ihnen geschieht, klar?«

Sie wartete meine Antwort nicht ab. Die Tür klappte hinter ihr zu.

»Mensch, Ole, zugegeben, sie ist ja tatsächlich ein ausnehmend hübsches Mädchen. Aber mußt du denn gleich wieder so dick auftragen?«

»Pure Lebensfreude, mein Lieber. Guck dir das zackige Ding hier mal genauer an.« Er tippte auf den Bombensplitter auf seinem Nachttisch. »Ein winziges Stückchen weiter vor, und ich hätt' das Ding in der Brust gehabt. Ich bin gewiß kein feiger Hund, sonst wäre ich nie freiwillig zur U-Bootwaffe gegangen, aber ich bin jetzt überglücklich, daß die Sense noch einmal an mir vorbeigesaust ist. Kapiert?«

Es klopfte.

Wolters und Kruse steckten die Köpfe zu uns herein. »Darf man?«

»Man darf! Immer rein in die gute Stube!« krähte Ole aufgekratzt. »Was wird das, ein Abschiedsbesuch?«

»Noch nicht.« Kruse brachte eine Flasche Geelen Köm unter seiner Jacke zum Vorschein. »Heilwasser für die Mühseligen und Beladenen. Können wir sonst noch etwas für Sie tun?«

»Ja«, sagte ich und kramte Ankes Telefonnummer aus meinem Zeug. »Für mich mal telefonieren. Vielleicht hat sie mich längst vergessen, aber sie soll wenigstens wissen, daß es mich noch gibt und ich lebe.«

Wolters nahm mir die Nummer ab. »Das werde ich besorgen. Hmm, Anke – 'n hübscher Name. Etwas Ernstes?«

»Käpt'n, Sie sollen nicht in meinem Privatleben herumstochern, sondern für mich telefonieren. Natürlich etwas Ernstes, würde ich Sie sonst um diesen Gefallen bitten? Machen Sie es aber nicht zu dramatisch, bitte.«

»Klar, Herr Thomsen. Ich sag' Ihnen morgen früh, wie es ausgegangen ist, ja?«

»Prima! Schon jetzt meinen verbindlichsten Dank. Und auch Ihnen, I WO. Vielen Dank für den Lebenswecker! Was machen unsere Leute?«

»Für die Nacht sind wir im ›Haus der Landwirte‹ hier in Wyk untergekommen, hat Kapitän Wolters vermittelt. Morgen geht es mit der Fähre *Kapitän Christiansen* rüber nach Dagebüll und von dort nach Husum, wo wir Uniformen und Papiere für die Weiterreise zur Flottille bekommen sollen. Wir sind ja bloß fünfzehn Mann, die anderen bleiben hier im Schlunz.«

»Und wie geht es denen? Was ist mit Mikoleit?«

»Oh, denen geht es gut, nachdem sie versorgt worden sind. So viele hübsche Karbolmäuschen, da fühlen die sich hier schon richtig heimisch. Die kommen Sie mit Sicherheit besuchen. Ja, der Mikoleit ...« Kruse ließ sich mit der Antwort Zeit. »Der hat nicht nur viel Blut verloren. Man hat ihn operiert und ihm seinen berühmt-berüchtigten Schniedelwutz gelassen. Ob er daran jedoch noch mal so viel Freude wie früher haben wird, ist sehr fraglich.«

»Scheiße!« sagte Ole aus tiefster Seele. »Arne, weißte jetzt, warum?«

Die Tür ging auf, unsere hübsche Schwester trat mit einem Tablett ein und runzelte die Stirn. »Was ist das denn? Schnaps im Krankenhaus? Den nehmen Sie sofort wieder mit, meine Herren. Und nun Ende der Besuchszeit! Der Chef kommt gleich, um mit Ihnen zu sprechen, Herr Thomsen.«

Wolters nahm die Flasche und steckte sie unter die Jacke. »War ja man bloß als Ansichtsexemplar gedacht, damit die beiden Herren schneller wieder auf die Beine kommen. Bis morgen dann!«

»Wir kommen morgen auch noch mal vorbei, bevor wir abschwirren«, versprach Kruse und drückte uns die Hände. »Bis dann – alles Gute!«

Morgens um sechs bereiteten sie mich für die Operation vor, die mich von dem lästigen Knochensplitter in der Lunge befreien sollte. Eine Routinesache, die ständig vorkäme, wie mir der Oberarzt versicherte. Die Rindviecher auf der Insel seien mitunter auch recht ungebärdig, und das bekämen die Bauern dann eben zu spüren.

»Solche Rippenbrüche sind bei uns hier an der Tagesordnung und gehören zum chirurgischen Alltag. Keine halbe Stunde, Herr Thomsen, und Sie haben es hinter sich.«

Es sollte wie ein Trost klingen, machte mich jedoch noch mißtrauischer, weil er dabei mit seinen gepflegten Händen wie ein orientalischer Teppichhändler vor meiner Nase herumfummelte. In diesem Augenblick hätte ich glatt meinen ganzen inzwischen aufgelaufenen Wehrsold ohne mit der Wimper zu zucken für ein Bett in einer Hamburger chirurgischen Klinik geopfert. Doch dazu war es zu spät.

Als ich endlich wieder aus der Narkose aufwachte, war der halbe Vormittag längst vorüber. Kruse und sein Verein fröhlicher Rabauken hatten sich inzwischen von Ole verabschiedet und befanden sich auf dem Weg nach Husum.

»Tut mir leid, Arne, aber Wolters ist bisher noch nicht aufgekreuzt«, versicherte mir Ole mit Trauermiene, als ich wieder halbwegs klar war. »Vermutlich hat der sich die Flasche Geelen Köm hinter die Binde gegossen und hat nun so einen Brummkopp, daß er alles andere vergessen hat. Die sollen ja hier auf der Insel ungern ’nen Schnaps verderben lassen, hat mir unsere hübsche Karbolmaus anvertraut.«

»Anvertraut? Bist du mit ihr schon so intim?«

Er grinste. »Intim? Na ja, sagen wir, sie hat nicht mehr so kompromißlose Prinzipien. Sie heißt übrigens Nanine und kommt aus Utersum. Grins nicht so albern, du Ignorant! Das ist 'n friesischer Vorname, Mensch!«

Er hielt mir einen langen Vortrag über die Friesen und ihre eigentümlichen Namen. Der rauschte jedoch an meinen Ohren vorbei, denn durch meinen Kopf geisterte immer nur ein Gedanke: Wolters kam nicht, weil er mir nicht beizubringen wußte, wie Anke auf seinen Anruf reagiert hatte. Oder hatte er sie am Ende noch gar nicht angerufen und schlief tatsächlich erst seinen Rausch aus, den er sich mit dem Köm angetütert hatte?

Schwester Nanine brachte das Mittagessen, ein appetitlich duftendes Kotelett mit Pilzen. Ich hatte jedenfalls keinen Appetit und schob das Essen angewidert zurück. War es eine Folge der Narkose oder der Enttäuschung, die mit dem Vorrücken des Uhrzeigers von Minute zu Minute zunahm? Egal, was auch immer.

Ole hatte dafür nicht das geringste Verständnis. »Mensch, mach doch daraus keine Tragödie! Sie hat dich vergessen – na und? Fritzi denkt bestimmt auch nicht mehr an mich. Was soll's? Es gibt schließlich noch mehr hübsche Mädchen!« Begehrlich schielte er auf meinen Teller. »Und du willst das wirklich nicht? Ein Jammer, so etwas Schmackhaftes verkommen zu lassen. Darf ich?«

Er verputzte auch noch meine Portion. Anschließend rollte er sich vollgefressen auf die Seite, um eine wohlverdiente Mütze voll Schlaf zu nehmen, wie er sich ausdrückte, und mich meinen trüben Gedanken zu überlassen.

Ich bewunderte Ole, der jetzt selbst am hellen Tage so tief und fest schlafen konnte. Ich kam nach all der Aufregung innerlich noch immer nicht zur Ruhe. Versank nur in ein Dahindösen, in eine Art Dämmerschlaf, durch den die vielen Toten immer wieder geisterten, Deutsche und Briten, die unseren Weg von Schlicktown bis nach Wyk säumten.

Aus diesem Dösen schreckte mich plötzlich ein Geräusch hoch. Irgendwer klopfte an die Tür. Es war Kapitän Wolters, der durch den Türspalt lächelnd zu uns hereinsah und mir ein Zeichen mit der geballten Faust machte, den Daumen triumphierend nach oben zeigend. Hatte er sich also doch endlich aufgemacht, um mir Ankes Botschaft zu überbringen, dieser alte Saufaus?

Der Gedanke war noch nicht zu Ende gedacht, da stieß er die Tür weiter auf und trat schmunzelnd für eine junge Frau in einem todschicken Reisekostüm zur Seite. Mit ein paar schnellen Schritten stand sie an meinem Bett und strahlte mich aus ihren smaragdgrünen Augen an. Mir verschlug es glatt die Sprache.

»Da bin ich, Arne! Schneller ging's nicht! Die dämliche Fähre fährt ja nur bei Flut und ...« Sie beugte sich spontan über mich und gab mir einen dicken Kuß. »Nun sag endlich was, du Stockfisch, und starr mich nicht so verdonnert an!«

»Mein Gott, Anke!« überwand ich meine Überraschung und zog sie auf meine Bettkante herunter. »Du hast mich tatsächlich nicht vergessen!«

Das hörte sich selbst in meinen Ohren reichlich bekloppt an, aber ich war von ihrem Anblick noch vollkommen überwältigt.

»Vergessen? Du bist gut!« funkelte sie mich an. Sie beugte sich zu meinem Ohr vor und sagte leise: »Wie sollte ich das? Bei dem Andenken, das du mir hinterlassen hast, du gewissenloser Halunke?«

Ich hatte offenbar noch immer Äther im Gehirn, denn ich begriff nichts. »Andenken? Gewissenloser Halunke? Was ist denn das für eine Begrüßung?«

»Mensch, nun stell dich nicht so blöd an, Arne!« Ole war aufgewacht und hatte Ohren wie ein Luchs. »Tag, Anke! Du hast sie angeknallt, du Hornochse! Stimmt's, Anke?«

Sie nickte und sah mich mit einer Mischung aus Trotz und Unsicherheit an. Oles brutale Worte fielen in meinen verquasten Schädel wie große Steine in einen See und zogen darin ebenso große Kreise, bis ich endlich begriff.

»Ich werde Vater? Das ist ja herrlich!« Ich zog sie an mich und küßte sie. »Dann wird sofort geheiratet, Liebling!«

»Geheiratet? Du hast mich ja noch gar nicht gefragt, ob ich dich überhaupt will! Und warum sofort?«

»Du willst, sonst wärst du nicht hier. Und warum sofort? Weil ich nicht will, daß mein Sohn ein Dreimonatskind wird.«

Sie lachte laut auf. »Dein Sohn? Ich hoffe, es wird ein Mädchen, damit es später nicht Soldat spielen muß. Und Dreimonatskind? Was ist denn das für ein Quatsch?«

»Hast du vergessen, was wir alles erst beibringen müssen, ehe wir heiraten dürfen? Ahnenpaß, Ehetauglichkeitszeugnis, Eheunbedenklichkeitsbescheinigung und eine Heiratserlaubnis für mich!« Ich tippte mir mit dem Finger auf die Brust. »Sieh mich an, ich bin ein solches Dreimonatskind, weil meine Eltern erst drei Monate vor meiner Geburt heiraten durften.«

Unser fröhliches Gelächter rief Kapitän Wolters auf den Plan. Er schob eine ansehnliche Frau in Föhrer Tracht vor sich her ins Zimmer. »Na bitte, Fräulein Weber, sind Ihre Bedenken nun verflogen? Gesine, das ist Oberleutnant Thomsen, der dort mit dem STUKA ist Oberleutnant Peters, und das hier ist meine Frau Gesine, meine Herren!«

Seine Frau deutete einen Knicks an, daß der prachtvolle Silberschmuck auf ihrer Festtagstracht laut klimperte. Anke drehte sich zu Ole herum.

»Ich soll dich übrigens herzlich von Friederike grüßen, Ole. Sie konnte nicht gleich mitkommen, kommt aber nach. Wir bleiben dann beide 'ne Woche hier, mehr Urlaub ist für uns im Augenblick nicht drin.«

»Erfreulich, erfreulich.« Das klang nicht gerade beglückt und wirkte auch so auf Anke.

»Was denn? Freust du dich nicht? Hast du dir etwa 'ne andere angelacht?«

»Wie denn ... wo ... woher denn? Natürlich nicht, Anke!« stotterte er und bekam einen knallroten Kopf. »Aber ... Hmm! ... Ich meine, äh ... werde ich ... äh ... etwa auch Vater?«

Glossar:

Aal	Torpedo
AK	Äußerste (Maschinen-)Kraft
ASDIC	Ortungsgerät (Sonar) deutsche Version: USG , S-Gerät
Bach	Meer
Back	1. vorderer Teil des Oberdecks 2. Tisch an Bord, davon abgeleitet: Backskiste = Sitztruhe am Tisch Backen und Banken = Aufruf zum Essen Backschafter = Essenholer aufbacken = auftischen
BdU	Befehlshaber der U-Boote
BdW	Bootsmaat der Wache
belegen	1. Leine festmachen 2. Befehl oder Meldung widerrufen
Besanschot an!	Schnaps- oder Bierausgabe
Besteck	Schiffsortbestimmung
Bike brennen	bis heute erhaltener Brauch auf den nordfriesischen Inseln im Februar, ursprünglich: Verabschiedung der Walfänger mit großen Holzfeuern
Bilge	unterster Teil des Schiffsinneren
Blenheim	britischer Bomber
Brücke	hier: Turmplattform des U-Bootes
BÜ	Befehlsübermittlung(-sgerät), auch Befehlsübermittler (Posten)
Bucht	Schlaufe im Tau, Seilschlinge

Charly	Spottname für brit. Aufklärer
Crew	1. Mannschaft (engl.) 2. Offiziersjahrgang
Deckoffiziere	Feldwebel, Oberfeldwebel, Fähnriche
Dickschiff	Kreuzer, Schlachtschiff
Dwars	querab
E.S.	**E**rkennungs-**S**ignal
Etmal	in 24 Std. zurückgelegte Strecke, von Mittag zu Mittag gemessen
Feuerlee	dem Beschuß abgekehrte Seite
FuMB	Funkmeßbeobachtungsgerät, erkennt RADAR-Ortung
FuMO	Funkmeßortungsgerät = deutsches RADAR
Geisterecho	entsteht durch unterschiedlich dichte Salzwasserschichten, die den Ortungsstrahl (ASDIC) vom Objekt ablenken
GHG	**G**ruppen-**H**orch-**G**erät
GMT	**G**reenwich-**M**ean-**T**ime
HJ	**H**itler-**J**ugend
in den Wind schießen	beidrehen, Wind aus den Segeln nehmen
I WO [II WO/ III WO]	1. (2./3.) Wachoffizier

K an K!	Kommandant an Kommandant, Anruf
KdF	**K**raft **d**urch **F**reude = Reiseorganisation der Arbeitsfront (NS-Einheitsgewerkschaft)
KdF-Dampfer	Schiff dieser Organisation
Kimm	Horizont
Kinken	Seilschlinge, auch: gefährliche Lage
Klappbuchs	Signal-/Morselampe
Knoten	hier: Schiffsgeschwindigkeit in Seemeilen
Kolbenringe	goldene Ärmelstreifen = Offiziersrangabzeichen
krängen	Schiff legt sich auf die Seite
Kriegswache	Bereitschaftswache auf den Gefechtsstationen
krimpen	Wind springt um, Wind dreht
KüMo	Küstenmotorschiff
Läufer	Bote
laufendes Gut	Tauwerk zum Bedienen der Segel
lenzen	1. auspumpen (Lenzpumpe) 2. vor dem Wind lenzen = kreuzen 3. einen Lenz schieben = faulenzen
LI	**L**eitender **I**ngenieur, techn. Offizier
LM	**L**eitender **M**aschinist, Feldwebelrang
Männchen bauen	militärische Haltung annehmen
Maling	Anstrich
Marketenderware	Sonderzuteilung von Genuß-/Lebensmitteln bei oder nach Fronteinsatz

M-Bock/M-Boot	Minensucher
Menage	Bordverpflegung allgemein
Miefrolle	Hängematte
Mittelwächter	Imbiß/Getränk für die Wache ab 0.00 Uhr
Mixer	Mechaniker, z. B. Torpedomixer
Muck	hohe Kaffeetasse aus Keramik
Nummer Eins	1. Kriegsmarine = Oberbootsmann, Smadding 2. Royal Navy = Erster Offizier (First Lieutenant – Number One)
Nock	äußerster Teil der Brücke, einer Rah etc.
O-Messe	Offiziersmesse
OF-Raum	(Ober-)Feldwebelraum
Päckchen	1. Bordkleidung, z. B. Lederpäckchen 2. Boote liegen Bord an Bord
Papenberg	Anzeige für Sehrohrtiefensteuerung
peilen	sichten, messen
Peilung	1. Kompaßpeilung: Winkel zwischen 0° und dem Objekt, z. B. Boje, Landmarke etc. 2. Schiffspeilung: Winkel zwischen Schiffslängsachse (Bug = 0°) und Objekt
Pfeifen und Lunten aus!	»Zapfenstreich« bei der Marine; oft Zusatz: Geister auf Station!
pönen	anstreichen, bemalen
purren	wecken

Rapport	zur Bestrafung vorführen
Rapeiken	Krempel, Klamotten, Sachen
Schapp	kleiner Raum, auch Fach, Schrank
schralen	Wind wird schwach, flaut ab (beim Segeln: ungünstig)
Seemännische Nummer Eins	Oberbootsmann, der für den gesamten seemännischen Bereich an Bord verantwortlich ist, auch Smadding genannt
Spargel	Seerohr, Periskop
Spring	vordere/achtere leichte Trosse zum Kai
Stelling	auch Gangway, Steg vom Schiff zum Kai
Stoker	Heizer, allgemein: Maschinenpersonal
STUKA	hier: Stützverband, steht wie ein Kranarm vom Körper ab
Tampen	Leine, Seil
Tanks peilen	Verbrauch feststellen
torfen	schlafen
trimmen	hier: die Gewichtsverteilung im getauchten U-Boot entsprechend ausgleichen, damit es auf ebenen Kiel kommt
ULD	U-Bootlehrdivision (= U-Bootschule)
V-Boot	Verkehrsboot (Motorboot, Barkasse)

verholen	1. Schiff an einen anderen Platz verlegen 2. sich verdrücken
Verklicker	zeigt (beim Segeln) die Windrichtung an
VP-Boot	Vorpostenboot
Verschlußzustand	Schließen der wasserdichten Türen (= Schotten) im Schiff bei Gefahr
Wabos	Wasserbomben
Wache	Besatzung ist in Steuer- und Backbordwache eingeteilt, wechseln alle vier Stunden. Ausnahme: von 12 bis 16 Uhr Wechsel im Zwei-Stunden-Rhythmus
wahrer Standort	astronomisch oder durch Peilung bestimmter, tatsächlicher Standort
gegißter Standort	gekoppelter, nicht genauer Standort
Wahrschau	Warnruf, bedeutet: Achtung, aufgepaßt!
Wintergarten	hinterer (offener) Teil des U-Bootturms, dient als Geschützplattform für die Flak
Wooling	Durcheinander, insbes. von Tauwerk
Zentrale	Kommandoraum des U-Bootes, geschützt durch Kugelschott, letzte Zuflucht bei Havarien etc.
zwo (zwozehn)	zwei (zwölf), um Verwechslungen mit drei (oder elf) auszuschließen

Erik Maasch
Der erfolgreiche Autor spannender U-Boot-Romane bei Ullstein Maritim

Auf Sehrohrtiefe vor Rockall Island
3-548-24741-5

Duell mit dem nassen Tod
3-548-24632-X

Im Fadenkreuz von U 112
3-548-25209-5

Letzte Chance: U 112
3-548-25731-3

Tauchklar im Atlantik
3-548-24615-X

Die U-Boot-Falle
3-548-24770-9

U 112 auf Feindfahrt mit geheimer Order
3-548-25087-4

U 115: Jagd unter der Polarsonne
3-548-25446-2

U 115: Operation Eisbär
3-548-25651-1

U-Boote vor Tobruk
3-548-25333-4

ULLSTEIN TASCHENBUCH